Roberto Bologı

Gott mit uns

Edizioni Youcanprint

Titolo | Gott mit uns

Autore | Roberto Bolognesi

Immagine di copertina | Roberto Bolognesi

ISBN | 978-88-66185-83-3

Edizioni Youcanprint
Via Roma, 73 - 73039 Tricase (LE) - Italy
Tel./Fax +39/0833.772652
www.youcanprint.it
info@youcanprint.it
Facebook: facebook.com/youcanprint.it
Twitter: twitter.com/youcanprintit

20 settembre 1939

Non c'è cosa migliore da fare - durante un lungo viaggio in treno - che abbandonarsi ai pensieri; per me è l'unico momento in cui non ho l'obbligo di dare loro un ordine, nessuna voce interiore che mi dica "non distrarti". Allora sento il paesaggio che scorre dal finestrino esattamente come sento le vibrazioni metalliche della cabina, e del sedile sul quale sono seduto; invece di sentirmi distante dall'ambiente e dalle persone, nella mia mente ogni cosa acquista una strana forza dandomi una percezione interiore più ampia. Sembra che il mondo scivoli tumultuosamente dentro di me; credo sia una delle conseguenze dell'aver assimilato da anni una *weltanschauung* di cui sono orgoglioso, e che ogni tedesco dovrebbe avere. Questo sentimento si ravviva come un fuoco quando ritorno nei miei luoghi natali in Baviera, quando rivedo le montagne care alla mia infanzia. Cosa che non potevo sentire a Berlino, né adesso nella mia stanza in questo hotel di Monaco.

A parte questo è stata una giornata movimentata, soprattutto dal momento in cui, appena fuori dalla München Hauptbahnhof, mi ha raggiunto uno sconosciuto in completo grigio e dall'aria rigida. «Herr

Offizier. Lei è Werner Grunwald, non è vero?» mi ha chiesto. Costui doveva essere l'autista scelto da Berlino per portarmi all'Istituto Pediatrico Specialistico a cui ero destinato. «Sono il doktor Grunwald» gli ho risposto, e mi è sembrato opportuno evidenziare il fatto che fossi un medico più che un offizier, come mi aveva appena chiamato. Saltato in macchina con la mia valigia, egli è partito senza dire una parola, guidando in modo agevole fuori dal centro della città fino ad imboccare una lunga strada di periferia fiancheggiata da grandi campi coltivati. Dopo un po' ho domandato: «Dove siamo?». «Sulla Neuherbergstraβe» mi ha detto.

Dopo esser entrato in una specie di quartiere popolato di case vecchie, si è fermato nel parcheggio di una struttura sanitaria; mi ha fatto scendere con la solita fredda indifferenza di quando siamo partiti. Forse si aspettava qualche domanda di troppo.

Appena entrato mi sono trovato in un androne dalle pareti bianche e dal pavimento lucido; una persona qualunque non avrebbe visto nulla di strano in quell'ambiente, giacché nel corridoio che portava alle singole stanze si incontrava il personale in camice bianco. Alcuni di loro davano nell'occhio per via degli stivali neri.

Dopo essersi avvicinato con passo sicuro, uno di loro si è rivolto a me in tono marziale: «Oberscharführer Grunwald?». «Esatto». Non vedendo le mostrine della divisa sotto il camice non sapevo se costui fosse un superiore, da lì la mia risposta pronta e vaga a un tempo. «Mi segua. Il direttore la sta aspettando». Insieme a quel sottufficiale - come ho saputo poi da parte dello stesso direttore - sono salito al piano di sopra dell'Istituto dove c'erano gli uffici amministrativi. Sulla prima porta a destra c'era affissa una targa dorata con la scritta Doktor J. Hirsch. L'SS al mio fianco, dopo aver bussato energicamente ed ottenuto il consenso, ha aperto la porta e una voce dal tono fermo mi ha invitato ad accomodarmi.

Non mi sono seduto, rimanendo impettito di fronte a un uomo dal viso pallido e stempiato che, dietro una bella scrivania in noce, mi osservava diffidente.

«Lasciamo i convenevoli alle signore e agli uffici della Cancelleria, so perfettamente chi è lei, doktor Grunwald. Ho ricevuto un rapporto confidenziale dall'Untersturmführer Brandt che, come sa, è a capo dell'intero progetto di eutanasia. Prego, si sieda intanto».

Le sue maniere spicce si mescolavano a un tono autoritario che mi confondeva un po'. «Bene. Sappiamo che è specializzato in psichiatria, e si dedica già da tre anni all'eugenetica; quindi le dico subito che qui avrà modo di sperimentare ampiamente le teorie che sostengono tanti eminenti colleghi, e che il Führer è intenzionato a mettere in pratica. Questo è uno dei tanti istituti...». Parlando si era alzato dalla poltrona venendomi più vicino «...che hanno il compito tecnico più importante, rispetto alle cliniche e agli ospedali dove i pazienti sono solo ricoverati. Quest'ultimi hanno l'obbligo di compilare dei questionari che vengono inviati dalla Divisione Sanità del Ministero dell'Interno; questionari che riguardano i pazienti affetti da patologie particolari come la demenza, l'idiozia, il mongolismo, insomma proprio quei soggetti che non hanno speranza di guarigione e che diventano, col passare del tempo, un gravoso onere per lo Stato. E poi rappresentano una vera degenerazione della razza

3

ariana, cosa che dobbiamo combattere con ogni sforzo; ho letto un suo articolo a riguardo, in cui riprendeva la tesi di Hoche sulla necessità e utilità di spazzare via questa *lebenunswerten Lebens*. Non esiste una definizione più appropriata e, mi creda, vedrà dei casi di fronte ai quali le sue remore, ammesso che ne abbia, scompariranno nel nulla. Tornando a noi - sto divagando - i questionari compilati vengono valutati e approvati da tre esperti dopodiché, dato l'assenso, il soggetto verrà trasferito qui da noi; dopo un'ultima analisi e diagnosticato il suo male incurabile, inviamo una relazione agli esperti che decidono sull'applicazione dell'eutanasia. Ma queste informazioni penso che lei, doktor Grunwald, le conosca visto che uno dei consulenti principali è lo psichiatra pediatrico Ernst Wentzler dell'Università di Berlino». «Sì, sono in contatto con Wentzler e ho avuto il piacere di conoscere anche Hans Heinze; conosco meglio il doktor Wentzler per il fatto che abbiamo collaborato alla stesura di alcuni articoli, fra cui quello che lei ha letto». «Heinze è ora direttore dell'Istituto statale a Gorden, il centro più grande di questo progetto. Sono i medici più importanti del Reich, devo dire che Bouhler della Cancelleria privata non poteva fare scelta più azzeccata».

«Il mio compito per la precisione quale sarebbe?». «Stavo arrivando al punto, se mi lascia finire. Lei avrà il dovere di esaminare le cartelle cliniche, confermare la diagnosi del paziente e fare tutto ciò che serve, dopo ovviamente aver ricevuto istruzioni dal medico capo, il doktor Rosen».

Tutto mi sembrava molto semplice; dentro di me, da quell'istante, ho sentito crescere un entusiasmo che non vedevo l'ora di profondere nel lavoro che avrei svolto. I toni ambigui di Hirsch lasciavano pensare che non tutto fosse come l'aveva descritto; le sue parole tradivano un'indiscussa fiducia nel progetto, ma anche il terrore che potessero saltar fuori certe imperfezioni del suo Istituto di cui le autorità si sarebbero lamentate. Di conseguenza temeva che un nuovo arrivato come me intuisse tutto ciò troppo presto.

«Prima di congedarla le devo fare un avvertimento». «Un avvertimento?» ho fatto io. «Questo progetto deve rimanere segreto, non ne parli con nessuno. E' importante che il popolo tedesco, ancora impreparato a comprendere l'uso di questo metodo, rimanga all'oscuro mentre noi lavoreremo per il bene e la crescita del volk».

Dopo essere stato rassicurato da parte mia, mi ha congedato aggiungendo che il sottufficiale mi avrebbe condotto a fare un giro in corsia e che l'indomani avrei dovuto essere lì per le otto.

Tornato qui nella mia camera d'albergo ho ordinato la cena, infine mi sono buttato sul letto e davanti ai miei occhi hanno cominciato a scorrere come tante fotografie le immagini di quei bambini malati, i loro corpi fragili, i loro occhi roteanti come se cercassero la speranza di sopravvivere, le loro espressioni assenti di chi non sa di vivere quella *vita indegna di vita* come la chiama Hoche. Ho pensato alle parole di Hirsch; il bene del *volk*, il bene del popolo germanico che ha sempre avuto coscienza del suo atavico diritto ad essere superiore, a primeggiare fra gli altri popoli proprio come fa un'aquila che vola e osserva il paesaggio su cui posa gli artigli solo quando lo desidera. Se rammento, come è giusto che faccia un medico tedesco, ciò che

5

siamo stati in tempi lontani, quella comunità di individui che sentivano vibrare nelle loro vene l'anelito alla purezza del sangue e dell'anima, allora dico che è doveroso estirpare ogni malattia che ammorba il popolo tedesco. Mi vengono in mente le parole del Führer sul sacrosanto diritto dell'umanità, che è anche un vincolo morale sacrosanto, e cioè quello di far sì che il sangue venga mantenuto integro per assicurare la possibilità di uno sviluppo più nobile di questa esistenza mediante la conservazione degli uomini migliori. La salvezza della *volksgemeinschaft*. Non c'è più sincera attuazione di queste sue parole che nel programma di cui faccio parte.

Prima che arrivasse il tram che mi avrebbe portato a lavoro, i titoli dei quotidiani che sventolavano lungo le strade parlavano nuovamente della guerra, così ho comprato una copia del *Völkischer Beobachter*. La prima pagina diceva che le Armate tedesche stavano trionfando e che l'esercito polacco si stava ritirando verso la Romania; per come vedo le cose non manca molto alla presa di Varsavia. Mentre alcune signore mi schiacciavano all'interno del tram, riflettevo su questa guerra che gli ultimi eventi giustificavano in pieno e, malgrado non fossi un soldato della Wehrmacht, sentivo più che mai l'orgoglio scorrermi nelle vene. Tutti quei tedeschi di Danzica che vivevano sotto il giogo polacco ora erano tedeschi liberi; quale grandezza dimostrava il Führer per aver mantenuto la sua promessa di riprendere Danzica!

Sceso dal tram ho percorso a piedi più o meno trecento metri prima di sbucare nel parcheggio dell'Istituto; ho notato subito la presenza di un furgone che sostava sotto l'ombra dei grossi platani, e un ufficiale SS che era appena sceso dalla cabina. Visto che ero in orario non volevo tardare a entrare, motivo per cui non mi

sono fatto domande sul perchè quel veicolo fosse lì; lo immaginavo, solo che mi rifiutavo di pensare che una clinica non ci tenesse a mostrare un minimo di umanità. Così sono andato a cercare l'addetto al guardaroba che mi ha subito indicato gli spogliatoi, dandomi la chiave del mio armadietto; con indosso il camice non ho avuto bisogno di girovagare molto perchè il doktor Rosen, appena uscito da una stanza, mi è subito venuto incontro. «Oberscharführer Grunwald, io sono il medico capo di questo Istituto. Venga con me, le mostrerò il lavoro da fare». Come tutti era formale nei modi, ma quel suo aspetto di uomo comune, volto senza barba e occhi annacquati me lo faceva apparire quasi familiare. Siamo entrati in una stanza all'interno della quale c'erano otto letti; il dottore mi ha spiegato con pazienza che i soggetti hanno tre anni, alcuni quattro, e che sono stati accolti da una settimana. Il resto potevo leggerlo sulla cartella clinica; quando mi sono voltato per osservare Rosen, l'ho visto spostare lentamente gli occhi da un lettino all'altro come se constatasse l'ineluttabilità della situazione, accompagnandola con queste parole «Sono esseri idioti che non hanno un futuro, come può verificare lei stesso. Alcuni non riescono a parlare, altri a camminare se non aiutati da qualcuno; abbiamo già ridotto la quantità di cibo al minimo essenziale per la sopravvivenza».
Ciò detto mi ha afferrato il braccio e mi ha fatto avvicinare a un letto dove giaceva un bambino gracile e pallido che teneva gli occhi sgranati nel vuoto. Il doktor Rosen si è chinato afferrando il corpicino da sotto la schiena, e me lo ha mostrato come fosse qualcosa da buttare; erano evidenti le difficoltà respiratorie del bambino, motivo per cui la bocca

8

ansimava in cerca d'aria aprendosi in smorfie grottesche. «Cosa possiamo fare se non prendere atto di questa vergogna?» mi ha detto dopo aver lasciato andare il bambino sul materasso. «Come le è stato spiegato da Herr Direktor, dovrà esaminare i casi clinici per darci conferma di quanto sostengono gli esperti da Berlino; comincerà da questi soggetti, collaborando con il pediatra Alfred Jüsental, l'internista Max Tauer e il doktor Helmut Biedermann. A sua disposizione ci saranno le signorine Annika e Ilsa; per qualunque decisione si dovrà prima consultare con me, ovviamente. Ha delle domande?». «No, tutto chiaro» gli ho risposto, al che mi ha lasciato in fretta come se dovesse sbrigare qualcosa di urgente.

Ci tengo a mostrarmi pronto al dovere e non ho perso tempo; in mezzo ai loro continui lamenti ho cominciato subito a leggere attentamente ogni cartella clinica, alle quali erano allegati i questionari del Ministero dell'Interno. Il primo è stato proprio quello scelto da Rosen un istante prima; è affetto da una forma di mongoloidismo acuta e congenita, accompagnata da cardiopatia e ipotonia, quest'ultima aggravata dalle scarse cure ricevute nell'ospedale dov'era ricoverato. Dopo averlo visitato ho avuto conferma di quanto scritto, come era evidente dalle sue condizioni; mi ci è voluta tutta la mattina per visitare i pazienti, e ogni volta non ho potuto fare a meno di essere concorde sul loro stato di salute inguaribile.

Durante il pranzo, bevendo una schnaps fresca, ho dato un'occhiata proprio alla bottiglia di vetro scuro dentro cui galleggiava la bevanda e ho pensato per un momento che quella fosse la Germania ma che, per una causa sconosciuta, solo l'involucro di vetro rappresentasse a chiunque il Reich e la sostanza pura e naturale al suo interno, invece, stava mutando chimicamente, e lentamente, in un liquido pestifero in grado di avvelenare chi lo beveva. Ecco che gli agenti tossici della sostanza sono le teste deformi, gli occhi storti, le membra paralizzate che osservo con la consapevolezza che il sangue migliore, la Germania, lo sta perdendo nei territori polacchi.

Nel pomeriggio Rosen mi ha detto di somministrare la terapia ai soggetti e di dar loro la razione quotidiana. Non mi aspettavo di adempiere anche ai compiti infermieristici, ma la mia perplessità è svanita proprio quando - non sapendo dove prendere i medicinali - ho dovuto farmi aiutare da Annika la quale mi ha spiegato che l'assistenza ai pazienti è delegata a lei e a Ilsa. «Il doktor Rosen si rivolgerà sempre a lei per qualunque richiesta, è il suo modo di fare, e adesso lo sa» mi ha detto in modo lapidario, con uno spiccato accento viennese. Sempre con maniere non scortesi ma alquanto fredde, mi ha indicato una stanzetta grigia dove una delle pareti era coperta da scaffali di farmaci. Ho preso il luminal, mentre Annika ha preparato del tè caldo e lo ha portato nella stanza; prima ha cominciato a pulire una bambina affetta da emiparesi del lato sinistro che, non potendosi muovere, se la fa addosso. Compiva questa operazione come se togliesse l'unto dal bancone di una cucina. Nel frattempo ho versato il tè in otto bicchieri, e vi ho sciolto dentro ciascuno due compresse di luminal; Annika ha pensato al resto e in fretta, nonostante le lamentele dei presenti. Dopo poco i pianti sono cessati, e nella stanza è caduto uno strano silenzio; passato qualche minuto quella pace mi ha reso un po' malinconico, senza una ragione precisa.

Annika era già uscita - forse per aiutare gli altri medici - allora me ne sono andato anche io con l'intento di fare una pausa; pensavo che un caffè mi avrebbe fatto bene. Nel corridoio però ho scorto gli altri colleghi che, fuori dalla stanza, stavano parlando fra loro quindi, allo scopo di conoscere opinioni diverse sulla pratica medica, li ho raggiunti e mi sono presentato cordialmente.

«E' il nuovo medico appena arrivato, Oberscharführer?» ha fatto colui che poi ha dichiarato essere il pediatra Jüsental. Quest'uomo basso e secco sembrava avere una certa autorità anche fra gli altri medici; costoro usavano dei modi deferenti nei suoi riguardi. «La Direzione ci ha informato di procedere con due pazienti che risiedono nella sua stanza, mi è sembrato giusto avvisarla». «Ha fatto benissimo, doktor Jüsental. Di chi si tratta?». I nomi corrispondevano a due dei bambini lasciati a dormire poco prima; mi sono sentito strano. «C'è qualcosa che non torna, doktor Grunwald?». A parlare era stato un uomo robusto e di bella presenza, con una voce che ricordava quella di un baritono. «Io sono il doktor Max Tauer. Mi sembra perplesso e potrei offrirle chiarimenti in merito, se lei acconsente».

«La ringrazio, non ne ho bisogno. Sono solo un po' stanco» gli ho risposto con un certo tono. Quelle domande, quell'improvvisa propensione al dialogo - in contrasto con quanto avevo visto nelle ore precedenti - mi rendevano nervoso così mi sono affacciato sulla stanza nel tentativo di non riceverne più. C'erano cinque letti e ogni paziente dormiva profondamente; la finestra donava con la sua luce una calma che a me pareva quasi irreale. Trascorso qualche istante ho

11

sentito rivolgermi di nuovo la parola: «Come vede, doktor Grunwald, anche qui abbiamo dovuto metterne a dormire tre. Le dosi di luminal in pasticche non sono state sufficienti, per cui abbiamo proceduto per endovena con la morfina». Il tono paterno e calmo apparteneva alla voce del doktor Biedermann, in piedi dietro di me; invece di voltarmi ho scrutato i letti in cerca dei tre di cui mi parlava ma, essendo stati addormentati tutti, non li ho distinti.

Costoro mi sono apparsi incuranti del silenzio letale che invece mi aveva colpito poc'anzi; probabilmente sono assuefatti, lo dimostra il fatto che hanno ripreso subito una discussione che, per quanto ho potuto sentire, riguardava la mole di lavoro da smaltire con quegli *idioti*. Io mi sono spostato andando in cerca del medico capo che però non sono riuscito a trovare se non dopo essere salito ai piani superiori; appena uscito dall'ufficio del direttore, Rosen se ne stava andando ma, vedutomi, si è bloccato e mi ha guardato con un'aria che mi sembrava leggermente sorpresa. «Oberscharführer Grunwald, devo metterla al corrente dell'ordine di procedere con due pazienti». «Herr Doktor, ho saputo tutto dai miei colleghi i quali sono stati informati dal direttore». «Visto che sa tutto può procedere, che aspetta?». «Aspettavo di avere il suo permesso, così mi ha detto di operare Herr Direktor» ho ribadito.

E' stato necessario aspettare un'altra ora prima che i pazienti fossero di nuovo svegli; ho fatto preparare del tè caldo e vi ho sciolto una tripla dose di luminal. Così anche io ho messo a dormire per la prima volta dei bambini.

22 settembre 1939

Stamani ho saputo che i due pazienti di ieri sono morti, ma quello che suona strano in tutto questo è che la notizia mi ha fatto effetto. Come medico non sono sconcertato né potrei mai esserlo - sebbene talvolta anche un professionista può avere una reazione dettata da circostanze particolari - ma non è stato indifferente, tutto qui. Cosa di cui si è accorto in modo del tutto disinteressato - come disinteressate sono le sue azioni e i suoi atteggiamenti verso le persone - il doktor Biedermann quando sono entrato in corridoio verso le nove dirigendomi nella mia stanza.

«Oberscharführer, buongiorno. Prima che arrivasse io e gli altri colleghi abbiamo fatto un giro in corsia costatando che i suoi pazienti, quelli che erano stati scelti, sono deceduti. I corpi sono sempre nei lettini, può controllare». L'ho guardato e subito ha capito che non ero proprio a mio agio. «In questi casi sono io a firmare il certificato di morte?» ho chiesto seccamente. «Veramente no, se ne occupa l'Ufficio di Registrazione». «Ma questi pazienti non sono deceduti naturalmente... A cosa serve?». Lui sembrava un po' a disagio a causa della mia domanda, e ho pensato subito che qualcosa non tornasse. «Vede, è proprio perchè non sono morti naturalmente che esiste un ufficio del genere. Non conosco chi ci lavora, ma so che hanno il compito di stabilire una data di morte e una causa plausibile per ogni soggetto». «Capisco» è tutto ciò che ho risposto, dopodiché sono entrato nella stanza.

Biedermann mi ha seguito con riserbo, indicandomi i letti; mi sono avvicinato ai soggetti i cui letti erano stati affiancati. Uno aveva quattro anni, l'altra due; mi ricordo che entrambi non parlavano che poche e storpiate parole, e il maschio era affetto da cecità. Erano quelli che gemevano e piangevano di più, e che mostravano una sofferenza fisica maggiore di altri; a volte mi è sembrato di accudire dei cuccioli di cane nati male. Tutt'e due dormivano a occhi chiusi; li ho guardati, consapevole di aver contribuito al mantenimento della purezza del sangue germanico, e questo basta a sentirmi soddisfatto.

«Venga con me, doktor Grunwald, mi aiuterà con altri pazienti» mi ha proposto il pacato Biedermann che, ammetto, comincia a piacermi proprio per la sincerità e la riservatezza che dimostra. Non mi sembra che menta, almeno per ora. «Se vuole può chiamarmi Werner» gli ho detto. «E' inopportuno dato che è un Oberscharführer» ha ribattuto. «Come vuole. Comunque volevo farle un'altra domanda: lei quale causa di morte scriverebbe per i miei pazienti?». Ci ha pensato un po', poi mi ha detto: «Polmonite. Il loro fisico debilitato si concilia bene con questo tipo di malattia comune. Ma non penso importi poi molto di cosa muoiono, purchè muoiano». Siamo giunti alla stanza dove lui e Jüsental lavorano, ma questi non c'era; ho visto subito la signorina Ilsa - ragazza bionda e dalle forme giunoniche che ricorda una valchiria - intenta a pulire un bambino paraplegico e, come era evidente, anche microcefalo. Le maniere sono le stesse di Annika. Biedermann mi ha riferito che i quattro pazienti di questa stanza non mangiano da un giorno, e bevono quel tanto che serve per assumere i farmaci; due bambine spastiche già dormono per gran parte della giornata, una delle due è affetta da tetraparesi e da un qualche disturbo mentale che dovrei analizzare a fondo per comprenderlo. Ma il mio parere psichiatrico in questa struttura non è richiesto, per ora, e mi guardo bene dal fare cose che non rientrano nei miei compiti.

Ho occupato del tempo per leggere le cartelle cliniche liberamente - sebbene non dovessi lavorare su questi pazienti - mentre Biedermann e Ilsa si sono recati in un'altra stanza dove era comparso Rosen a dare il via libera per l'eutanasia. Poi sono tornati e mi hanno detto che altri tre soggetti sarebbero stati messi a dormire; a fine giornata ho assistito alla medesima procedura tranne che per una variante, vale a dire le iniezioni di morfina. «Per i soggetti spastici che presentano attività muscolare involontaria, è necessario fare le endovenose perchè è risultato che hanno una forte assuefazione al farmaco ingerito» mi ha spiegato Biedermann. Il doktor Rosen ho saputo che si raccomanda di essere veloci nel togliere di mezzo questi esserini inutili, e una delle ragioni più evidenti è il carico di lavoro che aumenta di settimana in settimana; essendo qui da due giorni non posso costatarlo di persona, ma posso crederlo. A Berlino non ho mai incontrato l'Untersturmführer Brandt, capo del progetto, ma certi professori che lo conoscono - fra cui l'eminente Hans Heinze - hanno parlato di lui come di un tipo ambizioso, professionale e colto che ha saputo mettere in piedi un sistema efficiente per affrontare questa frustrante piaga sociale al fine di evitare la *volkstod*. La pratica di questi due giorni mi ha dato la prova di questo, e del fatto che siano valide le persone scelte per attuare il programma; proprio come ha ammesso orgogliosamente il doktor Hirsch.

Adesso in camera mia mi sento come svuotato, non so se a causa del lavoro pressante - seppur soddisfacente - o per il fatto che persiste un caldo eccessivo per il mese di settembre; non ricordo che di questi tempi abbia mai fatto così caldo a Monaco, ma forse non si tratta del clima. Può darsi sia nostalgia di casa, delle ricerche mediche a Berlino, lavori in cui profondevo ogni mia energia; questo senso di solitudine riguarda anche certe persone come Heinrich e Klaus, che non vedo da diverso tempo e a cui devo ricordarmi di scrivere.

Mi rilasserebbe molto sentire le sonate di Beethoven e Mozart. La loro musica è come un potente sedativo che ti fa scivolare in un sonno celestiale; chissà come sarebbe operare per il nostro popolo cullati dalla grazia superba di quelle note. Ho portato da Berlino i miei preferiti perchè appena ne ho l'occasione li ascolto sempre; impossibile non lasciarsi andare con la Nona sinfonia, o non annegare in un mare di quiete sentendo *Eine Kleine Nachtmusik*. Qui in albergo non c'è nemmeno un vecchio grammofono con cui poter ascoltare qualcosa che non sia un gemito, un lamento, o semplicemente il rumore della città; a questo proposito ho deciso di cercarmi una stanza in affitto a partire da domani, non importa se in un quartiere più lontano dalla clinica. E mi comprerò anche un grammofono nuovo.

Ero vicino alle baracche di sinistra, in piedi. Dalla luce che cadeva dall'alto sembrava fosse un mezzogiorno estivo, ma era tutto strano. Mi guardavo intorno e vedevo tante persone correre in tutte le direzioni, sembravano fuggire da qualcosa; erano guardie del campo, ufficiali, era uno scontrarsi continuo. Qua e là, non so perchè, qualche detenuto se ne stava in piedi come facevo io, osservando la confusione senza fare il minimo cenno. Urlavano tutti come ossessi, e sparavano anche. Mi sono voltato verso il piazzale d'appello e ho visto un grosso cratere fumante; doveva essere esplosa una bomba, ma non c'erano feriti né morti. Per quanto assurdo fosse non dicevo una parola, coinvolto in quel caos dove ognuno pensava a scappare da un pericolo che ancora non conoscevo; avevo la convinzione che tutto questo fosse opera dei polacchi. Ad un certo momento ho intravisto lontana Greta che, con una valigia in mano, mi veniva incontro; il cuore ha iniziato a sobbalzarmi nel petto, e le tempie a pulsare. Non riuscivo a capire cosa ci facesse mia moglie; quando era piuttosto vicina ho notato che aveva le lacrime agli occhi ed era sconvolta, mi ha preso per mano e mi ha detto di andarmene, di scappare che stavano uccidendo tutti. Abbiamo cominciato a correre incespicando nella ghiaia poi, ripreso un po' il respiro, mi ha detto che era incinta di un prigioniero polacco e non sapeva proprio cosa fare. In quel momento la mia angoscia è stata spezzata da un fischio, e ho aperto gli occhi.

Svanito il turbamento che segue ad ogni incubo, ho sentito di nuovo quel fischio e una voce gridare. Probabilmente è una guardia alle prese con qualche prigioniero sfinito che tenta di trascinare i corpi lontano dalla baracca. Ho indugiato ad alzarmi perché troppo presto per le selezioni, e ho voluto guardare il soffitto del mio alloggio pensando proprio a quell'incubo dove qualcosa o qualcuno stava uccidendo i tedeschi e distruggendo l'intero campo. Era spaventoso, soprattutto per il fatto che il nemico non lo vedevo. E non capisco tuttora la presenza di Greta, la sua orripilante gravidanza; mi rassicura pensare che lei è sana e salva ad Osnabrück, e questo non è che un parto della mia mente. Spero solo che non sia un sogno premonitore dal quale dobbiamo guardarci tutti.

Alle sei mi sono alzato e lavato con dell'acqua fresca, poi ho indossato il camice e sono uscito dal mio alloggio; alcune voci insonnolite attraverso la parete mi hanno ricordato di non essere solo, quindi ho voluto aspettare nella speranza di essere accompagnato con l'auto dei medici SS.

Appena uscito non ho visto nessun altro sulla strada di fronte alla piazzetta; solo per non farmela a piedi di prima mattina ho sperato (ammetto da perfetto opportunista) che uno come l'Untersturmführer Moser potesse dare un passaggio a un collega. Fino a qualche mese fa è accaduto di tanto in tanto, e sempre in modo militaresco trattandomi da subalterno quale sono; adesso l'ostilità nei miei confronti sembra aumentata; in certi casi - e parlo quando compare Herr Kommandant - direi pure ostentata sebbene io non mi comporti nello stesso modo.

Superando la piazza ho guardato le rimesse e alcune erano vuote; sono andato avanti e ho preso a sinistra imboccando la Lagerstraße per una decina di metri, quel tanto che mi è bastato per entrare nel piazzale d'appello e notare con amarezza che tutti i miei colleghi erano già sul posto.

Gli ultimi detenuti stavano mettendosi in riga, e qualche guardia li incitava a far presto urlando e colpendoli col frustino; ho camminato di fronte alla fila di prigionieri e ho raggiunto l'Oberscharführer Bachmann.

«E' in ritardo, Herr Schultz. Cosa è successo?» ha fatto. «Mi sono svegliato tardi, Oberscharführer». Era evidente dal tono che voleva provocarmi, dato che non era compito mio fare l'appello mattutino; accanto ho scorto il sorriso sornione dell'Unterscharführer Staffelsburg. L'ho ignorato e ho atteso che facessero l'appello, durante il quale ogni detenuto doveva pronunciare il suo nome e il numero assegnatogli. I primi tempi vi ho assistito perchè dovevo avere un'idea del regolamento del campo di Dachau dove le regole, mi ha spiegato una volta il comandante Loritz, servono ad annullare ogni residuo di personalità nel prigioniero. Così è in effetti, e non ho mai veduto luogo dove la disciplina e il lavoro duro riescano a forgiare individui a malapena umani; il lavoro qui dentro li rende liberi da un'anima corrotta dall'ebraismo e dal bolscevismo.

Arbeit macht frei. Tornando all'appello è vero che non dovrei assistervi, ma è un'abitudine che ho preso da qualche mese; non tutte le mattine, ma solo quando l'insonnia si fa sentire più pesante e mi impedisce di riposarmi. O quando un incubo mi sveglia troppo presto.

In mezzo al tramestio ho constatato per l'ennesima volta l'assenza di Herr Kommandant; per quanto lo conosco e per quello che sento dire di lui non riesce ad alzarsi per presiedere l'appello, quindi i suoi sottoposti sbrigano il tutto mostrando un potere totale sui deportati. Questo vuol dire che l'unica volta che lo fece - ed ero presente io - fu una rara eccezione; forse lo fece per lo stesso motivo per cui, ogni tanto, lo faccio io.

Mentre i prigionieri sgombravano il piazzale tornando al lavoro, ho intravisto la sagoma dinoccolata dello Scharführer Heim che, dall'entrata principale, s'affrettava a raggiungere i superiori. Io mi sono allontanato evasivamente verso le baracche, aspettando che Bachmann gli ordinasse di fare qualcosa; ero troppo distante per poter udire le loro parole. Non potendomi voltare, l'ho visto dopo un minuto infilare il viale che tagliava il gruppo di baracche a metà, e scomparire verso l'infermeria. Per un istante ho pensato che si fosse ferito con un arnese.

Appena l'Oberscharführer Bachmann si è messo a parlare fumando una sigaretta, ho approfittato per scomparire tra le baracche nel tentativo di raggiungere per tempo il frettoloso sottufficiale che ho trovato, contrariamente a quanto pensavo, di fronte a un gruppo di prigionieri addetti alla pulizia delle gabbie dei conigli d'angora.

«Buongiorno, Scharführer Heim. Le hanno dato un lavoro diverso oggi» ho provato a dirgli. Lui si è girato un po' sorpreso dalle mie parole, ma non del tutto diffidente. «Sì, esatto. Lei non lavora Herr Schultz?». «Sto aspettando un convoglio, nel piazzale infatti ci sono tutti i miei colleghi. Più tardi potremmo riprendere il discorso lasciato la settimana scorsa, se le va» ho azzardato, visto che non avevo più avuto modo di parlarci senza dare troppo nell'occhio. Mi aveva confessato di nutrire la passione per la musica. «Se si tratta di musica, sì. Ma sarebbe meglio nel mio alloggio, stasera» mi ha risposto ma, devo ammettere, la sua risposta non mi ha convinto molto. Immagina dove voglio arrivare, ma mi lascia fare; in ogni caso non posso che cogliere l'occasione di avvicinarmelo, visto l'astio degli altri ufficiali, per il semplice fatto che è uno dei più vicini all'Hauptsturmführer Piorkowski che comanda Dachau. Ho notato l'atteggiamento abbastanza morbido del comandante nei suoi confronti, rispetto a quello riservato agli altri ufficiali.

Non so per quale motivo una strana angoscia mi ha accompagnato per tutto il giorno, fino alla sera; forse considero l'incontro quasi segreto, e in effetti ci tengo che questo rapporto appena nato rimanga il più possibile nell'ombra. E' probabile che il timore - anche se remoto - sia quello di tradire i miei scopi personali di fronte ai suoi occhi prima che abbia modo di sfruttare questo legame.

L'ho lasciato con quelle splendide bestie, pensando quanti di questi animali servano per fare i maglioni indossati dalle mogli di molti ufficiali.

Avendo lo stesso ruolo da ormai due anni le selezioni a cui devo adempiere sono diventate noiose - e il motivo non sta nel fatto che mi annoio del lavoro qui nel campo o che il tipo di lavoro sia degradante per un tossicologo, sebbene non appropriato. Non si tratta nemmeno di una specie di malessere interiore - se così posso definirlo - nell'esaminare i prigionieri appena aprono i convogli del treno, nello strattonare i recalcitranti che sono i più deboli ed emaciati, i vecchi scheletrici, i *muselmänner* che aiuto a spedire alla fossa comune, una massa umana di ebrei e criminali comuni di cui è nostro dovere sfruttare fino allo sfinimento o, in molti casi, liberarcene freddamente ed orgogliosamente se si pensa che ciò porterà una crescita del volk e del Reich. In tutto questo desidero dare di più che il mio semplice aiuto all'interno della struttura del campo - come fanno i miei colleghi delle SS - e il solo modo di ottenere qualcos'altro è sfruttare l'unico aggancio che ho attualmente. Credo che solo se la situazione cambierà la selezione prenderà un valore per me diverso, non meno importante di quello che ha già; potrei in tal caso parlare di una vera *selektion* per il mio lavoro.

16 settembre 1939

Senza indugio sono dunque andato da lui, ieri sera, non preoccupandomi del fatto che potessero vedermi entrare in un altro fabbricato. Ha l'alloggio poco distante dal mio, all'interno di un caseggiato dove alloggiano i sottufficiali Staffelsburg e Bachmann. Ho saputo dall'Hauptscharführer Lomaner, con cui ho lavorato nel pomeriggio, che l'Untersturmführer Moser aveva organizzato una cena nel suo alloggio invitando anche alcuni medici SS, fra cui il loro medico ufficiale Gustav Schmied e lui stesso. A causa dell'aria irrespirabile della baracca - i prigionieri sono affetti da dissenteria e vomito già da diverse ore - abbiamo parlato con la bocca tappata da un fazzoletto e ci siamo limitati alle frasi essenziali quel tanto per capire che fosse dispiaciuto che io non avessi ricevuto l'invito; non ho fatto altro che mostrarmi un po' dispiaciuto anch'io poi, finita la giornata, sono andato via.

Lomaner non sembra prendere posizione a favore di nessuno, le volte che ci ho lavorato è stata una buona collaborazione; non si è mai spinto oltre le formalità, pur conoscendomi da due anni, mentre con gli altri mostra più calore e interesse quando parla.

Dunque appena entrato lo Scharführer Heim mi ha accolto con una faccia che non dimostrava né piacere né risentimento; la stanza era identica alla mia, al centro un letto grande, un comodino con sopra una radio e uno specchio. In una nicchia rettangolare poco visibile c'era stato ricavato il bagno con doccia; una cosa che mi è apparsa strana è la parete più grande dove - contrariamente a quanto mi aspettavo da una SS - non c'era il ritratto del Führer ma solo due fotografie di lui che suonava il piano.

«Da quanto suona il piano?» gli ho chiesto attaccando discorso, ma prima di rispondermi si è seduto sul letto assorto per qualche momento. Poi si è chinato per prendere da sotto il materasso una bottiglia di Borgogna, ha bevuto un sorso e mi ha detto: «Da dieci anni. Lei suona qualcosa?». «No, mi sarebbe piaciuto il violino ma gli studi di medicina mi hanno sempre occupato le giornate». Non so la sua età, ma non credo abbia oltre venticinque anni; quindi ho pensato che doveva essere piuttosto bravo anche se - in quel frangente - me ne importava davvero poco. «Come lei dice è un'amante della musica. Quindi ascolta molti dischi, ha visto molte rappresentazioni a teatro, immagino». «Poche anche quelle, ma in compenso ascolto molta musica e ho le mie preferenze. Adoro i concerti per piano di Mozart e i lavori di Debussy, non so se ha mai sentito qualcosa...». Mi ha sorriso come per dire che era scontato; quella faccia dall'aspetto scimmiesco unita al suo corpo ossuto - in alcuni momenti della conversazione come quello - mi provocava un certo disagio. «Debussy è un autore di brani eccezionale, dicono fosse un esecutore impeccabile ma troppo moderno se si considera che

24

scrisse le sue opere quarant'anni fa. E' un francese e non sopporto i francesi, ma lui è un'eccezione. E' vero anche che l'epoca non è una discriminante per le opere di un compositore, se guardiamo Mozart, Beethoven e il tanto amato Wagner sappiamo benissimo il notevole successo che hanno ricevuto presso le corti di tutta Europa...». Mi ha porto un bicchiere per il vino; ho notato che era già preso dall'argomento, e ho lasciato che continuasse. «Wagner è il più grande, non parlo musicalmente; da questo punto di vista i canoni di classicità e perfezionismo tonale sono stati rappresentati al meglio dal genio di Salisburgo, ma l'opera di Wagner è qualcosa che trascende l'armonia musicale e i sentimenti che suscita». Altro sorso di vino, così io; poi gli ho preso la bottiglia con la scusa di bere ancora, in realtà non volevo che si ubriacasse. «Lui ha rappresentato nell'arte i valori del nazionalsocialismo, ecco perchè è un vero compositore tedesco» gli ho detto, catturando ancor di più la sua attenzione «L'anello del Nibelungo esalta i miti ancestrali per mostrarci come è nata la razza ariana, la razza superiore! Lo stesso sacrificio del dio Wotan - secondo me - che tenta di rimediare al male nel mondo provocato da Alberich rappresenta il nostro sacrificio come tedeschi che dobbiamo combattere gli ebrei che avvelenano il paese. Sappiamo tutti che Wagner era un antisemita dichiarato, e non presunto; se fa delle ricerche esiste qualche editore che pubblica sempre il suo saggio *Das Judentum in der musik*, che è la prova di quello che sto dicendo». Dopo aver fatto una pausa, mi ha interrotto proseguendo: «Lei ha ragione, Herr Schultz, s'intende molto di musica, più di quanto pensassi. Tornando a Wagner, credo ci sia un notevole esempio della sua concezione del *volk* nel Parsifal. Qui ha messo in scena una confraternita di custodi del Graal i quali, è evidente, incarnano il popolo ariano delle origini che deve guardarsi dalla corruzione del male rappresentata dal regno di Klingsor. In definitiva ha creato quella che viene definita *Gesamtkunstwerk*, in cui si fondono la poesia, la drammaturgia, la musica e l'arte visiva».

Sono andato avanti ed abbiamo parlato degli esecutori, mi ha detto che apprezza molto alcune registrazioni di Karajan, come quella dell'ouverture de *Il flauto magico* di cui possiede una copia acquistata a Berlino poco prima che venisse assunto a Dachau; anche Wladimir Horowitz trova che sia un eccellente pianista, benchè il fatto che sia russo gli fa storcere il naso nel nominarlo. Nelle sue esecuzioni di Chopin e Liszt si riesce a percepire ogni piccola sfumatura in modo pulito e assoluto, come fossero "carezze" e non note. Io non ho mai ascoltato le registrazioni di questo pianista, ho ammesso, ma ne ho sentito parlare alcune volte dal mio caro amico Werner.

Alla fine s'è spinto a chiedermi se avessi dei dischi e un grammofono in modo da ascoltare qualcosa; non potevo che rispondergli che sarei stato lieto di condividere questo amore con un mio superiore del campo. «Può chiamarmi Bruno, senza specificare il mio grado» ha aggiunto in un tono completamente diverso da quello con cui mi aveva accolto. «E lei può chiamarmi Heinrich, al posto di Herr Schultz». «Trovo sia una bella cosa avere un buon rapporto con i superiori, non crede?» gli ho esternato. Bruno mi ha guardato e ha abbassato gli occhi in un'espressione persa. «Già, è una buona cosa». Per tutto il tempo, non so perchè, ho parlato in piedi senza sedermi; la cosa buffa è che lui, come me, non ci ha fatto caso tanto era preso a parlare. Infine mi sono congedato dicendo: «Si è fatto tardi, meglio che rientri». «Buonanotte Heinrich. Spero di incontrarla di nuovo per un altro scambio culturale». «Quando vuole» gli ho risposto, e me ne sono andato.

Forse ha colto l'allusione che ho fatto al suo rapporto con Herr Kommandant; spiegherebbe perchè ha cambiato espressione diventando serio e preoccupato. Non sembra sia un estremista nel senso stretto del termine, è solo un grande ammiratore dei compositori tedeschi e meno idiota di come lo fanno apparire Bachmann e altri; si mostra introverso e chiuso, non si è pronunciato sugli altri sottufficiali - d'altronde non siamo entrati nell'argomento - ma un contatto sono riuscito a stabilirlo e dovrò coltivarlo nei prossimi giorni. Meno male che, per questa volta, sono rincasato nel mio alloggio e la luce dei riflettori della piazza non mi ha rivelato agli occhi di qualcuno. Lo spero.

Prima di andare a dormire ho pensato a Werner; chissà se è ancora a Berlino a studiare psichiatria, o se ha ottenuto un impiego importante come quello che si è preso la briga di dare a me. Se non fosse stato per le sue amicizie io non sarei a Dachau; forse è anche volerlo ripagare dei suoi sforzi la ragione per cui intendo mettere in pratica le mie competenze di medico al servizio della scienza, dimostrando la mia fedeltà di nazionalsocialista e il mio valore di medico. Ce lo dicevamo sempre quando eravamo tutti insieme a Bonn; ognuno di noi aveva un obiettivo, ed abbiamo giurato sulle nostre vite che lo avremmo perseguito fino alla morte. Non è facile essere nazionalsocialisti, bisogna lottare per diventarlo. Ricordo questa frase con molta nostalgia, accentuata dal fatto che non li vedo da molto tempo, sia lui che Klaus; anche se avevamo nove anni meno rispetto ad ora, l'impegno e il senso dell'onore non sono sbiaditi nel tempo, anzi, si sono rinforzati. Sono sicuro che è così anche per loro.

Dicembre 1930

Stretto nel suo cappotto grigio Heinrich uscì dall'Università, girò lungo l'immenso edificio a forma di E per sbucare dopo due minuti sulla grande distesa verde dell'Hofgarten, ormai sprofondato nel buio delle brevi giornate natalizie; scorse il lampione dove aveva lasciato la bicicletta, e avvicinandosi scoprì la presenza dei suoi amici Werner e Klaus sotto quella luce giallognola. Si affrettò a raggiungerli, e li salutò.

«Quando finirai le lezioni?» proruppe a mo' di scherzo Werner.

«Spero presto, spero presto» gli rispose Heinrich, guardando il volto spigoloso dell'amico sorridergli.

Klaus li osservava entrambi senza dire una parola, fumando pensieroso una sigaretta.

«Direi di andare, ragazzi» fece Heinrich prendendo la bici «c'è un po' di strada da fare verso casa e queste nubi non promettono bene».

«Già a casa? Non vorrai studiare il venerdì sera!?» sbottò Werner, con la voce alterata dallo stupore.

«Ho un sacco da fare, e non voglio rimanere indietro» puntualizzò lui.

«Io sto finendo di scrivere la tesi, e mi prendo tutta la mattina per farlo perchè nel pomeriggio sono all'ufficio

contabile. Sono impegnato almeno quanto te, eppure...»
replicò Werner, mentre tutt'e tre camminavano
seguendo la Regina-Pacis-Weg inghiottita dalla sera.

Quella giornata un po' buia sembrava riflettere i loro
umori indisposti, soprattutto quello di Heinrich che,
preoccupandosi per gli studi, non sopportava il fatto
che lo pungolassero per uscire; loro ormai avevano
finito, erano un anno più vecchi ma avevano
cominciato ben due anni prima. Sapeva che in quel
modo mostravano di volergli bene, perciò tentò di
ammorbidire il suo atteggiamento indisponente.

«D'accordo, ceniamo insieme» acconsentì Heinrich,
spingendo la bici per il manubrio «ma prima devo fare
alcune commissioni, se non vi spiace».

«Dove devi andare? Possiamo venire con te» propose
Klaus con fare disinvolto, dando un'occhiata agli altri
due che gli stavano a fianco.

«Se vogliamo mangiare dovremo comprare qualcosa,
eccetto un paio di birre che ho sempre in casa».

«Intendi mangiare in casa, dunque. Avevo dato per
scontato che volessimo cenare al *Britzkeller*» scherzò
Werner, ricambiando l'occhiata con il taciturno Klaus.

«Un giorno forse potremo, ma di questi tempi è dura.
Escluso te Werner, ancora non lavoriamo» lamentò il
terzo, sospirando fra sé.

Presero verso nord, passando per un viale alberato e
ben illuminato dai lampioni; in mezzo alla strada
strisciò lento un tram pieno di gente, e qualche altro
passante a piedi era tutto ciò che si poteva vedere a
quell'ora per le strade di Bonn.

Ad un certo punto Klaus prese parola con la sua voce
aspra e rauca:

«Comunque i tempi cambiano e i tedeschi si stanno accorgendo di quanto sia incapace il governo nel combattere la crisi. Ho letto stamani sul *Völkischer Beobachter* che, dopo le elezioni del 14 settembre, i socialdemocratici e i cattolici non riescono più a coalizzarsi per far fronte comune contro il Partito nazionalsocialista. Secondo me, ancora per poco pagheremo caro il pane».

«Anche secondo me» continuò Werner assorto «Le elezioni hanno dimostrato il malcontento e la sfiducia nella Repubblica, e il NSDAP non è più un piccolo partito bavarese come un po' di tempo fa. Ce la possiamo fare, io ci credo» concluse deciso, come se stesse parlando a una folla.

Restarono alcuni minuti in silenzio, con il rumore dei loro passi sul marciapiede costellato di misere botteghe; Heinrich alzava ogni tanto uno sguardo spento sulle vetrine dove i prezzi erano da capogiro, mentre Werner e Klaus preferivano guardare avanti come se non ci fosse niente, immersi nel loro proposito di prendersi la rivincita e aiutare la Germania a riscattarsi. Questo era uno dei sentimenti che legava la loro giovane amicizia ma, a differenza di Heinrich - che comunque aveva una forte fede nelle idee nazionalsocialiste - Werner sentiva maggiormente il senso del dovere e dell'obbedienza per aver prestato giuramento nelle SS, esattamente come Klaus.

Fra i numerosi negozi di quel quartiere Heinrich riconobbe l'ingresso di una macelleria, per cui decise di fermarsi a comprare un pollo. Gli altri due diedero la loro parte e lasciarono che Heinrich entrasse; dopo un minuto di contrattazione - con un tipo corpulento e dall'aria torva - uscì con in mano un involto e un'espressione alquanto afflitta. L'aveva pagato 30 Reichsmark.

«Non mi stupisco. Ne stavamo appunto parlando» commentò Werner, tirando fuori dalla tasca dei pantaloni un paio di banconote che porse ad Heinrich. Questi non li volle indietro; in fin dei conti ognuno aveva pagato la propria parte, e lui non intendeva essere da meno. A dispetto dei suoi amici Klaus era visibilmente urtato, e fissava il macellaio come se avesse tentato di truffare il suo amico. Werner lo richiamò con una pacca sul braccio, ricordandogli ironicamente che si trattava di inflazione economica, non di strozzinaggio né del raggiro di un commerciante ebreo. «Se fosse stato un ebreo l'avrei massacrato di botte» fu il commento di Klaus, mentre si allontanavano.

«Lo so, lo so amico mio» lo rabboniva l'altro.

Heinrich notò all'improvviso un vecchio manifesto elettorale su un muro del marciapiede opposto; risaltava grazie alla luce di un lampione vicino, che ne accendeva il colore rosso. Erano raffigurate in alto a sinistra due braccia - con un bracciale nazista - nell'atto di porgere un martello, una pinza e un pezzo di pane e nell'angolo in basso altre braccia con le mani protese per riceverle. Campeggiava sulla destra la scritta *Arbeit und Brot* e il numero della lista civica. Proprio uno dei punti cardine del programma di Partito; in quel momento si sentì orgoglioso per averli votati, per essersi iscritto come membro già nel 1927 - nonostante il monito di sua madre che non vedeva di buon occhio tutto ciò che non fosse cattolico.

Attraversarono alcuni quartieri in un susseguirsi di basse palazzine contorniate da elganti giardinetti, qua e là qualche disoccupato seduto tristemente su una panchina, donne con gli occhi disperati che camminavano tenendo per mano i figlioletti; uno strano squallore era percepibile nell'aria ma - come la nebbia - non lo si poteva toccare, e lo si lasciava entrare nei polmoni della gente sempre più povera e delusa. Tutt'e tre ricevevano dalla città quel suo splendore reso cupo dalla miseria dilagante e capitava, come in quel momento, che passeggiassero insieme cercando di scacciare dal cuore quella sgradevole sensazione, semplicemente nel silenzio, impedendole di insinuarsi nei loro animi protetti dal desiderio del riscatto, dalla voglia di vivere in un paese puro e ricco retto dall'idea di un *volk* forte e superiore a tutti.

In Nordstraβe abitava Heinrich, e dopo essere saliti nel suo alloggio studentesco - una stanza modesta e ben ammobiliata - si lasciarono andare alle chiacchiere per un po' di tempo, annaffiando le loro bocche con la birra e qualche schnaps, finché non si decisero a cucinare quel pollo che tanto era costato. Werner si interessava all'arte e alla musica, e non poteva fare a meno di osservare le stampe appese alla parete; ogni volta commentava la modernità delle *Desmoiselles d'Avignon* o le suggestive *Ninfee* dipinte da Monet. «Il Partito trova questi quadri degenerati in quanto non trasmettono la forza e la bellezza della nostra razza superiore» ripeteva sempre, ma la sua espressione nel contemplarli faceva dubitare sul fatto che vi credesse o meno. Heinrich pensava che Werner le ammirasse in segreto, ma che semplicemente non volesse ammetterlo; a lui erano indifferenti, la padrona di casa le aveva lasciate lì e non si sentiva in diritto di toglierle, klaus invece affermava che facevano orrore quelle figure dove non si distingueva nient'altro che macchie di colore.

Davanti ai piatti sporchi e alle bottiglie vuote, stesi sugli schienali delle seggiole, tornarono a parlare della situazione che stava vivendo la Germania.

«E' una fortuna che gli iscritti al Partito aumentino, potremo avere una forza maggiore un po' dappertutto e non solo al Reichstag» affermò Heinrich, sorseggiando una birra.

«Merito di quel Goebbels che attira anche i neonati con la propaganda» continuò Werner «Di questo passo guadagnerà gran parte degli elettori della capitale. Non ho mai assistito a un suo comizio, ma per radio le sue parole suonano affilate come coltelli».

Heinrich trovava Joseph Goebbels acceso di un fanatismo senza limiti, ma riconosceva il fascino che molti subivano da quel giovane renano che si scagliava con intrepida energia su comunisti e socialisti senza alcuna pietà, con l'intento di mostrare al popolo che erano colpevoli del tracollo economico in cui si trovava il paese e che - fatto ancor più grave - il paese si fosse fatto plagiare dai giudei.

Klaus fumava ascoltando ciò che dicevano di Goebbels, quando si sporse sul tavolo piantando i suoi occhi scuri su di loro:

«Infatti è così che stanno le cose, amici miei, è tutta colpa degli ebrei che con i loro soldi predominano in ogni attività commerciale, appoggiano il partito comunista per evitare che il NSDAP prenda la maggioranza di voti al Reichstag ma, e questo è l'importante, stanno fallendo in modo vergognoso. Andando avanti - e con un po' di fortuna - aiuteremo il popolo ed assisteremo al trionfo del nazionalsocialismo che darà forza e luce alla Germania, gli restituirà ciò che le è stato portato via prima dal Trattato di Versailles poi dagli ebrei comunisti. Dovremo cacciare tutti gli ebrei, via tutti gli ebrei, perchè il nostro paese, la nostra Germania era alle origini una terra popolata da uomini dal sangue puro e tale deve tornare ad essere recuperando una dignità primitiva e superiore che possedeva al tempo in cui dominavano gli Ariani».

Terminò quella filippica appassionata, e riprese la sua sigaretta tirando due rapide boccate. Werner si disse d'accordo sulle teorie storiche che Klaus - forse influenzato dalla figura di Himmler - aveva appreso da altri studenti che, come lui, seguivano i corsi di antropologia.

«Nel *Mein Kampf* Hitler afferma che lo scopo principale dello Stato nazionalsocialista è la conservazione dell'esistenza razziale dell'uomo, e credo sia una verità indiscutibile» sentenziò con una nota d'orgoglio mentre, con uno slancio, afferrava il boccale per bere di nuovo.

«E l'arianizzazione - come dichiara Goebbels - deve riguardare ogni singolo ambito della vita privata e pubblica, comprese ovviamente le opere d'arte e la letteratura, ecco perchè i quadri di Picasso e Monet rientrano nella categoria di cose da estirpare dal paese» spiegò Heinrich, riferendosi al precedente commento artistico di Werner; entrambi si guardarono, poi Heinrich mostrò una specie di sogghigno all'amico. Werner non capì se le parole appena pronunciate rispecchiassero il suo pensiero o riportassero le idee del propagandista Goebbels; era propenso a credere la prima, ma ogni volta che Heinrich si mostrava distaccato dalla questione - cosa che pensava dentro di sè gli fosse utile a nascondere i pensieri - questo fatto lo faceva sentire a disagio.

«Siete troppo stanchi per uscire?» chiese Heinrich con voce più distesa.

«Dove andiamo?» fece Werner, cancellando il disagio di poc'anzi dinanzi alla prospettiva d'una serata.

«Un'altra bevuta alla birreria sulla Magdalenenstraße, proprio non lontano da casa tua». Werner e Klaus dividevano una stanza proprio in quella strada, nel quartiere di Endenich.

«Non è un po' lontano? Quaggiù all'angolo ci sarebbe la braukeller...» obiettò Klaus, con una voce impastata dalle bevute.

«Comunque va bene, a patto di rimediare qualche ragazza subito dopo» specificò infine.

Werner assentì, Heinrich guardò entrambi gli amici sperando in un ripensamento; si sentì uno stupido per averlo proposto, doveva immaginare che avrebbero voluto terminare la serata in bellezza. Gli venne in mente Greta, con cui stava insieme da un anno e che non vedeva da una settimana; se dopo tutto gli uomini sposati si concedevano avventure ben più lunghe di una notte, cosa sarebbe successo se si divertiva un paio d'ore?

Fu così che uscirono e notarono le nuvole divenute fitte e basse, al punto che sembravano crollare sui tetti spioventi delle case; di fronte allo svago, però, non si preoccuparono del rischio di un acquazzone. Con la baldanza che scaturiva dall'alcol in corpo si allontanarono dalla Nordstraße verso il sud della città, fra gruppi di squallide villette e palazzine dall'aspetto sciatto; una volta giunti sulla Magdalenenstraße proseguirono dritti passando la casa del compositore

Schumann - riconoscibile grazie a una targhetta opaca che ne riportava il nome - arrivando all'ingresso della birreria. Il locale era semivuoto, eccetto per un gruppetto di compagni di sbronze e alcuni giovani studenti come loro; ordinarono le birre al banco e - cosa che stroncò la flebile speranza di Heinrich - le bevvero nel giro di poco tempo nella frenesia di ciò che li attendeva. Lui notò gli occhi acquosi risaltare sul viso di Werner, come le palpebre cascanti di Klaus il quale - per alcuni brevi momenti - giocò pensosamente con il boccale sul tavolo.

«Usciamo amici...Vi porterò in un bel posto!» esclamò Werner in preda all'euforia.

Se ne uscirono; Heinrich si accese una sigaretta, mentre gli altri due già s'incamminavano come se avessero un appuntamento importante. A lui le bevute gli stavano appesantendo la testa, ma riusciva a mantenere bene il controllo; abbozzò un'espressione rassegnata e li seguì.

Tagliarono la strada verso la parallela, stretta e poco illuminata; i passi dei loro stivali neri echeggiavano come cupi tamburi. Klaus dava l'idea di essere quello più perso dei tre poichè seguiva Werner come un cane cieco, mentre Heinrich camminava lento alternando il passo con i tiri della sigaretta.

Dinanzi a un portone semiaperto Werner si girò indietro, e ammiccò seriamente agli altri due, poi entrarono ritrovandosi nella hall di un hotel dove regnava l'incuria; le pareti erano piene di crepe mal tappezzate con carta da parati beige, mattonelle sporche di roba appiccicosa, e un vecchio bancone in fondo sul quale poggiava un seno enorme appartenente alla proprietaria.

«*Meine Herren*» disse sorridendo la paffuta signora «vi porterò direttamente di sopra, faccio strada».

Tutti la guardarono senza dire una parola; Heinrich fu il primo a seguirla su per la rampa di scale, e anche il primo a capire che la deferenza della donna era dovuta a una rapida occhiata alle loro spille del Partito sul cappotto. Gli altri erano troppo ansiosi di divertirsi per notarlo.

La donna si fermò sul pianerottolo e disse loro di scegliere la camera che desiderassero; assicurò anche che ogni ragazza era assolutamente bella e capace, e che non se ne sarebbero pentiti.

Werner proseguì verso la fine del pianerottolo, fiondandosi a caso sull'ultima; Klaus raggiunse barcollando la terza e Heinrich, anch'egli senza alcun criterio, scelse quella più vicina.

Entrò in una camera avvolta da una luce calda e soffusa; al centro c'era un letto dalle coperte sfatte sul quale la ragazza era seduta. Heinrich la fissò con un mezzo sorriso che però tradiva un accenno d'ansia; lei lo guardò un secondo, poi riabbassò lo sguardo cercando di infilarsi un paio di calze.

«Che fai lì? Vuoi pagare per guardarmi?».

«No, no, tutt'altro» gli rispose Heinrich, un po' irritato dalle sue maniere scontrose. Era magra e dal seno piccolo e floscio, il volto smunto e due occhi grandi e scuri che suscitavano una fredda compassione; due ciocche di capelli biondi le accarezzavano le spalle. A lui quella figura esile lo eccitò; quindi si avvicinò al letto e cominciò a togliersi i pantaloni, quando lei lo apostrofò:

«Lascia 35 Reichsmark su quel tavolo, altrimenti ti puoi rivestire».

«Potresti essere più gentile, però» protestò Heinrich, cambiando tono.

«Sei solo un cliente non il fidanzato, che pretendi».

Heinrich si fermò e la squadrò duramente.

«Sono un nazionalsocialista, non un pidocchioso qualunque. Portami rispetto» le intimò.

«Sei pure permaloso? Non ho voglia di perdere tempo» fece lei. Poi si sdraiò sul letto volgendogli le spalle.

Heinrich tirò fuori le banconote e andò a metterle sul tavolo; sospirò e continuò a svestirsi.

«Ci vuole molto? Spero che duri meno che con quelli circoncisi» aggiunse, mettendosi supina con le braccia sotto la nuca.

Heinrich spalancò gli occhi per la sorpresa, e rallentò un istante ogni suo movimento; dopo qualche secondo era nudo, e le si avvicinò allungando la mano destra sul suo ventre piatto.

«Hai detto che qui vengono quelli circoncisi? Gli ebrei?» le domandò sottovoce.

Lei un po' turbata si corresse:

«Mi riferivo alle mie esperienze personali, ne ho visti di tutti i tipi».

«Ora sei te che mi stai prendendo per il culo. Volevi dire che qui accettate clienti ebrei?» replicò lui, alzando il tono della voce.

Lei si alzò puntando i gomiti, spaventata; fece per allontanarsi da lui, ma Heinrich la afferrò per un braccio.

«E' così, puttana?».

«Lasciami o ti mordo» ringhiò improvvisamente, nel tentativo di divincolarsi.

Heinrich le diede una spinta buttandola sul letto; sentì un impeto di rabbia avvampargli le guance. Era caduto in un posto frequentato da quei maledetti giudei, e questo bastava per farlo sentire in colpa verso le proprie idee più che verso il tentato tradimento di Greta. Rivolse un'occhiata furibonda alla ragazza; lei lo ricambiò con un misto di collera e spavento, quasi volesse sfidarlo.

«Non finisce qui» le disse, mentre riprendeva i soldi e si rivestiva.

«Che colpa ho io? Sei un poliziotto per caso? Non è illegale e non puoi farmi nulla» si giustificò.

«Il fatto che te la fai con gli ebrei è imperdonabile!» gli urlò con aria schifata.

Finì di rivestirsi, prese il cappotto e uscì sbattendo la porta. Si fermò cercando di controllare la rabbia, poi si diresse verso la stanza dov'era entrato Klaus e bussò con le nocche della mano. Udiva dei gemiti, ma continuò a bussare fino a quando l'amico, imprecando, non aprì la porta seminudo.

«Potevi aspettare che finissi, che fretta c'è?» fece Klaus infastidito, ma l'espressione rabbiosa di Heinrich lo rabbonì.

«Quella puttana se la fa con gli ebrei, dobbiamo andarcene».

Klaus aggrottò la fronte e sospirò.

«E' ebrea?».

«Credo di sì, ma anche se non lo fosse non mi va di essere trattato male da una puttana che si scopa gli ebrei» ribatté Heinrich, ansimando per la rabbia.

Klaus gli disse di dargli tempo per rivestirsi, e poi sarebbero tornati insieme da lei; mentre aspettava uscì Werner che, non sapendo della situazione, gli fece un sorriso soddisfatto. Con tono agitato Heinrich gli spiegò cosa era successo e cosa volesse fare.

«Purtroppo non possiamo denunciarla, lo sai» fu l'opinione di Werner.

Klaus ricomparve con il suo passo pesante, li guardò e disse:

«E' vero che non possiamo rivolgerci alla polizia, ma lei collabora con gli ebrei che sono nemici della Germania. Apparteniamo alle SS e non dobbiamo tollerare che accadano certe cose».

Heinrich lo guardò con un guizzo di gioia negli occhi.

«Io non faccio parte delle SS, ma sono un nazionalsocialista che è stato maltrattato da una puttana» ribadì energicamente, passando uno sguardo deciso sulle facce dei suoi amici.

Werner capiva il sentimento di Heinrich, e alla fine abdicò:

«Va bene, ma facciamo presto».

Piombarono insieme nella stanza spalancando la porta; sdraiata sul letto la ragazza sobbalzò per lo spavento, guardandoli esterrefatta.

«Dovevo immaginarlo che eri un tipo strano. Se lo volete fare in tre mi dovete 100 Reichsmark, altrimenti lasciatemi in pace che aspetto altri clienti».

Entrarono tutti insieme e Klaus chiuse la porta; poi s'avvicinarono in silenzio al letto e videro la ragazza impallidire. Werner le diede un'occhiataccia e in tono autoritario le parlò:

«Sarebbe meglio se tu fossi più disponibile e sottomessa. Il nostro amico ci ha detto l'esatto opposto e in più ricevi anche ebrei. Dimmi una cosa, sei tedesca?».

«Sì, ma che differenza fa?» gli rispose, abbassando il tono della voce.

«Un tedesco non accetta nulla da un ebreo» replicò Werner, togliendosi il cappotto e buttandolo sul letto.

Heinrich aveva lasciato il suo su una sedia, e cominciò a svestirsi per la seconda volta; solo adesso provava quell'eccitazione che prelude a un divertimento, e cresceva in lui la voglia di approfittare di quella prostituta spudorata e insolente.

Klaus fece altrettanto; dopo un minuto lei, sbigottita, si ritrovò di fronte quei tre giovani completamente nudi che la fissavano con occhi colmi d'odio.

Werner fece un passo, e allungò la mano verso i propri pantaloni; con lentezza sfilò la cintura sotto gli occhi della ragazza, in modo che leggesse le parole scritte sulla fibbia argentata. *Meine Ehre heißt Treue.*

«Ora capirai cosa vuol dire essere fedeli alla Germania» la minacciò, prima di vibrare un colpo con la cintura sul braccio sinistro della donna. Lei cacciò un urlo, e Heinrich le saltò sopra tappandole la bocca; cominciò a piangere e a mugolare, senza perdere di vista l'oggetto che nelle mani di Werner oscillava come un pericoloso pendolo.

«Te ne ricorderai» sibilò. Un altro colpo cadde sulla gamba destra, facendole digrignare disperatamente i denti; Klaus osservava impassibile, volgendo lo sguardo sui suoi amici.

Werner schioccò altri colpi uno dietro l'altro con cadenza perfetta, metodica come quella di un boia, senza fatica o affanno, con una lucidità in quegli occhi scuri da far dubitare che fosse la persona spiritosa e amabile che gli altri conoscevano. Heinrich fissava l'espressione sconvolta della prostituta mentre la reggeva di fianco, ascoltava i mugolii vibrare caldi contro il palmo della sua mano come le note di una litania capace di estasiarlo.

Quando Werner si stancò il corpo della ragazza era chiazzato di strisce violacee, alcune sanguinanti; sentendo le forze abbandonarla Heinrich allentò la presa, la girò mettendola a pancia in giù alzandole le natiche. Lei era talmente esausta che sembrò non protestare più per il timore di ricevere altre frustate; scossa da continui singhiozzi li lasciò fare. Non ebbero limiti nell'umiliarla.

Dopo si rivestirono in fretta, presero i cappotti e uscirono sbattendo forte la porta; scendendo le scale incontrarono la proprietaria che li salutò con un sorriso benevolo, ma nessuno dei tre la degnò di uno sguardo uscendo dall'albergo.

S'avviarono compiendo il tragitto dell'andata; anche se nessuno aveva parlato di rincasare, stavano andando all'alloggio di Heinrich. Per alcuni minuti stettero zitti; l'evento di poc'anzi sembrava occupare i loro pensieri. Provavano soddisfazione e delusione nel medesimo tempo, li coglieva una frustrazione causata, per l'ennesima volta, dalla triste realtà della Germania incarnatasi in quella ragazza oggetto del mercimonio ebraico, così impudente e orribile che era stato giusto punirla.

Un vento freddo cominciò a scuotere le cime degli alberi ai lati della strada, e il frusciare dei rami era l'unico rumore udibile nella città addormentata. Le entrate delle botteghe, buie e sbarrate, apparivano come tante bocche che non erano più in grado di sfamare i tedeschi. A rompere quella sinistra quiete fu Heinrich:

«Trovo giusto quello che abbiamo fatto» esordì «però sento come una specie di vuoto perchè credo che abbiamo fatto poco».

«Gli abbiamo dato una lezione che ricorderà» replicò Werner, colpito dalla frase dell'amico.

«Non potevamo farle di peggio» commentò meditabondo Klaus.

«In un'occasione ho fatto di peggio, amici miei. Ero entrato da poco nelle SA di Osnabrück, partecipavo ai raduni in piazza e alle marce che organizzavano per mostrare l'orgoglio del Partito. Come sapete molte notti facevamo le ronde per scovare comunisti e oppositori e una di quelle, era la primavera del '28, io e altre due reclute ci trovammo a perlustrare le vie della periferia. Ad un certo punto uno di loro mi fece notare due ombre nascoste in un cantuccio fra due muri; ci avvicinammo e scoprimmo una coppia di fidanzati abbracciati. Era nostro dovere controllare che non fossero nemici, quindi i miei compari chiesero loro i documenti di riconoscimento; fecero un po' di storie, ma alla fine cedettero e constatammo che erano due polacchi emigrati. Mi parve strano che non fossero ebrei, i vestiti che indossavano mi sembrarono costosi; a quella domanda lui s'innervosì e ci disse che non avevamo il diritto di intimidirlo né di interrogarlo, che se era un ebreo non era una cosa che riguardava un partito ma il governo tedesco. Voi come l'avreste presa una risposta del genere? Quindi voleva dire sì; e se non erano ebrei, probabilmente erano simpatizzanti del *Kommunistische Partei Deutschlands*. Parlavano bene il tedesco, anzi lui parlava bene perchè la ragazza, spaventata, ci fissava senza dire una parola; gli dicemmo che non era il caso di aggredirci ma lui, non so con quale coraggio, alzò la voce urlandoci che non l'avremmo spaventato, che eravamo un'organizzazione di pazzi invasati e altre varie offese; non c'era altra maniera di farlo tacere, così tirammo fuori i manganelli e lo colpimmo al viso e alle reni finché non cadde a terra esanime. I miei compari fecero lo stesso con la ragazza, di cui approfittarono a turno; dopo poco scappammo senza sapere se il ragazzo fosse vivo o meno. Rammento quest'esperienza che feci nelle SA perché mi diede l'occasione di punire un avversario, un nemico senza scrupoli come un ebreo, punirlo e - se necessario - ammazzarlo come penso di aver fatto. Fu una bella esperienza e mi è servita molto; mi è servita a capire che dovevamo ucciderla quella ragazza».

Werner già conosceva quella storia, e riconobbe ancora una volta il coraggio e la devozione che l'amico aveva dimostrato; tuttavia aggiunse che non sarebbe stata la soluzione migliore. Klaus fu titubante nell'esprimersi, da una parte condivideva il parere di Werner dall'altra avrebbe voluto agire come Heinrich.

«Forse non ha torto Werner, ma ciò non toglie che io - quando eravamo nella stanza - ho sentito l'impulso di ammazzarla» confessò, con il tono di chi si rassegna di fronte all'occasione persa.

A causa del forte vento che s'insinuava fra i capelli e le falde del cappotto, Klaus imprecò nell'accendere una sigaretta dopodiché anch'egli - sulla scia nostalgica di Heinrich - iniziò a raccontare dell'eroica partecipazione al Putsch del 1923 nella birreria *Bürgerbräukeller*. Strada facendo rievocò quella sera fatidica dell'8 novembre durante la quale con le altre camice brune marciò - comandato da Röhm - verso la birreria dove Hitler avrebbe persuaso il triumvirato a partecipare a un vero colpo di stato. Raccontò di essere stato talmente nervoso quella sera da avere le mani tremolanti e i brividi per ore; molti suoi amici, al contrario, erano sicuri e non battevano ciglio, anzi alcuni mostravano un'audacia da combattenti veterani. Ma non fu quella sera a rimanere memorabile, se non per il ricordo di una grande emozione. Dopo aver dormito solo un'ora sulla strada il suo distaccamento si mosse verso il centro di Monaco; l'intrepido Röhm - a sua detta una persona che infondeva coraggio e fiducia - aveva dato ordine di marciare verso il Ministero della Guerra e quando lo raggiunsero fu l'occasione per dar prova del suo coraggio. Davanti a loro erano schierati i soldati della Reichswehr e la polizia con le armi puntate su di loro; dalle prime fila si percepì la voce di Hitler - che aveva guidato il suo distaccamento - intimare di abbassare le armi. Un attimo dopo i primi spari dispersero gli uomini; in quel momento sentì un forte pulsare alle tempie e nelle orecchie. Disse di aver avuto la sensazione di morire, ma non di tentare la fuga nel mezzo dello scompiglio; si difese sparando addosso ai poliziotti, forse ne ferì qualcuno ma la cosa più sicura fu che diversi uomini delle SA furono uccisi, e molti feriti. Quando ormai non c'era più niente da fare i combattenti tentarono di fuggire, ma furono arrestati; prima di andarsene deluso, disse di aver notato la testa di un suo amico a terra muoversi e di aver rischiato l'arresto o addirittura la morte per portarlo in salvo. Si ripararono in una via e tutto ebbe fine lì, come molti sanno; l'entusiasmo e la forza di combattere per cambiare le cose sembrava essere stroncata con l'arresto di Hitler, per fortuna non è stato così. Lui, il suo contributo, l'aveva dato, s'era battuto e aveva tratto in salvo un amico; se fosse più encomiabile il coraggio di ammazzare un nemico che quello di farsi sparare per la vita di un'altra persona, lui non avrebbe saputo dirlo.

Al termine del racconto erano giunti di fronte all'alloggio di Heinrich; questi aveva ascoltato tutto per la prima volta - Klaus aveva già accennato al fatto ma mai s'era messo a narrarlo - ricevendo un'impressione confusa. Entrambi avevano militato nelle SA, tuttavia si sentì sminuito dal valor militare dimostrato dal suo amico; anche se brutta, era solo un'impressione forse appesantita dall'enfasi che Klaus vi aveva messo nel raccontare i fatti. Non aveva senso paragonare due circostanze troppo diverse fra loro.

Werner invece era orgoglioso dei suoi amici; si guardarono tutti per alcuni momenti, annuendo significativamente, mentre attorno svolazzavano le foglie che il vento sparpagliava nell'aria.

«In alcune riunioni di partito mi è stata sempre ripetuta una frase che mi torna in mente adesso. Non è facile essere nazionalsocialisti, bisogna lottare per esserlo» dichiarò Werner con un tono a metà fra il solenne e il confidenziale.

«Bisogna lottare contro il giudaismo e la miseria, bisogna mostrarci degni della bandiera sotto cui viviamo, degni della *Hakenkreuz* che spesso portiamo al braccio. Questa è la nostra missione» concluse rapito Klaus, fissando le sue pupille nere in quelle scure di Werner.

Heinrich era anch'egli estasiato dalla passione che correva nelle loro fibre; quelle parole dette fra loro, in una giornata tetra di dicembre, avrebbero illuminato il suo cuore per molti anni. Promise a se stesso e agli altri, ancora una volta da quando aveva abbracciato la fede nazionalsocialista, che avrebbe sacrificato la vita per il Reich.

Nelle ultime settimane ci sono stati progressi nel mio rapporto con lo Scharführer Heim, malgrado non sempre sia stato facile incontrarsi e parlare; i suoi superiori gli hanno affidato dei compiti di volta in volta diversi, in aree del campo dove io non ho una valida ragione per andare. Per cui abbiamo avuto meno tempo per parlare e creare così un rapporto più stabile e saldo. I miei sforzi e il suo atteggiamento di voluta indifferenza non sembra siano bastati a non dare nell'occhio; passare dal controllo di un kommando addetto alle gabbie dei conigli d'angora, poi alla collaborazione nell'Edificio dei Servizi nella parte opposta del campo, poi ancora alla noiosa supervisione di altri *häftlingen* che si spezzano la schiena mi suggerisce che uno come l'Oberscharführer Bachmann sappia molto di più di quello che vuole farci credere. Staffelsburg è un bieco galoppino che si limita a seguirlo, in verità Bachmann è il sottufficiale che predomina nelle decisioni; con quel naso a becco d'aquila, quando si muove e punta qualcosa dà l'impressione che la fissi intensamente con l'intenzione di braccarla come un segugio. E' palese il suo controllo

49

su di noi perchè anche io ho dovuto adattarmi ad alcune modifiche dei miei incarichi; nelle selezioni dalla settimana scorsa fino a questa mattina sono stato agli ordini dell'Untersturmführer Moser e dell'Oberscharführer Niemens, solo che un'insolita durezza da parte loro l'ho trovata ingiustificata dato che la mia obbedienza e il mio rispetto non sono mai mancati. E' evidente che Bachmann gli ha dato alcuni consigli su come comportarsi, e costoro trovano piacevole atteggiarsi più a militari che a medici; la conseguenza è che mi ritrovo ad aspettare i convogli in arrivo, osservo loro mentre fanno scendere tutti e non prendo parte attiva in quello che segue. Mi ordinano di osservare ciascun prigioniero mentre lo esaminano, poi mi dicono di compilare l'idoneità al lavoro di un *muselmann* affetto da una bronchite cronica o in uno stato di salute davvero precario; dichiaro quindi l'abilità al lavoro - che in realtà non ci sarebbe - e dò il via a spedirli in qualche massacrante mansione che li ucciderà. E' un lavoro da scrivano, da burocrate, e sanno di umiliarmi in questo modo; prima almeno potevo esaminare io stesso i prigionieri con la dovuta libertà di un medico che lavora al campo, adesso non più. Proprio in questi giorni i contatti che di rado ho avuto con Heim - non so il motivo per cui non mi riesce di chiamarlo qui Bruno - mi fanno pensare che qualcosa si muova in mio favore, nonostante le ostilità da parte degli altri medici SS; il suo appoggio si basa sulla fiducia accompagnata paradossalmente dalla diffidenza, una specie di ambiguità che trovo improbabile che si trasformi in qualcos'altro. Un rapporto più stabile mi darebbe più sicurezza nelle mie manovre (forse è un mio desiderio che lui divenga mio amico?) ma sappiamo entrambi che il nostro è uno scambio mercenario di informazioni; Heim è un amante della musica e delle conversazioni erudite quanto delle donne - che fatica ho durato nell'attesa che mi confidasse ciò che credevo - e ho visto bene di accontentarlo dandogli consigli ma, soprattutto, soldi. Ieri ha cominciato a sorvegliare il lavoro di un kommando addetto alla costruzione di una nuova selleria; verso sera ha udito uno stralcio di conversazione tra il kapò della baracca e il blockführer, i due parlavano di un prossimo trasferimento dei prigionieri in un'altra baracca. A quanto aveva capito, per alcuni si trattava addirittura di essere trasferiti in un sottocampo limitrofo per un altro genere di lavori; non ho compreso come la cosa potesse interessarmi - e se valesse i 70 Reichsmark che gli avevo dato - fino a che non ha continuato il suo discorso tradendo un po' di eccitazione per le sue scoperte. «C'è di più. Sono andato da Lázló - così si chiama quel delinquente polacco - e gli ho chiesto chi avrebbe occupato la baracca dopo di loro. Quando gli ho lasciato 30 Reichsmark, quasi il triplo di ciò che un detenuto può possedere qua dentro, mi ha confessato che qualcuno intende allestire qualcos'altro al suo interno; cosa, lui non lo sa ovviamente. E' da scartare che sia una falegnameria o simile - con tutto lo spazio che c'è nel campo non avrebbe senso spostare i prigionieri. Basterà aspettare la cena delle SS di stasera per scoprirlo». Secondo me dovrebbe essere cauto nel credere ai discorsi di un kapò verde per la semplice ragione che lo pago per saperli, quindi potrebbe prima trovare il modo di accertarsene; non gli ho esternato la mia impressione, sapendo appunto che in serata avrebbe cercato una conferma da darmi. Immagino già

51

dove finiscano gli altri 40 Reichsmark. Il modo in cui Heim si è lasciato corrompere da me lo paragono spesso al lavoro di un tarlo nel tronco d'albero; lavora con lentezza e precisione fino a rodere le profondità del legno, esattamente come sto facendo io con lui nella speranza che porti un beneficio alla mia condizione di medico. Intanto attendo che Heim passi da me a riferirmi; anche se ormai sospettano di noi, mi ha informato che sarebbe stato meglio vedersi l'indomani e che è abbastanza improbabile che venga qui sul tardi. Per scrupolo lo aspetterò fino a mezzanotte.

Sento il sonno appesantirmi la testa e alle preoccupazioni del lavoro si sono aggiunte, proprio oggi, quelle di mia madre. Mi ha scritto rimproverandomi di non essermi fatto sentire per molto tempo, ma il vero motivo è un altro; è angosciata dalle condizioni di Berta e mi chiede di andarla a trovare per constatare le sue condizioni di salute. Come se potessi fare qualcosa per la mia sorellina! E' dura spiegare a una madre che la figlia è schizofrenica e degenera col passare del tempo; nel momento in cui il nostro medico le diagnosticò questo disturbo mentale, tutti respinsero il suo parere credendolo in errore. Non potei ascoltare l'opinione di Werner perchè si era già trasferito a Berlino; scrivergli e attendere la sua risposta avrebbe richiesto tempi lunghi, e visto che la situazione era urgente ci siamo rivolti ad altri dottori che alla fine hanno confermato la diagnosi del primo. Così è stata trasferita a Kassel in una clinica psichiatrica. Da quel giorno mia madre crede che Dio ci aiuterà e farà ciò che è giusto per lei; da donna cattolica e credente della Vestfalia ha riposto la sua speranza in Dio. E' un continuo ripetere "Il Signore penserà a tutto e la piccola

Berta tornerà come prima"; io credo nelle capacità dell'uomo e nell'esistenza di un creatore, ma credo comunque che dobbiamo accettare la malattia di Berta. Mi vengono in mente le nostre vacanze in montagna, quando eravamo piccoli, quella timidezza infantile di fronte a tutti quando doveva parlare, il suo essere introversa interrotto da bruschi momenti di esuberanza forse indicava una predisposizione a ciò che si sarebbe sviluppato in seguito; chi lo sa. Nonostante l'affetto che ho per lei e il dolore immenso che dà a mia madre, è giusto che Berta affronti la malattia e la sorte a cui va incontro.

Domani le scriverò rassicurandola che uno di questi giorni andrò a far visita a mia sorella; magari porterò con me Greta. Anch'essa, come mia madre, ritiene che mi debba occupare di lei.

Nel tentativo di persuasione - per usare un eufemismo - dei miei diretti superiori allo scopo di avere il lavoro che mi compete sono giunto a un punto delicato e di estrema importanza. Proprio oggi pomeriggio ho parlato con Heim; stava alle calcagna dei prigionieri del block 5, i quali marciavano verso una fossa che avevano cominciato a scavare per la selleria in costruzione. L'ho visto saltellare dietro a un gruppo di häftlingen robusti - devono essere arrivati da poco - e incitarli a far presto. Per mia fortuna ero stato mandato da Bachmann a consultare alcuni documenti in infermeria su un gruppo di detenuti affetti da nefrite - non credo quindi abbiano una qualche utilità nel campo - ed era inevitabile che passassi vicino a quel kommando. Non potevo prendermi molto tempo, giacché Bachmann aveva bisogno di me per rilasciare l'idoneità ai prigionieri polacchi appena giunti dal fronte; senza salutarlo mi sono avvicinato e gli ho chiesto della cena. Con apposita freddezza e senza distogliere lo sguardo accigliato dai detenuti, mi ha parlato velocemente; mi ha riferito che alla cena c'erano tutti i medici e gli ufficiali delle SS, e dopo aver riportato un paio di notizie dal fronte (forse il

Führer aveva intenzione di invadere la Francia, ma nessuno sapeva quanto fosse attendibile) mi ha detto che Herr Kommandant ha annunciato le migliorie da apportare al campo, soprattutto la necessità di costruire un laboratorio medico su suggerimento dell'Untersturmführer Albert Moser. Per farlo utilizzeranno la baracca 5, trasferendo i prigionieri altrove. Non ho potuto soffermarmi a commentare la notizia, e mi sono allontanato promettendogli di rincontrarlo quanto prima.

Mentre guardavo scendere dal convoglio le facce tristi dei polacchi e compilavo l'idoneità di ciascuno sulla base del mio umore, scrutavo ogni tanto l'espressione indifferente di Moser accanto a me che sputava brutte parole ai nuovi venuti. Era stata sua l'idea del laboratorio, e chissà quanto aveva pregato Piorkowski per averla, infiocchettando la richiesta con un sacco di cavolate mediche; forse gli aveva parlato di esperimenti da eseguire su certi detenuti, anche se non mi sembrava una mente così brillante da buttarsi nella ricerca medica. Senza far trapelare nulla quest'uomo, assieme agli altri medici, s'è impegnato nella stessa cosa che voglio io e che sta ottenendo. Dopo lo sconcerto tutto ciò mi ha reso entusiasta. Adesso si spiega l'ostilità dei miei colleghi che temono evidentemente che io li scavalchi, in un modo o nell'altro; può darsi che l'amicizia - se così la vedono - con lo Scharführer Heim sia vista come un sicuro appoggio per avere la stessa cosa, temendo ciò hanno voluto battermi sul tempo. Lo ritengo probabile, ma non ne sono del tutto convinto; anche se si trattasse di un'incredibile coincidenza, in ogni caso credono che io lo abbia già saputo tramite Heim perciò si comporteranno seguendo la medesima linea. A questo punto la mossa da fare è sfruttare tutto ciò che hanno fatto a mio vantaggio; siccome è in allestimento il laboratorio medico necessario per riprendere le mie ricerche, devo fare in modo che una parte di esso venga destinata a me. E' il momento di rispolverare i miei scritti di tossicologia, soprattutto la mia tesi, per fornire una prova concreta delle ricerche che intendo fare nel laboratorio; magari sarebbe meglio dichiarare come scopo della ricerca lo studio degli effetti di alcune sostanze tossiche sul cervello. Essendo più preciso avrà un maggiore effetto, dimostrando la mia preparazione in materia; già stasera ho cominciato a riordinare tutti i fogli che consegnerò il prima possibile a Herr Kommandant in persona. Heim però dovrà fare la sua parte, e dovrà mettercela tutta.

Domani ho l'impressione che sarò presente all'appello mattutino; tanto sono agitato che non chiuderò occhio non appena smetterò di scrivere. Non so se questo è stato un giorno bello o brutto, forse un giorno grigio non diverso dagli altri; sembra però che preluda a un nuovo inizio, per me, qui nel campo.

15 ottobre 1939

Sono rare le volte in cui mi accontento di qualcosa, e quando ciò accade provo un senso di pienezza che mi soddisfa; nient'altro che questo, esattamente come una settimana fa quando sono riuscito a trovare un appartamento dove vivere. Mi sono rivolto a un ufficio del Comune e dopo essermi mostrato insistente - principalmente grazie alla mia appartenenza alle SS e alla tessera di partito - mi hanno dato un numero di indirizzi di case confiscate agli ebrei. La lista era lunga e hanno fatto il possibile per favorirmi; effettivamente sono stato trattato bene perchè le case erano quasi tutte nel quartiere Schwabing. Fra quelle libere ho scelto un appartamento vicino alla Leopoldstraße; il quartiere è bello ovunque si cammini, motivo per cui era del tutto inutile scegliere una zona piuttosto che un'altra. Mi posso accontentare dunque, è una casa con ampio salotto, cucina, bagno e una terrazza che dà sui giardini; se non che l'ordine giunto dal direttore Hirsch ha spezzato a metà questa breve soddisfazione che ho avuto. La segretezza del progetto non può essere messa in discussione da nessun evento o persona, e l'urgenza di portare avanti un lavoro molto delicato esige misure più drastiche; oggi Hirsch ha comunicato che ogni dipendente dell'Istituto non può lasciare il luogo di lavoro, e che per ciascuno sarà predisposta una camera con posto letto. Questa direttiva è stata emanata dal Commissario del Reich per la sanità Brandt; ovviamente gli ordini non si discutono e così dovrò fare, buttando via la caparra mensile che ho dato al proprietario. Non ho fatto nemmeno in tempo a comprarmi il grammofono per ascoltare qualche concerto di Mozart. In questi ultimi giorni avevo preso l'abitudine di passeggiare nei parchi prima di rincasare, e aspettare che il sole scomparisse dietro le palazzine; un modo come un altro di svagarmi, non avendo e non potendo avere amici o altri passatempi. A volte senza pensare prendo alcune strade che non conosco bene, e mi godo la bellezza che le piazze e i monumenti di questo quartiere offrono; un pomeriggio, attraversando Königsplatz, sono sbucato proprio sulla Brienner Straße trovandomi davanti la Braune Haus. Da fuori appare come una scuola, è un edificio molto sobrio per essere la sede ufficiale del Partito; l'ultima volta che sono venuto a Monaco non ricordo nemmeno di essere stato al suo interno, e non mi sembra una bella cosa che un nazionalsocialista non veda l'interno di un luogo così importante dov'è custodita la Blutfahne.

Non c'è stato bisogno di formalità né che specificassi il mio grado per essere accompagnato da una guardia nella sala al pian terreno; non era presente nessun altro oltre me, regnava una pace scossa ogni tanto da un parlare concitato proveniente dal piano soprastante, dove probabilmente si svolgeva una riunione. Mi sono fermato proprio di fronte alla parete di fondo; due aste appuntite reggevano i bordi della Bandiera del Sangue.

Un insieme di impressioni si sono accavallate nella mia testa che è difficile spiegarle; le macchie scure sull'angolo in basso a destra non creavano di certo un forte contrasto con il colore rosso della stendardo, ma l'effetto che facevano era enorme. Sembrava di sentire i colpi di rivoltella, le urla e l'odore acre del sangue. Guardandola ho pensato subito a Klaus e alle sue gesta, quella mattina del 9 novembre; dentro di me l'ho sempre invidiato per aver avuto la fortuna di trovarsi nel posto giusto e nel momento in cui un vero tedesco poteva dimostrare coraggio e forza. La targa d'ottone fissata su un leggio riportava la sua storia; la cosa che mi ha sorpreso è il fatto che quel sangue appartiene a un nome, non a un milite ignoto; un certo Andreas Bauriedl la cui morte ha impresso un segno ormai incancellabile non solo su questa bandiera, ma nella nostra storia. Di tanto in tanto Klaus era solito canticchiare alcuni versi dell'*Horst-Wessel-Lied* che faceva:

Bald flattern Hitlerfahnen über allen Strassen! Die Knechtschaft dauert nur noch kurze Zeit! Il sogno tanto cantato nelle marce si è realizzato, è solo un peccato che quei poveri soldati non possano goderselo. La visita alla Braune Haus è già diventato un ricordo nelle mie interminabili giornate lavorative all'Istituto, e queste mie righe lo dimostrano. Il medico capo Rosen è soddisfatto di come viene svolto il lavoro; però certe volte mostra una smania incontrollabile che si riflette su noi dipendenti, trasmettendoci una tensione anche nelle azioni più ripetitive e monotone, ciò nonostante non mi impedisce di essere preciso e solerte nel mio lavoro. Eppure, malgrado un certo distacco assimilato durante la pratica quotidiana, non mi comporto mai come il pediatra Jüsental o come Max Tauer. Sento che mi manca qualcosa che loro hanno, senza la quale si nota la differenza fra un medico come me e loro; non è la tenerezza verso i pazienti perché non l'ho mai sentita - neanche quando ero tirocinante all'Università - nè la compassione per questi bambini storpi e pieni di difetti e neppure la professionalità (dal mio punto di vista scarsamente dimostrabile, visto i compiti ridotti che mi hanno assegnato). Ciò nonostante non sono del tutto a mio agio in quella che è diventata ormai una catena di lavoro molto rapida; a volte mi sembra di vestire i panni di un operaio in una fabbrica di caramelle. Quelle buone si confezionano, le altre si scartano e così via senza fermarsi con un'unica fondamentale differenza: qua si maneggiano solo caramelle avariate e disgustose. Più osservo i miei colleghi più mi accorgo di certe sfumature, se così posso chiamarle. Jüsental è sempre scrupoloso, possiede quella pedanteria e quell'intuito che gli consentono di diagnosticare le malattie con estrema semplicità; non si applica a scovare soluzioni perchè dove lavoriamo non ne abbiamo bisogno, confermiamo o meno quanto è scritto nei questionari. Tauer ha una scioltezza che lo rende sicuro, forse troppo, ed ogni suo parere medico è supportato da salde conoscenze scientifiche che - devo ammettere - non pensavo possedesse. Anche io comincio solo ora ad essere un po' più sicuro; non parlo di essere metodico in quanto seguo il metodo suggerito da chi ha maggiore esperienza di me. Se non l'eccessiva tenerezza, un accenno di pietà o saper dimostrare le proprie competenze, se non queste cose mi differenziano da costoro, perchè sono comunque diverso? Perchè mi sento diverso? Non capisco questo mio disagio, e mi auguro che il tempo mi permetta di comprendere. Mi sto analizzando e sono consapevole che uno psichiatra non dovrebbe abbandonarsi all'autoanalisi, ma dovrebbe farlo fare a un collega; il problema è che sono l'unico psichiatra qui dentro.

Nell'ultima settimana i cambiamenti degni di nota sono stati ben pochi; il più evidente è la stagione perché - ringrazio Dio - le temperature sono scese molto e mi sono permesso di indossare uno dei miei pullover; all'uscita dall'Istituto porto sempre un soprabito, almeno da qualche giorno ormai. Il freddo si fa sentire di più fuori dal centro di Monaco dove le palazzine riparano dalle intemperie; mi mancano già i luoghi graziosi dello Schwabing e l'appartamento che ho lasciato cinque giorni fa. L'Istituto è troppo distante per poter fare qualche passeggiata fra le villette stile liberty, o ammirare la fontana della foca in Viktoriaplatz; quanto mi piace osservarla cosparsa di una miriade di foglie secche. Sto già adattandomi per la seconda volta alla campagna della Neuherbergstraße, e per il resto il lavoro quotidiano non può che andare come al solito; a smussare questa mia malinconia è il caso di un paziente che da quattro giorni sta nella mia stanza. Si chiama Helmut e ha cinque anni. Quando è stato portato non si è lamentato, evidentemente perché non in grado di capire cosa stava accadendo; il questionario dice che è affetto da demenza infantile, e sul fatto che sia un bambino idiota non credo esistano segni del contrario. Ho appurato determinati sintomi di questa affezione quali mancato controllo degli sfinteri, difficoltà motorie di vario genere che interessano gli arti inferiori e disartria, poiché parla biascicando ogni parola. Non ci sono dubbi che si tratti di un disturbo disintegrativo dell'infanzia. Dopo il primo giorno ha cominciato a lagnarsi; tenendo la bocca a O fa uscire dei sibili piagnucolosi e a volte mescola ad essi qualche parola. Sono riuscito a capire soltanto "mamma". Quello che mi stupisce è che non piange mai, come se gli mancasse quell'empatia così naturale nei bambini; forse la demenza è progredita a tal punto da distorcere perfino i sentimenti di base. Spesso ruota gli occhi per osservarsi intorno; ricordo la prima volta che l'ho visitato nel suo lettino. C'è stato un momento in cui mi ha fissato intensamente; sembrava avesse riconosciuto in me una persona familiare. Di fronte a quello sguardo inatteso ho sorriso, e ora che ci penso lo trovo assurdo. Proprio in questi giorni Ilsa mi aiuta a gestire i pazienti, e la sua grettezza non lascia spazio alle lamentele. E' stata lei a riferirmi del comportamento strano di Helmut, se posso usare questo aggettivo per un caso come il suo; non è insolito che cerchi qualcuno facendo smorfie e gesti espliciti, ma mi ha detto Ilsa che il bambino ha blaterato una sillaba come "tor". Lo ha ripetuto più volte, e Ilsa ha provveduto a calmarlo senza spiegarmi in che modo lo abbia fatto. Dopo aver consultato Rosen, come vuole la prassi, ho cominciato a ridurre il cibo drasticamente; da ieri ho anche raddoppiato le dosi di luminal sciolte nel tè, contribuendo a un sonno prolungato del soggetto che è andato incontro - due notti addietro - a una crisi epilettica di media portata, curata con una dose di

Barbital. Per fortuna che lo stato vegetativo degli altri pazienti non può essere scosso dagli stimoli esterni, altrimenti avremmo avuto un bel daffare quella notte; nelle condizioni in cui stanno tutti credo probabile che - di questo passo - finiranno per addormentarsi proprio lo stesso giorno. Nonostante sappia che non è richiesta una diagnosi psichiatrica del paziente - semplicemente una diagnosi medica che verifichi quanto riportato dalla krankenbericht - ciò che scrivo spero mi aiuti a spiegare certe singolarità nel comportamento del bambino.

Da qualche ora sono salito in camera mia; avrei bisogno di uscire un po' ma, dal momento che dormo nel medesimo posto dove lavoro, il tempo a disposizione si riduce troppo per poter pensare di fare qualcosa del tipo andare in birreria o al cinematografo. Non so per quale motivo mi risuona in testa la sillaba "tor" borbottata da Helmut; prima che si addormentasse è riuscito a dirlo una volta ancora, storcendo orrendamente la bocca.

Alle otto di stamani c'era già un certo movimento da una stanza all'altra della corsia; mi sono infilato il camice e sono sceso al piano di sotto, scorgendo Tauer che mi precedeva a grandi falcate nel corridoio prima che scomparisse dentro una delle stanze. Quando sono giunto dove era entrato il mio collega, è spuntato fuori Jüsental che sembrava non avermi visto tanto pareva indaffarato. «Cos'è tutta questa fretta?» ho domandato. «Rosen ci ha avvisati dell'arrivo in giornata di altri pazienti, e dobbiamo sbrigarci con questi altrimenti non avremo posti letto liberi». Detto questo si è allontanato di volata per dirigersi chissà dove. Sono entrato trovando Annika e Tauer intenti a trafficare intorno ai letti; la tensione era palese nei loro gesti bruschi, soprattutto in quelli di Tauer che - normalmente preoccupato di apparire calmo con quelle sue pose da attore e la voce impostata - appariva invece scoordinato in ogni movimento proprio di chi non è abituato ad essere rapido e sicuro. «Le ha detto nulla Jüsental?» si è rivolto a me d'un tratto, afferrando il moncherino di un paziente come fosse un ciocco di legno. «Mi ha riferito dell'urgenza dei posti letto, vuole che la aiuti?». «No, abbiamo quasi fatto. Vada pure nella sua stanza e proceda. Prima però prenda della morfina, della scopolamina, insomma quanto le occorre». Senza perder tempo mi sono fiondato nella solita stanzetta grigia dei medicinali, ho rovistato negli scaffali cercando le fiale giuste e un po' di siringhe ipodermiche. Infine mi sono diretto nella mia stanza e, chiusa la porta, mi sono fermato appoggiando il materiale sul tavolo; la luce mattutina e il silenzio - non so perchè - mi opprimevano. Ho respirato per alcuni secondi in cerca della calma senza la quale non potevo procedere, dopodiché ho cominciato a preparare la prima iniezione; non è una cosa che avevo fatto prima ad altri pazienti - le pasticche di luminal sono sufficienti ed hanno un effetto piuttosto rapido - quindi ho fatto dei calcoli veloci per quanto riguardava le proporzioni delle sostanze. Di sei bambini presenti, quattro dormivano e gli altri due dondolavano la testa sul cuscino come uccelli in fin di vita; la prima endovenosa è stata per una bambina mongoloide. Dormiva con gli occhi semichiusi, e non si è accorta di niente; essendo affetta da una forma di cardiopatia con quell'iniezione non le rimaneva molto tempo. Era dunque vero che si sarebbero addormentati tutti insieme, e grazie al mio aiuto. Sono arrivato al letto di Helmut e ho visto che stava dormendo; quando ho toccato il suo braccio cercando una vena, ha mosso la testa. L'ho bucato iniettando la sostanza, e per un attimo ho osservato il suo viso; gli occhi erano aperti e mi ha fissato come ha fatto la prima volta. La sua bocca ha assunto una posa strana, sembrava volesse sorridere; quando ho tolto l'ago ho sentito le dita della sua mano posarsi sul mio braccio, e indugiare senza più muoversi. Respirava sempre quando mi sono allontanato.

Avevo bisogno di uscire dalla stanza; mi sono voltato un secondo, ho visto la porta aperta e Rosen sulla soglia che mi guardava con le braccia incrociate dietro la schiena. Non ho avuto il tempo di dire qualcosa, forse perchè non c'era niente di importante da dire; il medico capo sembrava avermi letto nel pensiero. «A quanto vedo, doktor Grunwald, qui ha finito. Può venire nel mio ufficio?». Mi ha condotto al piano di sopra facendomi accomodare su una seggiola di mogano; dopo essersi sistemato dietro la scrivania ha esordito in tono paterno: «L'ho osservata fare il suo lavoro più di una volta da quando è nel nostro Istituto, e non posso certo discutere le sue maniere che ritengo del tutto appropriate. Tuttavia ho notato che lei è diverso dagli altri medici». «Mi scusi, diverso in che senso?» ho fatto, cercando di andare al punto. Non lo davo a vedere ma, dentro di me, smaniavo di sapere quale fosse questa diversità sulla quale mi arrovellavo con me stesso. «Non parlo di mancanze teoriche o pratiche, lei è un medico molto preparato e si attiene alle direttive. Ma non ha - come dire - quella specie di sicurezza la cui mancanza la fa tentennare. Non è una cosa strana, riguarda l'adattamento a questo luogo e a ciò che facciamo; e non credo che sia un problema di etica o di morale, dato che lavoriamo per il bene del Reich e del popolo tedesco togliendo di mezzo quei gusci vuoti di esseri umani. Siamo d'accordo su questo, non è vero?». «Assolutamente, doktor Rosen». «Bene. Chiamerei quello che lei sta provando un normale disagio, un disagio che però non deve in alcun modo allontanarla da ciò che sta facendo. Immagino che le serva altro

67

tempo per assuefarsi a tutto, e questo disagio che genera un conflitto nel suo animo - o senso di colpa che dir si voglia - tende a scomparire con molta naturalezza; per ognuno di noi è stato così». Ha anche aggiunto con molta convinzione che il giuramento ippocratico ci consente di fare tutto ciò, di operare solo ed esclusivamente per il benessere del paziente; ci è vietato recare danno o provocare la morte di una persona e questo, soprattutto in relazione al nostro lavoro, non deve essere messo in discussione. «E' discutibile per un medico che non sia nazionalsocialista e che, di conseguenza, non veda nella nazione il proprio paziente che deve essere guarito dai mali rappresentati dal giudaismo, dai malati mentali e dagli storpi. Ecco perché non viene violato il giuramento fatto» ha concluso.

Come se non sapessi che un medico tedesco non viola in alcun modo - anche se in apparenza può sembrare - il giuramento d'Ippocrate; alla fine del colloquio Rosen mi ha congedato con l'espressione da uomo comune che ha sempre, fiducioso nelle mie capacità. Io non mi sentivo né meglio né peggio, in fondo il medico capo non mi aveva dato altre spiegazioni al di fuori di quelle già ipotizzate da me. Sono sceso in corsia a constatare lo stato dei miei pazienti e li ho trovati tutti addormentati; la stanza era immersa nel classico silenzio irreale. Ho guardato un istante Helmut e mi sono ricordato di quel mozzicone di parola "tor"; la conclusione più stupida può essere che abbia voluto dire "doktor", ma è anche la spiegazione più scontata. Proprio non lo so cosa voleva dire, e non penso abbia importanza; ciò che contava era comprendere alcune sfumature della sua malattia che, purtroppo, dovrò confrontare con altri casi per verificarne l'effettivo sviluppo. Tutto questo per puro studio personale, s'intende.

Penso che prenderò un caffè per svegliarmi e prepararmi all'arrivo del furgone con i nuovi arrivati; non vedo l'ora di rimettermi al lavoro.

Luglio 1935

Scesero dal tram prendendo una boccata d'aria nuova, per quanto era possibile con il sole rovente che in quei giorni bruciava le strade e gli alberi di Berlino; il quartiere di Moabit non era molto frequentato nel pomeriggio, così non dovettero schivare che qualche auto prima di raggiungere il marciapiede, camminando in direzione del Tiergarten.

«Sbrighiamoci, non voglio arrivare in ritardo» sbottò Werner, scivolando con i passi tra le chiazze d'ombra proiettate dalle chiome dei tigli.

«La Turmstraße dovrebbe essere poco più avanti. Che caldo per le otto di sera!» esclamò Klaus tergendosi la fronte con la mano.

Dopo poco incrociarono perpendicolarmente la Turmstraße che, con un ampio parco alberato, separava i due quartieri; dal lato sinistro su cui s'affacciavano un gran numero di palazzine cercarono il n° 25 dove c'era il *Restaurant Fritz*. Si fermarono poco distanti dalla vetrina del locale; Klaus si asciugò il sudore con un fazzoletto, che ripose subito nel taschino della camicia. Mentre Werner osservava il traffico in cerca del loro benefattore, l'altro si accese una sigaretta abbassando lo sguardo come afflitto da un pesante pensiero.

70

«Spero che il tuo amico ci darà una mano perchè sto finendo i miei risparmi. Da quando sono qui non ho fatto altro che spendere» proruppe ad un certo punto, occhieggiando verso Werner che gli dava le spalle.

«Non pensare che la borsa di studio di Bonn sia illimitata, anche io non sono messo poi tanto bene. Bundt è un ottimo medico e sono in buoni rapporti con lui, credo che qualcosa possa fare. Gli ho accennato di Heinrich proprio ieri dopo la conferenza all'Università, e mi ha risposto che ne avremmo parlato a cena; è un buon inizio secondo me, ma non bisogna calcare troppo la mano. Ricordati che il nostro punto di forza è la carriera accademica e le pubblicazioni, non il denaro; dobbiamo giocare bene questa carta. Ah, eccolo finalmente» disse Werner, mostrando un debole sorriso alla vista d'una Mercedes nera che parcheggiava sul lato opposto della strada.

L'uomo che li raggiunse indossava una divisa color kaki a manica corta; il suo portamento appariva deciso e spontaneo a un tempo e, nonostante l'espressione seria e composta, mise a loro agio i due giovani salutandoli con una stretta di mano.

«Obersturmführer» risposero entrambi, impettiti.

«Le presento l'Unterscharführer Klaus Steiner» aggiunse subito Werner, toccando la spalla dell'amico. Klaus gli fece un cenno della testa accompagnandolo con un sorriso.

«Ora che ci siamo salutati, possiamo mangiare. Ho prenotato un tavolo a nome mio» rispose secco Bundt, avviandosi verso l'entrata del ristorante.

Una volta dentro furono immersi dal tintinnio delle posate e dal vocio dei commensali; un *maître* grassoccio venne loro incontro accogliendoli e facendoli accomodare al tavolo. Ordinarono subito e, nell'attesa, Werner puntò il discorso sull'eugenetica e le varie teorie che stavano prendendo sempre più campo; l'Obersturmführer si mostrò propenso a parlarne, affermando però che dai piani alti premevano per applicare il darwinismo sociale in maniera più concreta.

«Con la comunità ebraica abbiamo il pugno duro, ma ancora non ci sono delle leggi che emarginino gli ebrei e preservino così il sangue e l'onore tedesco. Questo è il punto di partenza, ma non basta; ci sono purtroppo molti istituti e ospedali pieni di malati incurabili, gente inutile che grava sul bilancio dello Stato e a questo proposito ribadisco la necessità di un darwinismo attivo, di una selezione attiva degli individui per salvaguardare la razza più forte. Esattamente ciò che scriveva Francis Galton nel suo saggio e come le ho citato nella mia ultima conferenza». S'interruppe guardando in modo eloquente Werner; questi annuì facendogli capire di aver ricordato le sue parole.

«Basta seguire la spiegazione biologica che c'è dietro al darwinismo sociale; i caratteri innati di un popolo hanno la meglio su quelli acquisiti, sull'educazione, e la storia lo dimostra. I popoli meno adattati alla lotta per la sopravvivenza sono rimasti a uno stadio primitivo dal punto di visto evoluzionistico, favorendo la crescita del più forte; non è sufficiente ovviamente, la Germania è circondata da popoli che contrastano la sua superiorità - veda gli ebrei - e sarà proprio su questi che il Reich dovrà dimostrare di possedere un'eredità biologica senza eguali da difendere con ogni genere di arma». Bevve un sorso di vino rosso, calmando l'arsura; poi riprese parola chiedendo cosa ne pensassero. Werner approfittò per deviare il discorso in suo favore; sostenne fermamente l'utilità e la necessità di applicare una selezione attiva all'interno della Germania eliminando così i caratteri nocivi per il *volk*, al che Rudolf Bundt accennò all'entusiasmo del Reichsführer per l'operosità del campo di concentramento di Dachau, aggiungendo convinto che sarebbero serviti molti campi dello stesso tipo per far fronte al problema.

«Riguardo a Dachau, si ricorda che le avevo parlato di un valente medico che potrebbe lavorare nel campo, si chiama Heinrich Schultz...» fece Werner, fissando l'interlocutore con uno sguardo alquanto ossequiente.

Gli occhi chiari di Bundt sembrarono vuoti per un istante; poi si scosse e accennò un sorriso compiacente a Werner.

«Sì, mi ricordo di quel ricercatore in tossicologia; non ti assicuro nulla, ma ne parlerò con l'Inspektor der Konzentrationslager Powl. Lui amministra tutto, e consulterà Himmler in persona sulla questione. O meglio, basterà una semplice lettera firmata dal Reichsführer-SS per far andare in porto la cosa».

«Lei di cosa si occupa?» e rivolse uno sguardo calmo e piacevole a Klaus.

Intanto giunsero i piatti, e ognuno cominciò a mangiare; Klaus fu l'unico che, pungolato da un'eccitazione a stento nascosta, non toccò nulla e prese a parlare lentamente degli studi fatti a Bonn, delle sue ricerche di antropologia razziale e dell'interesse per le teorie esoteriche sulla razza ariana.

Rudolf Bundt mangiò ascoltandolo con discreto interesse, notando il fervore dietro gli occhi scuri e accesi del giovane antropologo quando gli poneva delle domande su questi argomenti; ma si guardava bene dal mostrarsi un conoscitore della materia quale in realtà era e non poteva certamente rivelare che collaborava come medico in una società segreta per lo studio della storia antropologica e culturale del popolo germanico; ovvero l'Ahnenerbe. Capendo la fede di Klaus in materia di antropologia mistica e intuendo le sue capacità di studioso, si convinse ad aiutarlo per farlo entrare - senza dirglielo esplicitamente - nella suddetta società.

«Vedo che lei è preparato, oltre ad avere un certo entusiasmo. Potrebbe essere utile a qualcuno in Prinz Albrecht Straße, parlerò anche di lei allo stesso Powl che, quando vuole, sa essere persuasivo con la gente giusta. Le farò sapere» concluse in tono piatto Bundt, scostando il vassoio su cui aveva accumulato i gusci d'ostrica.

Werner osservò Klaus sospirare mentre afferrava il boccale di birra per bere avidamente; poi si scambiarono una rapida occhiata per dirsi "E' andata!", e finirono la cena discorrendo della parata a cui aveva assistito l'Obersturmführer nei pressi di un aerodromo bavarese, dove i nuovi Messerschmitt avevano sorvolato più volte la zona in rigorose formazioni. Era stata un'altra grande dimostrazione della Luftwaffe di Göring.

Quando uscirono dal ristorante lo salutarono cordialmente, osservandolo salire sull'auto e ripartire sotto il cielo che andava scurendosi; dopodiché entrambi s'incamminarono verso la fermata del tram più vicina.

«A me è sembrato interessato alle nostre carriere» commentò l'antropologo, cercando una conferma nell'espressione incoraggiante di Werner.

«Direi di sì, ma non facciamoci illusioni. Non lo conosco abbastanza per fidarmi delle sue parole, preferisco essere scettico almeno per qualche giorno. In ogni caso, però, mi sei piaciuto» gli confessò con un tono d'intesa, continuando a guardare le scie rossastre del tramonto che si scorgevano tra gli edifici all'orizzonte.

Klaus si sentì avvampare d'orgoglio, ma ritenne giusto controllarsi e gli rispose con la sua voce aspra:

«Sono contento, Werner. Se gli sono piaciuto avrò un futuro».

«Avremo tutti un futuro, che sia questa strada o un'altra; la nostra fede ci apre sempre una via» obiettò saggiamente. Poi disse:

«Vuoi vedere che te e Heinrich avrete un buon impiego, e l'unico a rimanere disoccupato sarò io?» e sorrise all'amico.

Stava passando l'ultimo tram della sera, stridendo sulle rotaie per fermarsi; non appena saliti a bordo il veicolo riprese la marcia verso il quartiere di Tiergarten. Affaticati dal caldo - mentre guardavano tra una persona e l'altra le imbarcazioni sul fiume Sprea vicino al quale stavano transitando - decisero infine di bere una schnaps prima di rincasare.

Una settimana più tardi ricevette un avviso da parte del Sicherheitsdienst (SD), come specificava il timbro in calce, nel quale si diceva che era stato convocato personalmente dal Reichsführer-SS Heinrich Himmler. Nonostante il tono sapesse più di intimidatorio che di cortese convocazione - accentuato dal fatto che c'era dietro il Servizio di Sicurezza - nell'animo di Klaus divampò una segreta speranza che le parole dell'Obersturmführer Bundt fossero servite a qualcosa. Anche senza arrovellarsi più di tanto immaginava che quella lettera altro non fosse che un'importante proposta di lavoro, motivo per cui alle nove di mattina era già in strada diretto al Persönlicher Stab RfSS in Prinz Albrecht Straße n° 8; mentre attraversava quella zona residenziale che per molti - oltre che centro di potere e controllo aveva acquisito un'aura sinistra e triste che adombrava l'intera città - Klaus non vedeva che edifici illuminati da un sole cocente e strade piene della vita di tutti i giorni. Non appena giunse in fondo a Marienstraße, incrociò la strada dov'era ubicato il noto edificio; non serviva cercare il civico poichè un grosso stabile a più piani simile a un antico collegio - con grandi finestre e una cancellata che gli correva intorno racchiudendo uno spoglio giardino - si stagliava poco lontano alla sua sinistra in modo tale che era impossibile scambiarlo per qualcos'altro. Vi si diresse senza alcun dubbio e, una volta lì, si presentò alle SS di guardia all'entrata; mostrò loro la lettera ricevuta dopodiché gli sgombrarono il passo, dicendogli che l'ufficio che cercava si trovava al primo piano.

Aveva il cuore palpitante osservando la sala di ingresso di quello che era - a tutti gli effetti - uno degli edifici più importanti attraverso cui veniva controllato ogni angolo del Reich; c'erano varie porte che si aprivano sugli uffici e ogni tanto entravano e uscivano ufficiali, segretarie e dipendenti vari. Pensò a quanti informatori e spie dovevano passare qui, e a quante persone - fuori dalla cerchia di chi vi lavorava -fosse permesso invece di metterci piede; per un istante si sentì osservato, e non la trovò assurda come cosa. In fin dei conti tenevano d'occhio anche lui, e qualcuno probabilmente lo aveva seguito da casa fino all'entrata. Quella mattina, però, sembrava piuttosto tranquilla e il movimento di persone era moderato, anche se dal picchiettare sulle macchine da scrivere avrebbe detto il contrario. Dunque si sbrigò a salire le scale, giunto al piano di sopra si ritrovò in un corridoio stretto costellato di varie porte con le targhette dorate; le seguì fino a quando non trovò quella giusta. Stava per bussare quando un pensiero lo bloccò; se non aveva sbagliato si sarebbe trovato di fronte l'uomo più potente della Germania dopo Hitler, e ciò lo mise improvvisamente a disagio. Non sentendo alcun rumore dall'interno, alla fine bussò.

Dopo un secondo una voce bassa e senza una particolare intonazione gli disse di entrare; Klaus aprì cautamente trovandosi davanti una scrivania e un uomo intento a compilare certi fogli che, sentito l'ospite, alzò deciso il mento e lo fissò dietro due occhialetti tondi.

«Sono l'Unterscharführer Klaus Steiner, convocato dal Reichsführer-SS Heinrich Himmler» si presentò sull'attenti, guardando avanti in un punto imprecisato.

«Può mostrarmi la lettera di convocazione?» rispose freddamente Himmler, studiando ogni suo movimento.

Klaus si avvicinò porgendo la lettera, che l'altro prese con la stessa naturale attenzione con cui si prende un bicchiere di cristallo; l'aprì e i suoi occhiali si abbassarono sul foglio con la pesantezza di un martello. Klaus intanto teneva le braccia incrociate dietro la schiena, e la fronte gli sudava copiosamente; sbirciò per un secondo la faccia del Reichsführer ma non sapeva che impressione ricavarne. Quei suoi occhiali che - a seconda dell'inclinazione - diventavano due cerchi lucenti rendevano quell'uomo quasi un essere impersonale che osservava ogni cosa senza alcuna reazione emotiva.

«Ora mi ricordo, Unterscharführer. Vorrei sapere di cosa ha intenzione di occuparsi».

Klaus fu spiazzato dalle parole di Himmler; se Bundt aveva messo una buona parola perchè il Reichsführer gli poneva una simile domanda?

«In quanto antropologo vorrei occuparmi dello studio della razza ariana» fu la sua risposta al che Himmler, impassibile, replicò con voce acuta ma ferma:

«Un nazionalsocialista e una SS hanno ben chiaro il concetto di razza ariana. Mi spieghi allora in che senso intende studiare la razza ariana».

«A me interessano le origini della nostra razza. Esistono dei testi che raccontano la presenza degli Ariani come un popolo che abita il pianeta fin dai primordi dell'umanità e, personalmente, sono affascinato dalla possibilità di ricercare prove che confermino simili teorie».

Il volto di Himmler parve avere un mutamento di espressione non ben definibile.

«Questo ambito riguarda la storia ancestrale del nostro popolo ed è vero che ci sono testi che narrano quanto lei ha detto. Come si crede ciecamente alla nostra ideologia che esalta le più forti virtù dell'uomo, è necessario credere che tutto ciò era presente e si è sviluppato grazie a determinati fattori; il primo è la fede nello spirito germanico. Lei crede a questo? Crede al fatto che ci sia uno spirito che vive in ognuno di noi, lo stesso spirito che albergava nei cuori del popolo antico che abitava queste terre?». Il tono risoluto con cui pronunciava le parole rianimava quella figura emotivamente piatta; klaus si sentì d'un tratto come incoraggiato da quel discorso.

«Io credo a questo» ribadì klaus con voce composta «credo che sia un compito nobile ricercare l'origine dello spirito germanico dando ad esso anche un valore scientifico».

Il Reichsführer rimase in silenzio, chinando un po' la testa; dopo qualche secondo gli disse:

«Mi compiaccio nel sentire la sua passione verso certi argomenti, ed è il motivo principale che mi spinge a informarla che ho appena fondato una società che si dedica proprio a questi studi. Si chiama Ahnenerbe, ovvero Società di ricerca dell'eredità ancestrale; per fare queste ricerche - soprattutto nel campo della storia - ho reclutato molti valevoli studiosi che impiegano le loro conoscenze per dare una base scientifica ancora più salda alla dottrina nazionalsocialista. Non importa se dovremo andare molto lontano a cercare reperti archeologici che convalidino le nostre teorie, purchè si trovino, e perciò ho bisogno di collaboratori esperti e fidati. Lei ha delle competenze storiche e un forte interesse per le dottrine spirituali - a quanto mi sembra di capire - che le consentirebbero di svolgere questo tipo di studi all'interno della Ahnenerbe. Se deciderà di lavorare per me contatterò il segretario dell'Istituto, l'Obersturmführer Wolfram Sievers; in caso contrario può uscire da qui subito senza aggiungere altro».

Era evidente a Klaus che, dall'inizio della conversazione, lo scopo di Himmler era stato quello di intuire le sue vere intenzioni e saggiare il carattere; metodo senz'altro efficace per scovare un oppositore del Partito, a parer suo forse fuori luogo se fatto nei confronti di uno studioso di storia e antropologia. Dentro di sé, però, ammirava la risolutezza e l'intelligenza che quell'omino dall'apparenza innocua emanava; capì che Himmler voleva non solo uno studioso, ma un fedele servitore che avrebbe saputo ricompensare.

«Sarò orgoglioso di lavorare per lei» dichiarò infine Klaus.

«Bene. Discuterò del suo caso con i miei collaboratori, torni pure nel pomeriggio per conoscere tutti i dettagli necessari» concluse Himmler in tono deciso e calmo allo stesso tempo. Poi s'alzò dalla poltrona, e lo fissò per un lungo momento; quella pausa spinse Klaus a prendere frettolosamente commiato.

«Heil Hitler!» disse lui, alzando il braccio.

«Heil Hitler» ripeté il Reichsführer senza scomporsi.

Mentre Klaus usciva chiudendo la porta, questi si sedette di nuovo e proseguì il suo lavoro con quell'espressione da freddo burocrate quale sempre appariva.

23 luglio 1935

Il mio soggiorno a Berlino ha preso una piega interessante soprattutto negli ultimi giorni; è probabile che sia per questa ragione che ho sentito il desiderio di tenere un diario e trascrivervi le mie riflessioni su ciò che accade. Forse è l'entusiasmo che è cresciuto in me in proporzioni enormi da quando ho avuto il colloquio con il Reichsführer Himmler; non è cosa da poco riferire l'impressione che mi ha fatto partendo dal presupposto che - come molti soldati e membri del Partito - è un uomo fedele agli ideali nazionalsocialisti, freddo e risoluto nelle decisioni e - devo dire - abile nel nascondere le proprie impressioni sugli altri. Ma c'è qualcosa di più, uno spirito che muove ogni sua azione in modo perfetto e calibrato, qualcosa di impalpabile ma presente che lo circonda come un'aura; altro non riesco a capire per il momento nè ho avuto modo di saperlo dai suoi collaboratori più stretti con i quali sono in contatto da qualche giorno. Quando sono tornato nuovamente al Persönlicher Stab RfSS mi hanno subito spedito alla sede della società, al n °16 di Pücklerstraβe dove ho incontrato il segretario generale Wolfram Sievers; con quella barba e i baffi arricciolati aveva un'aria da barone più che da studioso, in realtà costui mi ha intrattenuto un paio d'ore parlando delle teorie esoteriche che sono oggetto di studio da parte della Ahnenerbe. Incoraggiato dai molteplici ambiti di cui si occupano gli studiosi, ho fatto un excursus delle teorie sulla razza ariana, anche se mi ha contrariato energicamente quando ho espresso la mia opinione sulla discussa Madame Blavatsky e la sua *Dottrina segreta*; lui la trova affascinante come opera ma eccessivamente e presuntuosamente filosofica, una summa che si regge su fragili basi scientifiche. Ha replicato che il nostro punto di partenza deve essere la definizione data dallo studioso francese Joseph de Gobineau nel suo *Saggio sulla diseguaglianza delle razze umane* secondo cui la razza ariana è quella superiore in quanto incarna l'onore e la spiritualità dell'uomo. Ancor meglio di lui il suo seguace Houston Chamberlain che considerava la razza ariana pura solo nel ceppo germanico; non ho dissentito con quanto detto per due ragioni. La prima è che egli s'è infervorato al punto che sarebbe nata una lite, la seconda è che riconosco quegli studiosi come i primi ad aver elaborato il concetto di razza ariana; dal mio punto di vista, comunque, la Blavatsky espone una teoria singolare dando al contempo delle indicazioni per trovare i presunti sopravvissuti dell'antico popolo degli Ariani. Tutto ciò è oltre la Storia, è puro misticismo e Sievers - non capisco bene per quale ragione - mi dà l'impressione di voler apparire più scettico di quel che è; mentre mi illustrava i vari dipartimenti in cui è suddivisa la società, ho tentato di spiegargli qual è la strada che voglio seguire in questo senso e non ho potuto fare a meno di parlare della sedicente occultista russa; nel suo libro diceva che l'umanità era suddivisa in cinque razze che si sono succedute nelle ere geologiche, ponendo l'accento sull'importanza della quarta razza degli Atlantiani (abitanti di Atlantide) che furono spazzati via da un cataclisma per lasciare il posto agli Ariani. Sull'esistenza di Atlantide - o meglio sulla sua scomparsa - esistono citazioni in scritti antichi come il *Timeo* di Platone e la teoria della deriva dei continenti di Wegener potrebbe spiegare scientificamente come questa enorme isola sia sprofondata nei mari. Quando ho specificato che le prime razze umane non avevano consistenza materiale - da qui la mancanza di reperti che lo attestino - Sievers ha mostrato un ghigno beffardo sotto i baffi, dicendomi che ciò dimostrava l'impossibilità di verificare la veridicità storica di queste leggende. Era troppo impegnato a sciorinarmi un sacco di informazioni tecniche che ho dovuto tacere, concentrandomi invece su ciò che mi stava dicendo; mi ha donato una fascia da portare al braccio con il simbolo della Ahnenerbe. E' una losanga con la scritta *Deutsches Ahnenerbe* e all'interno c'è una spada con un nastro annodato; dato che voglio fare ricerche sulla storia degli Ariani, il Reichsführer mi ha assegnato al dipartimento che si occupa delle ricerche fuori della Germania giacché sono in programmazione delle spedizioni in luoghi di particolare interesse. "L'importante è effettuare ricerche sullo spirito ariano in modo da rinvigorire la tradizione e il popolo germanico" ha precisato Sievers alla fine, nonostante non sia del tutto d'accordo sulla linea da me tenuta. Infatti prima di lasciarmi nella biblioteca, con un tono che non lasciava spazio a dubbi, mi ha ingiunto di scrivere rapporti dettagliati su ogni sviluppo riguardante le mie ricerche, rapporti che dovranno essere visionati da Himmler. Per la pubblicazione hanno una rivista specifica dal nome *Germanen*.

Mi sono messo subito all'opera, cercando una copia della *Dottrina segreta*; ho faticato non poco prima di trovarne una tradotta da un noto studioso. Per l'ennesima volta ho dovuto spulciarla minuziosamente e rileggere alcuni passi salienti; quando mi sono fermato a riflettere ho pensato che la saggezza contenuta in quest'opera è di un livello sublime che pochi - forse nessun altro - saprebbero eguagliare. Si dice di lei che abbia compiuto un viaggio in Tibet e abbia incontrato i Maestri della Fratellanza Bianca che le hanno insegnato le arti occulte con le quali è riuscita a mettersi in contatto con i sopravvissuti Ariani che - sempre secondo quanto attesta - in seguito a un diluvio si sarebbero rifugiati nelle viscere della Terra fondando un regno chiamato Agarthi. Ciò spiegherebbe i numerosi riferimenti ai testi sacri e mistici di tutte le culture orientali, che ammetto di non comprendere fino in fondo per mancanza di nozioni; questa fantasiosa città sotterranea sviluppa nella mia mente una serie di congetture riguardanti il modo di raggiungerla, e molte volte mi sono già perso escogitando probabili viaggi al fine di scoprirla. Senza illudermi so che la sapienza dell'occultista russa è la sola necessaria a trovare la via per il mitico regno; non è il compito assegnatomi in questa Ahnenerbe, ma un desiderio mio personale per accrescere la conoscenza delle materie e pratiche occulte senza di cui i miei studi sarebbero del tutto vani. A questo proposito mi viene in mente un personaggio intravisto stamani, subito prima di incontrare Sievers; l'ho notato nel salone d'ingresso parlottare con un altro ufficiale, sembrava discutesse certi dettagli di una sua teoria. L'SS si rivolgeva a lui chiamandolo "doktor Wirth"; non rammento di aver mai sentito parlare di uno studioso con tale nome - perchè qualcosa mi dice che si tratta di uno studioso, un uomo importante nella società. Ogni tanto mi giungevano all'orecchio le parole "rune" e "scavi" - e il tono rispettoso del suo interlocutore mi faceva pensare che non fosse uno qualunque. Forse un giorno lo scoprirò e chissà che egli non possa aiutarmi nella ricerca dello spirito ariano; studiare qua dentro, non so perchè, mi fa stare bene e male allo stesso tempo. Sono sicuro che questo sentimento che mi cattura sia un profondo *zeitgeist* che avvolge le cose.

Siamo partiti da Osnabrück un'ora fa; Greta se ne sta appoggiata al sedile, e lascia vagare lo sguardo fuori dal finestrino come se il paesaggio gli desse una specie di sollievo. Ieri ho perso il primo giorno di licenza per il viaggio da Dachau a Osnabrück, e lo abbiamo passato insieme nella casa dei suoceri; lei aveva piacere che mi vedessero i suoi genitori dopo quasi un anno di assenza, così l'ho accontentata. Ero carico di un'energia e di un entusiasmo quando sono partito ma, al mio arrivo, ho dovuto fare i conti con la sua delusione; nonostante sapesse dell'impegno e del sacrificio che questo lavoro comporta, si è subito sfogata su di me dicendo che sto mandando all'aria il matrimonio perchè mi sono fatto sentire poco e, ha aggiunto con una forte rabbia, sono diventato freddo nei suoi confronti. Greta ha un carattere ansioso per natura e che non abbia preso bene la vita che faccio mi pare comprensibile solo in parte; non potevo avere un futuro se rimanevo al suo fianco a Osnabrück né se avessi continuato a militare nelle SA, cosa che mi era impossibile fare dopo la notte in cui pestammo quei due ebrei - ma questo non gliel'ho mai raccontato e ritengo sia una faccenda da lasciare in un angolo oscuro fintanto che qualcosa o qualcuno mi

86

costringerà a portarla alla luce. Pensavo che avesse accettato il cambiamento ancor prima che mi trasferissi al campo, ma il suo sorriso era soltanto un velo che nascondeva l'angoscia; in realtà non voleva essere lasciata sola, e i parenti, gli amici, le conoscenze in paese non bastavano a farla sentire come si dovrebbe sentire la moglie di un medico nazionalsocialista, cioè orgogliosa e felice di sapere che il marito contribuisce al benessere del popolo tedesco oltre che della propria famiglia. Che sia stato ingenuo e insensibile lo escludo, malgrado le accuse di Greta facciano pensare a una mia colpa in questo; non rimprovero me stesso per delle mancanze in quanto ho fatto il mio dovere - e che abbia preso la licenza per venirla a trovare lo dimostra - quindi penso che, dopo aver cercato di rassicurarla come ho fatto, ora dovrebbe scuotersi da quel torpore che la fa assomigliare a un fiore appassito. Vorrei poterlo credere ma nulla di ciò che le ho detto ha attirato la sua attenzione. Non è contenta della svolta che il mio lavoro ha preso, gli ho raccontato quanto è accaduto a Dachau e del merito che va al sottufficiale Heim che mi ha aiutato a ottenere un posto nel block 5 lodando la mia dedizione al lavoro e le mie competenze al comandante Piorkowski, poi il colloquio che ho avuto con costui e la faccia che ha fatto quando gli ho mostrato la tesi di laurea sulle sostanze allucinogene - cosa (quella di mostrare i propri lavori scientifici) che nessun altro medico là dentro ha fatto prima di me, il che spiega la ragione del suo stupore. Benché fosse una buona tesi, non era nulla di particolarmente approfondito da suscitare ammirazione, ecco perchè lo Scharführer Heim ha svolto un ruolo determinante così, non appena hanno sgombrato la baracca, mi hanno affidato una parte del laboratorio mentre l'altra è utilizzata per un altro genere di esperimenti dai medici delle SS. Come non essere felici e orgogliosi di aver finalmente raggiunto una posizione, se non di rilievo, perlomeno competente ai miei studi e alle mie capacità; eppure tutto questo, per Greta, non significa niente. Ha accanto un marito assente che la trascura solo per il fatto di lavorare là, non importa se le invia diverse centinaia di Reichsmark al mese. In ogni caso non potrà presentarsi in clinica con quell'espressione smarrita dato che facciamo visita a mia sorella Berta, e non mi sembra l'occasione giusta per farsi vedere abbattuti di fronte a quell'animo fragile. Visto che non si degna di rivolgermi lo sguardo andrò nella carrozza ristorante a bere un caffè.

13 gennaio 1940

E' finita un'altra giornata di lavoro dopo la licenza e il faticoso viaggio di rientro da Kassel a Dachau; non posso dir male delle ferrovie tedesche, ma le cuccette per dormire rimangono alquanto scomode e accuso ancora dolori alla schiena. Comunque aver ripreso a lavorare ai miei studi ha alleviato molto il dolore fisico donandomi una spinta e un vigore di cui avevo bisogno, tenendomi la mente concentrata a scrutare ogni minimo cambiamento nei prigionieri sottoposti all'esperimento; da due mesi sto verificando gli effetti che certe sostanze tossiche provocano nell'organismo umano giacchè sulle cavie animali esiste una vasta letteratura a riguardo che, per ovvie ragioni, non può essere comparata. Con soddisfazione ho appurato che la tolleranza dell'essere umano all'atropina è nella norma, se si considera i deboli organismi sui quali ho fatto le mie verifiche; su quattro ebrei maschi di esile costituzione, due sono morti questo pomeriggio in seguito a una paralisi totale. Gli altri sono vivi, e hanno accusato i sintomi di avvelenamento per ben 48 ore; dopo due ore che avevano mangiato le bacche di Belladonna hanno cominciato a perdere l'equilibrio, presenza di midriasi, attacchi di nausea e successivamente sono comparsi degli spasmi più o meno forti accompagnati dalla paralisi degli sfinteri, il che ha reso l'aria fetida nell'arco di poco tempo. Non ho voluto dare loro alcun farmaco per contrastare l'avvelenamento, visto che il mio scopo è quello di studiare i tempi di decorso; mi sono fatto aiutare da Hinga, l'infermiera, e insieme abbiamo adagiato i due detenuti sulle brande, poi ho ordinato alla ragazza di dare una pulita al pavimento. Sebbene appaia una volontaria servizievole ho l'impressione che sia troppo sensibile per questo lavoro; alcune sue espressioni alterano quel viso d'angelo, e non mi riesce trovare nei suoi occhi quella cieca dedizione che è necessaria nel nostro lavoro. Forse mi serve più tempo per giudicarla.

Ci vorrà qualche giorno perchè si ristabiliscano - sempre che ciò avvenga - nel frattempo ho raccolto i dati clinici e ho pensato di andare avanti sperimentando la tossicità degli alcoli; prima ho riletto i risultati che avevo raccolto il mese di dicembre sull'avvelenamento da metanolo, costatando l'elevata tossicità e i danni che causa al sistema nervoso, rispetto alla formaldeide che colpisce il nervo ottico. Nei soggetti a cui ho somministrato quest'ultima sostanza sono divenuti completamente ciechi; i calcoli corrispondono con quanto è stato studiato finora, e le piccole variazioni sono da imputare al fisico debilitato degli ebrei che ho sotto mano. Nessun alcol credo abbia la stessa tossicità del metanolo, se ci rifletto, perchè è impossibile superare la dose tossica di 1g per kg; alla luce di quanto ho constatato non è d'utilità quindi sperimentare ulteriormente con gli alcoli bruciando altra materia prima, considerando che ho comunque delle difficoltà tecniche a riceverne di nuova. Dovrò spostare il campo di ricerca su altre sostanze tossiche di un interesse scientifico maggiore o, perlomeno, far credere a Herr Kommandant che le cose stanno così e che ho bisogno di altri prigionieri più robusti; è bene che scriva in nottata un resoconto delle mie ricerche che motivi la necessità di avere altri detenuti per scopi medici, magari spiegando la presunta scoperta di effetti mai riscontrati prima con sostanze da tempo conosciute.

Con una relazione accompagnata da un discorso convincente - Piorkowski si è dimostrato uomo facilmente plagiabile - alla fine riuscirò a ottenere che giunga a Dachau un convoglio esclusivamente per le mie ricerche, e non sarà certamente l'Untersturmführer Moser a mettermi i bastoni fra le ruote, malgrado le sue occhiate in cagnesco mi facciano di tanto in tanto riflettere sul potere che certi medici hanno dappertutto. Dalle selezioni anch'egli è passato a lavorare nell'altra ala del laboratorio, insieme all'Hauptscharführer Lomaner; la presenza di quest'ultimo - con cui ho già lavorato e reputo un individuo piuttosto assennato e per nulla subdolo - mi ha un po' sorpreso e non mi spiego quali ambizioni debbano realizzare collaborando fianco a fianco. Non so se uno come Lomaner sia stato pressato affinché andasse a lavorare nel laboratorio aiutando Moser, o se invece sia sempre stata sua intenzione procurarsi quel posto e non lo abbia rivelato a nessuno; per questo motivo mi astengo dal giudicarlo alla stregua degli altri. Una giornata così ha agito su di me come un balsamo, alleviandomi un'insolita pesantezza di spirito oltre che, come ho detto prima, i dolori fisici del recente viaggio in Sassonia, se non fosse per la telefonata che mi è stata passata con urgenza poco fa e che ha stroncato il mio rilassamento;

era mia madre che, in preda al panico, ha voluto avvisarmi di una lettera ricevuta proprio ieri dal Comitato del Reich per il rilevamento scientifico di malattie ereditarie e congenite. Hanno voluto informarla che Berta, date le sue gravi condizioni, verrà trasferita in un'altra clinica psichiatrica dove riceverà cure speciali e più consone ai malati di quella specie; non è specificato di quale clinica si tratti né dove si trovi, il che ha spazzato via la speranza sia per mia madre che per mio padre di andarla a trovare e ha voluto mettermi al corrente di questa drammatica situazione.

Io non ne sapevo nulla come non so nulla ora; ieri ho trovato Berta in condizioni peggiori, la forma di schizofrenia è degenerata in un totale distacco emotivo che si aggiunge alla già nota disorganizzazione comportamentale; in breve, come mi ha spiegato il direttore della clinica, lo stato di Berta ha passato l'apice ed ha già imboccato una discesa definitiva verso il vuoto. Se ne sta seduta sul pavimento della stanza, con lo sguardo fisso e le labbra tremanti, quasi catatonica; Greta non ha retto molto quella visione disperata ed è uscita via singhiozzando. Alla mamma ho solo detto che le sue condizioni non sono belle, ecco il motivo di quella lettera; però per averla ricevuta ieri significa che è stata spedita giorni prima, quindi il direttore sapeva che Berta sarebbe stata trasferita e non mi ha accennato nulla a riguardo; è molto strano e, se possibile, farò alcune ricerche per saperne di più. Rimane il fatto che Berta ha un destino segnato e, qualunque sia il luogo dove la mandano, non potranno farle né meglio né peggio di ciò che è stato fatto fino ad ora; ho ribadito a mia madre di calmarsi perché non avrebbe potuto fare nulla per la figlia, in ogni caso. Mi ha ripetuto come sempre che Dio è con noi e che il dolore che proviamo è una prova a cui è sottoposta la nostra fede; secondo me l'Onnipotente ci guarda e sorride delle nostre disgrazie, solo che a me tutto ciò non appare come una disgrazia ma come una delle vicissitudini un po' tristi della vita. E visto che mi ha suscitato malinconia la conversazione con mia madre, penso che me ne andrò a far due chiacchiere con Bruno Heim prima di dormire.

15 gennaio 1940

Ecco che mi ritrovo in Austria grazie a un meccanismo innescatosi dopo l'ultimo colloquio con Rosen. Cosa potevo fare se una piccola debolezza dovuta a un incompleto adattamento all'ambiente lavorativo risaltava in mezzo ai miei colleghi? Avrei volentieri risolto la cosa in sordina in quanto non invalidante per le mansioni affidatemi, ma per loro non era così; mi sembrava che Rosen volesse rassicurarmi dicendomi che sarebbe passato e che ogni medico aveva dovuto affrontare quel tipo di disagio, tutto ciò non era affatto preoccupante dunque. Forse quella sua tranquillità nascondeva una soluzione diversa per me, espressa due settimane dopo dal direttore Hirsch; tornai nel suo ufficio e senza molti preamboli - l'espressione cadaverica accentuava il dramma della situazione - mi comunicò la nascita dell'Aktion T4 con la quale si procedeva ufficialmente all'eutanasia degli adulti. Il nome deriva dall'indirizzo dell'Ente pubblico per la salute e l'assistenza sociale, al Tiergartenstrasse 4; le direttive erano state prese ovviamente da Viktor Brack, capo del dipartimento II "eutanasia" della Cancelleria del Reich assieme al noto Philipp Bouhler, sfruttando sempre il metodo dei questionari per censire tutti i malati ospitati nelle cliniche tedesche; la novità consisteva nell'uso del gas, e questo era ed è il motivo principale per cui mi trovo qui nel castello di Hartheim. Mi spiegò che il "disagio" di cui mi ero lamentato - così riferì in tono sprezzante ma non sono d'accordo con il verbo lamentare - era presente un po' in molti medici e recentemente era stato sperimentato con successo l'uso del monossido di carbonio; a suggerire questa innovazione è stato proprio il doktor Werner Heyde che, se non ricordo male, è l'*obergutachter* che controfirma per ultimo il questionario decidendo la sorte del paziente. Mi hanno già parlato di lui a Monaco, ed è evidente che egli fa parte della commissione di Berlino dall'inizio del programma; comunque la tecnica del gas, secondo Hirsch, è più pulita e permette a noi medici di agire senza un eccessivo contatto con il paziente. Quindi è più adatto a me un luogo come questo, dove le mie capacità non verranno intaccate da questa specie di malessere strano e inspiegabile; se con quelle parole e questo provvedimento hanno voluto dimostrare di non avere più fiducia in me, penso ci siano riusciti senza alcun dubbio. Anche se di malavoglia ho obbedito agli ordini lasciando l'amata Baviera - trattenendomi a Marburgo dai miei per le feste natalizie - e dopo un giorno di viaggio sono giunto a Linz; avevo ricevuto istruzioni di fermarmi nella locanda Gasthaus Drei Kronen alla periferia della città e di telefonare a un numero. Fatto questo mi è venuto a prendere un furgone dai vetri oscurati, guidato da un autista in abito nero; naturalmente mettono in pratica le misure di segretezza necessarie - come nell'Istituto a Monaco - e questo spiega il ripetersi un po' teatrale delle situazioni. Non potendo vedere l'esterno non mi rendevo conto dove stava andando il furgone, quando dopo un'ora si è fermato facendomi scendere davanti a un portico di legno dietro il quale s'alzava la facciata di un castello; questa struttura barocca, con le torri ai quattro angoli e la facciata color panna non faceva pensare a una clinica o a un istituto medico. Sebbene l'amarezza del trasferimento - tuttora, mentre scrivo nella mia stanza all'ultimo piano del maniero, non mi abbandona - devo dire che l'atmosfera campestre in cui è inserito il castello, da subito, mi ha risollevato un po'.

L'entrata mi ha condotto in un cortile circondato di arcate, su cui cadeva la luce scialba del giorno; una cosa che mi ha stupito, e che non era visibile dall'esterno, è una sorta di ciminiera di pietra che si alza imponente fin quasi alla cima del castello. Mentre mi sono fermato ad osservarlo, ho visto arrivare verso di me una signorina ben vestita che si è presentata in maniera molto formale. «Sono Helene Hintersteiner, segretaria del doktor Rudolf Lonauer che dirige questa struttura. Lei dovrebbe essere l'Oberscharführer Werner Grunwald». «Sì, sono io». «Bene. Il direttore la riceverà nel suo ufficio, venga con me». Quel suo fare meccanico la faceva apparire una bambola parlante; per fortuna non era con lei che dovevo parlare. Siamo infilati sotto uno degli archi prendendo le scale per salire al piano di sopra. Abbiamo passato alcuni corridoi e svolte che non sono riuscito a memorizzare, alla fine mi sono trovato di fronte una porta di legno con la targhetta indicante il nome del direttore. La segretaria s'è affacciata, ha sussurrato alcune parole poi mi ha aperto velocemente la porta. Dietro un lungo tavolo sedeva un uomo giovane dall'espressione viva e attenta, vestito di un camice. «Buongiorno, Herr Grunwald» mi ha detto in tono cortese «Le illustrerò il lavoro che dovrà svolgere qui, è tutto molto più semplice rispetto al precedente programma di eutanasia dei bambini». Al che mi ha fatto sedere e ha cominciato il discorso spiegandomi che l'organizzazione che mimetizza il progetto - Case di cura e di assistenza della comunità di lavoro del Reich - raccoglie tutti i disabili sparsi negli ospedali, che il sistema di trasporto è affidato al Gekrat (*Gemeinnütziger krankentransport*) e si usano furgoni dai vetri oscurati guidati da SS; infine mi ha condotto fuori per un giro panoramico del castello in occasione dell'arrivo di un carico di malati.

Appena siamo scesi di nuovo nel cortile un sottufficiale - sono tutte SS i funzionari che lavorano in questa struttura - ci è venuto incontro per avvisare che un furgone era appena giunto al castello. Lonauer gli ha detto di farli scendere e di portarli in cortile; poco dopo ho visto entrare un branco di individui malformati, mongoloidi o semplicemente idioti; alcuni avanzavano e arrancavano per mezzo di gambe di lunghezza diversa, altri erano storpi e monchi di un braccio e quasi tutti mugugnavano parole senza senso portandosi dietro un fagotto con gli effetti personali. Due SS col camice da medico li spronavano a camminare urlando loro in faccia; quando li hanno fatti fermare al centro del cortile, sotto quel quadrato di luce vivida la loro bruttezza sembrava risaltare in maniera insolita, apparivano come dei veri mostri in un'atmosfera che ricordava il romanzo gotico. Lonauer si è rivolto a un uomo piccolo e tozzo che arrivava alle nostre spalle, il medico Amon Braune; era lui a occuparsi questa mattina dei nuovi arrivati.

Sulla parete nord alla nostra sinistra la prima stanza è lo spogliatoio; a gruppi di cinque li hanno fatti entrare, spogliati nudi e il doktor Braune li ha esaminati sbrigativamente. Intanto il direttore, in tono compiaciuto, mi illustrava queste operazioni un po' come fece la prima volta il doktor Rosen a Monaco; entrambi parlavano e a stento nascondevano quel tono di soddisfatta inevitabilità della faccenda. Forse darsi un tono di fronte a sconosciuti comprendeva il falso tentativo di nascondere la gioia provata nell'attuare tali direttive. Ci è voluto un po' di tempo per spogliarli e esaminarli tutti, date le difficoltà motorie che avevano; poi sono stati condotti sempre per gruppi alla torre. Io e il direttore abbiamo seguito quegli orribili sgorbi tremanti per il freddo; intanto questi mi diceva che la stanza nella torretta è la camera delle riprese dove alcuni malati vengono fotografati - quelli il cui cervello può essere interessante analizzarlo oltre quelli che possiedono denti d'oro - prima di portarli nella camera a gas. Alcune infermiere sono giunte per raccogliere i malati nella camera di ammissione appena fuori dal laboratorio fotografico, dove ci siamo fermati io e Lonauer; sulla destra c'è una porta metallica con l'oblò che dà accesso al luogo d'asfissiamento. «Adesso arriva la parte importante che le consiglio di osservare bene. Tutte queste persone le facciamo entrare nel bagno in cui ci sono sei docce, e due panche per sedersi; così potranno lavarsi e disinfettarsi molto bene» mi ha spiegato Lonauer a bassa voce mascherando le intenzioni dietro parole innocue. Ovvio l'intento di tenere gli animi tranquilli di quei degenerati che acchiappavano brandelli di discorsi; l'occhiata indicativa che il direttore mi aveva dato significava questo. E ha continuato guardando attentamente i malati accompagnati nella camera da Braune e dalle infermiere. «Ci possono stare fino a sessanta persone là dentro ma, alla bisogna, sono del parere che possiamo stiparne anche il triplo. Che succede?». Uno dei malati, piuttosto robusto di costituzione, non voleva entrarci e recalcitrava dimenandosi dalla presa delle infermiere; continuava a dire "Non voglio! Non voglio!" e aveva gli occhi spalancati e pieni di un terrore sconvolgente. L'Oberscharführer Braune è corso un secondo nella camera d'ammissione ed è tornato con una siringa; prima che il disperato se ne accorgesse gli ha fatto l'iniezione di sedativo nel fondoschiena, mentre Lonauer e le altre SS contribuivano a tenerlo fermo e, nel contempo, a spingere dentro gli altri malati che si guardavano intorno come se non capissero ciò che era appena accaduto. Dopo poco l'uomo si è afflosciato su se stesso, e lo hanno portato dentro assieme agli altri; infine hanno chiuso la porta. Lonauer è ritornato da me con un leggero fiatone, e mi ha guardato come per dire "Capita"; poi senza scomporsi troppo ha ripreso a parlare: «Accanto alla camera d'asfissiamento c'è la stanza dove ci sono i recipienti del gas che ci fornisce la I.G. Farben di Francoforte. Mentre qua» e si è spostato uscendo dalla stanza per tornare nel cortile, indicandomi due manopole circolari poste sul muro della suddetta stanza, «qua ci sono le manopole da azionare. La prima è quella del ventilatore che aspira l'aria dalla camera». Ciò detto ha ruotato la manopola e un ronzio si è diffuso nell'aria; ha aspettato dieci minuti, poi ha chiuso la valvola dopodiché ha impugnato l'altra manopola. «Ora ruotiamo quella del gas lentamente, e la lasciamo aperta per circa dieci o quindici minuti. Osservi dall'oblò». Mi sono avvicinato accostando il viso al vetro; alcuni malati balbettavano seduti sulle panche, altri deambulavano volgendo gli occhi agli interruttori delle docce. Poi ne ho visto uno ansimare, e accasciarsi addosso a un altro come un albero morto; perplesso quest'ultimo si scosta non capendo cosa succede al compagno, poi il suo viso diventa cianotico, tossisce e infine stramazza al suolo. Così fanno uno a uno cadendo come sacchi di patate; quello che avevano sedato era già sdraiato a terra, morto senza nemmeno accorgersene. Due malate cominciano a soffocare e d'istinto s'aggrappano l'una all'altra con la bocca aperta in una smorfia disperata, si trascinano a terra per finire in un ultimo abbraccio. Non rimaneva che un catasta di corpi umani nudi. «Sono tutti morti» ho fatto rivolgendomi al direttore. Questi, entusiasta, mi ha risposto senza staccarsi dalla manopola del gas: «Lei ha constatato la morte, ma per sicurezza attendiamo qualche minuto ancora prima di chiudere la valvola del monossido di carbonio. E' accaduto che qualcuno sopravvivesse ed è stato necessario finirlo con un'iniezione, il che rallenta troppo la procedura». Anche il medico Braune si è poi affacciato all'oblò per verificare che fossero deceduti tutti; dopo aver scrutato attentamente attraverso quei suoi occhiali spessi, impassibile, si è rivolto a Lonauer. «Può bastare, Herr Direktor». Lonauer ha chiuso la manopola del gas, e ha azionato quella del ventilatore per introdurre aria nuova facendo fuoriuscire il gas dalla camera. Abbiamo atteso un po' prima di poter aprire la porta; intanto tre SS hanno portato in cortile le barelle per raccattare i cadaveri che poi, mi ha spiegato il direttore, sarebbero stati portati prima nella camera mortuaria; quelli contrassegnati dalla foto erano soggetti all'asportazione del cervello o dei denti d'oro, dopodichè assieme agli altri finivano nel forno crematorio che era la stanza accanto. In quel momento ho capito la funzione della ciminiera che troneggiava in cortile come un enorme obelisco egizio. Un funzionario infine ha aperto la porta, balzando subito indietro per il forte odore delle esalazioni; dopo un minuto sono entrati con le barelle e ho osservato da vicino i volti bluastri dei cadaveri. Alcuni di essi mostravano ancora la smorfia di dolore. Mentre li portavano rapidamente nel forno dove un fuochista li stava attendendo, Lonauer ha concluso: «La procedura termina proprio qui. I cadaveri vengono bruciati, le ceneri provvediamo a raccoglierle in un'urna da inviare alle famiglie, accompagnandola con una lettera in cui si attesta la causa fittizia del decesso. Questa è la *desinfektion*, Herr Grunwald. Stavo pensando di assumerla proprio come addetto alla gassificazione». La prima cosa che mi è saltata in mente è che fosse un impiego davvero elementare per un medico ma, d'altronde, è ciò di cui si occupano perciò non ho obiettato nulla; riconosco che il metodo del gas è davvero efficiente e rapido, di certo non paragonabile alle iniezioni. «E' necessario che sia un medico ad aprire il gas, non è un compito banale come può apparire all'occhio di un professionista come lei o me; Viktor Brack si è espresso chiaramente a riguardo. La morte deve essere impartita solo da un medico». «Capisco» ho commentato.

In quel momento è sopraggiunto un uomo in uniforme, ha attraversato il cortile con passo deciso fino a fermarsi di fronte a noi; la cosa che mi ha colpito era quella sua espressione brutale come se volesse uccidere all'istante qualcuno. Il direttore si è voltato al suo saluto, ha ricambiato dopodiché gli ha detto: «Obersturmführer Wirth, le presento il doktor Werner Grunwald appena arrivato da Monaco». «Bene. Me ne aveva già parlato. Ha pensato a quale lavoro affidargli?» ha chiesto secco. «Addetto alla gassificazione, mentre terremo Braune e Wagner all'accoglienza, se lei è d'accordo». Dopo aver guardato Lonauer con quella faccia rude, lievemente addolcita da un paio di occhiali piccoli e tondi, ha spostato il suo sguardo sulle SS che trasportavano i cadaveri; mi è sembrato che stesse riflettendo su qualcosa di importante, difficile esserne certi dato che la sua espressione era una maschera fredda e indecifrabile. «D'accordo. E' al corrente di tutto ciò che riguarda la gassazione degli storpi, Oberscharführer?» mi ha domandato, implacabile. «Jawohl, Herr Kommandant». Dal tono che usava Lonauer era evidente che costui fosse il capo dell'Istituto; dopo aver terminato quel breve colloquio con Wirth, sono passato nell'ufficio del direttore per alcune pratiche burocratiche; Lonauer ha colto l'occasione per fornirmi altri dettagli relativi alla struttura come l'ubicazione della sala mensa, della cucina o lo spaccio per comprare le sigarette e gli alcolici. Ho mangiato e sono andato nella stanza che mi hanno assegnato all'ultimo piano del castello; in pratica un letto, una piccola finestra come nelle celle carcerarie e un lavabo. Il bagno ovviamente è fuori nel piano. Le travi di legno del soffitto e le pietre del pavimento danno un'impressione strana, diversa dal biancore asettico dell'interno di un ospedale; per quanto assurdo mi sento come se fossi in villeggiatura piuttosto che in un ambiente di lavoro -

102

forse è la campagna a fare quest'effetto - ma è meglio che mi astenga da un giudizio frettoloso. Domani mattina sarà un grande giorno e dovrò dimostrare di saper fare il mio lavoro, soprattutto a quel Christian Wirth che non mi piace molto. Per cui spero di riposarmi bene questa notte.

18 gennaio 1940

Sono passati tre giorni dal mio arrivo qui ad Hartheim, e tanto sono bastati a farmi vedere i rapporti che legano i miei colleghi di lavoro; come a Monaco esistono delle gerarchie non soltanto militari ma sociali, e le devo rispettare in quanto sono l'ultimo arrivato. Per quanto riguarda il compito assegnatomi non vi ho trovato alcun tipo di difficoltà; la prima volta che mi sono trovato a farlo ho pensato, per un maledetto istante, che avrei provato qualcosa di inatteso, di strano, qualcosa che poteva indurmi a commettere un errore. Ricordo l'espressione immobile del direttore e lo sguardo pesante dell'Obersturmführer Wirth nel momento in cui mi apprestavo a girare la manovella, attimi di tensione svaniti in un tempo straordinariamente breve; aspirata l'aria dalla camera, ho così introdotto il monossido di carbonio e, proprio come mi avevano dimostrato, alla fine i pazienti non erano altro che un monticello di carne umana asfissiata. Quando mi sono sporto verso l'oblò per controllare ho sentito un impeto caldo, e le guance mi sono avvampate come a un allievo quando riceve una promozione; Wirth non s'è espresso ma si è limitato a un cenno distante della testa, Lonauer ha fatto altrettanto per non scostarsi troppo dall'atteggiamento glaciale del suo superiore. Mi sembra che quest'ultimo provi una sorta di disagio alla presenza di Wirth ma intende nasconderlo dietro una ligia obbedienza gerarchica. Il giorno seguente ho ripetuto tutto ciò che serve per attuare la *desinfektion* - dal controllo dei dati personali al forno crematorio dove vengono bruciati i cadaveri; ora trovo ragionevoli le teorie che mi spiegò Hirsch sulla facilità emotiva di lavorare col gas e non sono certo paragonabili all'utilizzo della siringa. Non saprei dire se sia una vera *gnadentod* gassare questi malati o iniettar loro forti sedativi - se esiste una differenza etica è piuttosto sottile per quanto mi riguarda - d'altronde non trovo un'alternativa giusta a questo metodo che non sia l'eliminazione di tali degenerati senza nessun futuro. Ognuno di noi la pensa così anche se - personalmente - non mi sarei comportato come ha fatto quel tale Gustav Wagner che, assieme a me e Braune, accoglie e prepara per la camera di asfissiamento questi *untermenschen*; ieri è stata la seconda volta che mi sono trovato alla gassificazione. In un gruppo di malati già denudati - ho notato che accade più spesso di quanto il direttore voglia farmi credere - c'era uno storpio un po' agitato, che si stava rendendo conto che le parole delle infermiere, in parte rassicuranti, non erano proprio la verità. Ha cominciato a spintonare gli altri muovendo le braccia come due pale e viste le difficoltà delle ragazze siamo intervenuti io e Braune prendendolo per le braccia; Wagner è sopraggiunto e non ha fatto fatica a farsi largo con la sua mole da gigante, fissando quei suoi occhi azzurri sull'elemento che stava ritardando la procedura; gli abbiamo urlato di correre a prendere la morfina ma ci ha colto di sorpresa tutti afferrando l'esagitato per il collo, scuotendolo con le sue possenti mani tanto che abbiamo dovuto allontanarci per evitare di prendere dei colpi. Ha stretto le mani intorno al collo costringendolo a inginocchiarsi e lo ha mollato a terra solo quando ha smesso di rantolare; non potevamo permetterci di stare fermi, così io e il mio collega abbiamo spinto gli altri nella camera e in fretta abbiamo proceduto come al solito. Quando ho avuto il tempo di voltarmi ho osservato i cumuli di neve ai lati del cortile, e vicino al centro il corpo dello strangolato col viso cianotico, Wagner in piedi che lo fissava ancora con occhi crudeli. Chissà cosa gli è passato nella mente per agire in quel modo; mi ha stupito molto di più, però, sapere oggi che il direttore non si è lamentato di Wagner né questi ha ricevuto alcuna punizione. Ciò fa riflettere sul fatto che se vi è un regolamento esso non viene applicato; la conferma di quanto dico l'ho ricevuta dal doktor Braune con cui mi sembra si sia instaurato un buon rapporto. Dall'apparenza schivo e riservato si è rivelato - in occasione della pausa pranzo in sala mensa - un discreto interlocutore e si è offerto di rivelarmi alcune storielle sul giovane passato del castello di Hartheim; è qui che mi ha parlato a proposito di Wagner e di quello che è accaduto, dicendomi che ciò che ho veduto non è stato un puro caso. Gli eccessi di Wagner sono tollerati dallo stesso Wirth perchè egli stesso si lascia andare a cose estrose e stravaganti; tutto qui, la simpatia del capo per questo medico un po' sadico è un legame quasi fraterno, da questo punto di vista, e ne deriva che l'uno protegge l'altro. Le parole di Braune non mi hanno scomposto più del dovuto; non è la prima volta che mi trovo di fronte individui come Wirth che possono racchiudere in sé lo zelo del funzionario, il sangue freddo di un medico, il coraggio di un padre o di un soldato e un gusto del sadico che appare talvolta grottesco; lo scorso mese - mi ha confidato Braune - ha prelevato un gruppo di bambini idioti (lui era presente e mi ha detto che dovevano avere sui dieci anni grosso modo) li ha portati fuori nudi al freddo e dopo aver scavato una fossa li ha fatti seppellire vivi. Dopo avermi raccontato altri aneddoti - uno riguardava la cacciata delle suore che prima abitavano nel castello, si dice che una di loro sia stata stuprata da Wirth - ho scoperto che Braune è un amante della musica e delle canzoni popolari tedesche; proprio oggi nel primo pomeriggio ha chiesto il permesso a Lonauer di portare in cortile una radio, e così dopo tanto tempo ho avuto modo di ascoltare della musica. Braune ha lasciato acceso l'apparecchio mentre è corso ad accogliere i malati, e la radio ha iniziato a gracchiare le note di una canzone con una bella voce di donna che cantava; quando è tornato ha esclamato con giubilo «Non ci speravo nella replica di *Lili Marleen*, quanto è bella!» Sarà stato tanto tempo che non sentivo una donna cantare - escluse alcune cantanti nei locali notturni di Berlino - o, più probabile, sarà stato molto tempo che non ascoltavo una canzone così bella da farmi stare bene; non so dire perchè ma è stato diverso guardare quegli esseri brutti e le loro oscene nudità sentendo le parole *wie einst Lili Marleen*, si è creato un contrasto che avrebbe fatto vedere a chiunque - osservando dall'oblò - l'ultima esalazione di ogni povero idiota nella camera a gas come qualcosa di soave. *Wie einst Lili Marleen*. Che bello! Non sono stato il solo a sentirsi così durante la gioranta, anche Franz Gindl - un infermiere originario della Slesia -

pareva più a suo agio nel raggruppare i poveracci come un gregge di pecore, lo si vedeva procedere con un'espressione quasi estatica che non gli appartiene, stando a quanto riferiscono gli altri. L'intero procedimento inteso dall'arrivo dei furgoni alla cremazione non richiede in sé molto tempo - salvo intoppi - per cui ci sono dei vuoti di tempo libero durante i quali è possibile concedersi una birra, una schnaps, o un qualche altro divago; verso le tre del pomeriggio il doktor Lonauer è venuto ad avvisarci che si sarebbe assentato fino a domani, comunicandoci che il prossimo furgone era atteso per le cinque. Ne ho approfittato per togliermi il camice e andare nella mia stanza; dopo essermi dato una lavata alla faccia e aver preso il cappotto, sono sceso al pianterreno dopodiché sono uscito fuori dal castello. La campagna era toccata da spruzzi di neve sui campi, come la tettoia di una fattoria poco distante; ho respirato l'aria fredda a grandi boccate, sentivo il bisogno di farlo. Ho osservato il cielo grigio sul quale il sole era prossimo al tramonto; mi sono acceso una sigaretta voltandomi, senza un motivo, alle mie spalle e notando dalla cima del castello il fumo scuro della ciminiera dispendersi nell'aria. Ho continuato a fumare in tutta tranquillità, poi il freddo ha iniziato a pungermi troppo; quando mi sono voltato per rientrare ho scorto con la coda dell'occhio una ciocca di capelli cadere sulla mia spalla sinistra. Ho guardato in alto dove svolazzavano proprio ceneri e capelli. Poi l'ho tolta e sono tornato dentro pensando che presto sarebbe servito un forno più grande per bruciare un maggior numero di corpi.

Solo nell'attimo in cui poso la penna sul foglio mi tornano in mente le ultime parole che scrissi quasi tre anni fa; la consapevolezza che in questo periodo sia stato assorbito dai miei studi si fa più intensa proprio ora, come se fossi caduto in uno strano letargo e mi fossi d'un tratto risvegliato alla vita reale di tutti i giorni sentendo il bisogno di scrivere nuovamente. Mi chiedo se non sia stata una diversa e più profonda immagine delle cose che mi ha allontanato da queste pagine per molto tempo alla ricerca di me stesso e, se così fosse, forse sarebbe chiaro questo senso di ottundimento che mi prende pensando al passato, non spiegabile con gli sforzi intellettuali compiuti sulla *Dottrina segreta*, di cui sono riuscito peraltro a stendere un commento ad alcuni libri dell'opera, non allo studio degli articoli di Karl Haushofer sul concetto di *lebensraum* o una rilettura, più per piacere personale che per lavoro, dei *Protocolli dei savi di Sion* tradotti da Rosenberg. Quanto a questi non posso essere d'accordo con *Il mito del XX secolo* e mi è parso giusto dire la mia opinione a Sievers che mi ha consigliato di leggerlo; il segretario è convinto che non vi sia una natura duale in Gesù Cristo proprio come afferma in modo presuntuoso il celebre ideologo, quindi ritiene che non sia stato il figlio di Dio ma solamente un grande pensatore che ha mostrato di volersi ribellare alle istituzioni ebraiche. In uno dei nostri colloqui amichevoli - il tempo mi ha insegnato a convivere con il suo carattere rabbioso - gli ho ribadito che l'unica verità che propugna l'autore sia quella dell'esistenza delle razze inferiori come quella degli ebrei e dei negri, ma su quell'astruso ateismo avrei molto da ridire in quanto cattolico (ma anche un protestante avrebbe da ridire, ecco perchè credo che molti nazionalsocialisti non vedano di buon occhio il filosofo). Adesso mi rammento che appena un anno fa lo studioso di rune Herman Wirth ha lasciato l'Ahnenerbe; alcuni voci dicono che proprio Rosenberg lo abbia gettato sotto una cattiva luce scrivendo di lui che è un mistificatore e un folle a credere che vi sia un qualche potere nelle rune, ma non per questo si è sentito costretto ad andarsene. Non ho mai stretto un rapporto con lui e i miei contatti si limitavano al saluto; a quanto afferma Sievers c'erano delle divergenze d'opinione fra lo studioso e il Reichsführer a causa delle quali è stato saggio prendere la decisione che ha preso. Proprio a proposito di Sievers non ho avuto più scontri con lui ma ho visto che, in questi giorni, il suo atteggiamento aspro ed indisponente che spesso lo porta alla discussione si è trasformato in schivo e reticente, ha l'aria di nascondere alcune informazioni che spiegherebbero l'eccitazione e il movimento presenti in dipartimento; anche se il segretario evita di trovarsi troppo tempo a contatto con me in modo che possa porgli domande, sono abbastanza certo che sia qualcosa riguardante la spedizione di Schäfer in Tibet. Se avesse scoperto qualcosa di davvero interessante non mi stupirebbe poi molto, visto che il Tibet si trova vicino a un'area geografica indicativa dal punto di vista della ricerca degli Ariani, che è quella del Deserto del Gobi; molti, fra i quali anche Madame Blavatsky, ritengono sia uno dei luoghi in cui è presente l'ingresso per il leggendario regno di Agarthi e, a differenza dello scetticismo di certi studiosi, questa convinzione ha un fondamento storico che risale alla tradizione buddista tibetana studiata a fondo proprio dalla medium. La frenesia che circola qua dentro negli uffici mi fa pensare molto, indica che qualcosa è andato diversamente dal solito e non si tratta di una sciagura come può essere la morte dei membri della spedizione; sento che non è un caso che ci sia qualcosa di strano in un luogo ritenuto fondamentale dal punto di vista mistico, accadrebbe lo stesso anche per l'Islanda, il Polo Sud e il Polo Nord, tutte aree del nostro pianeta in cui è molto probabile vi sia l'entrata per Shambhala-Agarthi. Per il Polo Nord esiste una prova molto recente che ha alimentato dubbi sull'argomento, però io la ritengo possibile; l'autobiografia *Il Dio fumoso* di Willis George Emerson racconta proprio il viaggio fatto da un marinaio norvegese verso il centro della Terra passando dal Polo Nord, dove ha scoperto un insolito regno illuminato da un sole centrale fumoso. Lui non è sopravvissuto ma il figlio sì, e in vecchiaia ha scritto questo resoconto di dubbia attendibilità; se non esistesse niente di tutto ciò a che fine scrivere una storia simile per la gente comune? Di che interesse sarebbe sapere di una città sconosciuta e dei suoi abitanti, quando già lo scrittore francese Jules Verne ha saputo fare di meglio? Questo mi porta a pensare che ci sia della verità dietro il viaggio che molti ritengono presunto e immaginario, e la verità è visibile solo a chi veramente vuole vederla e trovarla; e io non faccio altro che immergermi nelle cose aumentando questa mia weltanschauung mistica, questo anelito all'assoluta saggezza a cui mi avvicino a piccoli passi cominciando con una metodica meditazione delle rune che, secondo Himmler, è indispensabile per una SS. Ovunque mi trovi, in un bosco isolato o vicino a un corso d'acqua, mi metto in posizione eretta rivolto verso il nord (la posizione ricorda la runa Sieg) respiro profondamente e trattengo il respiro ripetendolo cinque volte, dopodiché ogni mio pensiero si blocca, sparisce, e al suo posto compare nella mia mente la runa che brilla come un altro sole, tutto trascende il mondo circostante e sento di essere solo con un dio che non conosco, un essere impalpabile come l'aria, dispensatore di una saggezza sconosciuta concentrata in quel simbolo a forma di fulmine. E' un momento di pura estasi che è difficile spiegare, per il quale è importante purtroppo l'ubicazione, da scegliere fra le zone che presentano un forte campo magnetico; per questo la residenza appena acquistata dal Reichsführer è posta proprio su un punto dove s'incrociano delle linee energetiche di rara forza. Pensando a Wewelsburg riaffiora il mio dispiacere; non capisco come mai in questi tre anni egli abbia lodato i miei lavori e si sia dimostrato - almeno per il suo modo di fare - abbastanza soddisfatto al punto da promuovermi hauptscharführer per poi non ammettermi nella cerchia delle SS del castello di Wewelsburg, nonostante io mi sia proposto esplicitamente in uno dei nostri rari colloqui. La sua risposta è stata: "Ammiro la sua dedizione, ma l'accesso a Wewelsburg è riservato solo a un gruppo di uomini scelti fra gli ufficiali superiori e generali". E' stata una delusione, ma non costituisce per me una resa; so che è un uomo misterioso e riservato di cui è difficile ottenere la piena approvazione, e il suo rifiuto n'è la prova; se uno crede non ci possono essere ostacoli sulla via della sapienza che impediscano il proprio perfezionamento di uomo, per cui continuerò ovviamente a studiare nell'attesa dell'occasione che dimostrerà al mondo intero che i miei sforzi sono valsi a qualcosa, a qualcosa di vitale importanza in grado di dimostrare al mondo intero la nostra infinita superiorità.

Le perplessità che avevo un paio di settimane fa
riguardo al riserbo di Sievers si sono infine dissolte
proprio stamani. Ho fatto in modo che fosse lui a
parlarmene; ero appena uscito dal mio ufficio quando
ho sentito un tramestio provenire dagli uffici in fondo
al corridoio, allora ho atteso sperando che ne uscisse
qualcuno. Un minuto più tardi Sievers, trafelato e a
testa bassa, si è fiondato per scendere al piano di sotto
in amministrazione quando ha trovato me e s'è
bloccato. «Novità, Obersturmführer?». Non aveva
tempo per darmi una risposta veloce ed evasiva, per cui
ha guardato il fascicolo che stringeva in mano e mi ha
risposto: «Sì, abbiamo altre fotografie inviateci dal
Tibet ma la questione è la stessa dell'ultima volta.
Intanto scendiamo, le racconterò». Così mi ha
informato che da almeno quindici giorni sono in
possesso di una consistente documentazione fotografica
raccolta da Schäfer; le foto mostrano i luoghi visitati
dagli spedizionieri, la città di Lhasa, i templi, in alcune
compaiono i primi piani degli abitanti con annotate le
misure antropometriche di ciascun individuo con cui
hanno avuto contatto; non bisogna essere un
antropologo né un fisico per evidenziare l'importanza

scientifica dei dati raccolti su un luogo dove - come pensiamo - vi sono emigrati gli antichi Ariani in seguito a qualche catastrofe (i dati dovevano dimostrare - secondo me non erano sufficienti però - che le caratteristiche fisiche dei tibetani ricalcavano quelle degli Ariani). Infatti la cosa strana è saltata fuori solo in alcune fotografie scattate in un villaggio sconosciuto. Sievers me le ha mostrate prima di entrare in un ufficio; sono evidenti i soggetti in primo piano sfuocati, mentre appare più nitido lo sfondo in cui c'è un tempio antico. In ogni fotografia dove compare quel tempio, la parte in primo piano è sfuocata; mi sono accorto di un'altra cosa bizzarra, vale a dire che la parte sfuocata ha dei contorni ben definiti e precisi. E' naturale che un fatto del genere provochi confusione; Sievers mi ha confidato gli stessi dubbi che ho avuto io non appena mi ha fatto vedere le foto, non si capisce come abbiano fatto a sbagliare in maniera così grossolana, non è possibile che un gruppo di studiosi attenti non s'accorgano di un errore troppo evidente. Imbarazzato, il segretario mi ha riferito di aver inviato - su ordine di Himmler - un telegramma in cui li ha avvisati delle anomalie riscontrate, ordinando loro di scattarne altre quanto prima. E' necessario un chiarimento ma, soprattutto, del materiale integro per poter lavorare come si deve; sul momento uno spirito di iniziativa sorto in me mi ha quasi spinto a proporre la mia collaborazione per il Tibet, ma ho subito spazzato via quell'idea. In fin dei conti se non sono stato assegnato a quel dipartimento ci saranno dei motivi, dunque non sarebbe stata una buona idea e ho lasciato che Sievers si congedasse per sbrigare la cosa. Sono tornato su nel mio ufficio senza uscirne per il resto della giornata, e ho ripreso un fascio di documenti riguardanti il Polo Nord e le spedizioni che sono state fatte da trent'anni a questa parte; guardando il lato esclusivamente scientifico non è stato scoperto nulla di notevole fra le distese di ghiaccio mentre l'unico viaggio degno di interesse, per quanto mi riguarda, rimane quello del marinaio norvegese Jansen che tutti hanno creduto pazzo, giudizio dettato dall'ignoranza e dal mancato discernimento di chi pensa che sia reale solo ciò che vede o ciò in cui tutti credono come l'Onnipotente. Il punto è che se crediamo nella Germania e nel Reich, dobbiamo credere che esista un passato ancestrale e lontano in cui degli uomini portavano nel loro organismo i geni della nostra razza, proprio questi uomini hanno lasciato delle tracce visibili sulla Terra ed è nostro compito portarle alla luce, esaltarle come tesori inestimabili - perchè di fatto lo sono - e meditando sul significato di tutto questo ci uniremo un giorno ai sopravvissuti che vivono nelle profondità del pianeta.

Oggi sono stato convocato nell'ufficio del Reichsführer Himmler per una comunicazione della massima importanza; non appena Sievers me lo ha annunciato prima di pranzo, ho avuto un capogiro per qualche minuto. Ho pensato cosa potesse volere da me con una tale sollecitudine, ed era certo che non aveva a che fare con i miei lavori perchè non avevo fatto la stesura di nient'altro a parte il commento al quinto libro della *Dottrina segreta*. Dopo il pasto mi sono recato nel suo ufficio e l'ho trovato in piedi che passeggiava a passi misurati; mi ha guardato con un'espressione non ben definibile e mi ha detto: «Prego, la stavo aspettando». Ha permesso che mi accomodassi su una sedia, mentre lui è rimasto in piedi e ha ripreso parola in tono fermo: «Il motivo per cui l'ho fatta chiamare è di fondamentale importanza, ecco spiegata la fretta di comunicarlo; verrò al dunque. Ho in progetto di organizzare un'altra spedizione in uno dei luoghi più lontani della Terra, ma non meno importanti per i nostri studi. L'Antartide. Dalle sue ricerche è confermato che là dovrebbe esserci uno degli ingressi per il regno degli Ariani, e ciò costituisce un fatto di notevole importanza per noi; non solo dovrete esplorare il territorio per trovare quanto ho detto, ma costruirete una base di appoggio per ulteriori viaggi. Dato che non ho in mano altri dettagli di natura logistica non posso aggiungere alcunché, ma solamente dirle che lei farà parte della spedizione e si occuperà delle ricerche antropologiche. Credo sia una buona occasione per dimostrare il proprio valore al Führer. Accetta, Hauptscharführer?». Non potevo rifiutare per due ragioni; la prima è che, in qualità di superiore, ciò equivaleva a un ordine e mi era impossibile disobbedire, la seconda è che aveva perfettamente ragione. Quella era l'occasione per far vedere quanto valevo, l'occasione che aspettavo da molto tempo. Dopo questa riflessione scontata, a testa bassa ho risposto: «Jawohl, Reichsführer. E' un onore accettare questo compito». Poi ho domandato se fosse possibile conoscere una data indicativa per la partenza, ma è stato vago; mi ha detto che sarebbe stato per il mese di dicembre, non oltre. Senza palesare alcuno stato d'animo, con le mani dietro la schiena, Himmler mi ha congedato concludendo che mi avrebbe messo al corrente dei dettagli quanto prima.

Quando sono tornato nel mio ufficio ho trascorso un'ora progettando l'intera spedizione come se dovessi partire da solo; in me si sono alternati in maniera confusa il senso di gioia, l'entusiasmo, la preoccupazione e la frenesia di partire che tuttora appaio frastornato mentre scrivo. Dopo aver recuperato una buona dose di calma ho concluso che avrei dovuto studiare il Polo Sud, accantonando per un po' ciò che stavo facendo; quindi sarebbe iniziata la fase più interessante di un progetto, vale a dire la documentazione. Quando sono rientrato a casa in serata facendomi portare da un tram semideserto, mi si è affacciata alla mente la figura di Hilda e ho pensato a cosa avrei dovuto dirle.

Da due mesi ci frequentiamo e ci amiamo. Come prenderebbe una notizia simile? Non essendo sposato non ho obblighi morali né giuridici, ma il fatto è che sono legato molto, condividiamo gli stessi ideali che fanno di lei una vera nazionalsocialista e provo un sentimento contrastante al pensiero di lasciarla qui per alcuni mesi. Quando penso a lei mi torna in mente il giorno in cui ci siamo conosciuti, al raduno a Norimberga in occasione dell'*Anschluss*; una folla a perdita d'occhio riempiva la piazza, e vicino al palco c'eravamo io e Sievers (grazie a lui ottenni il privilegio di sedere dove sedevano generalmente i gerarchi) dietro il Reichsführer e altri personaggi di cui non rammento il nome. Mi suona ancora nelle orecchie il brusio incessante, il giubilo che si trasmetteva a tutte le persone presenti; fra l'altro è stata l'unica occasione in cui ho veduto da vicino il Führer. E' incredibile il carisma che emana, e quel modo di pronunciare ogni parola caricandola di un significato quasi mistico; è un uomo dalle doti straordinarie, non c'è da dire altro. Prima di lui ricordo di aver sentito parlare anche Albert Speer, l'artefice della *Groß Berlin*; è salito sul palco ergendosi in tutta la sua statura fisica e intellettuale, conscio del proprio valore, e ha dato sfogo al suo eloquio in modo irreprensibile. A differenza di Hitler - nessuno può essere al pari - Speer parla con una cadenza morbida e parole misurate, ma il tono è implacabile e duro. Tutto sommato è stata una bella esperienza, resa preziosa dall'incontro che ho fatto poco dopo la fine quando sono andato a prendere un caffé al bar; ho visto una ragazza alta e bionda che mi guardava, ho notato che era in compagnia di altre amiche e tutte vestite a festa con in mano la bandierina con la svastica. La sua bellezza doveva essere straniera perchè non avevo mai veduto un volto così delicato in una donna tedesca; mi sono approcciato, abbiamo chiacchierato per un'ora (lei era affascinata sia dai discorsi che aveva appena ascoltato sia dalla mia uniforme) poi l'ho accompagnata a casa promettendole che l'avrei rivista, anche se tornavo a Berlino. Ho avuto prova del suo carattere deciso dal momento che, cogliendomi di sorpresa, me la sono trovata davanti al portone di casa con in mano una valigia; allora ho capito che forse - anzi probabilmente - è una pazza, ma ho capito allo stesso tempo che ci tiene a stare con me. E adesso che le ho procurato un impiego come segretaria - non lontano da Berlin-Dahlem - e che le cose sembrano andare bene, vado via lasciandola sola? Questo dubbio ha iniziato ad avvelenarmi la futura partenza e, non so perchè, vorrei poter dire di no e rinunciare.

L'alone giallo di un lampione gli permetteva di osservare le feroci e disgustose vignette del giornale *Der Stürmer*, immerso in una delle prime fredde sere invernali; il suo volto mostrò un vago senso di ribrezzo nel guardare un branco di mostri dall'aspetto verminoso che abusavano di una casta fanciulla ariana legata a terra, con l'espressione terrorizzata e i segni di percosse su tutto il corpo nudo. Con il successo che aveva il settimanale di Julius Streicher era facile si diffondessero delle vere paure nascoste riguardo ai giudei; non che non fossero giustificate, tuttavia era una satira troppo fantasiosa e pornografica. Questo pensò chiudendo il giornale, dando un'occhiata verso il n°16 della Pücklerstraße dove, in parte celato dalle fronde degli alberi che popolavano l'intero quartiere, si trovava un edificio grigio; guardò l'orologio e constatò che mancava poco. S'era seduto sulla panchina più o meno un'ora fa, e aveva pazientato seguendo con lo sguardo le biciclette, i passanti e le automobili come se fossero stati fantasmi. Da un po' il traffico s'era diradato, lasciando scendere un silenzio accarezzato dal fruscio delle chiome degli alberi; ormai erano sei mesi che lo seguiva e quella via non aveva più nulla di nuovo per lui, come non credeva che ci fosse poi molto da scoprire sul conto di questa persona eccetto alcuni particolari da verificare.

S'alzò in piedi; i suoi occhi marroni, dal taglio allungato, misero a fuoco una figura distante una cinquantina di metri, appena uscita dall'edificio grigio; mollò il settimanale a terra, si strinse nell'impermeabile e cominciò a seguirla. Dapprima accelerò il passo per avvicinarsi poi, constatato il soggetto, si mantenne a debita distanza. Dopo duecento metri sbucarono in Platz am Wilden Eber; vide il soggetto in divisa continuare a dritto e così fece lui, fino a quando lo scorse inoltrarsi in un caseggiato di quattro piani a forma di L. Per non perderlo aumentò il passo, schivando alcune auto che venivano nella direzione contraria; appena s'affacciò di fronte al palazzo, sentì il portone richiudersi. Scrutò con attenzione le finestre di ogni pianerottolo, illuminate dall'interno; dopo qualche momento lo vide giungere al terzo piano. Sul punto di andarsene notò un particolare che prima non c'era; strinse gli occhi, ma a quella distanza era difficile scorgere se la persona ad aver aperto la porta fosse stato un uomo o una donna. Probabilmente era lei; Frau Brodel che abitava allo stesso piano gli aveva detto che l'inquilino viveva solo, e soltanto una volta aveva visto una ragazza giovane bussare alla sua porta. Se si trattava della stessa persona poteva significare che vivevano insieme da appena due giorni, perchè prima non aveva mai notato la presenza di lei nella sua abitazione; i pedinamenti erano stati costanti e gli informatori ben attenti, quindi era impossibile sbagliarsi. Si guardò attorno e prima che qualcuno notasse la sua inopportuna presenza, tornò indietro.

Una volta a casa - nel suo appartamento sulla Wilhelmstraße - senza togliersi l'uniforme nera di servizio mangiò del pollo avanzato da pranzo e bevve una birra, poi si accomodò nel soggiorno, al tavolo di lavoro. Fece un profondo respiro guardando la sua Rheinmetall; la fronte spaziosa, sempre leggermente corrugata, si distese come un mare piatto e i suoi occhi si concentrarono sul foglio inserito nella macchina.

Iniziò a picchiettare sui tasti molto deciso, quasi ricopiasse un resoconto scritto da altri; a tratti si fermava per controllare eventuali errori, ma ripartiva subito e nel giro di una mezz'ora completò il fascicolo della giornata. Appoggiò la schiena alla sedia, e tolse il foglio dalla macchina rileggendo tutto:

Berlino, 21 ottobre 1938

Polizia segreta di Stato
Prinz-Albrecht-Straße 8
Oggetto: Indagini

Nessuna variazione nelle abitudini quotidiane dell'SS-Hauptscharführer Klaus Steiner. Si è svegliato alla solita ora, cioè alle 6.00 di mattina. Alle ore 8.00 si è recato alla sede della Ahnenerbe in Pücklerstraße 16 da dove non è uscito prima delle ore 20.00; oggi non ha fatto pausa pranzo fuori dall'edificio suddetto. Alle 20.00 è uscito vestito con la divisa e una cartelletta, è andato alla propria abitazione in Heiligendammer

Straße 11. Ho avuto prova del fatto che una donna abita con lui; presumo si tratti della ragazza conosciuta a Norimberga durante il raduno. Ho controllato i rapporti precedenti, da quando il sospettato abitava nel quartiere di Spandau; non vi è traccia della presenza della donna. Ritengo necessario scoprire chi è e che cosa fa.

SS-Hauptsturmführer Gunther Köll

Ritenne che poteva andare, anche se avrebbe voluto evitare la parola "presumo" in un rapporto ufficiale; ogni cosa doveva costituire certezza e, se non era così, era suo compito renderla tale o smentirla. Rifletté ancora un po' sul sospettato, con la testa rivolta al soffitto; sotto sotto provava un certo compiacimento l'aver persuaso il capo della Gestapo, Heinrich Müller, ad affidargli il compito di investigare su un uomo simile; nella SIPO nessuno vedeva di buon occhio chi era appartenuto alle SA, di conseguenza non era stato difficile per un ufficiale in carriera come lui ottenere di lavorarci su. E poi aveva il vantaggio di conoscerlo dai tempi in cui lavorava alla Kripo a Bonn, quindi le sue attività passate le conosceva senza bisogno di andarle a pescare chissà dove; in molti erano passati dalle SA alle SS. Di lui era venuto a sapere che era stato anche un amico di Röhm; gli suonava strana questa cosa come una nota discorde in una sinfonia.
La sua bocca larga si distorse in un bieco sorriso al pensiero che lo stava controllando nel tentativo di

incastrarlo; bastava trovare un collegamento con qualche dissidente politico oppure un documento compromettente circa un misfatto nascosto, e per Klaus la libertà sarebbe finita.

Il foglio che teneva in mano lo posò sul tavolo; s'alzò dalla sedia, e si tolse la giacca della divisa rimanendo in maglietta e bretelle. Non sentiva nemmeno il freddo, tanto era preso dallo scopo della sua vita. Si diresse verso la finestra in fondo al soggiorno; trasse una sigaretta dalla tasca dei pantaloni, la accese e tirò una boccata veloce. Poi, senza un motivo, guardò a lungo il parco sottostante ingoiato da una notte tenebrosa.

9 febbraio 1940

Il crescere del numero dei pazienti ci ha costretti ad essere ancor più sistematici e precisi cercando - per quanto è possibile - di eliminare con una specifica cadenza tutti i degenti che arrivano qua. Questo meccanismo preciso è intervallato solo dalle inutili iniziative di Wagner; non devo necessariamente trovare giusti i suoi comportamenti e nemmeno palesare la mia opinione mentre stiamo lavorando - mi ritroverei a discutere con Wirth o Christian il barbaro come molti lo chiamano, e so che la mia carriera potrebbe subirne un duro colpo. Quindi perchè disturbare questa sequenza di atti davvero efficiente, considerando che ne sono parte integrante? Ho stretto buoni rapporti con molti infermieri austriaci che mi aiutano nel lavoro quotidiano, che obbediscono senza dire una parola quando ordino loro - questo potere mi è concesso da Lonauer solo in sua assenza e in assenza di una SS superiore di grado a me - di aprire la porta della camera a gas, di smistare il mucchio di cavaderi separando prima quelli a cui deve essere prelevato il cervello. Molti fatti che il doktor Braune mi ha riferito ho avuto poi l'occasione di osservarli di persona; la scorsa settimana Herr Direktor era in licenza con la moglie a

Graz - è la seconda volta che s'è assentato da quando mi hanno assunto - e Wagner si è dunque sentito ancora più libero per mettere in pratica uno squallido diversivo. Wirth era presente, ma non con lo sguardo impassibile che ha di solito; dietro gli occhiali si notava un luccichio strano nelle pupille. Hanno preso alcune ebree storpie, le hanno denudate nel cortile interno e picchiate per un po'; noi tutti abbiamo assistito come spettatori di teatro quando Wagner ha cominciato a urlare loro i peggiori insulti, e facendo delle smorfie ha iniziato a masturbarsi violentemente per poi eiaculare addosso alle pazienti. Wirth ha ordinato a tre SS di cacciare i corpi nella camera, e lui stesso le ha prese a calci per farle alzare; con la *desinfektion* tutto ciò ha avuto la sua fine. Il bilancio tra il registro dei pazienti e il registro dei morti, in questa azienda, non può che essere pari e uno come Wirth che n'è il supervisore lo sa; di tanto in tanto fa delle variazioni sul metodo sfogando le sue frustrazioni, sicuro che il risultato non potrà mutare. Una notte - è successo più o meno tre giorni fa - ci ha svegliato di colpo con delle urla; quando sono uscito dalla camera l'ho visto venirmi incontro e ho capito che era ubriaco. «Usciamo fuori! Sbattiamoli fuori quelli schifosi, quelli stronzi!» diceva. Anche Braune è accorso e subito Wirth gli ha ordinato di scendere al pianterreno, e di aspettarlo di fronte alla stanza di accoglienza; il giorno prima l'Obersturmführer aveva chiesto a Lonauer di lasciare vivi quegli idioti per una giornata, e il direttore non ha fatto altro che assecondarlo, non molto convinto però. Ero presente e la faccia di Lonauer esprimeva perplessità; forse per un istante ha pensato che certe pratiche avrebbero attirato l'attenzione degli abitanti

127

del contado, cosa che doveva essere evitata per la segretezza dell'Aktion T4. Alla fine mi sono vestito in fretta e mi sono trovato in cortile con Braune, Wagner e altri due giovani sottufficiali; Wirth in persona è andato nella stanza di accoglienza e con la forza li ha fatti uscire, ci ha ordinato di spogliarli rapidamente e di portarli fuori al freddo. L'aria gelida mi entrava nelle ossa, quei malati tremavano e facevano versi incomprensibili con la bocca fino a che, in preda a una folle euforia, l'Obersturmführer si è armato di pala e ha spaccato il cranio a ciascuno come se fossero uova. In quel momento mi è passato il freddo e ho sentito il vuoto; è durato una manciata di secondi. Nel buio non vedevamo nulla dello scempio compiuto dal nostro superiore; ci ha ordinato infine di seppellirli dove volevamo, visto che il forno non era in funzione. Ho obbedito senza pormi domande, mentre Wirth si allontanava imprecando e biascicando oscenità; l'unica cosa certa è che a causa di quella uscita notturna ho preso un bel raffreddore, e anche oggi ho dovuto lavorare reggendomi il naso con un fazzoletto. Il comportamento di Wirth è dettato da una forma di onnipotenza che risulta essere una psicosi, e l'abuso di alcol ne peggiora le condizioni; che sia la presenza di queste persone la ragione per cui questo posto è andato perdendo quella patina bucolica che sembrava possedere, me lo sono domandato spesso. Ma non lo credo; tutto appare una specie di limbo dove si lavora e si sta bene condividendo il tempo con la morte. Spingiamo questi esseri a morire nel modo più rapido, benché sofferente, ascoltando le note di Brahms che si alzano libere verso il cielo; può darsi sia la maniera più piacevole di aiutare la Germania a liberarsi di costoro.

128

La sensazione di vuoto provata quella notte assistendo al massacro è stata la stessa che ho provato questo pomeriggio, eppure non è capitato niente di diverso dalle altre volte, nessun intoppo insomma; però è stato così quando ho dovuto fare il controllo dei nuovi arrivati. Erano malati tedeschi ed ebrei, in gran parte affetti da disturbi della personalità; fra tutti c'era una ragazza schizofrenica, e ormai caduta in un evidente stato di catatonia. Stava davanti a me immobile, con lo sguardo chino sulle pietre del cortile; sulla krankenbericht c'era scritto che si chiamava Berta Schultz, nata a Osnabrück nel 1920, ed è stato questo dato a farmi riflettere più tardi su chi fosse in realtà. I capelli rasati e il volto scavato la mascheravano piuttosto bene e sul momento ho proceduto indifferente alla *desinfektion*; tra un passaggio e l'altro l'ho osservata, cercando di ricordare. Quando ho aperto la valvola del gas mi sono affacciato all'oblò; è stata la prima ad inginocchiarsi, tossendo in cerca di aria. Più tardi, aprendo la porta, alcuni colleghi hanno portato via i corpi per il forno crematorio; ad un certo punto sono entrato nella stanza per assistere al lavoro, e ho trovato l'*heizer* Herbert intento a gettare carbone nella caldaia, mentre due SS infilavano i cadaveri nella bocca del forno. Il rumore delle fiamme calde sembrava il fischio di una granata, e mi riusciva difficile udire ciò che si dicevano i tre uomini; era evidente che si scambiavano informazioni tecniche. Il fuochista li ha avvertiti ad un tratto che era il momento di prelevare le ceneri, così ha spento il forno. Le ceneri sono stati raccolte in un vaso; l'assenza di rumori mi ha permesso di sentire questa frase: «Dove va?». «Ad Osnabrück, Johannisstraße n°8. Sali nell'ufficio di Lonauer e chiedi alla Fräulein Hintersteiner se è pronto il certificato di morte». Fra i due sottufficiali s'era svolto questo breve scambio di parole, come se io non fossi presente; uno dei due è sgattaiolato fuori con passo deciso, e io sono uscito dopo di lui.

Quell'indirizzo cancella ogni mio dubbio; quella ragazzina catatonica non la vedevo da almeno cinque anni, da quando mi ero trasferito a Berlino. La ricordo timida e introversa, ma la malattia aveva già stravolto quelle caratteristiche fisiche che ci consentono di riconoscere una persona. Anche se l'avessi riconosciuta prima sarebbe cambiato qualcosa? Non può guarire una schizofrenica, può soltanto degenerare e nel suo caso il peggioramento aveva già raggiunto il picco più alto. Non c'è speranza per questi esseri umani, e non può esserci alternativa a questa vita se non la morte; continuare a sedarla e sedarla non mi pare una soluzione medica accettabile, ma solo un subdolo ripiego impiegato fino a qualche tempo fa. Al di là di tutto però ho sentito quel vuoto, e un po' lo sento ancora a distanza di ore; sarà il dispiacere per il fatto che quella malata era la sorella di Heinrich e lui non sa nulla della sua fine. Probabilmente è così. Appena finisco questa pagina - visto che mi ero ripromesso più volte di farlo - gli scriverò una lettera ma non accennerò minimamente all'accaduto; sembra egoistico - e forse lo è - il fatto che decida ora di mandargli mie notizie in un momento per lui sicuramente delicato, solo perchè serve a scaricarmi la coscienza. E' vero, avrei potuto farlo prima in maniera del tutto disinteressata. In ogni caso non mi vergogno di niente e lo farò; in fin dei conti si tratta del mio vecchio amico Heinrich.

E' stata una di quelle giornate grigie in cui non s'è aggiunto nulla che potesse dare un colore nuovo alla banale quotidianeità; non è la prima volta che mi capita da quando lavoro ad Hartheim, ma quando ciò accade ecco che questo edificio appare tetro e senza vita. Perlomeno il freddo insistente delle ultime settimane sembra sia andato via, dopo essermi costato due giorni a letto con la febbre. Il lavoro c'è stato e dalla mattina ho visto arrivare almeno sette furgoni, per il buonumore del direttore Lonauer che s'è espresso elogiando le nostre capacità nel garantire la massima operosità della struttura medica; neppure questo tipo di incoraggiamento mi ha tolto il malumore con cui ho sopportato l'intera giornata, posso solo dire che fra un carico e l'altro di malati sono andato più spesso fuori a fumare o in sala mensa a bere un caffè con Braune. Essendo ormai in ottimi rapporti con lui, anche oggi non ha perso l'occasione per tuffarsi a parlare di un argomento che gli interessava molto; è un uomo e un medico attento, quindi suppongo che abbia voluto ignorare l'espressione depressa che avevo quando mi si è attaccato chiedendomi se mi piace la Dietrich. Ho risposto di malavoglia che non seguo tanto il cinematografo e con questo impiego non ho possibilità di andare a vedere film, comunque trovo interessante quell'attrice; eravamo seduti su una panca, ed essendo di fronte a me l'ho visto vibrare d'entusiasmo come uno scolaretto nel sentire la mia risposta. Gli ho detto di averla veduta in *Der Blaue Engel* diversi anni fa e mi era piaciuta, al che Amon ha ribattuto citandomi la canzone *Ich bin von Kopf bis Fuß auf Liebe eingestellt*; me l'ha canticchiata un po' e mi sono ricordato dello sguardo intrigante dell'attrice e del suo fascino androgino quando interpretava Lola Lola, cantando la famosa canzone - secondo me non bella come *Lili Marleen*. «Hai visto soltanto l'Angelo azzurro, ti sei perso *Marocco*. In quella pellicola lei, sebbene facesse la parte di un'amante tradizionale, era comunque irresistibile; non so come ci riesca, è unica! Sono stato fortunato a vedere il film negli Stati Uniti, mi trovavo là in vacanza con la mia famiglia e so che in Germania non è uscito, quindi in ogni caso non avresti potuto vederlo. Devo dirti che da quella volta la Dietrich mi ha stregato. Era l'inverno del '30 e mi ero già laureato da sei anni se non sbaglio...». E poi ha continuato a parlarne per un po' mentre io mi sorseggiavo il caffè, ascoltandolo distrattamente perchè, quando non ho argomenti per rispondere e non sono in vena per le chiacchiere, l'unica cosa che faccio è annuire ogni tanto. Siamo tornati a lavoro e dopo aver eliminato un altro furgone di esseri degenerati è spuntato in cortile un postschutzmann (l'ho riconosciuto dal distintivo bianco e verde sul braccio) che mi cercava; gli sono andato incontro e mi ha detto: «Herr Offizier, c'è una lettera per lei». Ci ha raggiunto un altro funzionario con una borsa a tracolla marrone e l'aria affaticata, che mi ha porto la lettera. Li ho ringraziati e sono andati via subito. Allora mi sono rammentato di aver scritto a Heinrich un po' di giorni addietro, e quella doveva essere la sua risposta; il servizio di protezione postale del Reichspostministerium si accerta sempre che la missiva giunga nelle mani giuste, e ciò garantisce la segretezza del nostro luogo di lavoro, oltre ovviamente al controllo che i nostri superiori operano su tutto ciò che entra ad Hartheim. Infatti ho dovuto recarmi dalla Fräulein Hintersteiner e consegnare la lettera perchè la leggesse e verificasse che non fosse lo scritto di un sovversivo. Dopo averlo fatto sono uscito e ho letto il suo contenuto; era Heinrich che mi scriveva proprio da Dachau. Leggerla mi ha strappato un debole sorriso; mi ha fatto tornare all'estate del '35 quando parlai con Bundt per raccomandarlo come medico. Sono contento di sapere che se la cava bene, a quanto dice nella lettera, e che il mio aiuto è servito a qualcosa; ha un laboratorio dove lavora anche se l'ambiente non è dei migliori a causa dei colleghi invidiosi, però ha molte soddisfazioni. Ha accennato al fatto che i suoi genitori hanno ricevuto a casa una lettera di condoglianze per la morte di Berta, assieme all'urna con le ceneri; mi stupisce il fatto che non abbia espresso alcun dispiacere, quasi lo sapesse. Non usa parole gentili ma fredde, d'altronde non mi aspettavo del sentimentalismo da uno come lui; a riguardo conclude che non c'era niente da fare per sua sorella, che era solo questione di tempo e sarebbe morta comunque anche se non di polmonite. Non sapevo la causa di morte inventata dall'Ufficio di registrazione; del resto non ha alcuna importanza né per il mio amico né per me. Ho richiuso la lettera e ho fatto un salto per portarla nella mia stanza; poi sono risceso al pianterreno con una specie di torpore addosso che appesantiva il mio malessere. Sono felice che Heinrich mi abbia risposto, ma provo un po' di pena per lui; sicuramente non sa che dietro la morte di Berta c'è una struttura ben efficiente che opera in tal senso, una struttura di cui io faccio parte. Se lo sapesse potrebbe obiettare che potevo evitarlo, potevo in qualche modo oppormi al sistema e non eliminare sua sorella; la verità è che non ritengo giusto oppormi a una cosa in cui credo, e in pratica opporsi significherebbe andarsene via. Dove? Un medico iscritto al Partito e alla Lega dei Medici Nazionalsocialisti Tedeschi cos'altro potrebbe fare, ammesso che dopo il licenziamento mi sia permesso di esercitare ancora la professione? E poi credo che Heinrich non mi farebbe questo genere di discorso; mi direbbe certamente che andava fatto e basta. Inutile anche preoccuparsi di un'ipotesi che non si verificherà mai; questo fatto rimarrà dunque un segreto. L'unico fra noi due.

La vista della gonna di lana grigia della segretaria lo catapultò in un altro ambiente, lontano da tutto e tutti. Era sdraiato su un fianco, nel suo letto, lasciando la mano ciondolare oltre la linea del fianco di Magda, anch'ella distesa dandogli le spalle; ad occhi chiusi la sentiva respirare. La camera era immersa nell'alone roseo dell'alba. Le si avvicinava stringendola dolcemente per non svegliarla; lei rispondeva con un lieve ondeggiare della coscia, in parte coperta dal lenzuolo. Le baciava la nuca, sfiorando una ciocca dei suoi capelli scuri. Lei si lasciava sfuggire un mugolio stanco. «Dovremmo incontrarci più spesso» mormorava la ragazza. Si sollevava sul gomito destro, reggendosi la testa col pugno della mano e osservandola dall'alto. «Lo sai che devo rispettare i turni, non posso farci niente» le rispondeva. Poi un breve attimo di silenzio. «Sono stanca di vivere qui e non vederti mai». «Abbiamo un appartamento e la paga alla Kripo non è male. Ma possiamo sempre trasferirci, magari a Berlino; alcuni colleghi sono entrati nell'SD, potrei fare la stessa cosa e tu verresti con me. Che altro pretendi?». Lei stava in silenzio, sospirando. «Non capisci che gli agi non mi interessano? E' questo il punto, Gunther, tu credi che una buona posizione economica risolva tutto e che io sia felice, ma non è così che funziona. E' molto tempo che te lo dico e non mi ascolti; da sei mesi stiamo insieme, e da sei mesi che mi mantieni. L'unico momento bello è quando siamo a letto, e le uniche carezze che ricevo da te sono quelle che fai nel momento in cui mi spoglio. Le rare volte che abbiamo fatto una passeggiata sono stata io a prenderti a braccetto, mentre tu camminavi col mento in alto come se sfilassi al passo dell'oca! Ti sei sempre preoccupato di darmi tante fredde sicurezze, senza accarezzarmi mai nei momenti in cui lo avrei voluto; pensavo di aver conosciuto un uomo giovane e dal carattere forte, invece di un rigido poliziotto. E sono arrivata al punto che vorrei sentirmi desiderata da un uomo... Anzi, è già successo per fortuna». Si volgeva mollemente guardando il soffitto, in cerca del coraggio.

«Cosa?». «Che mi vedo con un altro. Con Klaus». Nell'istante in cui aveva pronunciato queste parole il suo viso si era voltato verso di lui, e i suoi occhi verdi lo avevano cercato per mostrargli la verità. Il silenzio pareva infinito e la luce blanda che filtrava dalla finestra lo accecava; dopodiché l'immagine scomparve in un lampo bianco, sostituita dalle fredde tonalità dell'ufficio dove stava lavorando.

Come se avesse tolto dei tappi gli entrarono nelle orecchie le voci fuori della porta, e il picchiettare delle macchine da scrivere; gettò uno sguardo estraniato ai fogli che aveva sotto gli occhi, stordito da quel ricordo. Rifletté su Magda e un fastidio lontano, come quello di una vecchia bruciatura, tornò a fargli male; a distanza di anni non credeva di aver sbagliato, era stato quello il suo modo di amarla. Poteva essere amore quello dove non c'era una carezza improvvisa o un bacio al di fuori del letto? S'era sentito, e si sentiva, tradito. Così, per un meccanismo inconscio e naturale si liberava di quella morsa tramutandola in odio; e il nome di Klaus soppiantava ogni sorta di dolore. Quel nome significava tutto.

Lasciò perdere ogni altra considerazione, e prese in mano il rapporto che doveva stendere; erano molte le informazioni apprese sul conto di Hilda, e per fare ciò si era avvalso anche dell'aiuto degli uomini del Sicherheitsdienst. In tarda mattina sarebbe arrivato in centrale Müller, e non voleva farsi trovare col lavoro a metà; aveva sul tavolo decine di foto e documenti sottratti agli uffici per scopo di indagine, e qualche rapporto segreto stilato da alcuni informatori di vecchia data, oltre i pedinamenti che aveva fatto di persona per giorni. Cominciò a battere le prime frasi, spostando gli occhi dal foglio ai documenti sotto mano; nel tempo in cui lavorò non s'accorse nemmeno di Fräulein Suhr che, rientrata in ufficio, ogni tanto trotterellava da una scrivania all'altra posando fascicoli e rompendo il silenzio col rumore dei tacchi. Quando terminò alzò gli occhi all'orologio appeso alla parete; erano le undici. Si scostò dal tavolo e andò alla finestra; le facciate delle palazzine, sul lato opposto della Wilhelmstraβe, erano colpite da una luce abbacinante e fredda. Seguì con lo sguardo alcune auto che transitavano pigramente, aspettando di vederne una in particolare.

«Ha visto Müller?» si rivolse alla segretaria intenta a scartabellare alcuni fogli.

«Sì, è passato nel corridoio dieci minuti fa» gli rispose veloce lei, continuando il suo lavoro.

S'allontanò dalla finestra, agguantò il fascicolo appena scritto e uscì dall'ufficio; il suo sguardo tagliente indagò in tutte le direzioni in cerca del suo superiore, ma non lo vedeva. A destra scorse due agenti in divisa nera trascinare per le braccia un uomo dall'aria afflitta e il volto tumefatto; loro gli rivolsero un cenno del capo, che lui ricambiò, poi proseguirono portando il malcapitato in una stanza. Dal naso a becco d'uccello e l'abitudine di tossicchiare ogni tanto aveva riconosciuto Franz Hüber; l'altro non ricordava di conoscerlo. Dalla parte opposta il corridoio era deserto, una fila di porte chiuse e rumori ovattati provenienti dall'interno; non era il caso di perdere del tempo per cui s'affrettò verso l'ufficio del superiore. Salì al secondo piano fermandosi davanti alla porta. Bussò tre energici colpi;

la voce del capo gli diede il permesso di entrare, così si fece avanti.

Alzò il braccio in segno di saluto, al che il Gruppenführer Müller lo penetrò con lo sguardo - quegli occhi infossati e neri davano sempre l'impressione di due pistole puntate - e gli disse di accomodarsi. Gunther si sedette e osservò il capo posare sulla scrivania il rapporto che stava leggendo.

«Ci sono novità?» domandò laconico, in quella sua posa da sfinge.

«Sappiamo tutto sulla ragazza di Klaus Steiner. Questo è il rapporto» rispose Gunther posando il fascicolo sotto quegli occhi di falco.

«Bene. Gli dò un'occhiata subito».

Si buttò indietro sullo schienale, e cominciò a scorrere le righe:

GEHEIMDOSSIER

Berlino, 15 novembre 1938

Polizia segreta di Stato
Prinz-Albrecht-Straße 8

Dopo accurate indagini risulta che la persona in contatto con l'Hauptscharführer Klaus Steiner si chiami Hilda Snölarberg, nata a Stoccolma il 22 marzo 1918. I suoi genitori sono August Snölarberg e Greta Åstrom; il padre è stato per molti anni armatore a Göteborg e la madre appartiene a una famiglia della piccola borghesia cittadina. Dal 1926 sappiamo che ha smesso di lavorare in quel settore e che, pieno di debiti, si è trasferito con la famiglia in Germania; il 5 gennaio del 1927 sono giunti a Berlino, aiutati da un tale di nome Helmut Dorf, proprietario di una ditta di modeste dimensioni che fabbrica lucido da scarpe e che avrebbe consentito a Herr Snölarberg di inserirsi nella sua attività in qualità di socio. I coniugi sono entrambi cattolici, e lui risulta iscritto al NSDAP dall'8 febbraio 1928. Sappiamo che non è in contatto con oppositori del Reich, né tantomeno con ebrei e comunisti. Hilda ha frequentato il ginnasio per cinque anni, lasciandolo nel luglio del 1932; si è iscritta alla Hitlerjugend nell'ottobre dello stesso anno, e ha frequentato regolarmente raduni e manifestazioni pubbliche. Ha lavorato come operaia in varie botteghe della città, anch'essa non è legata a nessun gruppo dissidente; risulta essere una fervente nazionalsocialista e antisemita. Lo scorso 12 settembre era presente al raduno di Norimberga per celebrare l'Anschluss; sappiamo che in quell'occasione ha incontrato Herr Steiner. Da quel giorno sono stati visti in pubblico solitamente la sera nei dintorni di Heiligendammer Straße dove si trova l'abitazione di lui; dagli inizi del mese di ottobre Hilda abita presso Herr Steiner, e lavora come segretaria in uno studio legale per conto del doktor Otto Lösig, avvocato di origini austriache.

Nonostante al momento non sembri avere atteggiamenti dubbi, dato il legame sentimentale con Steiner e il passato di questi nelle SA, ritengo opportuno tenerli sotto controllo il più possibile.

Gunther Köll

«E' un buon lavoro, Köll, ma non vedo nulla di sospetto nella vita di Steiner e della Fräulein Snölarberg» commentò Müller, lasciando i fogli sul tavolo.

Gunther cercò di reprimere la rabbia che sentiva salirgli dentro, e i suoi lineamenti s'irrigidirono.

«E' sufficiente il fatto che fosse uno vicino a Röhm. Trovo strano che un appartenente alle SA, così fedele, entri nelle SS e che assista vigliaccamente alla purga che è stata fatta. Mi pare un salto del fosso al momento più opportuno, anzi prima per essere precisi; si è arruolato nelle SS nel '29 e nel '35 è diventato membro della Ahnenerbe.».

Müller si distese nuovamente sullo schienale, incrociando le braccia sul petto un po' sovrappensiero; da quando Köll seguiva il caso aveva sempre nutrito sospetti sull'effettiva necessità di controllare Steiner,

140

ma la meticolosità e la bravura dell'ex-ufficiale della Kripo lo avevano indotto a metterlo alla prova e lasciarlo lavorare.

«Eppure molti uomini sono passati alle SS, uomini sul cui conto non c'è nulla da ridire. Continui a lavorarci, ma se fra qualche mese non avrà risultati diversi da oggi lascerà tutto in archivio. Chiaro?» fece il capo, serrando le labbra in un'espressione dura.

«Jawohl» rispose lui.

Müller si sporse in avanti sulla scrivania, lo fissò e continuò:

«Lei ha capacità e Arthur Nebe mi ha parlato bene di lei quando fece la domanda di arruolarsi nella Gestapo. Heydrich nella SD ha il pugno duro coi nemici e per questo favorisce la collaborazione fra le forze di polizia, ci aiuta, ma va su tutte le furie quando le indagini sono inconcludenti. E ha già attriti con quel sapientone di Ohlendorf, motivo per cui cerco di far andare tutto per il verso giusto anche se non è semplice. Contano i fatti, caro Köll, i fatti. E uno come Eichmann sta dimostrando proprio questo, prenda esempio da lui; stavo leggendo proprio un telegramma che mi ha inviato da Vienna, dove si occupa dell'immigrazione degli ebrei. Dall'Anschluss ad oggi è riuscito a rastrellare e spostare migliaia di ebrei, e tutto questo grazie a un metodo e un particolare talento nella logistica; i risultati si sono visti, infatti. Heydrich ed io ne siamo soddisfatti, e vogliamo dotare sia il Sicherheitsdienst che la Gestapo di uomini di questo tipo». Ciò detto alzò un po' il busto, sospirando nervosamente; il tono perentorio con cui aveva parlato contrastava con l'espressione da uomo perennemente turbato e taciturno che aveva, e questa sensazione metteva sempre a disagio Gunther. Dopo la pausa gli fece un cenno con la testa come per dire di andarsene.

«Può tornare a lavoro. Heil Hitler» concluse, ficcando quei due occhi neri in quelli dell'interlocutore.

Gunther ripeté il saluto poi, con un'espressione che palesava il suo orgoglio ferito, uscì dall'ufficio.

Queste giornate piovose cambiano l'umore di molte persone, per non parlare del fatto che lavorare sotto la pioggia è scocciante, calpesti la fanghiglia del piazzale sporcandoti gli stivali e sei costretto a guardare il terreno costellato di pozzanghere. Anche io come gli ufficiali e gli altri medici sono più irritabile, ma non cado in quella deprimente malinconia che vela gli occhi di uno come Bachmann o rende esagitato e insofferente il mite Lomaner; il mio entusiasmo lavorativo non è stato intaccato in alcun modo e ne sono felice. A ravvivare la mia serenità ha contribuito la lettera di Werner del mese passato, mi ha raccontato tante cose del suo lavoro in Austria e del programma di eutanasia a cui prendono parte molti eminenti medici; lo sapevo che avrebbe ottenuto un posto di prestigio come psichiatra, è un ragazzo brillante e ha dimostrato di saper sfruttare a suo vantaggio certe conoscenze. Non potevo che fargli le mie congratulazioni, e ringraziarlo per quello che ha fatto per me; domandandomi della mia famiglia non ho saputo mentire su Berta perchè non mi sembrava corretto lasciarlo all'oscuro della sua scomparsa - la conosceva e sono sicuro di avergli dato un dispiacere, ma non potevo fare in altro modo. Fra noi la sincerità è d'obbligo come la fedeltà al Führer; ora che ci penso ho dimenticato di chiedergli notizie di Klaus.

Da un po' di tempo ho abbandonato lo studio degli alcoli - con cui ho ottenuto dei dati interessanti degni di nota - iniziando oggi stesso le sperimentazioni con certe sostanze allucinogene; è bastato parlare con Piorkowski e spiegargli la necessità di reperire a Berlino il materiale necessario per questi studi - necessità che ho in parte mascherato come tentativo di voler scoprire un siero della verità che sarebbe stato utile alle SS negli interrogatori. E' una mezza verità, d'altronde non è poi così assurdo scoprire questo potere con una dose specifica di una qualche sostanza; in merito esistono diverse pubblicazioni che danno lo spunto per lavorarci, come ho spiegato a Herr Kommandant. Sembra assodato che ne abbia conquistato la fiducia specie negli ultimi tempi - da quando diede un'occhiata alla mia tesi e mi assegnò al laboratorio - ecco perchè in capo a una settimana ho avuto alcuni flaconi di mescalina. Nel pomeriggio ho cominciato chiedendo che mi fossero portati tre detenuti maschi e due femmine in buono stato; al blockführer che è entrato in laboratorio spintonando i soggetti ho rimproverato che non erano queste le richieste, i prigionieri erano in cattiva salute e troppo deboli per reggere le sperimentazioni. Nulla da fare, il giovane militare ha obiettato di aver obbedito agli ordini del comandante e che questi soggetti, non avendo utilità lavorativa nel campo, potevano essere oggetto di studi scientifici di qualunque tipo. Se vuole darmi modo di lavorare Piorkowski dovrebbe facilitarmi in tutto, non solo a metà, ma capisco che egli ragioni con la logica del campo e che la manodopera a basso costo è una cosa preziosa; in fede credo che con la guerra il nostro campo non sarà mai a corto di prigionieri, ma rimane comunque una mia opinione. Dunque ai maschi ho fatto bere una dose media di mescalina diluita in acqua, alle donne una dose leggermente inferiore dopodiché ho dovuto aspettare quaranta minuti prima della manifestazione dei sintomi. A stomaco vuoto l'assorbimento è stato più rapido; li ho stesi sul lettino avvertendo Hinga di osservare bene ogni minimo cambiamento. Le ebree sono state le prime a vomitare, seguite dagli altri; ho atteso che i conati si calmassero, poi ho osservato il forte aumento dei battiti e la perdita dell'equilibrio tanto che non riuscivano a stare seduti. E' trascorsa mezz'ora in cui non sono comparsi particolari sintomi; ho scrutato le loro pupille che si erano dilatate, mentre alcuni di loro hanno iniziato ad ansimare molto, e ad avere di nuovo conati di vomito. Dopo tutto questo due di loro hanno balbettato qualcosa in polacco ma, non capendo la lingua, non posso sapere cosa hanno detto; il balbettio è diventato crescente, accompagnato da picchi in cui i soggetti alzavano la voce distogliendo lo sguardo dal soffitto. E' evidente che avevano allucinazioni sensoriali visive; mi sono chiesto subito cosa vedessero i loro occhi e chissà cosa sarebbe successo a dosi più alte. Li ho tenuti in osservazione per altre due ore ma non ci sono stati altri sintomi degni di nota, a parte le visioni; mentre Hinga puliva il vomito sul pavimento, sono uscito dirigendomi verso la baracca 4 in cerca del blockführer, e quando l'ho trovato gli ho detto che avevo bisogno di un dolmetscher che mi traducesse le parole dei detenuti. «Ci sarebbe Jozef che conosce bene il tedesco» mi ha risposto con un sorriso furbo. «Va benissimo». «Non potrebbe uscire a quest'ora ed è assegnato alla falegnameria. Mi dispiace» ha obiettato. Visto che non intendevo perdere tempo, ho tirato fuori dal camice 50 Reichsmark. «Vado a prenderlo, ma faccia comunque presto. Se Staffelsburg mi becca passo dei guai». Prese le banconote è infilato nella baracca, e un secondo dopo ha trascinato fuori un ometto con un paio di occhiali tondi e l'aria stranita. Siamo tornati nel block 5 senza che nessuno ci fermasse, ma quando ha sentito l'odore acido del vomito e quei soggetti nudi sui lettini gli è mancato il respiro; s'è piantato sulla soglia immobile, ma l'ho spronato a farsi avanti spiegandogli che non gli avrei fatto del male. Uno degli uomini biascicava sempre, allora ho fatto sedere Jozef proprio vicino a lui. «Chiedigli cosa sente e cosa vede» gli ho ordinato. L'uomo aveva gli occhi lucidi e ha abbassato lo sguardo a terra; sembrava che quella situazione lo opprimesse e che non fosse a conoscenza degli esperimenti che si compivano nel campo. Comunque ha preso a parlare con il detenuto in polacco, questi gli rispondeva e dopo un po' mi ha tradotto: «Dice di sentirsi vuoto, vede il soffitto andare su e giù e poi gli sembra di sprofondare in un abisso... Dice anche di essere tanto stanco. Nulla di più, signore». Gli ho fatto fare la stessa cosa con le ebree, e sono venute alla luce delle esperienze singolari sempre legate alle alterazioni visive e uditive. Ho visto bene di mandare via il dolmetscher prima che qualcuno notasse la sua assenza dalla baracca, e poi quella sua impressione di orrore all'inizio mi ha fatto pensare di aver commesso un'imprudenza; anche se molti sanno non è bene diffondere questa conoscenza fra i prigionieri, e voglio sperare che il denaro sia servito a pagare non solo il favore ma anche il silenzio. Ho fatto passare un'altra ora, poi ho somministrato a tutti una dose più alta di mescalina; come prevedevo hanno delirato mangiandosi le parole, sembravano aver acquisito di nuovo forza alzandosi dal lettino - due camminavano nella stanza mentre il loro corpo era scosso da spasmi - e hanno infine rigettato gli ultimi liquidi dello stomaco. Ho terminato l'esperimento con la loro morte. Hinga mi ha aiutato a trasportarli fuori dal laboratorio, dove alcune guardie hanno provveduto a caricarli sulle barelle per andare a seppellirli; posso ritenermi soddisfatto di ciò a cui ho assistito, ma ho visto troppo poco per poter dare un valore scientifico agli effetti che produce la mescalina. Servono individui robusti, e ho pensato che l'unico modo di averli sia quello di contattare chi si occupa dei trasporti; così sono uscito dal block 5 mentre fuori un cielo scuro mandava una pioggia fine e costante. Ho raggiunto in fretta l'entrata principale verso sud, poi ho attraversato la strada e mi sono diretto verso il comando; appena sono salito due SS mi hanno chiesto chi fossi e facevano storie per lasciarmi passare, quando dall'ufficio privato è uscito Piorkowski , con la faccia affaticata e il riporto dei capelli ben sistemato che, buttando là due parole, ha fatto tacere gli uomini. «Di cosa ha bisogno, Schultz?». «Di un carico di prigionieri per i miei esperimenti» ho tagliato corto, al che lui ha mostrato un ghigno di stupore che mi ha irritato. «Scherza? Ha avuto tutto ciò che le serviva per lavorare, la sua richiesta mi sembra pretenziosa. Il prossimo carico è atteso per domani alle sei di mattina e sono tutti prigionieri di guerra che probabilmente metteremo a lavorare alle nuove costruzioni; al massimo userà coloro che non hanno speranze». Quando si impunta in questo modo, solitamente, è in astinenza da alcol; ho insistito un po' per parlare con gli addetti ai trasporti, e alla fine mi ha fatto telefonare all'RSHA a Berlino. Una signorina mi ha passato l'Ufficio centrale per l'Emigrazione ebraica e ho parlato con un ufficiale di nome Eichmann che si occupa di logistica; costui mi ha ripetuto dell'arrivo del convoglio di domani dal confine polacco e, alla mia richiesta, mi ha spiegato alcune cose. «Vede, noi facciamo la richiesta di un certo convoglio di prigionieri da ogni parte dell'Europa, e inoltriamo la domanda alla Reichsbahn. E' questione di tempo; non appena riceviamo parere favorevole vengono reperiti i vagoni necessari al trasporto, infine procediamo a riempirli con un numero sufficiente di prigionieri. Fino a che non ci sono queste condizioni, nessun treno speciale parte e arriva a destinazione». Quel tono eccessivamente burocratico per un militare mi disturbava; alla fine ho capito che le decisioni venivano solo da Berlino, e che non avrei avuto quello che volevo. Quando ho riferito la conversazione al comandante non ho tralasciato di dirgli - con un certo risentimento - che trovo strano che i treni giungano sporadici al campo dato il gran numero di ebrei che il governo deve gestire da quando è scoppiata la guerra. «Se ti riferisci alla Polonia, molti sono stati ammassati nel Governatorato generale e lì rimangono per fortuna. Gli altri dobbiamo pensare noi a farli sparire, anche se presto le fatiche verranno alleggerite. Parlando al telefono con Höß qualche giorno fa - lui ha lavorato qui con Eicke - mi ha detto di essere stato mandato proprio in una cittadina della Polonia a fare un sopralluogo in vista della costruzione di un nuovo campo. Ma basta con le chiacchiere, però. Ne vuole un po'?». Ecco che un goccio mentre ero stato al telefono aveva ammorbidito il suo atteggiamento verso di me; ha le reazioni opposte a quelle di un normale alcolista e questo, per quanto mi riguarda, la giudico una fortuna. Ancora mi chiedo in quale stato fosse quando gli ho mostrato la tesi e gli articoli scientifici per ottenere il suo favore; forse una specie di via di mezzo in cui c'era un barlume di lucidità.

Ora spero solo di riposarmi bene questa notte; portare avanti il lavoro mi crea una tensione dentro che mi impedisce di avere un sonno profondo, il mio cervello rimugina sui numeri, sullo stato fisico dei prigionieri e, spesso, non cessa che per poche ore. E' un processo ambiguo; la tisana che mi rilaserrebbe non è altro che la causa del mio stato. Il mio lavoro. Inutile dunque combatterla con un calmante.

5 marzo 1940

Ho continuato a studiare la mescalina sperimentando
tutto il giorno e ho notato il ripetersi di una serie di
sintomi in un certo ordine, illuminando le mie
conoscenze su questa sostanza ancora poco usata in
Europa. Se sono riuscito ad avere risultati più concreti
di ieri non è soltanto merito mio, ma la buona sorte mi
è venuta incontro fornendomi un gruppo di soldati
polacchi e qualche ebreo in salute, ottimi soggetti per
questo genere di ricerca; invece che dovermi
accontentare degli scarti come mi aveva predetto
Piorkowski, il treno giunto alle sei ha portato più di
seicento prigionieri dalla Polonia (inclusi una ventina
morti durante il viaggio). A sentire l'Untersturmführer
Moser con cui ho parlato in mattinata dopo le selezioni
- malgrado mi guardi di sottecchi ogni volta che mi
avvicino - i nuovi arrivati sarebbero stati una forza
lavoro notevole data la robustezza dei militari ma, ha
ammesso, eccessiva per il fabbisogno del campo. Ho
colto l'occasione per correre dal comandante e
spiegargli la situazione, dopodiché ha acconsentito a
farne trasferire almeno sette nella baracca 5 - con
l'inevitabile disappunto di Moser e degli altri. Ecco che
mi sono messo all'opera, con quattro soldati e tre ebree;

li ho fatti spogliare dalle guardie e da Hinga, poi sul letto ho somministrato la sostanza dicendo loro che era un sedativo. Alcuni hanno blaterato qualcosa evidentemente innervositi, altri semplicemente spaventati hanno ingoiato tutto senza problemi; posso distinguere a questo punto una prima fase degli effetti che riguarda la comparsa del vomito e i dolori muscolari più o meno forti. La definirei la fase fisica in quanto non erano in evidenza altri tipi di sintomi. Passata circa un'ora i battiti sono aumentati, ed era presente la midriasi in tutti i soggetti; le donne però sembrano accusare gli effetti con un notevole ritardo, non so ancora per quali cause oppongono una maggiore resistenza. Ciò che viene dopo la chiamerei fase psichica perchè incominciano le alterazioni sensoriali e la perdita d'equilibrio; li ho fatti alzare e camminavano barcollando. Dal modo in cui temevano di urtare il tavolo del laboratorio o le sedie ho pensato che avessero una percezione visiva sensibilizzata, molto più acuta del normale; dopo balbettavano delle parole e si facevano schermo con il braccio come parandosi da una luce accecante, le ebree emettevano dei gridolini strani come in preda a un orgasmo e davano l'impressione di essere terrorizzate dall'ambiente circostante. La cosa più interessante è la fase finale, prima che gli effetti svaniscano, in cui compaiono delle evidenti allucinazioni, comprensibili dal loro estraniamento alla realtà; mi sono adoprato affinché fossero sui lettini, e su alcuni di loro è comparso uno strano sorriso di beatitudine. Non mi stupirebbe se fossero entrati in un mondo parallelo fatto di un'altra essenza, di un qualcosa che è possibile solo percepire ma non toccare; avevo già pensato al dolmetscher Jozef ma i prigionieri della baracca 4 erano al lavoro, e le sue conoscenze linguistiche erano richieste altrove. Per un istante mi è venuta l'idea di assegnargli un compito un po' delicato, cioè quello di recarsi nella baracca dove sono assegnati questi detenuti e domandare loro cosa hanno visto quando sono stati da me; più che un'idea è una fantasia, so già che né il blockführer né il comandante permetterebbero una simile libertà di movimento a un prigioniero, tantomeno asseconderebbero la stupida iniziativa di un medico. Quindi ho preso nota di quanto osservato e ho fatto riportare i prigionieri nella loro baracca; per fare una pausa - approfittando dell'assenza di pioggia - sono uscito anch'io e ho seguito le SS mentre trascinavano e spintonavano i detenuti nel fango, ancora inebetiti dai postumi della mescalina; quando sono giunti in prossimità della baracca 10 si sono diretti all'entrata dietro l'angolo, e là ad aspettarli ho trovato Bruno Heim. Sorpreso, l'ho salutato con un cenno del capo; lui, impettito e con una mitraglietta a tracolla, ha risposto allo stesso modo mentre controllava i prigionieri afferrandoli ciascuno per il braccio e scoprendo il numero tatuato. Nelle ultime settimane non lo avevo più visto; lui stesso mi aveva confidato una sera che era diventato blockführer, solo che non mi aveva specificato quale baracca sorvegliasse. Da qui il motivo della mia espressione stupita; ma ho scorto qualcosa di più nel suo sguardo. Mi è parso semplicemente freddo, quando invece la diffidenza e la distanza che c'erano mesi fa sembravano scomparse, ecco che mi sono ritrovato di fronte l'incompreso e misterioso sottufficiale; conoscendolo un po' immagino sia quell'incarico a farlo sentire importante e, in maniera del tutto stupida, ha voluto che io notassi questa sua ascesa nella gerarchia del lager. Considerando che detiene potere sui prigionieri che in questo momento mi sono cari per gli esperimenti, preferisco sondare con cautela il suo nuovo atteggiamento e scoprire se le cose stanno così come penso io; comunque sia la situazione per me non cambia, mi avvicinerò a lui come ho sempre fatto e, se la situazione lo richiederà, so come piegarlo ai miei scopi.

10 marzo 1940

Dopo il secondo furgone della mattinata, con cui sono giunti circa venti soggetti paraplegici, alla fine della desinfektion è stato necessario fermarsi e pulire gli ambienti; avevamo un'ora prima dell'arrivo di un nuovo carico ecco perchè Lonauer - ripugnato dal fetore percepibile fino ai piani superiori - si è rivolto all'infermiere Gindl dicendogli di ripulire ogni ambiente, dal cortile allo spogliatoio, e per fare presto ognuno di noi doveva collaborare. La primavera ha portato un po' di sole da qualche giorno, e il risultato è stata l'esplosione della puzza di urina e di vomito che gli strofinacci non avevano tolto completamente in precedenza; con quello che devo fare, pur notando l'incuria del posto, non mi sono preoccupato poi molto di quei residui credendo non fosse mio compito l'igiene del castello. Ma non posso dar torto a Herr Direktor perché, anche se gli addetti ai lavori sono abituati, questa puzza è piuttosto forte; fatto sta che ho dovuto fare la massaia e mi sono reso conto che è uno dei compiti più deprimenti che un uomo possa fare - perlomeno non si addice a uno come me - e che preferisco di gran lunga immergere le mani in una ferita sanguinante piuttosto che non sentire più le braccia per la fatica di strofinare in terra. Certo, non è per questo che sono stato l'intera giornata con la testa altrove; credo sia palese anche ai miei colleghi, a partire da Braune. Questi mi ha domandato più di una volta cosa avessi, scherzando sul fatto che gli sono sembrato, in certi momenti, uno dei malati catatonici che ci sono capitati qui; sono stato evasivo e non ho risposto. So che questa specie di ronzio dentro di me è nato ieri sera, durante la cena a cui ha preso parte l'intero organico.

L'unico diversivo rispetto alle poche cene di gruppo organizzate in passato è stata la presenza di un amico di Wirth; insieme sono giunti al castello nel tardo pomeriggio nel mezzo di una procedura, e si sono messi a braccia incrociate ad osservarci e commentare fra di loro, cosa che ho trovato sgradevole e stupida - specie per un ospite che non doveva neanche essere lì. Mi sono sentito a disagio, ero l'unico infastidito per la presenza dell'ospite, giacché nessun altro sembrava dare importanza alla cosa; comunque avevo ben poco da stupirmi che la segretezza del luogo fosse stata violata, e da un ufficiale per giunta, visto che al momento di sedersi sono accorse tre puttane già evidentemente ubriache e dalla risata facile. L'ospite era un kapitänleutnant della Kriegsmarine che si chiama Wilhelm Dronin, così almeno si era presentato mentre assaggiava la zuppa di birra (mi domando ancora come abbia fatto a mangiarla, per i miei gusti c'era troppa cannella) seduto tra Wirth e una delle ragazze che, subito dopo la portata, ha allungato le gambe sul tavolo scoprendo le giarrettiere e se ne stava così, sogghignando con le labbra dipinte di nero come una penosa maschera. Tra un sorriso e l'altro - e una pacca sul culo della ragazza accanto - Wirth ha spostato

155

il discorso sulla guerra e l'ufficiale ha espresso la sua preoccupazione per come si mettono le cose nel nord Europa. La tensione palesata dal suo viso giovane ma fermo dava a vedere che la licenza che trascorreva in Austria dalla famiglia non era particolarmente serena; anche la spensieratezza generale era calata da quando il giovane aveva iniziato a parlare della guerra, e le risatine delle ragazze contrastavano con quell'atmosfera. «Dobbiamo essere pronti a partire, su questo non ci sono dubbi; potrebbe essere domani o dopodomani, il piano di attacco della Norvegia pianificato dall'OKW è pronto e l'Alto Comando della Marina preme per attuarlo. Molti pensano che il Führer voglia prendere i porti dei paesi nordici e farne la base per attaccare i britannici; sarebbe un'ottima strategia per come la vedo io, ma c'è chi crede sia una mossa per accontentare l'alleato sovietico. I giornali dicono che l'Armata Rossa sta mettendo in ginocchio la Finlandia; tra breve finiremo per spartirci il Nord Europa come abbiamo fatto con la Polonia, e tutto per rispettare il patto di non aggressione, tutto per avere quel che ci spetta. Aveva ragione Aristotele nello scrivere che l'uomo fa la guerra per poi essere in pace». Erano notizie fresche che nessuno poteva conoscere, e non nego di averlo ascoltato con grande interesse; Wirth era d'accordo con quanto aveva detto l'amico, e per un po' la conversazione è andata avanti su questo argomento. Io non vi ho preso parte, e sono stato sulle mie scambiando qualche parola con Lonauer e con Braune che mi sedevano davanti; il cuoco aveva preparato le costolette di capriolo condite con la salsa di mirtilli rossi, e non appena in tavola, tutti le abbiamo mangiate di buon gusto - fra una birra e l'altra - mentre quelle tre squaldrine ingurgitavano bicchieri su bicchieri di schnaps continuando a sghignazzare come iene assatanate; l'ufficiale invece non sembrava né attirato né disturbato dagli atteggiamenti sfrontati delle donne, parlando con Wirth che lo osservava girando la testa come fanno le civette, senza sporgersi, stringendo con l'altro braccio la ragazza. Dopo lo strudel di mele sia l'alcol che il cibo avevano fatto effetto; tranne me, il direttore e Amon tutti ridacchiavano abbioccati sulle sedie. Era chiaro che sarebbe finito tutto in un'orgia alla quale non avevo voglia di lasciarmi andare, preso da improvvise riflessioni su un sacco di cose che mi distraevano dal lascivo proseguimento della serata.

Sono salito nella mia stanza e mi sono spogliato, lasciando che quei pensieri mi invadessero del tutto, lontano da ogni possibile rumore eccetto quello prodotto dalla mia testa. Mi ha spaventato come mi spaventa tuttora pensare certe cose, ma è l'effetto che ha avuto il discorso dell'ufficiale su di me; erano le parole di un militare convinto della propria missione, soprattutto convinto dell'importanza della guerra sopra ogni altra cosa. Magari l'espressione del suo viso poteva apparire lontana da questo sentimento, ma il tono con cui aveva parlato era fin troppo deciso per poter dubitare che non fosse così. Forse è stata soltanto una mia impressione, ma ho notato che l'interesse suscitato dall'argomento su tutti noi è stato lo stesso, direi vivo e forte. Allo stesso tempo le parole di Dronin sminuivano il mio lavoro - almeno così mi è sembrato - al punto da sentirmi un uomo socialmente inutile proprio perchè non sono un soldato; è accaduto proprio questo, e con rabbia lo scrivo in queste pagine. Il lavoro che svolgo appare quindi di poco conto di fronte a chi serve la Germania armato di una mitragliatrice, forse noi abbiamo dato troppa importanza a quello che facciamo ma adesso, dopo lo scoppio del conflitto, questo atteggiamento andrebbe ridimensionato proprio perché coloro che combattono svolgono un compito fondamentale e perciò più importante del nostro? E' la guerra a dare un valore diverso alle cose? Forse che un medico nazionalsocialista non s'impegna in un tale progetto mostrando una weltanschauung esattamente come un soldato, non crede a ciò che sta facendo fino in fondo, vale a dire la salvaguardia della Germania? Non è che un lavoro meccanico il mio, non serve che lo ripeta, e le competenze mediche che possiedo difficilmente ho modo di praticarle nella loro interezza; se la guerra toglie l'importanza che questo meccanismo ha per la società, cosa rimane? Sembra che la lotta contro gli ebrei e gli zingari che minacciano il sangue tedesco sia ora meno importante della guerra contro le altre nazioni, o forse mi lascio trascinare da una catena di pensieri illogici; non posso illudermi dicendo di aver scoperto questa realtà ora quando la guerra è scoppiata sei mesi fa, però posso dire che sentire di persona certi discorsi toccano in maniera diversa la propria sensibilità rendendoci più consapevoli di ciò che facciamo e di ciò che potremmo fare.

Comunque meglio dare una tregua al mio ragionare, e andare a dormire; chissà che non mi porti consiglio.

La situazione è sempre la stessa e non ho dormito bene durante la notte. I dubbi lasciati il giorno prima sembravano ingigantiti nella mia testa, sono diventati presto un tarlo che non mi lascia in pace; stamani non sono riuscito a concentrarmi nemmeno nelle operazioni più banali, non vedevo nulla e non sentivo alcuna voce al di fuori di quella nella mia mente. Non mi accorgevo dei malati che si spogliavano nudi, degli insulti che Wagner sputava loro in faccia, della loro morte nella camera a gas; quando scorgevo l'urna con le ceneri d'un tratto mi svegliavo, costatando stupidamente di aver finito una procedura senza accorgermene. Lonauer mi avrebbe rimproverato questa mia aria assente e distratta, se anche lui non fosse stato in condizioni di smaltire l'alcol e l'abbuffata della cena; solo Braune - approfittando di una pausa - mi ha seguito fuori dal castello e mi ha chiesto cosa avessi. Allora ho voluto parlargliene, ma appena ha sentito cosa mi fosse saltato in mente è rimasto immobile come una statua di marmo. «Non dirai sul serio, Grunwald?! Come puoi pensare di essere più utile sul campo di battaglia che qui? Sei un medico specializzato, fai parte del programma di eutanasia che è l'orgoglio del Führer,

159

lavoriamo affinché la razza ariana rimanga pura e si diffonda nei secoli futuri... E' inammissibile che ti paragoni a un soldato! Non voglio sminuire il sacrificio di tanti giovani al fronte, è importante che lo facciano e dimostrano di essere davvero forti, ma un medico è superiore a tutto questo! Hai un posto privilegiato che molti vorrebbero avere, intendi barattarlo? Andresti incontro alla fame, al caldo soffocante, al freddo, dovresti sopportare ogni malanno senza possibilità di curarti e in un attimo potresti morire per un proiettile vagante... Dimmi che ti ha dato dei disturbi il cibo di ieri sera, motivo per cui farnetichi, altrimenti sei diventato pazzo. Torniamo a lavoro».

Cosa potevo rispondergli? Mi ha descritto la vita di un soldato, i rischi, i sacrifici, senza aggiungere che tutto ciò ti fa sentire parte attiva di un qualcosa che è la guerra, che è difendere la patria credendo nel volk e nel Reich; invece che qui dove, in effetti, sono un piccolo ingranaggio che non conta poi molto. Ora comprendo perchè abbiano scelto dei medici per svolgere queste mansioni, quando chiunque potrebbe fare lo stesso lavoro altrettanto bene; è stato il loro modo di rendere ufficiale e corretta questa procedura di morte. Ecco che mi appare tutto più chiaro, era necessaria quest'occasione per vedere quello che stava sotto i miei occhi; aspetterò qualche giorno e poi ne parlerò con Herr Direktor.

Ho sognato di trovarmi in una foresta. Sul terreno c'era la neve e tra gli alberi fitti si spandeva una nebbia sottile. C'era silenzio e mi guardavo in ogni direzione, come se temessi di essere aggredito da qualcosa o qualcuno; invece di avere freddo ansimavo per il caldo e tentavo di allargare il colletto della divisa. Ero disteso dietro un tronco d'albero, sbirciando la vegetazione, poi ho cominciato a sparare davanti a me, ripetutamente, quando dalla nebbia è saltato veloce un uomo, era Wagner, imbracciava un fucile, mi veniva incontro col viso distorto dalla rabbia. Si ferma davanti a me, io sparo ma lui rimane in piedi; infine mi punta la canna del fucile alla fronte e fa fuoco. Ho visto un lampo accecante e mi sono svegliato di soprassalto; il mio riposto desiderio era stato sublimato in una specie di incubo, affacciandosi nel cuore della notte con un effetto molto reale. Ho aspettato un po' nel letto, mi sono calmato e ho guardato l'ora: le sette. Dovevo alzarmi e lavarmi perché il direttore mi aveva dato appuntamento nel suo ufficio per le otto; ieri non mi ha fatto troppe domande - a dire il vero nessuna - ma s'è limitato a guardarmi con un lieve stupore accordandomi un colloquio. Poi ho scoperto che non lo immaginava neppure quello che volevo comunicargli.

Appena entrato nell'ufficio la Fräulein Hintersteiner, formale e impettita, mi ha fatto sedere di fronte a lei; dietro Lonauer stava parlando al telefono tamburellando con la penna sul tavolo. Dopo un minuto ha riattaccato e mi ha accolto. Mi sono alzato per andare a sedermi alla sua scrivania, poi ha congedato la Hintersteiner dicendole di andare a prendere un caffè in sala mensa. Una volta soli non ho perso tempo e ho esordito: «Herr Direktor, le ho chiesto il colloquio per informarla della decisione che sto per prendere. Voglio lasciare questo lavoro». In quel momento ho visto gli occhi di Lonauer allargarsi a dismisura, ma ho continuato: «Ho riflettuto per alcuni giorni su questa scelta, e non ho più dubbi ormai. Non si tratta del sangue freddo o di non poter fare la desinfektion; non è questo. Il punto è che la guerra ci pone altre priorità e io ho sentito il dovere di dare il mio contributo partecipandovi. Può sembrare una pazzia, ma è così. Con tutto rispetto non mi sento sufficientemente apprezzato come psichiatra nel fare questo lavoro, fermo restando che l'eutanasia è una cosa molto importante per il Reich». «Quindi si sentirebbe più a suo agio sul fronte? Ci pensi bene, Grunwald. Ciò che facciamo qui, per quanto meccanico, è stato affidato ai medici e ricercatori più illustri e lei è uno di questi. Ha dimostrato di saper lavorare, ma le sue parole mi dimostrano ora che lei non crede in quello che fa e la cosa mi stupisce. Ammetterà che è strano per una SS». «Io non lo trovo tanto strano, Herr Direktor. Darò prova del mio onore e del mio coraggio arruolandomi, proprio come ho dato prova di credere in questo progetto fin da subito, ponendo le mie conoscenze al servizio della Germania. La differenza sta in ciò che uno ritiene prioritario». Lonauer mi ha fissato con uno sguardo duro, a voler sottolineare il fastidio che la notizia del mio licenziamento gli aveva procurato; ha abbassato gli occhi sui fogli sparsi sul tavolo, annuendo fra sé. «Faccia come crede, ma non penso sia una buona scelta la sua. Ad ogni modo, se queste sono le sue dimissioni sappia che le accetto; ma sappia anche che non rimetterà più piede qui dentro in qualità di medico. Quando pensa di andarsene?». «La prossima settimana. Devo mettermi in contatto con Berlino per l'arruolamento» gli ho risposto secco. Non ha aggiunto altro, a parte il fatto che avrei dovuto tornare più tardi per firmare il modulo che la segretaria avrebbe preparato.

Mi sono tolto un peso dallo stomaco; forse il direttore pensava che cambiassi idea, dirmi che non ci metterò più piede era una minaccia che non ha sortito l'effetto sperato; visto che non ho dubbi su ciò che voglio fare, niente e nessuno potrà convincermi che sto sbagliando. Ha tentato di metterla sul piano dell'onore e dell'orgoglio di medico, ma io so di non tradire il progetto a cui ho lavorato né di venir meno al giuramento prestato quando sono entrato nelle SS. Sempre e comunque *meine ehre heißt treue*.

Sono tornato a pensare ad Hartheim solo quando mi sono messo in fila all'Ufficio del Personale, e questo dimostra quanto sia forte il desiderio di cambiare vita e ambiente di lavoro; in una settimana, benchè lavorassi, avevo sempre la testa vuota il che mi ha impedito di rimuginare come può accadere in certi casi. Ieri ho preso commiato da tutti ed è stato un momento piuttosto freddo da entrambe le parti; il direttore mi ha stretto la mano con molta deferenza, Wirth ha fatto la stessa cosa solo che tradiva un'espressione fiera e soddisfatta - non capisco se fiera del fatto che me ne andassi o che avessi scelto la vita militare -, ho salutato alcuni infermieri che hanno collaborato con me ma quello che si è distinto è stato Braune. Prima che uscissi è andato nella sua stanza pregandomi di aspettare; quando è sceso aveva in mano la custodia di cartone di un vinile. «Voglio che lo tieni. La prima volta che l'hai ascoltata ti è piaciuta tanto» mi ha detto, un po' triste. «Cos'è?». «Lili Marleen». Mi è sfuggito un sorriso malinconico; gli ho dato una pacca sul braccio ringraziandolo del pensiero, e lui ha ricambiato guardandomi con gli occhi lucidi. Poi sono partito a bordo di un autobus addetto per il trasporto dei malati, mi sono fatto portare fino a Vienna e da lì ho preso un treno per Berlino.

Ho telefonato per avere informazioni sull'arruolamento, e dall'SS-Hauptamt mi hanno risposto che dovevo presentarmi alle nove al Personalamt in Hohenzollerndamm n° 31, ovviamente munito dei documenti; dopo una nottata in treno non potevo che essere distrutto, dunque ho raggiunto l'edificio a piedi e sono salito al primo piano barcollando per il sonno arretrato, reggendo dietro la schiena la sacca con i miei effetti personali. Si aggiravano qua e là un sacco di persone fra giovani cadetti freschi d'uniforme e anziani ufficiali delle SS, perlopiù tanti ragazzi molto più giovani di me erano raggruppati in fila in attesa di entrare per sbrigare la pratica. La stanchezza mi portava a guardarmi intorno in cerca di una sedia, ma le poche a disposizione nel corridoio erano occupate, e ho dovuto resistere mentre nelle orecchie mi rintronava il parlottio dei presenti. Ecco che mi si è affacciato di nuovo alla mente il castello dove, fino a ieri, ero dedito al lavoro di desinfektion di esseri umani; e ho trovato strano il contrasto fra me e tutti questi ragazzi entusiasti di arruolarsi, magari ansiosi per il fatto che si sarebbero trovati presto sotto una raffica di pallottole e non immaginavano nemmeno che uno come me - che della morte e della sofferenza ne sapeva più di loro - stava per fare lo stesso percorso. Quando è giunto il mio turno mi sono trovato davanti a una scrivania; dall'altra parte erano seduti una signorina vestita di una giacca grigio chiaro e una gonna, e un ufficiale in uniforme che faceva le domande. Sulla parete dietro le loro spalle risaltava una grande bandiera con la svastica.

L'ufficiale mi ha chiesto il documento d'identità, l'ha letto costatando che ero già nelle SS da oltre dieci anni col grado di oberscharführer; allora ho preso la parola specificando che sono anche un medico psichiatra e che, malgrado l'età, avevo il desiderio di arruolarmi. Non era il caso di aggiungere nient'altro perché sarebbe apparso come pura retorica giovanile, che a uno come me mal si addiceva. La sua perplessità era comprensibile poichè erano rari i casi di volontari sui trentacinque anni - e mi ha detto che di solito venivano arruolati come riservisti in unità di poco conto. A me non importava, bastava arruolarmi; forse lo aveva detto con l'intenzione di informarmi, o di cercare una soluzione adatta al mio caso. La signorina accanto scriveva appunti senza alzare mai la testa dal foglio. Poi l'ufficiale ha voluto che gli mostrassi la tessera del partito e quella che attestava l'appartenenza alla Lega dei Medici Nazionalsocialisti Tedeschi; hanno preso nota di tutto, dopodiché mi hanno porto un modulo da riempire dicendomi di recarmi al Sanitätamt per la visita. In caso di esito positivo, sarei tornato nel loro ufficio e avrei saputo il luogo di addestramento; con gli occhi arrossati e l'aria affaticata che avevo non ho fatto certo una buona impressione sul medico di turno ma, essendo sano, mi ha risposto che potevo tornare all'Ufficio del Personale e presentare l'attestato di idoneità che lui stesso mi aveva firmato. Ho dovuto attendere altro tempo in piedi, ma alla fine è stato gratificante ricevere la loro risposta; l'ufficiale mi ha istruito su tutto. Siccome non c'è tempo sufficiente per addestrare in maniera completa gli ufficiali alla Junkerschule a Bad Tölz - ci vuole in media da sei a otto mesi - e visto il mio grado di sottufficiale avrei

166

seguito il corso di addestramento ufficiali per le Waffen-SS a Dachau. Mi ha spiegato inoltre che stanno reclutando uomini per completare la divisione chiamata Totenkopf, la quale sarà dislocata probabilmente sul fronte occidentale. L'unica notizia per me frustrante è che domani sarò a Dachau per cominciare; questo significa che stasera dovrò prendere il treno, dormire male per essere là sul presto. Pensavo che mi avrebbero dato più tempo nella speranza di potermi riposare a dovere, invece è andata diversamente; d'altronde non si può venir meno agli ordini.

Sto scrivendo proprio nel mio scomparto, alla luce della torcia elettrica che mi sono portato, mentre la carrozza viaggia e mi scuote continuamente; la cittadina di Dachau mi ha fatto pensare ad Heinrich, e sarei davvero contento se avessi l'occasione di incontrarlo. Mi domando la faccia che farebbe nel trovarmi al campo di addestramento; sarebbe sopraffatto dallo stupore - questo è sicuro - ma forse sarebbe deluso dalla mia scelta. Non lo so e non è l'ora di preoccuparsi di questo; devo cercare di riposare in vista di una giornata che sarà molto dura, credo.

24 marzo 1940

Eccomi al mio primo giorno di addestramento. Appena
giunto al campo di concentramento di Dachau mi sono
diretto all'area preposta per le Waffen SS, un campo
più o meno vasto, separato da tutto il resto, posto nella
zona nord-orientale del lager. Alle nove di mattina,
mentre passavo lungo il perimetro che delimita il
poligono, c'erano già alcuni gruppi di soldati in
mimetica che facevano fuoco sui bersagli con le
carabine, e degli ufficiali che urlavano alle loro spalle;
l'aria satura di polvere da sparo mi toglieva la fame,
così non ho fatto colazione. Raggiunto il caseggiato che
ospita gli uffici amministrativi, sono entrato e la coda di
giovani dai capelli appena tagliati che fuoriusciva da
una porta mi ha indicato il posto dove dovevo
presentarmi. Al mio turno ho mostrato il meldezettel
che mi avevano rilasciato a Berlino, e l'ufficiale
addetto al controllo mi ha detto che potevo entrare
nell'aula per le lezioni che sarebbero cominciate a
breve. Quella rapidità nel distribuire informazioni e
smistare la folla mi ha dato un senso di sollievo; poco
dopo sono entrato in aula, già gremita dei futuri
ufficiali che mi davano le spalle parlottando fra loro.
Tutti indossavano la divisa color feldgrau, mentre io

ancora (nonostante l'esplicita richiesta) portavo la stessa di sempre, il che ha attirato gli sguardi di alcuni presenti. Mi sono seduto nella penultima fila, e non conoscendo nessuno ho atteso l'arrivo dell'insegnante guardando i miei compagni; dagli accenti con cui parlavano molti di loro devono essere bavaresi o austriaci. Come me anche questi uomini si trovano qui per la prima volta, eppure hanno un portamento davvero esemplare, conversano amichevolmente e con voce moderata, nessuno si lascia andare a gesti inconsulti e grida; non tutti quelli che fanno parte delle SS possiedono quest'impostazione austera e marziale, tale da apparire quasi innata. Le mie riflessioni sono state interrotte dall'insegnante che, entrando nella stanza impettito, si è tolto il berretto e ha salutato i presenti; parlando con una cadenza sincopata - dissonante nelle orecchie di chi ascolta - ci ha illustrato il programma dell'addestramento ufficiali, dicendoci che lui stesso avrebbe impartito un'ora di ideologia nazista tre volte a settimana e un'ora di esercitazione sulle tecniche di persuasione sugli altri nei restanti giorni con un altro insegnante, oltre a qualche ora di storia germanica. Tutto questo era previsto per una settimana, salvo cambiamenti, al termine della quale avremmo dovuto fare una prova d'esame scritta per accedere all'addestramento sul campo.

Come immaginavo non si preannunciava nulla di nuovo da una normale accademia, nulla di nuovo rispetto all'addestramento che feci una decina d'anni fa; con stupore ho constatato, alla fine della lezione, che malgrado la retorica profusa da quell'ufficiale ascoltare gli stessi concetti e ragionare per l'ennesima volta sui capisaldi del nazionalsocialismo mi ha fatto l'impressione di tornare indietro nel tempo e ricevere per la prima volta questo pensiero alla base della nostra vita e del nostro futuro. Mi vergogno ad ammetterlo, ma dentro di me c'è stato un secondo in cui mi sono sentito una recluta della Hitlerjugend. La giornata è continuata con altre due ore di storia germanica, due ore piuttosto lente in quanto nessuno di noi è intervenuto a fare domande avviando un dibattito con il professore, poi ci hanno congedato fino a domani. Appena uscito dalla stanza sono andato fuori a respirare un po' d'aria fresca, così come hanno fatto gli altri arruolati; c'era un bel sole che accecava la vista, e a gruppetti alcuni compagni s'erano seduti sull'erba o parlavano appoggiati al muro dell'edificio, fumando sigarette. Avevo il mal di testa ma, prima di andarmene a riposare nell'alloggio, dovevo tornare in ufficio per farmi dare la nuova uniforme; mi sono acceso una sigaretta anch'io, quando s'è avvicinato il tizio che in aula sedeva alla mia destra. «Non ti hanno dato questa uniforme?» ha esordito. «Non subito. Devo andare a prenderla» gli ho risposto, continuando a fumare. Strizzando gli occhi per il sole ha aggiunto: «Se ti becca Eicke sentirai che urla». «Chi è?». «E' il Gruppenführer che comanda la nostra divisione. Come tutti i generali odia qualunque difetto nei suoi sottoposti». «E tu come lo sai? Sei appena arrivato come me» ho chiesto un po' piccato. «Voci tra camerati. Basta tendere l'orecchio quando passano gli ufficiali di carriera o qualche veterano stanco e incazzato». Ho annuito senza dire niente; voleva attirare la mia attenzione mostrando di conoscere più cose di me. «Comunque mi chiamo Oswald Steinmetz. Scharführer Steinmetz». «Oberscharführer Werner

Grunwald» ho risposto gettando il mozzicone vicino a lui. Mi ha sorriso in modo sornione. «D'ora in avanti ti dovrò il saluto, camerata. Vuoi che ti accompagni all'ufficio per il ritiro della divisa?». Aveva la risposta pronta e voleva - non capivo perché - farsi piacere da me con quell'ironia facile; visto che ero solo mi ha tenuto compagnia per un'altra ora, parlando quasi sempre lui. Mi ha raccontato che è originario della Baviera e che s'è arruolato nella speranza di far carriera al fronte, giacché non gli andava di diventare né un agente della SD né un poliziotto della Kripo. Su questo la pensiamo allo stesso modo; in questo periodo la guerra è l'occasione migliore di mostrare il proprio valore e la propria fedeltà al Führer. Così è stato spedito qui assieme a due suoi amici di Monaco, che erano Feuerbach e Brunner; su di loro ha taciuto al momento, e a me non è importato domandare niente, ma ha attratto la mia attenzione - proprio quando ci siamo diretti agli alloggi - spiegandomi che alcuni sottufficiali e gran parte dei soldati della divisione che si stavano addestrando a Dachau erano ex-guardie del lager. «Ne ho visti alcuni che dovremo raddrizzare sotto il nostro comando, credo» ha commentato in tono aspro.

Nemmeno quando ho occupato il mio lettino ho potuto far riposare la testa, perchè per almeno due ore ci sono state le chiacchiere fra camerati e le risate goliardiche che si sono placate solo quando si sono coricati tutti; allora è sceso il silenzio nell'alloggio, e prima di chiudere gli occhi vedo, oltre il bordo del taccuino, i volti di Braune, Lonauer, Wirth, Wagner assieme a qualche faccia sconosciuta volteggiare come farfalle dalle ali nere.

16 dicembre 1938

Non sono l'unico ad essere in fermento alla vigilia della partenza, fra il mio ufficio e quello di Sievers è un viavai di ufficiali della Kriegsmarine, telegrammi, telefonate, e corrispondenza da sbrigare velocemente. Comunque posso dire che è tutto pronto; oggi nel pomeriggio sono arrivati gli ultimi pezzi dell'equipaggiamento personale, alcuni strumenti per le misurazioni antropometriche - spero vivamente di servirmene - e un cappello di lana imbottito per ripararmi dal freddo. Verso le quattro Sievers è entrato nel mio ufficio mentre davo un'occhiata alle carte geografiche, dicendomi che il Reichsführer aveva appena riunito i membri della spedizione per fare il punto della situazione. Non si trovava nella nostra sede bensì in Prinz Albrecht Straße, così io e lui abbiamo cercato di sbrigarci per essere in orario; una volta nel suo ufficio ci siamo trovati stretti assieme a tutti gli altri, tanto da non vedere Himmler dall'altra parte della stanza. Siamo rimasti fermi, sentendo il suo timbro acuto scandire bene le parole che ci arrivavano sopra la testa. In pratica ci ha ragguagliato su ogni dettaglio tecnico, confermando molte cose già decise in precedenza. La partenza era per l'indomani alle cinque del mattino, da Amburgo, ci saremmo imbarcati sul mercantile "Schwabenland"; secondo i calcoli dovremmo giungere sulla banchisa polare attorno alla metà di gennaio, in piena estate antartica, le cui temperature saranno favorevoli per un'esplorazione del territorio. Il tempo di permamenza previsto, secondo il Reichsführer, è puramente indicativo; potremmo stare un mese o forse più, certo non oltre la fine dell'estate altrimenti potremmo avere problemi per il rientro. In ogni caso dipenderà dall'importanza dei dati scientifici che otterremo una volta sul posto; la nave è stata attrezzata con una catapulta in modo da far volare due idrovolanti, allo scopo di scandagliare agevolmente ampie aree dell'Antartide. A comandare la spedizione è il kapitän Alfred Ritscher. Altro non serve sapere, per cui dopo venti minuti eravamo tutti fuori. Non ricordo di conoscere molte facce che ho visto nell'ufficio di Himmler, però uno in particolare mi è sembrato strano; o meglio mi ha dato l'impressione che non fosse lì per ascoltare in quanto non sembrava interessato alle parole del Reichsführer, bensì a me girandosi a guardare come se mi tenesse d'occhio. E' possibile che stia esagerando, e che la segretezza e l'angoscia di una missione così importante mi inducano ad essere sospettoso. Sono tornato insieme a Sievers all'ufficio di Pücklerstraße, abbiamo preso un caffè e parlato della spedizione; lui mi ha confessato che ciò che scopriremo non potrà mai ripagare il costo della missione, sempre ammesso che qualcosa da scoprire vi sia laggiù. Non potevo aspettarmi altro da uno come lui, ma l'ho contrariato subito spiegandogli che quelle terre ghiacciate nascondono qualcosa di importante per la storia germanica, magari proprio l'ingresso per il regno di Agarthi che tanti hanno vagheggiato senza riuscire a trovare.

Già da due giorni ho tentato invano di far capire l'importanza di tutto questo a Hilda, ma lei non ne vuole sapere e siamo finiti in una discussione piuttosto accesa; mi ha risposto che avrei dovuto rifiutare l'incarico e rimanere qui con lei, magari svolgere un'altra ricerca in Germania. Ha continuato a dirmi che non si merita che la lasci sola perchè lei ha sacrificato persino la famiglia per stare con me, e questo glielo devo in un certo senso; le ho spiegato che il nostro rapporto non può essere fatto di obblighi reciproci né è mai stato così, quindi metterla su questo piano non ha senso. Indubbiamente sarò troppo concentrato sulla spedizione per vedere le cose fuori dal mio punto di vista, ammetto che mi facevo più scrupoli un mese fa rispetto ad ora - non veri e propri scrupoli però, diciamo che ho soppesato le conseguenze che la mia scelta avrebbe avuto sulla vita di entrambi. Ma come un mese addietro torno a ripetere, sia a me stesso che a Hilda, che la scelta è stata la conseguenza inevitabile di un ordine e che dunque non si tratta di una vera scelta; al di là di tutto ciò è l'unica occasione che posso sfruttare per dimostrare le mie teorie, e trovare qualcosa che illumini definitivamente il nostro popolo.

Hilda ci sta male e mi dispiace; sa che mi imbarcherò su una nave allo scopo di procurare grasso di balena, necessario per la produzione di margarina. Non le ho rivelato il vero obiettivo della missione. So già che mi mancheranno i suoi sorrisi e sarà dura sopportarlo, ma dovrò farcela. Dopo cena se n'è andata in camera e mi ha lasciato solo a scrivere in soggiorno; la notte fuori è fredda, e mi mette ansia. Ho come la sensazione che il vento polare sia filtrato dalla finestra in casa mia, e si sia messo fra noi due come un invalicabile muro.

Dopo aver parcheggiato l'auto subito prima dell'entrata ai moli del porto, s'incamminò deciso verso un grosso cargo che sostava immobile e solitario sulle acque gelide dell'Elba; ad un certo punto scorse un gruppo di uomini spostarsi lungo il molo. Si fermò prima che le luci del porto rivelassero la sua presenza. Udiva un parlare lontano e indistinto che rompeva il sonno di Amburgo, come il ticchettare di un orologio in una stanza vuota. La temperatura doveva essere sotto lo zero. Avvertì di nuovo il cerchio alla testa che lo tormentava da quando era andato a letto; stretto nel cappotto di pelle che gli arrivava alle caviglie, cercò di concentrarsi sul movimento al molo e di allontanare così il freddo. Osservò l'orologio al polso; erano le cinque. Alcuni operai entravano da un portellone sul fianco della nave portando sulle braccia degli scatoloni imballati, altri parlavano con quello che doveva essere un ufficiale, il comandante della nave. Era possibile che le operazioni di carico stessero finendo altrimenti sarebbe stata in funzione la gru per i carichi più pesanti; notò anche la presenza di due idrovolanti sul ponte dell'imbarcazione. Era stato informato bene dal sottufficiale che lavorava al Persönlicher Stab RfSS; quella era una missione militare che sarebbe durata molto. Gli idrovolanti servivano a scandagliare ampie aree del territorio e scattare fotografie. E poi l'informatore ne aveva avuto conferma dal direttore della centrale, l'Obergruppenführer Karl Wolff.

Il nome di Wolff gli richiamò alla mente il suo capo, Müller, e le parole che gli aveva detto dopo aver letto il dossier. Non doveva essere lì, a distanza di un mese da quel colloquio che lo aveva ferito. Non si voleva arrendere, però. Quell'indagine aveva un valore personale che Müller non doveva sapere. E se lo avesse saputo, non avrebbe compreso cosa significava per lui tallonare quell'uomo; ebbe un brivido lungo le braccia. Ripensò a Magda e s'accese una sigaretta. Stando fermo sentiva l'aria gelida entrargli nelle ossa, e cominciò a fare piccoli passi rimanendo opportunamente a distanza; non perdeva d'occhio il molo in attesa dei membri della spedizione, sempre che non fossero già a bordo. Intanto che camminava aveva già pensato a cosa avrebbe fatto dopo la partenza del mercantile; aveva un paio di nomi che ruotavano attorno a Klaus, e avrebbe fatto delle ricerche su di loro. C'era un fatto poco chiaro sul conto di Heinrich Schultz, amico universitario di Klaus. Gli apparse un sorriso sornione sulle labbra; sapeva che ciò lo avrebbe portato a scoprire qualcosa, il che lo eccitava molto. Per fare tutto questo aveva bisogno di tenere buono Müller, e dargli a bere che aveva mollato il caso per occuparsi di altre indagini; in centrale correvano voci su un gruppo di militanti del KPD che distribuivano volantini sovversivi. Nonostante fossero stati stroncati nel '33 tagliando loro i finanziamenti, ogni tanto riemergevano ed era un problema da risolvere alla radice. Non sarebbe stato difficile farsi affidare l'incarico.

Non appena girò per tornare indietro, qualcosa lo spinse a piantare gli stivali a terra; buttò la cicca, spegnendola, e aguzzò i suoi occhi di lince su un gruppo di uomini che camminavano in fila indiana sulla banchina. Erano tutti intabarrati in pesanti pastrani, e portavano sulle spalle dei grossi zaini da montagna; li esaminò per quanto possibile, prima che il ventre di quel bestione li nascondesse alla sua vista. Riconobbe la sagoma robusta di Klaus; stava parlando con un altro membro vicino a lui, era inconfondibile la sua voce rauca. Nell'istante in cui imboccarono il molo le luci caddero sul suo viso, scoprendo quei lineamenti rozzi; non poteva sbagliarsi.

Non c'erano dubbi ormai; Klaus Steiner stava per imbarcarsi a bordo di quella nave, e quella sarebbe stata l'occasione che cercava. Sospirò, e l'alito si condensò in uno sbuffo di vapore; dunque si fece avanti lentamente, mentre il gruppo della spedizione sostava sul molo in attesa degli ordini del comandante. Camminò verso di loro per una ventina di metri, poi si fermò; ancora nessuno lo aveva notato. In quel momento esplose un rumore sordo, come un rombo che proveniva dal cargo; avevano avviato i motori, la partenza era imminente. Il comandante disse loro di sbrigarsi a prendere posto a bordo, così si diressero tutti verso il portellone; Klaus lanciò un'occhiata distratta alla città alle sue spalle, e incrociò lo sguardo attento di un uomo. Aggrottò le sopracciglia; ebbe la sensazione di conoscerlo, ma non riusciva a focalizzarlo meglio.

Gunther alzò la mano in alto in segno di saluto; Klaus rimase a guardarlo ancora un po'. Poi raggiunse gli altri e sparì dentro il portellone che si richiuse subito dopo.

Dal finestrino della Opel Gunther osservava alcune signore sui marciapiedi accompagnare i bambini a casa, altre s'infilavano in una *bäckerladen* o in qualche macelleria; lui avrebbe pensato al pranzo in un secondo momento. Quando era in servizio difficilmente sentiva la fame, soprattutto in procinto di una *einsatz* come quella. A guidare c'era il collega Franz Hüber, intento a tenere d'occhio la strada; ogni tanto tossiva come d'abitudine, muovendo quel suo naso aquilino su e giù come il becco di un uccello. A differenza di lui era piuttosto nervoso, e stringeva il volante come se gli scappasse.

Svoltarono nella Riesaer Straße, e dopo cento metri Gunther gli disse di fermarsi e accostare.

«E' quello?» chiese perplesso Franz, scrutando un edificio grigio simile ad una banca.

«No. Dietro ci dovrebbe essere il Kino Ritter, e accanto il palazzo che cerchiamo».

«Sicuro? Dove sono gli Orpo?».

«Da qui non possiamo vederli, ma ci dovrebbero essere. Müller ha delegato me e così ho parlato io con l'Hauptmann Gruber della Schutzpolizei. Mi ha assicurato che avrebbe inviato una squadra a circondare la palazzina, consentendo a noi di agire con più sicurezza. Ora usciamo».

Scesero dall'auto, e attraversarono la strada; la giornata soleggiata e fredda di dicembre donava una calma irreale al quartiere, soprattutto nell'ora di punta. Tranne un gruppo di impiegati appena usciti da un ufficio poco distante, non si vedeva nessuno in strada; Gunther camminava con le braccia lungo i fianchi, mentre le falde del cappotto nero gli svolazzavano dietro. Hüber gli stava a fianco, palesemente agitato.

In tre giorni gli agenti della SD avevano rintracciato alcuni membri di una cellula della *Neu beginnen* la quale, nonostante i duri colpi subiti, era ancora in piedi; gli uomini erano stati arrestati e interrogati, così Müller aveva dato ordine di rastrellare tutti gli indirizzi forniti e poi l'intero quartiere. La Neu beginnen era nota per formare militanti clandestini abili nella propaganda contro il regime; non era insolito beccarli nelle ore di buio a tappezzare le viuzze di volantini e slogan piuttosto feroci, e così era accaduto. Da quando Klaus era partito Gunther aveva collaborato alle operazioni di spionaggio e ora, dopo i primi arresti, avevano un nome: Franz Necht, il leader della cellula che si nascondeva proprio nel quartiere di Hellersdorf.

Non appena furono vicini all'entrata del cinema, sulla destra scorsero un edificio di due piani piuttosto malmesso e con la facciata ricca di crepe; non vi abitava nessuno.

Alla sinistra, dove il prato lambiva una traversa della Riesaer Straße, Gunther sentì il rumore di una camionetta che si fermava; si volse e vide scendere dall'abitacolo l'Hauptmann Gruber con il berretto calcato sulla fronte e l'aria torva.

«Ci siamo, Hauptsturmführer» si presentò.

Gunther non perse tempo.

«Dica ai suoi uomini di circondare l'edificio, nel frattempo che arrivano altri nostri colleghi. State pronti a intervenire; possibilmente non uccidete, dobbiamo prima interrogarli».

Gruber gli fece un cenno col capo, e tornò verso la camionetta; dal cassone saltarono giù dieci uomini in uniforme verde della Schutzpolizei. Gunther e Franz notarono che alcuni impugnavano un manganello, altri imbracciavano un fucile e tutti marciarono in silenzio disponendosi come era stato loro ordinato. Erano le tredici e trenta precise.

Alle spalle di Gunther comparvero due auto che si fermarono dietro la loro Opel; uscirono fuori otto uniformi nere col cappello a visiera e un fucile mitragliatore a tracolla che li raggiunsero correndo.

«Zu Befehl, Herr Offizier» fece uno di loro, portando la mano alla visiera.

«Quattro di voi con me, il resto con Hüber» ordinò Gunther, dopodiché s'avviarono verso il portone d'ingresso. Gli uomini di Gunther provarono a forzarlo a spallate, ma non s'apriva; lui li fece allontanare, estrasse la pistola e sparò due colpi alla serratura che cadde. Si fiondarono tutti dentro e l'*einsatz* ebbe inizio.

Si trovarono in un corridoio che si diramava a destra e a sinistra; al centro c'era una rampa di scale. Tutto era immerso nella penombra perchè le finestre erano state oscurate dai clandestini. Gunther accese la torcia elettrica e così i suoi uomini.

«Di qua» sussurrò, e partirono scuotendo il tetro edificio con il rumore degli stivali, mentre Hüber guidò gli altri nella direzione opposta.

Ad un certo punto i coni di luce delle torce scoprirono una porta di legno; ascoltarono ma non sentirono niente. Udivano solo il loro respiro agitato e i passi degli altri uomini che si perdevano dall'altra parte.

«Buttatela giù» ordinò lui. Uno di loro puntò il fucile mitragliatore e fece partire una raffica sulla porta; il rumore rimbombò in modo assordante, e la porta scivolò indietro scoprendo una scalinata che conduceva nel seminterrato.

Improvvisamente esplosero alcune voci qualche metro più sotto, e un confuso tramestio rivelò la presenza dei militanti che stavano tentando la fuga.

«Forza!» urlò Gunther che per primo si buttò scendendo le scale con la pistola spianata. Giunto sotto, la torcia scoprì una stanza sporca e un tavolo nel mezzo, si addentrò con cautela seguito dagli uomini quando qualcuno iniziò a sparargli contro; d'istinto si abbassò, e nel buio si ricordò del tavolo. Gli uomini avanzarono e per coprirlo fecero fuoco alla cieca; Gunther scivolò sotto il tavolino e lo ribaltò facendone una barricata.

«Copritevi e non sparate!» gridò loro, puntando la luce verso il fondo della stanza. Vide qualcuno spostarsi da destra a sinistra, ma non sapeva quanti potessero essere; l'unica cosa certa è che non avevano via di fuga dato che fuori c'erano gli uomini di Gruber. Tutti smisero di sparare, e si accucciarono assieme a lui.

«Dobbiamo arrestarli, prima di ucciderli. Si devono essere allontanati perchè non vedo nessuno. Sparate alle gambe se necessario, e basta. Procediamo, svelti!».

S'alzarono in piedi e con l'aiuto delle torce seguirono l'andamento del muro che svoltava ad angolo retto in un altro ambiente.

«Siete in arresto» disse ad alta voce Gunther, affacciandosi dietro il muro.

Uno sparo rischiarò in parte l'ambiente, e lui rispose sparando in basso nella direzione da cui era venuto; seguì un gemito doloroso e un tonfo a terra, mentre una confusione di voci prese a urlare chiedendo di non sparare perché intendevano arrendersi. Col braccio sinistro Gunther tenne a freno un suo uomo che, sentite le grida, era avanzato per sparare; erano tutti operai, si vedeva dal modo di agire e dal fatto che sparavano all'impazzata in preda al panico. Questo eliminava ogni possibile dubbio.

«Rovistate tutto in cerca di documenti. Voi due aiutatemi a perquisirli» fece Gunther, illuminando le facce intimorite di quegli uomini. Erano quattro, di cui uno a terra che gemeva e imprecava; afferrarono gli altri per il braccio e frugarono nelle tasche prendendo loro i documenti. Poi Gunther e i due uomini impugnarono i frustini e distribuirono un po' di colpi alle gambe, alla schiena e alla testa mentre li minacciavano di morte per ottenere le confessioni di ognuno; quando furono tutti distesi sul pavimento di pietra che si lagnavano per le percosse, ammisero di essere i militanti che cercavano.

Quando Gunther domandò chi di loro fosse Franz Necht, nessuno rispose e tutti continuarono a lamentarsi; urlò di nuovo la domanda, ma niente. Con la luce della torcia trovò l'uomo ferito che, con la faccia sudata e contratta per il dolore, si copriva il ginocchio spaccato e sanguinante; Gunther fece un passo verso di lui, e gli pestò la ferita con la punta dello stivale. L'uomo gridò come un ossesso, mentre lui gli teneva la luce fissa sulla faccia senza muoversi.

«Chi di voi è Franz Necht?».

«Non lo so» digrignò l'uomo, tentando di cambiare posizione per provare meno dolore.

Gunther premette di nuovo lo stivale sulla ferita, facendolo urlare.

«Non lo so... Non lo so...».

Premette ancora di più, ma nulla, solo le lacrime che gli bagnavano le guance. Allora lo tenne così per un altro paio di minuti, strofinando lo stivale sull'osso sporgente fino a che l'uomo non sopportò più quella fitta lancinante che lo mandava fuori di testa.

«Va bene... Sono io» disse alla fine.

Gunther era soddisfatto e tirò un sospiro; si rivolse agli uomini dietro di lui che stavano ancora raccattando ogni carta sparpagliata in giro dopo quel casino:

«Legategli le mani e portiamolo via. Ammanettate anche gli altri».

Dopo dieci minuti trasportarono i sovversivi fuori dall'edificio, e furono raggiunti dalla Schutzpolizei di Gruber. Questi s'avvicinò scrutandoli come si scruta una cimice, poi sputò in terra. Guardò Gunther e gli altri ed esclamò:

«Ecco un altro gruppo di facce di merda da eliminare. Li carichiamo subito e ve li spediamo in Prinz Albrecht Straße».

Gunther fece di sì col capo, mentre un sottufficiale gli mostrava quello che avevano ritrovato nel seminterrato; erano perlopiù volantini, eccetto una lista di nomi appartenenti alla Neu Beginnen e al KPD. Alcuni fra coloro che erano stati presi in precedenza erano comunisti e socialdemocratici, e la cosa non stupiva affatto Gunther; la setta clandestina era una fusione di entrambi i movimenti. Anche Hüber gli mostrò alcuni documenti saltati fuori al piano superiore dell'edificio, ma lui preferì portarli all'ufficio di Müller e lasciarli esaminare a lui; mentre loro due e gli uomini ritornavano verso l'auto - Gruber e i poliziotti erano già spariti - si rammentò di dover telefonare a Daluege e riferirgli della piena collaborazione della Schutzpolizei.

Dopo un momento ci ripensò. Forse era meglio lasciar fare tutto a Müller; questi detestava che qualcuno tentasse di scavalcarlo, anche se non era nelle intenzioni di Gunther. Perciò montò in macchina e disse a Hüber:

«Ho un buco allo stomaco. Andiamo a mangiare qualcosa, prima degli interrogatori».

L'altro assentì, dopodiché mise in moto la Opel e se ne andarono.

Alle quattordici e trenta Gunther tornò al n°8 di Prinz Albrecht Straße; si diresse sul retro che dava su un campo sterrato. La parte posteriore dell'edificio comunicava con una porzione di fabbricato il cui accesso era caratterizzato da una porta metallica, la quale conduceva alle prigioni poste un metro sotto il livello terreno. Bussò alla porta e gli fu aperto.

Passò un corridoio stretto ma ben illuminato dalle lampadine sopra la sua testa; l'aria sapeva di umido e di urina, data la mancanza di ampie finestre o di ventole che avrebbero favorito il ricambio d'ossigeno. Ai lati c'erano gli ingressi di ciascuna cella. Trovò Franz Hüber seduto a una scrivania che fumava la pipa assorto; quando sentì il rumore dei passi sollevò lo sguardo ma non disse nulla.

«Già qui? Dov'è Franz Necht?» domandò secco Gunther, con le mani dietro la schiena.

«Ho lasciato te a pranzare e sono andato da Müller a riferire dell'esito della retata, poi sono tornato qui.

184

Ovviamente vuole che la cellula sia smantellata definitivamente e per quelli arrestati... "ci pensiamo noi" mi ha detto» e rise tossicchiando.

Gunther annuì compiaciuto.

«Naturale, Franz. Portami da Necht» tagliò corto, al che Hüber posò la pipa sul tavolo e accompagnò il collega alla cella.

In pratica dovettero tornare indietro di pochi metri per trovarla. Dinanzi alle sbarre, Franz aprì il cancello provocando un cigolio metallico.

Gunther vide Franz Necht seduto sulla branda con la gamba fasciata; appena entrato, gli rivolse uno sguardo afflitto. Egli lo fissò con i suoi occhi stretti e capì che quell'uomo lo temeva; gli piaceva sentire di avere il completo controllo su tutto e tutti.

Entrò con passo lento e le braccia lungo i fianchi; Necht abbassò gli occhi osservando di sguincio l'uniforme nera che indossava l'agente. Si domandò se fosse la divisa a emanare un'aura sinistra e malefica attorno ad ogni essere umano che la portava o se era solo una stupida impressione.

«Abbiamo trovato una lista di nomi di militanti nel vostro covo. Voglio sapere se esiste ancora una rete di cellule di cui non sappiamo nulla. Prima parlerai meglio sarà per te, Herr Necht» esordì calmo.

Aspettò un minuto ma l'uomo rimase a testa bassa, muto. Gunther gli si avvicinò posandogli la mano destra inguantata sulla testa; l'altro iniziò a singhiozzare.

Sospirando, Gunther continuò:

«Non ho molta pazienza. Prima che succeda qualcosa a te e ai tuoi amici dimmi se quei nomi corrispondono ad una rete tuttora in piedi».

Scosso dai singhiozzi Necht prese a piangere come un ragazzino, tenendo le mani in grembo.

Gunther si tolse il guanto nero, e con questo lo frustò violentemente sul viso facendolo ricadere sulla branda; poi lo risollevò per un braccio, e con lo sguardo stravolto dalla rabbia gli urlò:

«Sono capace di torturarti per quindici giorni se non apri bocca! Capito?!».

Gli sollevò il mento fissandolo negli occhi; l'uomo non disse una parola, guardandolo come se lo sfidasse. Gunther sgranò gli occhi andando su tutte le furie.

Lo prese e lo scaraventò sul pavimento, poi gli diede un calcio sulla ferita; Necht gridò disperatamente, ma non fece in tempo a riprendersi che gliene arrivò un altro sempre sulla ferita, un altro alla bocca dello stomaco e infine uno che gli spaccò il naso. Gunther si fermò ansimando, fissando la scena a denti stretti; il prigioniero si contorceva dal dolore e dal naso in giù aveva una maschera di sangue gocciolante.

«Ormai non potete più nulla con il vostro comunismo che non ha mai funzionato in Russia, né qui in Germania. Non siete rimasti che in pochi e vi fate ammazzare come tanti stronzi convinti di poter rovesciare il Reich, ma sappi una cosa... Sono troppo forti i valori su cui si è sviluppato il nazionalsocialismo per lasciare che voi rossi ne distruggiate le fondamenta. Potete farci un graffio, ma non ci piegate affatto!» e gli mollò un altro calcio all'inguine, provocando le sue urla.

«Perchè Dio è dalla nostra parte!» e lo colpì di nuovo, facendolo torcere come un verme.

«Quindi voglio sapere quanti ne rimangono di schifosi come voi segnati in quella maledetta lista!».

Necht rimase a contorcersi in un lamento continuo; allora Gunther s'affacciò fuori della cella urlando in direzione di Hüber:

«Franz! Prepara un bagno caldo!».

Sentì il collega allontanarsi per prendere la vasca e riempirla d'acqua bollente.

Gunther rientrò, si chinò e sollevò Necht costringendolo a stare ritto in piedi; la luce fredda della cella metteva in risalto il sangue raggrumato sulla bocca dell'uomo, i lividi e le borse violacee sotto gli occhi. In quel momento era scosso da tremori in tutto il corpo.

«Allora?» ringhiò lui, reggendolo per il bavero.

L'uomo respirò a fatica, deglutì e parlò elencando i nomi di coloro che tenevano in piedi la rete della cellula; più o meno una decina di persone facilmente rintracciabili, grazie agli indirizzi che confessò il prigioniero.

A quel punto Gunther lo ributtò a terra e uscì trafelato per prendere nota di tutto; dopo un minuto ritornò.

«Lo conosci il bagno caldo delle SS?» sbottò con un mezzo sorriso, prendendolo per l'ennesima volta e trascinandolo fuori dalla cella.

«Cosa vuoi farmi?» biascicò Necht terrorizzato, osservando il soffitto scorrere sopra di sé.

Gunther non gli rispose e continuò a trascinarlo fino a un'altra cella vuota dove lo attendeva Hüber; da terra Necht vide una grossa vasca di ceramica dal cui bordo salivano volute di vapore, e cominciò a implorarli di non farlo.

Gunther lo issò in piedi ancora una volta, e chiese a Franz di legargli mani e gambe con una corda.

«Ora ci divertiamo, figlio di puttana! Grazie per le informazioni!» sibilò ferocemente.

Poi afferrò il nodo alle gambe del prigioniero, mentre Hüber prese quello alle mani e insieme lo immersero nell'acqua bollente ignorando le grida assordanti fino a che la testa non infilò in acqua. Entrambi si scansarono per non bruciarsi con gli schizzi, e rimasero ad osservare Necht che si dimenava scuotendo la vasca nel tentativo di liberarsi, sentendo il bruciore sulla pelle e al contempo la mancanza d'aria. Gunther si sporse per osservare il volto, ma le bolle continue che sputava dalla bocca distorcevano tutto; l'acqua era diventata rossastra per via delle ferite aperte, e lui continuava a dibattersi sbattendo la testa sott'acqua. Attesero più di tre minuti prima che Necht smettesse di muoversi; quando fu così Gunther si sporse nuovamente e s'accorse che il viso del prigioniero era immobile in una smorfia di dolore, pallido e con la bocca aperta. Allora estrasse la pistola e gli sparò dritto alla fronte; il colpo fece vacillare l'acqua, e i cerchi formatisi si colorarono di un rosso scuro che lentamente si espanse dappertutto.

Guardò il collega con aria soddisfatta e stanca, poi si asciugò il sudore sul viso col dorso della mano. Hüber passò uno sguardo indefinibile dal cadavere di Necht al collega, e tossicchiò.

«Vado in ufficio a scrivere il rapporto per Müller» disse Gunther, sistemandosi la giacca. Dopodiché se ne andò da quel luogo, lasciando i passi echeggiare nello stretto corridoio.

12 aprile 1940

Le ultime volte che ho sperimentato la mescalina ho notato una varietà di allucinazioni avute dai prigionieri, soprattutto nella cosiddetta fase finale dei sintomi. Il detenuto Jozef si è mostrato utile a riguardo; rispetto al mese scorso ha superato il disagio che lo prendeva di fronte alla sofferenza dei suoi connazionali, e tutto sembra ora piuttosto abitudinario. Oppure ne soffre e lo nasconde molto bene. Fra me e lui s'è instaurato un rapporto che definisco tranquillo; non è cameratesco, né amichevole o troppo formale, non ho bisogno di essere duro con lui per ottenere un servizio, usiamo entrambi un tono medio senza alcuna alterazione emozionale. Tutto sommato mi piace e mi aiuta a lavorare meglio, grazie alle sue traduzioni ho classificato le allucinazioni più disparate in rapporto alle dosi somministrate. Non so quando ma i risultati ottenuti con la mescalina li riporterò in una relazione medica per Herr Kommandant; visto che qualche giorno fa il rapportführer ha trovato troppo frequenti i miei spostamenti dal laboratorio alla baracca 10 - e non mi sono giustificato se non dicendo che stavo lavorando - è probabile che abbia riferito il mio comportamento a Piorkowski. Non vorrei inimicarmelo proprio adesso.

189

Fino ad oggi non sono stato richiamato da nessuno, né il comandante mi ha convocato in ufficio, da qui deduco che nessuno abbia preso seriamente la cosa, ma ciò non vuol dire che non mi tengano d'occhio. Le volte che sono andato alla baracca 10 è stato unicamente per riprendere i contatti con Heim, ma non sembra che le parole scambiateci abbiano rivelato granché; ho cercato di attirare la sua attenzione dicendogli che avremmo potuto ascoltare nuovi dischi che non aveva sentito, ma è apparso lievemente interessato alla cosa. Anche altri argomenti non hanno destato il suo interesse, malgrado gliene abbia parlato soprattutto nelle pause durante le quali si fumava una sigaretta e poteva quindi ascoltarmi; ma niente. Credo che abbia voluto osservare la mia reazione di fronte al suo disinteresse, provando un effimero senso di autorità su di me; comunque non mi sono lasciato scoraggiare. Sono paziente, e confido nel fatto che prima o poi cederà sotto la mia insistenza in modo che potrò riprendere quel debole ma fondamentale controllo che avevo su di lui. L'unico argomento di cui mi ha accennato è stato quello dei prigionieri; ha ammesso di non sopportarli perchè sono polacchi, e il polacco non lo capisce dunque ha fatto un'invettiva a stento trattenuta sulla guerra, sulla stupidità di far morire molti tedeschi per prendere un territorio popolato da quegli idioti. E' insofferente verso di loro e, fra le righe, mi ha fatto capire di provare piacere quando li faccio portare nel mio laboratorio; questo suo lato del carattere prima sconosciuto è emerso grazie al nuovo compito affidatogli, e credo che sarebbe tuttora latente se Heim non fosse diventato blockführer. Nulla di tutto ciò mi preoccupa poiché non ho avuto problemi a spostare i detenuti per gli esperimenti, né ci saranno problemi fintantoché sarà così.

Ho lasciato dunque la mescalina per sperimentare un alcaloide allucinogeno piuttosto forte, la scopolamina. Qui al campo ne abbiamo un po' di flaconi liquidi - viene usato dagli altri medici come sedativo - ma, chiedendo informazioni al medico capo delle SS Schmied, ho saputo che in infermeria ci sono alcuni barattoli che contengono fiori e foglie di Datura Stramonium. Naturalmente con l'autorizzazione del comandante ho prelevato le quantità che mi interessavano, altrimenti Schmied non mi avrebbe rivelato nulla per il semplice gusto di ostacolare un civile che svolge un lavoro più interessante del suo; il modo superbo con cui mi guardava e parlava nascondeva una certa invidia, oltre a sottolineare l'importanza della sua posizione. Da come vanno le cose e dal fatto che ottenga ciò voglio comunque, direi l'esatto contrario, purtroppo per lui.

Come per le altre sostanze sono andato per gradi triturando col pestello una manciata di semi della pianta, per poi somministrarli sciolti nell'acqua a un soldato e ad un'ebrea polacca di trent'anni. Ho atteso un'ora la comparsa di sintomi uguali a quelli prodotti dalla mescalina; i prigionieri hanno vomitato, presentavano tachicardia, secchezza delle fauci e dilatazione delle pupille. E' seguita una fase piatta in cui, nonostante la rigidezza della muscolatura, non sono stati scossi da nessun altro sintomo particolare per almeno mezz'ora. Intorpiditi, sono rimasti sui lettini per un po'; successivamente li ho fatti riportare alla loro baracca.

Erano dosi basse ma efficaci, tuttavia per vedere ulteriori sintomi era necessario inoculare per endovena una dose notevole; pensando mi potesse servire l'aiuto di Jozef ho detto ad Hinga di farlo portare nel laboratorio, così oggi ho proceduto con gli stessi prigionieri e i risultati ottenuti sono stati molto interessanti. A parte i tempi di assorbimento ridotti e l'immediata nausea, i soggetti sono caduti in preda ad allucinazioni piuttosto forti, erano fortemente agitati e balbettavano parole confuse nella loro lingua. Tutto ciò è durato un'ora e mezza in modo costante - in alcuni momenti ho dovuto tenerli fermi sul lettino altrimenti sarebbero cascati tanto si muovevano - dopodiché sono scivolati nel solito torpore rimanendo con gli occhi spalancati e la bocca aperta. A questo punto Jozef ha fatto la sua parte; s'è messo seduto prima accanto al soldato polacco e si è fatto raccontare cosa aveva visto; nel delirio il detenuto ha detto di aver veduto degli strani uccelli volteggiare sopra la sua testa, emettevano un suono assordante e sembravano intenzionati a mangiarlo vivo con i loro robusti becchi, poi aveva il terrore che la stanza si stringesse come una morsa per stritolarlo e, mentre parlava, si guardava attorno con occhi agitati. Ha rievocato la guerra e la famiglia che è stata sterminata dalle nostre truppe in un piccolo villaggio; nulla di strano a parte quanto ha detto subito dopo, in mezzo alle lacrime. «Mi ha toccato... toccato da tutte le parti, lui e Wladimir... hanno abusato... abusato di me...». Jozef è parso allarmato mentre mi riferiva queste parole, ed io confuso. «Chi ha fatto questo? Chi è stato?» gli ha chiesto Jozef, su mio ordine.

Il prigioniero ha balbettato qualcosa e il dolmetscher ha tradotto turbato: «Dice che è stato Heim ad abusare di lui, assieme al kapò Wladimir». «Domandagli se è sicuro» ho fatto perplesso. Dopo un attimo è giunta la risposta accompagnata da un gesto affermativo della testa. Anche l'ebrea, interrogata sul fatto, ha dichiarato di essere stata violentata dal blockführer e dal kapò negli ultimi giorni.

Questa rivelazione mi ha stupito per due ragioni; la prima è il fatto che abbiano raccontato una verità per la quale sanno che verranno puniti, la seconda è che tutto questo sia opera di Bruno Heim. Non mi aspettavo che un individuo del genere, per quanto introverso ed ambiguo, potesse essere capace di questo sadismo; immaginavo più propensi tipi come Bachmann, Fischer o Moser - probabile che lo facciano senza che venga saputo - ma avevo sopravvalutato Heim ed è stato un errore perchè s'è rivelato più infimo di quel che sembra. Dato il comportamento che tiene nei miei confronti ho pensato di tenere per me questa preziosa informazione, e fingere di essere all'oscuro di tutto; potrei sempre usarla per metterlo in cattiva luce proprio con il comandante - e non credo che Piorkowski sia felice del fatto che un suo protetto è un omosessuale. Ho lasciato che i prigionieri si riprendessero, dopodiché c'è stata un'altra sorpresa; l'ebrea ha biascicato qualche parola, mettendosi seduta e guardando con stupore l'ambiente. Ho detto a Jozef di tradurmi le sue parole, e la donna ha domandato perché si trovasse qui e che luogo fosse questa stanza; il dolmetscher ha tentato di spiegargli, ma lei era intontita e persa e ha continuato a non capire dove fosse in realtà. Anche il soldato aveva la stessa sensazione.

E' presto per tirare conclusioni poiché ho bisogno di altre prove per quanto riguarda la scopolamina, ma gli effetti notati in queste prime sperimentazioni mi incoraggiano; sembra che la sostanza, da ultimo, abbia prodotto un'amnesia retrograda a breve termine visto che i soggetti non ricordavano di essere stati condotti nel laboratorio, ma rammentavano eventi anteriori di qualche giorno, come il fatto di aver subito violenze sessuali. Oltretutto pare abbiano perso in parte la volontà lasciandosi andare a una confessione, senza rendersi conto delle conseguenze che potrebbe avere; non credo siano stupidi al punto da incolpare una SS di un misfatto e riferirlo a un medico del campo come me. A quale fine raccontare tutto per subire una terribile punizione? Il punto è che, in quel momento, non erano consapevoli di farlo e dunque devo pensare che la sostanza li abbia resi succubi.

Domani proverò con altri detenuti per appurare questa mia teoria; se posso mi recherò di persona alla baracca 10, giusto per vedere il volto di Heim e sorridere compiaciuto dentro di me.

13 aprile 1940

Nella mattina non ho potuto fare nulla perché il convoglio era atteso per mezzogiorno, ed alcuni häftlingen della baracca 10 erano troppo debilitati per reggere la somministrazione di un allucinogeno; è stato Bachmann ad avvisarmi della novità, non senza un minimo di piacere che velava le sue labbra. Ho approfittato per riordinare i miei appunti e iniziare una relazione su quanto ho scoperto finora, promettendomi di terminarla non appena avrò una mole esauriente di dati. Ho mangiato nella mensa ufficiali sul presto e ho visto lo Scharführer Heim seduto a un tavolo con Staffelsburg e Niemens; mi è sembrato strano vederlo in compagnia di costoro, quando fino a qualche mese fa lo trattavano come un idiota qualunque. Appariva a suo agio in mezzo agli altri sottufficiali, o forse voleva darsi un tono e fingeva di esserlo, il che è possibile dato che riesce a nascondere certe peculiarità del suo carattere; indubbiamente è un uomo scaltro, ma non sa che c'è qualcuno in grado di riportarlo ad essere ciò che era. Nel momento in cui sono andato via mi ha rivolto un'occhiata distratta, come a significare che mi aveva visto.

Il treno è arrivato puntuale, e dopo l'appello, hanno trasferito i nuovi prigionieri nella baracca 10; io ero poco lontano in attesa di prendermi i soggetti per il mio lavoro, e ho osservato Heim e altre SS mentre sgomberavano la baracca dai muselmänner su cui avevo sperimentato ieri. Li hanno trascinati fuori sotto il sole che rivelava i loro corpi nudi e ossuti, poi li hanno fatti camminare fino al piazzale e, messi in riga, li hanno uccisi con un colpo di pistola alla nuca. A quanto pare Heim non aveva ricevuto ordine di sparare, e ha osservato la scena con un ghigno sprezzante; poi è tornato alla baracca e ha sistemato i nuovi arrivati. Mi sono diretto verso di lui, quando è sopraggiunto alle mie spalle il rapportführer - un ragazzo alto e robusto - che mi ha abbaiato: «Cosa ci fa qui, Herr Schultz? E' di nuovo alle selezioni?». «Veramente no. Intendo portare due prigionieri nel laboratorio» ho risposto. Lo sguardo del rapportführer era quello di chi non molla la preda. «E' un ordine del comandante?» Ho esitato un secondo; se mentivo sarei stato scoperto subito. «Non ho ordini specifici, Herr Rapportführer. Però i detenuti su cui lavoravo li avete appena fucilati e sono costretto a prelevarne altri due; Herr Kommandant segue da vicino gli sviluppi delle mie ricerche e non penso gli faccia piacere che siano interrotte per un intoppo logistico. Spero che lei comprenda». Il viso del giovane s'è ammorbidito dopo le mie parole, e mi ha detto che comunque avrei scelto sotto la sua supervisione. Così mi ha scortato alla baracca, e davanti allo sguardo duro e impassibile di Heim fuori dall'entrata, ho portato i due detenuti nel block 5 dove ho potuto finalmente riprendere i miei studi.

I prigionieri non facevano parte dell'ultimo arrivo, ma la loro salute era bastevole per la somministrazione della scopolamina; dopo aver fatto preparare due siringhe a Hinga, ho mandato a chiamare Jozef che è giunto pochi minuti dopo tutto trafelato, mettendosi seduto su uno sgabello in mezzo ai due lettini. Ho fatto le endovenose a queste ebree e non ho atteso che venti minuti per la comparsa dei primi sintomi già notati le volte precedenti dopodiché, alla nausea, sono subentrate le allucinazioni che si sono protratte per circa quaranta minuti. Mi sono fatto tradurre il loro confuso balbettio, così il fedele dolmetscher mi ha spiegato che una delle due temeva che la finestra esplodesse in un lampo di luce che l'avrebbe accecata e che la parete di fronte stava cadendo sopra di lei, l'altra invece era spaventata da una serie di voci che le perforavano i timpani, e tutto intorno a lei vedeva delle ombre somiglianti a strani animali che non sapeva definire. L'effetto che mi interessava vedere una volta ancora si è presentato subito dopo, quando una delle due si è lasciata andare a una confessione raccontando di essere stata violentata dal blockführer la scorsa notte; interessante è stato il fatto che abbia riferito ogni singola azione subita come l'essere stata sodomizzata a turno, poi violentata da entrambi nello stesso tempo (specificando che gli autori erano Heim e Wladimir) e costretta a bere il loro sperma per poi vomitare. Hinga ha tenuto la testa bassa in evidente imbarazzo nell'ascoltare tutto ciò, mentre io ero stupefatto dal potere che quella sostanza esercitava sul cervello di una persona. Altrettanto sembrava aver ricevuto anche l'altra ebrea, la quale era stata anche picchiata sulla vagina con un attizzatoio. Entrambe le donne sono state colpite da amnesia retrograda, come immaginavo, e si sono mostrate stupefatte di trovarsi sdraiate sul lettino di un laboratorio poiché non si capacitavano di come vi fossero giunte.

E' sorprendente come questa sostanza annulli ogni volontà nel soggetto; ad ogni domanda rispondono direttamente specificando ogni informazione, comprese quelle che potrebbero essere compromettenti per la loro incolumità; ogni freno inibitore sembra dunque scomparire. A questo punto dovrò osservare gli effetti collaterali dell'assunzione della scopolamina, soprattutto annotare i tempi necessari perché l'organismo smaltisca la sostanza.

Mi è tornato in mente quando dissi a Piorkowski che avrei studiato l'effetto di certi farmaci sul cervello, magari con la possibilità di scoprire il siero della verità, cosa che non contemplavo nei miei progetti, puro pretesto per motivare ulteriormente la mia richiesta di avere il laboratorio dove mi trovo adesso; invece ecco che quanto ho veduto mi dice che s'è aperta un'altra strada da seguire, e che non sia proprio da scartare l'ipotesi che abbia appena trovato il siero della verità, o meglio la quantità ideale di scopolamina per trasformare un prigioniero in una fonte di informazioni, anche se è da verificare il loro grado di attendibilità. Sola dosis venenum facit diceva Paracelso.

In quasi quattro settimane di addestramento non ho avuto un momento per scrivere, e quando l'ho avuto mi è mancata la forza. Sembra strano, ma è così. Abituato ormai da anni ai ritmi di vita di un medico e studioso, quella prontezza fisica che avevo acquisito quando entrai nelle SS era svanita e ho dovuto impegnarmi per recuperarla; anzi sono stato obbligato se volevo sopravvivere qua nel campo. Superata la prova scritta d'esame, siamo passati alle esercitazioni per ufficiali che - posso assicurare - non differiscono da quelle dei soldati semplici se non per il fatto che alla fine sei un superiore, ricevi una paga più alta e ti fai ubbidire agli ordini. Ma per il resto è dura, molto dura; tuttavia è giusto, e ti dona quella tempra che ti permette di affrontare qualsiasi situazione. Mi sono abituato alle levate mattutine all'alba, a indossare l'uniforme, prendere le armi e correre fuori davanti al Gruppenführer che ci squadrava come cani rognosi, ogni volta urlandoci che ci mettevamo troppo; con ciò intendeva che il tempo per questa operazione superava i quaranta secondi. Con addosso giacca, pantaloni, cartucciere riempite di sabbia, baionetta, fucile e elmetto ogni mattina abbiamo corso lungo il perimetro del campo per un'ora, poi pausa di dieci minuti, e ancora correre per un'altra ora; quando qualcuno si accasciava a terra esausto sopraggiungeva Eicke furioso, e lo riempiva di calci. Non erano pochi, fra ufficiali e reclute, a cedere sotto queste prove; fra di noi del corso ufficiali - e intendo io, Steinmetz, Feuerbach e Brunner in quanto formiamo un piccolo gruppo - abbiamo sopportato duramente ogni tipo di esercizio, contrastando una fatica e una stanchezza che è difficile immaginare se non le si sono provate. Su di me ha giocato a sfavore anche l'età, e in questo i miei trentacinque anni hanno mostrato un peso sulle spalle come se avessi avuto un fardello di venti chili. Malgrado sia riuscito ad adattarmi a tutto ciò senza mai crollare, la spossatezza alla fine era doppia rispetto allo Scharführer Steinmetz con i suoi ventiquattro anni - beccandomi ogni tanto qualche sua battuta ironica a riguardo. Al di là delle marce estenuanti nella campagna fuori Dachau, alcuni esercizi sono stati massacranti dal punto di vista dell'equilibrio psichico; dopo averci reso piuttosto resistenti allo sforzo fisico era importante provvedere a sviluppare i nervi di un soldato, soprattutto di un ufficiale che avrebbe comandato altri soldati. Eicke insisteva molto sulla tensione malamente sopportata durante un'operazione bellica delicata; molto spesso - ci diceva - avere i nervi saldi può significare non uccidere dieci nemici in più, ma evitare di farsi sparare. Per le esercitazioni con l'artiglieria ci hanno condotto nei pressi di una foresta distante diversi chilometri, e su una vasta radura hanno piazzato alcune mitragliatrici caricate con proiettili veri; non abbiamo avuto il tempo di preoccuparci di essere colpiti perché ci hanno obbligato a strisciare evitando la raffica di colpi, Eicke e altri comandanti ci puntavano le pistole urlandoci contro, e tutti sono partiti appiattendosi sul terreno erboso, strisciando sotto le pallottole che sfioravano di pochi centimetri i nostri elmetti. Nonostante i dolori alle gambe e le vesciche ai piedi per la marcia affrontata per giungere sul posto, ho strisciato osservando il tiro delle mitragliatrici che ci sputavano addosso tutti quei colpi, dicendo a me stesso: "Se non faccio attenzione, muoio". E' proprio quel pensiero che tira ogni nervo del corpo, ogni tuo muscolo spingendolo a compiere anche l'impossibile; una buona prova di nervi. Dopo averci istruito sull'uso degli obici, dei mortai e dei cannoni, per alcuni giorni ci hanno gettato su un campo dicendoci di evitare di farci schiacciare dai carri che presto sarebbero arrivati; di fronte avevamo una schiera di fitti alberi che non dovevamo oltrepassare, e in mano l'attrezzo tattico da scavo. Dopo un po' sono sopraggiunti i carri armati rullando sul terreno sassoso; mi sono voltato a guardarli constatando che erano troppi per poterli evitare. Ho preso a scavare con lo *spaten*, sempre più in fretta, facendo attenzione a non romperlo perché mi sarebbe costata la vita; intanto la buca si allargava, ma la terra tremava come scossa da un terremoto. Io ho continuato con più forza e velocemente, avevo l'uniforme intrisa di sudore, l'elmetto mi scivolava sugli occhi per la fronte madida, ma continuavo imperterrito anche se mi dolevano le mani per lo sforzo. Intanto si avvicinavano rapidamente, li sentivo molto bene; non avevo ancora finito che ho sentito i loro cingoli fermarsi a pochi metri da me. Ero in ginocchio e improvvisamente ho udito i passi pesanti di qualcuno, ma non ho fatto in tempo a guardare chi fosse che ho ricevuto un colpo violento allo stomaco, e uno sputo in faccia. «Guarda che buca hai fatto, faccia di merda! Meriteresti che quel bestione ti schiacciasse la testa... Un ufficiale delle Waffen sparisce sempre sotto un carro!». Dopo aver passato in rassegna a calci e insulti anche gli altri - solo pochissimi sono stati capaci la prima volta di farcela - Eicke è tornato al suo posto e ha urlato di ricominciare. Dopo due giorni ognuno di noi era in grado di scavare una fossa e nascondersi in poco tempo. Tornati a Dachau la scorsa settimana, abbiamo proseguito l'addestramento con il tiro a bersaglio a lunga distanza; nel mezzo a questo esercizio Eicke ha voluto porre un'altra dura prova di nervi solo per i soldati e - a quanto si diceva - lo faceva con i più scarsi in modo da liberarsene facilmente. Ordinava dunque a una recluta di mettersi al centro del poligono, mentre gli altri facevano circolo attorno; sulla testa del soldato piazzava una granata a salve priva della sicura, nascosta dall'elmetto. Questi doveva rimanere immobile e non farsi prendere dalla paura; le grida e gli sbeffeggiamenti dei compagni erano incitati dallo stesso Gruppenführer allo scopo di far vacillare il soldato. Se tremava facendola cadere a terra, non se la sarebbe cavata con poco; se invece esplodeva sopra la testa non andava poi meglio perché avrebbe perso l'udito, ma avrebbe dimostrato sangue freddo. Questo era l'obiettivo. Alle volte abbiamo assistito alla scena, e di reclute mutilate ne ho viste diverse; era chiaro che Eicke non voleva quegli uomini nella sua divisione, motivo per cui li sottoponeva a quella prova pericolosa sapendo che, in ogni caso, non avrebbero potuto più servire la Germania. Ecco perché a noi ci ha ordinato solamente di assistervi; gli ufficiali sono troppo importanti per sprecarli in quel modo.

Mancano due giorni al termine dell'addestramento; per quanto esausto come gli altri, ho appena finito di smontare e pulire il mio fucile. Comincio a non sentire più le vesciche alle mani o i muscoli indolenziti, né la durezza e le umiliazioni a cui mi hanno sottoposto nelle ultime settimane; non hanno fatto altro che ripetermi fino alla nausea che dovremo resistere a tutto, che una waffen-SS non teme il nemico né i suoi proiettili e che non dovremo avere pietà di nessuno. Ammetto la verità dietro questa retorica militaresca, ma soprattutto sento che tutto questo mi sta cambiando; ogni offesa di un superiore, ogni pugno, ogni calcio, ogni spietato incitamento a superare i propri limiti mi ha tolto dalla testa molte domande che prima mi ponevo, proprio perché qui devi credere esclusivamente nella volontà del Führer e nell'annientamento del nemico. Prima lo credevo in veste di medico; ora lo credo maggiormente imbracciando il fucile e urlando "Zu befehl, Herr Kommandant!".

23 aprile 1940

Ieri eravamo troppo stanchi per festeggiare le promozioni, ed è finita che ci siamo coricati sulle brande addormentandoci quasi subito con un sorriso stupido sulle labbra; il classico sorriso che compare per aver ricevuto un premio dopo un lungo periodo di fatiche e sforzi. Eicke ci ha detto che abbiamo tre giorni di riposo prima di prepararci al trasferimento; sembra che dall'Alto Comando sia prossimo l'attacco a ovest che Hitler da tanto sta meditando; ora capisco che l'offensiva dello scorso inverno contro la Norvegia e la Danimarca era il preludio necessario per piombare sulla Francia. Altro non sappiamo al momento.

Oggi invece ci siamo organizzati, occupando un po' di spazio su un prato per un pranzo all'aperto, ed ognuno ha contribuito con qualcosa; Steinmetz - d'ora in poi Hauptsturmführer - ha pensato subito ad accendere la goliardia generale portando birra e una bottiglia di champagne, Feuerbach un paio di bistecche mentre Brunner ha avanzato la richiesta di passare la notte a Monaco in qualche bel "posticino", richiesta che avrebbe dovuto presentare al Gruppenführer in giornata. Ho mangiato e scherzato come non facevo da molto tempo, dimenticandomi delle dure giornate che

204

sembravano trascorse come una stagione turbolenta; attorno a noi molti altri ufficiali e gruppi di soldati facevano altrettanto, sapendo che tre giorni sarebbero volati e una volta in partenza avrebbero dovuto scordarsi tutto questo. Prima di finire la bottiglia di champagne abbiamo brindato alle nostre promozioni, bevendo a sorsate e sdraiandoci sull'erba a fumare la pipa; io ero stato promosso Obersturmführer e comandante della 2° compagnia del 1° reggimento, Steinmetz era a capo della 1° compagnia dello stesso reggimento e Feuerbach della terza compagnia. Tutti inseriti nel primo battaglione comandato da Brunner che è diventato Sturmbannführer e che, per l'intero pomeriggio, non ha fatto che ripetere che dovevamo fare i bravi e portarlo da qualche ragazza perché lui era il superiore e doveva sfogarsi in vista di una lunga astinenza. «Lo faccio anche per voi, sono un superiore buono io!» ha scherzato. Purtroppo per lui il programma della serata è andato in fumo poco dopo, quando un ufficiale è venuto a comunicarci che ci sarebbe stata una cena a cui erano stati invitati gli ufficiali del lager più noi delle Waffen-SS. «Il Gruppenführer Eicke non gradisce le assenze, *meine Herren*» ha aggiunto vedendo il disappunto sulle nostre facce. Dopo che se n'è andato Brunner ha iniziato ad imprecare, maledicendoli tutti, mentre noialtri sorridevamo a vederlo furioso perché, in fin dei conti, non mi cambia molto fare una cosa piuttosto che un'altra. Quello che conta più di tutto è stare bene e godersi queste belle giornate, anche se in effetti non ho voglia di andare ad una cena che si preannuncia un po' noiosa; ma non mi sono rovinato il pomeriggio, e dopo aver sgombrato la confusione che avevamo fatto siamo tornati agli alloggi per darci una lavata e indossare un'uniforme pulita.

Invece di anticipare tutti come fa solitamente, Steinmetz ha indugiato sedendosi sulla branda a leggere una lettera appena arrivata da Monaco; la famiglia gli ha scritto. Così ho visto bene di lasciarlo solo a leggere, e uscire per primo.

Fresco nella sua uniforme feldgrau Werner camminava per uscire dal poligono, ne percorse il lato più lungo per sbucare dall'altra parte dove si trovò davanti la recinzione elettrificata del lager; guardò la torretta di guardia qualche metro più in là, con la sentinella che dondolava il capo da destra a sinistra. Aspettò che il suo sguardo vigile cadesse su di lui; dopo avergli fatto un cenno col braccio, proseguì fiancheggiando la rete in direzione sud, svoltò facendo un altro tratto e dietro l'ultima curva della recinzione scorse il cancello di ferro dell'entrata originaria del campo. Due guardie col fucile in spalla, notate le mostrine sul suo colletto, spalancarono i battenti facendolo passare; fatti pochi passi si trovò a calpestare la ghiaia di un piazzale grandissimo, alla cui sinistra si stagliavano due lunghe file di baracche; osservò con una certa curiosità un gruppo di prigionieri che scavavano le fondamenta di un nuovo edificio, mulinando la pala con movimenti stentati; una guardia li teneva d'occhio, mentre altri si spostavano a piccoli gruppi da una zona all'altra del campo, con le guardie che li spingevano a calci e colpi di bastone. Guardò alla sua destra un fabbricato che sembrava sorvegliasse ogni movimento come un gigantesco cane da guardia; di fronte all'entrata di questo edificio alcune SS fumavano e parlavano fra loro, volgendo di tanto in tanto un'occhiata distratta al piazzale; la durezza che emanava il luogo era così

207

intensa che nemmeno la luce sbiadita del tramonto riusciva a stemperarla.

Visto che non sapeva da quale parte del lager fosse stata allestita la cena, pensò di domandarlo proprio a quegli sfaccendati che stavano fumando in tutta tranquillità; prima di voltarsi, però, con la coda dell'occhio percepì una macchia bianca. Poi s'accorse che era un medico del campo che, con passo svelto, era uscito dal passaggio che tagliava le file delle baracche dirigendosi proprio verso le SS all'ombra dell'edificio.

Il suo viso spigoloso si allargò per lo stupore quando nell'uomo col camice riconobbe Heinrich.

Subito gli andò incontro con una certa baldanza, sicuro di coglierlo di sorpresa e ansioso di vedere la sua reazione; l'altro vide l'ufficiale venire verso di lui e si fermò, scrutandolo.

«Werner!? Che ci fai da queste parti? Non eri in Austria?» fu l'esordio del medico.

Quelle parole spontanee fecero svanire in un istante i tre anni che li avevano separati; quegli occhi verdi enigmatici che sapevano ingannare dissero a Werner che l'amico non era affatto cambiato. Lo stesso provò Heinrich.

«Se te lo dico non ci credi» rispose lui, abbassando lo sguardo sorridente.

Heinrich osservò perplesso l'uniforme grigio-verde e le mostrine sulle spalle, intuendo tutto. Cambiando tono gli disse:

«Sei entrato nell'esercito? Per quale motivo?».

«Mi sono arruolato nelle Waffen-SS, un corpo scelto che non ha niente a che vedere con la Wehrmacht. Comunque sì, è così».

Ci fu un attimo di silenzio, subito interrotto dal tono amareggiato del medico:

«Non posso credere che tu non voglia più fare il medico».

«Secondo me ora che sono un combattente servo nel migliore dei modi la Germania. Lo so che ti sembra strano, ma mi sentivo sottovalutato nel lavoro che facevo prima, benché fosse importante».

«Un soldato avrà la sua motivazione per sentirsi bene quando uccide il nemico, tu che sei un medico in cosa ti senti motivato nel farlo?».

Werner sospirò; non si aspettava una reazione tanto aspra nell'amico, e non sapeva in che modo spiegarglielo.

«La motivazione è la stessa in entrambi i casi; aiutare il proprio paese. Che lo faccia eliminando disabili e idioti o sparando contro un esercito straniero non cambia; è solo questione di metodo, Heinrich, non capisco perché te la prenda tanto».

«Mi hai sorpreso, non potevo certo aspettarmi che uno come te, un ottimo psichiatra, d'un tratto lasciasse la professione per combattere al fronte. La nostra battaglia è qui, contro gli ebrei, contro gli zingari, dobbiamo abbatterli e sfruttarli per il nostro bene e per il progresso della scienza... Se un medico si fa sparare le sue capacità di migliorare la vita vanno in fumo, amico mio!» replicò Heinrich, sempre più risentito dal suo atteggiamento. «E poi» continuò «quando mi hai scritto non hai accennato alla tua insoddisfazione, sembrava che tutto andasse bene... Perché mentirmi?».

«Non ti ho mentito. Questa decisione l'ho presa dopo che ti avevo scritto, tutto qui» precisò Werner, guardandolo tristemente negli occhi. Heinrich lo ricambiò con uno dei suoi sguardi glaciali, poi si guardò intorno come per cercare un senso a quanto avevo sentito, ma non c'era; non capiva le ragioni per cui lo stava facendo, e ciò lo deludeva. Ma non intendeva prolungare il discorso in quanto avrebbe finito per discutere.

«Devo andare, Werner. Quando parti per il fronte?» gli domandò, con un tono più freddo e distante.

Prima che ricevesse risposta un grido stanco e lamentoso distolse l'attenzione di entrambi per un istante; nel piazzale due guardie reggevano per le braccia un detenuto mentre un'altra lo frustava duramente alla schiena. Si udivano bene gli schiocchi della frusta, mentre un capannello di SS si godeva lo spettacolo.

«Ho tre giorni di riposo, poi partiamo per l'ovest».

«Capisco. Prima di incontrarmi, dove stavi andando?» incalzò Heinrich.

«Stavo cercando il posto dove si tiene una cena per gli ufficiali, stasera».

«Siete in vena di divertimenti, eh? Credo che tu debba andare agli alloggi delle SS, là vicino c'è anche l'ufficio del comandante. Vuoi che ti accompagni?».

Werner accettò e poco dopo giunsero insieme al luogo indicato dall'amico; i brevi minuti durante i quali camminarono non furono interrotti da niente, entrambi assorti da altre cose. Ogni tanto Werner aveva sbirciato il volto di Heinrich, ma quella freddezza che stava mostrando - sottolineata dalle ultime parole - lo agitava; d'altronde era sempre stato così, ma aveva l'impressione che in questo Heinrich fosse peggiorato negli anni.

«Ora devo davvero sbrigare altre cose, qui non si finisce mai. Se ti va scrivimi ogni tanto» si congedò Heinrich, non sapendo cos'altro dire.

Si guardarono un'ultima volta, con un misto di amarezza e nostalgia.

«Lo farò, non preoccuparti» lo rassicurò Werner, dopodiché l'altro annuì e si volse per andarsene.

«Rammenti cosa ci siamo detti spesso quando studiavamo insieme?».

Heinrich si fermò; non poteva non ricordare le serate intrise di scherzi e di passione verso gli ideali nazionalsocialisti. Volse la testa verso di lui e fu abbagliato dalla luce rossastra del crepuscolo che, da poco, inondava il campo.

«Bisogna lottare per essere nazionalsocialisti. Me lo ricordo» fece, schermando il bagliore con la mano.

Werner accennò un sorriso; quella risposta la poteva dare soltanto il vecchio Heinrich. Con le mani dietro la schiena, s'avviò verso gli alloggi.

L'altro osservò quella figura circonfusa di luce sparire; poi tornò a lavorare.

20 gennaio 1939

Sono stanco di un mese di viaggio per mare, e ora che siamo approdati sulla banchisa polare sto provando di persona cosa significhi non avere il tramonto. In questo periodo dell'anno il sole sfiora l'orizzonte e sparisce debolmente solo per poco tempo, lasciando un forte chiarore nel cielo per poi spuntare di nuovo e tenersi basso; avrei bisogno del buio per dormire, invece è sempre giorno dopo ben ventidue ore e accuso un forte mal di testa.

E' stata - ed è - una lunga giornata soprattutto per il lavoro che abbiamo iniziato a svolgere; come pianificato, il capitano Ritscher ha dato ordini precisi di scandagliare l'entroterra ghiacciato, mentre una parte dell'equipaggio sarebbe scesa dalla nave per una breve escursione; ero particolarmente fiacco rispetto ad altri colleghi - forse perché non sono abituato a lunghi viaggi - per cui non mi sono fatto avanti a partire ma, a detta di Ritscher, era necessario che qualcuno s'imbarcasse a bordo di uno dei due idrovolanti per scattare fotografie che sarebbero servite per aggiornare le mappe in nostro possesso. Dopo un'ora di preparativi per rifornire il velivolo e installare le fotocamere Zeiss, nonché la strumentazione da portare a bordo, sono salito sul *Boreas* - così lo hanno chiamato - assieme al cartografo Siegfried Binding il quale si sarebbe occupato delle fotografie. Dal ponte della nave non tirava un alito di vento, ma ho dovuto ricredermi quando mi sono seduto in cabina dietro il pilota; essendo l'abitacolo scoperto, poco dopo il decollo, avevo sopra la testa un vento gelido che mi tagliava come una lama. Per fortuna che la temperatura non superava i -20 °C, altrimenti sono sicuro che sarei morto. Mentre volavamo e pativamo il freddo godevo di una vista che pochi possono immaginare; tutto attorno c'era l'azzurro del cielo lambito da una sconfinata distesa bianca con riflessi bluastri. Come nel momento in cui sono arrivato e mi sono affacciato sul ponte del mercantile trovando di fronte un muro bianco e silenzioso, anche qui l'impressione che ho avuto è quella della calma senza fine, di una pace che fa dimenticare la civiltà dalla quale veniamo. Mentre si guarda un paesaggio simile non esiste più niente; sembra un paradiso di ghiaccio mai toccato da anima viva.

Abbiamo percorso un centinaio di chilometri in direzione sud, sorvolando persino dei rilievi montuosi nel mezzo alle distese ghiacciate; nella cabina passeggeri dentro lo scafo il doktor Binding mi illustrava la posizione sulla mappa, mostrandomi dei luoghi raggiunti in precedenza dalle spedizioni norvegesi anche se, da quella quota, non si riusciva a distinguere nessuna bandiera o tendaggio lasciato dagli esploratori. E' stato sempre Binding a spiegarmi cosa ci facessero delle casse imballate sistemate in fondo allo scafo dell'idrovolante; quando l'ho aperte ho visto le decine di bandiere che vi avevano sistemato, così io e lui abbiamo compiuto il nostro dovere di rivendicare il territorio sul quale eravamo giunti. Attraverso gli oblò sopra le nostre teste ci siamo affacciati fuori ed abbiamo incominciato a gettare le bandiere con la svastica che volavano giù in maniera vertiginosa grazie alle pesanti aste metalliche che le avrebbero piantate sul suolo ghiacciato. In quel momento ho avuto la bellissima sensazione di aver conquistato un nuovo territorio. Alternando il lancio delle bandiere alle fotografie che scattava il cartografo, abbiamo volato per circa tre ore senza scorgere nulla di insolito; quando ci siamo abbassati a una quota di 300 metri circa, in alcuni punti ci è sembrato di notare dei laghi non segnalati dalla mappa, oltre a zone dov'era presente un po' di vegetazione. Io e Binding abbiamo annotato la posizione per farne rapporto al capitano nella speranza di tornarci di persona e compiere - se possibile - un atterraggio in loco. Al rientro Ritscher ci ha interrogato sui risultati dell'esplorazione, e ciò che abbiamo detto lo ha spinto a far partire un altro volo però in direzione sud-est; stavolta sono partiti un biologo e un ingegnere che avrebbero valutato una possibile zona per costruire una base. Mi sono sembrate strane le parole del capitano - peraltro convinto di ciò che aveva appena detto - e non ho esitato a chiedere spiegazioni. «Perché le sembra tanto strana la costruzione di una base, se il terreno è favorevole prepareremo un punto d'appoggio per le prossime spedizioni. E poi ordini dall'*alto*, lei sa come funziona, Herr Hauptscharführer». Questa è stata la risposta. Ammetto di non vederci molto chiaro a questo punto, ma non intendo preoccuparmi; visto che sono qui come antropologo i miei compiti mi portano ad occuparmi d'altro. Prima di cenare - perché doveva

214

essere l'ora di cena grosso modo - il capitano ha voluto aspettare il rientro del *Passat* per conoscere l'esito della perlustrazione; nel frattempo sono sceso sulla banchisa insieme ad altri studiosi, e dopo aver messo su alcune tende per ripararci dal freddo, li ho aiutati a scaricare la legna e tutto il necessario per scaldarci. Ovviamente avremmo dormito sul mercantile ma, come mi ha detto uno di loro, avevano intenzione di dare un'occhiata al territorio circostante in cerca di una spaccatura nel ghiaccio che consentisse un miglior atterraggio per gli idrovolanti; probabilmente avrebbero percorso diversi chilometri a piedi, ma avrebbero fatto ritorno prima del velivolo. Io sono rimasto qui sotto la tenda e con il falò acceso; scrivo il mio primo giorno al Polo Sud in attesa che ritornino tutti alla nave, e che il sole scenda un po' di più, quel tanto che basta per chiudere gli occhi.

Mi manca Hilda. Chissà cosa fa. Per un breve momento
mi è passata davanti agli occhi la mattina che sono
partito; ricordo di averla guardata appena alzatomi.
Dormiva serenamente; l'ho lasciata così, chiudendo la
porta. Anche nel sonno sentivo il suo astio addosso;
tuttavia vorrei che fosse qui. Tutto questo ghiaccio,
questo freddo, quest'acqua che non ha confini visibili
mi disturba, mi mette tristezza; quasi certamente i miei
colleghi ritengono che l'intero continente sia disabitato,
il che comincia ad angosciarmi. Può darsi oggi non sia
dell'umore giusto per scrivere; l'unica cosa che mi
risolleva - in questo momento - sono queste piccole ed
inaspettate sorgente termali che siamo tornati a visitare
di persona e che mi riscaldano col loro tepore; ieri notte
io e il cartografo Binding abbiamo passato un'ora a
sviluppare le fotografie ed analizzarle nel dettaglio. Ci
siamo accorti che quelli che apparivano come
piccolissimi laghi, a una considerevole altezza, altro
non erano invece che sorgenti d'acqua calda che sgorga
dal sottosuolo, per quanto l'ingrandimento
dell'immagine poteva mostrarci. Siegfried ha chiesto il
parere di altri esperti che sono qui con noi, ottenendo
opinioni contrastanti; alcuni hanno trovato la nostra

ipotesi assurda, altri sono apparsi concordi. Dopo aver fatto rapporto al capitano - ed aver chiesto di effettuare un altro volo in quella regione - siamo dunque partiti a bordo del *Boreas* giungendo nei pressi del luogo indicato dalle foto. Abbiamo avuto la conferma di quanto pensavamo; trovare una sorgente termale a - 25 °C ha stupito tutti quanti. Lungo il bordo del terreno e in mezzo alla neve crescono una varietà di licheni e del muschio; è così strano vedere una cosa del genere che ho l'impressione di guardare un dipinto gigante che qualcuno ha lasciato qui. Non saprei descrivere la sensazione che provo nel sentirmi accarezzato dal calore in questo gelido posto; neanche la barba che ho lasciato allungare mi protegge il volto dal freddo, e sento sempre la pelle tirare. Intanto che godo di questa piacevolezza che mi riscalda, Binding e il biologo Ulrich Faber prendono campioni dell'acqua e della vegetazione per poterli analizzare con calma quando torneremo all'accampamento; a proposito di Faber mi è venuto in mente adesso quello che mi ha raccontato durante il tragitto. Ieri era lui a bordo del *Passat* assieme a un ingegnere di Stoccarda, il doktor Koch, allo scopo di sorvolare una parte delle regioni situate a sud-est per installare eventualmente una base d'appoggio in vista di future spedizioni; le fotografie che hanno scattato non hanno rivelato nulla di che, fatta eccezione per quella che hanno definito un'anomalia. Proprio fra le pareti delle montagne si nota un buco, una specie di grotta; tenendo conto della quota a cui volavano deve avere un'ampiezza di venti-trenta metri circa. Ciò che non torna è che pare troppo precisa per essere di origine naturale, mi ha detto mostrandomi tutta la sua perplessità a riguardo; inoltre mi ha confessato di non aver mostrato la fotografia a nessuno, escluso il capitano che ha esternato le loro stesse perplessità, e Koch che ritiene troppo rischioso e costoso costruire una base scientifica in un luogo così impervio. Ecco che mi viene in mente il caso di Schäfer in Tibet e delle fotografie che mi fece vedere Sievers; apparivano sfuocate in modo strano. Anche lì era presente un'anomalia, ma credevano fosse dovuta a un errore umano; loro non hanno detto che la fotografia è sfuocata, hanno invece parlato di un'anomalia visibile sul terreno. E' da escludere il paragone con la spedizione in Tibet, ma mi fa pensare una cosa; perché accade di scoprire qualcosa di strano anche qui, qualcosa di inspiegabile? Perché in Tibet e in Antartide, due dei principali luoghi che la Blavatsky affermava fossero gli ingressi per il regno di Agarthi? Non voglio viaggiare con l'immaginazione tirando fuori ipotesi che non posso provare; quel che è certo è che bisognerebbe atterrare vicino a quelle montagne ed esplorare di persona il luogo per togliere ogni possibile dubbio su cosa sia realmente. Appena torniamo parlerò con Ritscher sulla possibilità che quella grotta sia abitata, e spero che mi darà il via libera per partire.

Seguendo la banchisa avevano già fatto diverse centinaia di chilometri in direzione est, poi avevano dovuto atterrare sull'acqua e rifornirsi; erano in viaggio da un paio d'ore e, secondo i calcoli, avrebbero impiegato altrettanto per raggiungere il punto stabilito. Non avevano incontrato forti venti né perturbazioni, ma quando l'idrovolante iniziò a virare per andare a sud, entrato nell'entroterra antartico, furono sballottati un po' da raffiche che dovevano superare i cento chilometri l'ora; ma tutto cessò in breve tempo. Non appena l'Oberleutnant Schröder avvistò la catena montuosa alzarsi sopra il deserto di ghiaccio, annunciò ai membri dell'equipaggio che sarebbe sceso di quota in cerca di un posto dove atterrare. Dopo qualche minuto la sua espressione si corrugò; non riusciva a trovare una distesa nevosa abbastanza spaziosa per le manovre, e non c'era da stupirsi che fosse così in prossimità delle montagne. Sorvolò un'ampia zona ancora un po'; rassegnatosi virò di nuovo e si allontanò di alcuni chilometri tornando indietro. Alla fine intravide un posto che faceva al caso loro, e planò effettuando un atterraggio morbido.

Attese che si dissolvesse la nuvola di neve sollevata dal motore appena spento, poi si rivolse a Klaus e Siegfried che si erano affacciati dagli oblò:

«Potete scendere».

«Le montagne sono laggiù. Dove siamo atterrati?» domandò Klaus, osservando preoccupato l'ambiente circostante. Intanto sia lui che Binding scesero dal velivolo, e lasciarono il portellone aperto per scaricare tutta l'attrezzatura.

«Non c'era un posto più vicino dove atterrare, avremmo rischiato di rimanere bloccati così ho dovuto allontanarmi di alcuni chilometri» spiegò l'Oberleutnant, togliendosi gli occhiali che aveva portato per tutto il viaggio.

«Ci vorrà un'ora, forse due di cammino» commentò rivolto a Binding, il quale lo ricambiò con una faccia come per dire "non possiamo farci nulla".

Scaricarono gli sci, i ramponi, i sacchi a pelo, alcune bombole di gas per cucinare e scaldarsi e un grosso sacco con i viveri; poteva sembrare esagerato, ma dovevano calcolare ogni eventuale imprevisto che li avrebbe costretti al freddo per molto tempo oltre il dovuto. Appena indossati gli scarponi chiodati e con tutta l'attrezzatura legata sopra le spalle, il cartografo estrasse la mappa e controllò ancora la posizione.

«Qualcosa non torna?» fece Klaus spalancando leggermente i suoi occhi neri.

Con la testa china sulla mappa il collega fece cenno di no.

«Il punto preciso si trova a 66° 36' 12.63'' S e 99° 43' 13.13'' E, vale a dire proprio in mezzo a quei picchi ghiacciati. Andiamo» disse Binding, affondando i primi passi nella neve alta.

Klaus s'incamminò dietro di lui, mentre Schröder li guardò allontanarsi lentamente fino a che non divennero due puntini neri in quel mare bianco.

Dopo aver camminato per un'ora afferrarono i ramponi e continuarono aiutandosi con quelli, mentre le pareti rocciose si facevano sempre più vicine stagliandosi sul cielo chiaro come il mare; Klaus era impaziente di arrivare a destinazione, tutta la fatica che sentiva poteva essere ripagata con ciò che avrebbe visto, oppure stava facendo tutto questo per non trovare niente. Però ci credeva ed ogni passo avanti lo faceva sentire vicino alla verità.

Venne il momento di scalare la montagna, e la prima preoccupazione espressa da entrambi fu l'ossigeno; l'aria era abbastanza rarefatta al livello del mare, lassù avrebbero avuto serie difficoltà a respirare. Si consultarono rivedendo le coordinate; alla fine constatarono che la grotta doveva trovarsi a circa trecento metri di altezza, e che non era impossibile raggiungerla senza l'ausilio delle bombole. Non avevano la certezza, ma erano disposti a rischiare. Qualche metro più in là, fra alcune rocce che spuntavano dal terreno, s'apriva un rude stradello innevato; lo imboccarono e presto lasciarono i ramponi per impugnare i picconi.

Aiutandosi con le corde e i pioli salirono adagio lungo il ripido fianco della montagna, spostandosi sempre più a est; in certi punti il ghiaccio faceva slittare i loro passi, costringendoli a prestare la massima attenzione ad ogni movimento. Dopo aver raggiunto i primi cento metri un forte vento cominciò a soffiare contro; entrambi avevano le mani occupate per prendere gli occhiali e ripararsi, perciò dovettero sopportare quelle raffiche schiacciandosi contro la roccia. Allo stesso tempo cominciavano a provare più fatica, e a respirare a grandi boccate quell'aria povera d'ossigeno. Andarono avanti in questo modo per molto tempo ancora e alla fine dei loro sforzi, alzando gli occhi, intravidero la famigerata caverna aprirsi sopra di loro come un'enigmatica bocca. Klaus si fermò a fissarla per qualche istante, poi continuò a salire rapito da una forte emozione; salirono sulla sporgenza che precedeva la grotta vera e propria, e s'alzarono in piedi ammirandola come se fosse un sacro tempio. Per Klaus forse lo era; pensò che il doktor Koch avesse ragione nel dire che fosse pressoché impossibile portare del materiale fin quassù e costruire una base.

L'apertura che avevano dinanzi era alta almeno venti metri e larga una decina, più che sufficiente per far passare un aereo; s'avvicinarono camminando su uno strato di ghiaccio ben levigato, al punto da sembrare lavorato dall'uomo. Così come lo erano i bordi di questa gigantesca apertura, senza la presenza di neve e perfettamente lisci.

«E' troppo strano» mormorò come fra sé Klaus, continuando a guardare con un misto di stupore e ammirazione.

«In effetti non posso darti torto, Steiner. Non esistono in natura delle formazioni naturali tanto perfette. Ammesso che si tratti dell'erosione della roccia causata dall'acqua prodotta dalla neve disciolta - un'ipotesi molto lontana dalla realtà - non si spiega comunque la precisione di questa formazione» confermò Binding.

«Prendo la torcia tascabile, voglio vedere quant'è profonda» fece l'altro, togliendosi il sacco dalle spalle e buttandolo a terra. Trovò la torcia, l'accese e la puntò verso il buio; col cono di luce seguì la parte superiore dell'interno della caverna, notando che tendeva a scendere in basso.

«Scende in profondità. Non è una grotta, Binding. E' l'ingresso di un cunicolo» disse con un moto di sorpresa che smorzò la sua voce rauca.

«Dobbiamo entrare e vedere cosa c'è».

Binding aveva uno sguardo preoccupato, e respirava in modo affannoso; ebbe l'impulso di tirarsi indietro e lasciar perdere.

«Vuoi aspettarmi qui?» domandò Klaus in tono di scherno.

«Con tutta la fatica che ho fatto, non ci penso proprio» rispose l'altro, dopodiché lasciò lo zaino a terra, prese la sua torcia e una macchina fotografica.

«Non so quanto ci vorrà» disse l'antropologo. Dopodiché fecero qualche passo e furono inghiottiti dal freddo e dall'oscurità.

I loro zaini rimasero incustoditi per ben due ore. Quando uscirono né Klaus né Siegfried si rivolsero parola, come intontiti per una botta in testa; spensero le torce voltandosi ad osservare ancora quell'antro buio, domandando a loro stessi se avessero perso il lume della ragione. Confusi, si sedettero sul ghiaccio senza pensare a niente; stettero così alcuni minuti, poi Binding si rivolse a Klaus:

«Non è possibile».

Klaus si girò verso di lui, guardandolo negli occhi; il collega non lo conosceva così bene da scorgere in quegli occhi una luce diversa.

«Ora è tutto chiaro, caro Binding» gli disse.

L'altro annuì silenziosamente a quelle oscure parole.

«E' meglio iniziare a scendere altrimenti l'Oberleutnant Schröder ci darà per dispersi» propose il cartografo, al che Klaus s'alzò in piedi avvicinandosi al suo zaino. Prese il piccone, lo strinse bene in mano e tornò verso il collega che era ancora seduto; lo colpì duramente alla testa, conficcando la punta dell'arnese nel suo cranio.

Binding emise un grugnito e cadde a terra su un fianco; da dietro la nuca cominciò ad espandersi una pozza di sangue.

Klaus lo fissò con una straordinaria calma, come se avesse spaccato una noce di cocco; poi si chinò su di lui prendendo la macchina fotografica che aveva al collo, e cercando i documenti nel giaccone. Non trovò nulla. Allora frugò nell'attrezzatura, trovando il documento d'identità; cercò la scatola di fiammiferi, e riparando il foglio con le mani, ne accese uno dando fuoco all'intera scatola e al documento del collega morto; dopo un minuto l'identità di Binding volava sottoforma di cenere sopra le montagne antartiche. Posò da una parte l'apparecchio fotografico, accanto al piccone insanguinato, poi tornò sul cadavere e lo afferrò per le gambe trascinandolo sul bordo della sporgenza. Gli diede un calcio e lo lasciò cadere dal dirupo, udendo il rumore che faceva urtando le rocce. Se mai qualcuno lo avesse trovato, sarebbe stato un cadavere congelato senza alcun nome.

«Ciò che ho visto è troppo importante perché lo condivida con qualcuno. Io solo merito la fama e gli onori del Führer per questa scoperta» sussurrò fra sé.

A tutti avrebbe raccontato di una terribile frana all'interno della grotta, durante la quale il doktor Binding era rimasto ucciso; non avrebbero certamente compiuto un altro volo a duemila chilometri di distanza per verificare la sua versione dei fatti e, anche in tal caso, non avrebbero trovato nulla.

Dopo aver ripulito il piccone ripose tutti gli oggetti nel suo sacco, se lo mise sulle spalle pronto a ridiscendere per tornare all'idrovolante; prima però sollevò il sacco del cartografo e lo fece rotolare giù, esattamente come aveva fatto con il suo corpo.

Ora che era tutto sistemato, decise di scendere.

KRIEGSTAGEBUCH

15 maggio 1940

L'attesa è un momento noioso che prelude a un evento, magari a qualcosa di eccitante che una persona spera, ma superarla richiede una pazienza che sfibra l'essere umano; a mio avviso non è granché iniziare un diario di guerra con una lunga attesa come nel mio caso e comincio ad essere stanco di non far nulla, di scambiare le stesse banali opinioni con i camerati, di sentire i comunicati radio, e di non partecipare all'offensiva scoppiata cinque giorni fa. Quando ci è stato comunicato che saremmo stati dislocati al confine con l'Olanda, nell'arco di poco tempo ci hanno caricato sui treni merci e da Dachau abbiamo sopportato un lungo e faticoso viaggio, intervallato da numerose soste per il cambio personale, mentre il reparto Panzer sfilava rumorosamente ingombrando le strade nei pressi della ferrovia. Siamo scesi definitivamente vicino alla cittadina Goch, trovando i campi intorno letteralmente occupati da interi reggimenti di fanteria, di artiglieria e un gran numero di Panzer che rivolgevano i cannoni verso le campagne olandesi. Era la prima volta che ammiravo quello sfoggio di bellezza militaresca e di orgoglio tedesco che si estendeva per oltre un chilometro, coprendo il terreno come un enorme tappeto; mentre seguivo il 1° battaglione con dietro i miei uomini, ho immaginato per un momento come sarebbe vedere quella massa di ferro, carne e fucili esplodere in ripetute detonazioni muovendosi senza sosta. Dopo esserci accampati e messo su le tende per ripararci dal caldo è sopraggiunto un gruppo di motocarrozzette e due autoblindo che si sono fermati sul ciglio del campo dove eravamo; da uno dei veicoli è sceso lo Sturmbannführer Brunner che, appena mi ha scorto seduto sull'erba a mangiare, s'è precipitato baldanzoso: «E' stanco del viaggio, Obersturmführer? Continui pure a mangiare quelle gallette, per quanto ne so siamo nella riserva del Gruppo d'Armate B comandate dal Generalfeldmarschall von Bock, e ancora non siamo stati chiamati». La notizia poteva essere di sollievo per quei soldati reclutati obbligatoriamente, ma per noi era un duro colpo ai nervi; significava attendere per chissà quanto tempo. «Eicke sta facendo i salti di gioia» ho commentato con un mezzo sorriso. «E ne avrà per molto, credo. Quella che vede è la 18° Armata di von Küchler, quelle di von Reichenau sono di stanza più a sud; Eicke mi ha spiegato che dall'OKW vogliono attuare il *sichelschnitt* grazie al Gruppo d'Armata A che passerà la foresta delle Ardenne e accerchierà le truppe francesi compiendo il *colpo di falce*. A quanto ho capito le armate di von Bock faranno un attacco diversivo per impegnare il grosso delle truppe nemiche; ma niente è certo, a parte il fatto che probabilmente la nostra

227

divisione servirà ad occupare l'Olanda». «Sembra un'ottima strategia, se solo potessimo prendervi parte» gli ho risposto con disappunto. Brunner ha guardato avanti annuendo, poi mi ha salutato ed è montato sull'autoblindo che è ripartito per raggiungere il suo battaglione. Avevo già sentito dire del piano di attacco, ma le voci erano alquanto confuse e gli unici ragguagli li avevo appena ricevuti proprio dal vecchio Brunner; era evidente che Eicke parlava molto con i suoi ufficiali, altrimenti il mio amico non poteva conoscere certi dettagli. Nel pomeriggio dello stesso giorno sono arrivati i rifornimenti di benzina e di provviste, senza altre novità; durante la notte - non ricordo bene l'ora - c'è stato del trambusto fra le divisioni della diciottesima. Mi sono svegliato udendo delle voci lontane, mentre una colonna motorizzata passava a pochi metri lungo la strada verso nord; gli ufficiali sulle auto urlavano qualcosa ai loro uomini che li precedevano a bordo di motociclette e autoblindo. Allora mi sono spostato dalla tenda avvicinandomi alla strada che, passando per un rilievo, offriva una buona visuale sulle forze schierate; a centinaia di metri scorgevo drappelli di soldati muoversi attraverso i campi a ovest, seguiti dall'artiglieria e dai carri armati. Dopo poco un pallido sole portava l'alba sulle pianure; l'offensiva aveva inizio. Io sono rimasto a guardare ammirando l'avanzata della Wehrmacht, e i giorni seguenti sperando di ricevere l'ordine di avanzare in territorio nemico; ma le mie aspettative sono state presto deluse. Il giorno dopo, 11 maggio, abbiamo saputo che la 18° di von Küchler aveva raggiunto Breda dando man forte alle truppe aviotrasportate che, la notte del 10, avevano occupato i ponti di Dordrecht e il

viadotto di Moerdijk; un radiofonista della 3°
compagnia del primo reggimento aveva ricevuto ordine
da Eicke di mettersi in contatto con von Küchler e così
era stato ragguagliato sulla situazione. Il Gruppenführer
ha suggerito al generale di spostare la nostra divisione
verso il fronte, ma ciò ha causato un diverbio e Eicke,
infuriato, è rimasto al posto di comando ubriacandosi di
vodka. Nei momenti di lucidità l'ho visto richiamare lo
stesso radiofonista per mettersi in contatto con il fronte,
e le notizie che ci arrivavano erano piuttosto
incoraggianti; la mattina del 12 cedevano le ultime
difese di Rotterdam e le divisioni francesi del generale
Giraud erano sotto il fuoco della Luftwaffe. L'interesse
scaturito nel seguire la cronaca della nostra avanzata
nei Paesi Bassi era crescente, e attorno al giovane
radiofonista il cerchio di soldati e ufficiali era folto e
non si diradava mai, neanche nella notte; si beveva
schnaps e vino, tendendo l'orecchio verso
l'apparecchio radio. Ieri e ieri l'altro von Küchler è
avanzato ancora costringendo le truppe francesi a
ripiegare, mentre la sera un violento bombardamento di
Rotterdam ha costretto l'esercito olandese alla
capitolazione; proprio stamani abbiamo saputo della
resa, ed è esploso un giubilo generale fra tutti i presenti.
Quello che non aspettavamo più è accaduto proprio
dopo pranzo, quando Eicke ha ricevuto una telefonata
direttamente dal Generalfeldmarschall von Bock
dopodiché ha diramato l'ordine ai comandanti dei vari
reggimenti. Io sono stato informato dallo
Sturmbannführer Trucker del 2° reggimento e ho
comunicato agli uomini della mia compagnia che
l'indomani saremmo partiti; a quanto pareva la
situazione si metteva bene anche in Belgio dove la 6°

Armata di von Reichenau aveva già respinto l'esercito belga, mentre il Gruppo d'Armate A di von Rundstedt era avanzato oltre le Ardenne superando le linee di difesa sul fiume Mosa. Se le cose continuano in questo modo fra pochi giorni ci sarà il colpo di falce; anche Eicke lo crede ma, a vederlo, sembra più preoccupato di marciare e vedere il nemico faccia a faccia piuttosto che pensare alle tattiche della Wehrmacht. Ho preso la mappa e ho controllato il tragitto, consultandomi con Brunner che nel frattempo era tornato da me pensando che non fossi a conoscenza dell'ordine; ho richiamato un gruppo di sottufficiali seduti a giocare a carte, intimando loro di ascoltare le direttive. «Finalmente ci muoviamo. Ho l'ordine di seguire l'avanzata della 18° di von Küchler col compito di rastrellamento nelle zone che attraverseremo. Dal sud dell'Olanda scenderemo in Belgio e da lì seguiremo la costa francese fino a nuovi ordini. Tutto chiaro?» ho detto rivolgendomi all'Unterscharführer Staffenberg. «Jawohl, Herr Obersturmführer. Trasmetto gli ordini ai soldati». Brunner fumava una sigaretta con gli occhi sulla cartina, poi s'è rivolto a me dicendo: «Sai cosa intendono con "operazione di rastrellamento"?».

«Certo, e i miei uomini non avranno difficoltà. Tutti i sottufficiali sono ex-guardie di Dachau, e i soldati sono ben addestrati. Cosa vuoi dire, Kurt?» gli ho domandato. Ma lui ha scosso la testa e se n'è andato. Forse vuole che gli dimostri di saper eseguire correttamente anche gli ordini più difficili, credendo che non sia all'altezza; dimentica che, a dispetto del grado, abbiamo seguito insieme il corso per ufficiali e non ha molta più esperienza di me. Finalmente l'attesa è terminata e marceremo verso il fronte.

20 maggio 1940

Fatti i primi chilometri nell'entroterra olandese mi sono reso conto, per la prima volta, di cosa fosse la guerra; non c'erano più i colori che ravvivavano il paesaggio, il rosso degli innumerevoli papaveri e dei fiori per i quali è tanto conosciuto questo paese. Abbiamo percorso strade sassose e deserte, ogni tanto incontravamo un mulino abbandonato o una fattoria in fiamme; poco prima di arrivare a Breda le pianure erano disseminate di soldati della Wehrmacht riversi a terra, mutilati, altrove c'erano i veicoli olandesi distrutti e lambiti dalle fiamme, con a terra i corpi bruciati e le tracce dei cingolati che s'incrociavano dappertutto come una ragnatela. Procedevamo schierati in ampie file di battaglioni, seguiti dai mezzi corazzati; quando osservavo le facce di alcuni commilitoni vedevo in loro lo sconcerto, la perplessità di fronte alla morte come se, d'improvviso, capissero che non esiste nulla di eroico in tutto questo. Parlo di alcuni, molti altri - soprattutto nella mia compagnia - li sentivo scherzare fra di loro noncuranti di cosa li attendeva. Nel momento in cui siamo passati a sud di Breda abbiamo intravisto fuori della città una guarnigione di soldati che pattugliava l'ingresso, scortati da un paio di carri. Dopo varie soste,

231

entrati in Belgio, abbiamo proseguito fino ad Anversa; la splendida architettura di alcuni quartieri era deturpata dai segni degli scontri e delle cannonate, ma la cosa peggiore era che i ponti principali era stati distrutti; dal comando ci hanno intimato l'alt, poi ho sentito abbaiare degli ordini nei battaglioni alle mie spalle, e dopo qualche minuto, passando in mezzo alle file di uomini, mi ha raggiunto Brunner a bordo di una kübelwagen decappottabile urlando a me e alle altre compagnie del primo reggimento di mettere su un ponte e attraversare il paese. A differenza di quanto mi aspettassi non c'era anima viva vicino a noi; si percepiva però la gente che ci spiava da dietro le finestre e gli usci delle case. Dopo che i genieri hanno cercato e caricato su un autocarro i tronchi d'albero necessari, li hanno sistemati nel punto dove le acque erano basse dopodiché, con l'aiuto dei miei uomini, hanno provveduto a rovesciare piccole barche creando un valido sostegno che ci consentiva di proseguire; avvisati i superiori, la nostra divisione si è rimessa in marcia anticipando il passaggio dei panzer fino all'altra sponda dello Schelda. La parte occidentale della città era piena di edifici traballanti e distrutti, e le strade cosparse di macerie e morti; in alcuni vie si scorgevano donne e bambini spaventati che osservavano il nostro passaggio. Ci siamo diretti a sud-ovest passando alcuni villaggi situati in mezzo alle campagne belghe, poi ci è stato ordinato di fermarci nuovamente e abbiamo fatto passare la notte; una notte tranquilla se non fosse stato per un inconveniente che ha messo in allarme l'intera divisione al sorgere del nuovo giorno. Dovevano essere le sei quando l'Hauptsturmführer Feuerbach si aggirava tra i battaglioni urlando i nomi di alcuni suoi uomini che non si presentavano; pian piano tutti si sono svegliati, e il comandante del reggimento Brunner ha chiesto spiegazioni. «Mandate un gruppo di soldati a cercarli in quel villaggio, vedrete che ci saranno, altrimenti partiremo e verranno accusati di diserzione quei bastardi!» sono state le parole di Brunner, nervoso per il brusco risveglio. Abbiamo aspettato una mezz'ora e quando sono tornati con in mano la *erkennungsmarke* di solo uno dei cinque soldati scomparsi, Feuerbach è andato su tutte le furie e ha domandato a Brunner di poter distruggere l'intero villaggio. Hanno consultato Eicke che, vista la situazione, ha acconsentito a mettere in atto la rappresaglia; quindi la mia compagnia più quella di Steinmetz e Feuerbach si sono dirette verso il villaggio ed hanno chiesto agli abitanti chi fossero i colpevoli della sparizione dei nostri soldati. Dai cenni che ci facevano abbiamo dedotto che nessuno lo sapeva, inutile insistere visto che non capivamo l'olandese e loro il tedesco. Abbiamo rastrellato le strade ed alcune abitazioni, prelevando molti uomini giovani e portandoli in piazza; gli uomini di Feuerbach e Steinmetz hanno preso anche le donne dopo averle picchiate e violentate in casa. Era chiaro dai segni delle percosse sul viso. Avevamo raccolto un centinaio di persone, e le abbiamo condotte fuori dal villaggio in aperta campagna; ho formato un plotone di volontari proprio come hanno fatto gli altri comandanti, mentre i restanti soldati facevano da cordone per impedire che qualche altro civile si avvicinasse al luogo dell'esecuzione.

Ho ordinato che si spogliassero completamente nudi e che s'inginocchiassero; poi gli uomini del plotone gli hanno puntato il fucile alla nuca, e hanno cominciato a sparare.   Ci è voluta un'ora per completare l'operazione; prima di andare via lasciando i cadaveri a marcire, ho notato una strana tensione passare sui volti dei soldati che marciavano per tornare ai loro posti. Eppure nessuno di loro aveva protestato, né esitato nel momento di sparare; forse provavano un senso di colpa per il fatto che era stata la prima volta che avevano fucilato delle persone. Non li capisco. Ho guardato le facce terrorizzate di quelle donne, i loro occhi pieni di lacrime, e ho immaginato per contrasto la faccia soddisfatta e piena di odio che dovevano avere quando hanno ucciso i nostri soldati o, se non lo hanno fatto direttamente loro, quando vi hanno assistito urlando loro i peggiori insulti. In guerra non esiste pietà.

Durante la marcia, mentre attraversavamo un immenso campo di erbacce, ad un tratto alcuni uomini della compagnia di Steinmetz hanno iniziato a cantare, alternando alle parole i passi come se fosse una parata; via via si sono aggiunte le voci della 3° compagnia, poi la nostra formando un coro che galvanizzava le truppe, ci sentivamo più uniti e più forti mentre cantavamo *Erika*. Quando ebbero finito l'ultima strofa, abbiamo ricominciato tutti all'unisono... *Auf der Heide blüht ein kleines Blümelein... und das heißt...Erika*!

Oltrepassata la città di Gent abbiamo incontrato un reparto di ricognizione (ho riconosciuto le mostrine sulle uniformi) della 18° Armata che si dirigeva nella direzione opposta; alla testa della colonna di uomini viaggiava lento un autocarro scoperto che s'è fermato vicino a noi. S'è affacciato dallo sportello un ufficiale che ha gridato alt, fermando i soldati; dopo essere sceso dal mezzo scrutava i nostri reggimenti come se cercasse un disertore ma, non avendo ordine di fermarmi, abbiamo marciato avanti. In seguito ho saputo che quell'ufficiale aveva il compito di perlustrare il confine belga per poi rimanere di stanza occupando Anversa; inoltre ha detto al nostro Gruppenführer che gli anglo-francesi stavano ripiegando verso il fiume Scarpe, e la 18° e la 6° premevano sempre di più a ovest per ostacolarli.

Abbiamo dormito male tutti e non credo la causa sia il caldo; sembra che quelle notizie abbiano messo in allarme molti soldati; questa mattina siamo penetrati in Francia, non lontano dal fiume Scarpe dove si stavano dirigendo le armate nemiche e via radio il Generalfeldmarschall von Bock ci ha comunicato che a qualche chilometro era presente una divisione corazzata francese; il nostro obiettivo era aiutare l'armata di von Küchler a sbaragliarla. Subito dopo ho sentito rombare i panzer alle mie spalle, poi i veicoli per il trasporto dell'artiglieria ci hanno sorpassato imboccando la strada che costeggiava il fiume verso Cambrai, mantenendo la velocità moderata per non distanziarci troppo; alcuni attendenti hanno trasmesso l'ordine di avanzare più rapidi possibile la qual cosa, dopo tutta quella strada, ci rendeva sgomenti. Era mezzogiorno quando ci siamo approssimati al luogo dello scontro; il sole alto rendeva accecanti i riflessi sulle acque del fiume, ma nitido l'orizzonte dove si scorgevano le fumate grigie dei carri armati che sparavano. Approfittando del fatto che la divisione francese fosse impegnata nello scontro, il Gruppenführer deve aver pensato di colpirla sul fianco perché ho visto i nostri panzer uscire di strada e farsi spazio fra i tigli che adornavano il paesaggio; intanto il reggimento artiglieria aveva ricevuto ordine di posizionarsi cento metri avanti a noi, e nell'arco di poco tempo gli obici avevano iniziato a esplodere colpi in seguenza. Subito dopo abbiamo visto i carri rallentare e puntare i cannoni dritti sui carri nemici che stavano facendo manovra; era la prima volta che ci trovavamo sul teatro dello scontro, e non so dire quanto mi eccitasse vedere quella scena e udire il fischio delle cannonate perdersi nell'aria.

Dopo che i francesi ci hanno individuato sono piovuti i primi colpi dei loro carri armati, sollevando terriccio dappertutto; i panzer si spostavano diradandosi per ridurre le possibilità di essere colpiti, così come i pezzi di artiglieria dopodiché è toccato a noi. Lo Standartenführer Reuter guidava il primo reggimento a bordo di una Opel, e noi lo seguivamo a corsa lenta imbracciando l'MP40; non eravamo più tre compagnie in marcia, ma un rullo compatto che evitava i colpi di cannone che ci stavano sparando addosso. «A destra!» ho urlato appena mi sono visto spuntare, a qualche centinaia di metri, la fanteria nemica. Ci siamo sparsi nel campo, acquattandoci ora dietro un albero o un cespuglio, mentre i soldati facevano fuoco ininterrottamente. Rispondevamo con ripetute raffiche di mitra, e molti crollavano a terra urlando; lo spazio aperto però ci esponeva troppo e dovevamo correre in qua e là per non essere colpiti. Dopo qualche minuto mi sono trovato a correre fra i cadaveri a terra; non erano più uomini del nostro reggimento ma ostacoli al pari delle pietre. Una mezz'ora più tardi i francesi erano rimasti pochi e sporadici, e li ho abbattuti facilmente. Mi sono guardato intorno con affanno in cerca dei miei uomini; almeno una ventina giacevano a terra immobili. Mi sono voltato indietro vedendo l'Unterscharführer

Staffenberg avanzare con tutto il plotone; aveva l'aria persa di chi non sa cosa fare. «Unterscharführer, con gli uomini si diriga verso quel pendio erboso! Se aspettiamo non avanzeremo mai!» gli ho gridato al che si sono lanciati tutti verso il punto indicato. Intanto i carri francesi scoppiavano lanciando pezzi metallici ovunque, mentre i panzer avanzavano ancora; quando ho raggiunto i miei uomini abbiamo strisciato fin sulla cima del pendio, scrutando il paesaggio. La Panzer-Division di von Küchler spingeva lungo il corso del fiume quel che era rimasto dei reggimenti francesi, i carri nemici venivano pesantemente colpiti e tutto era diventato un'esplosione continua; la fanteria stava fuggendo ma molti cadevano sotto i colpi dei cannoni, e un solo battaglione resisteva tenacemente mantenendosi centro metri a sud. Ero sul punto di scendere sulla pianura per attaccare proprio quel battaglione, ma i panzer ci avevano appena superati continuando a colpire i reggimenti nemici e il Gruppenführer, a bordo di un veicolo, s'è sporto ordinandoci di avanzare con cautela perché le truppe stavano ripiegando verso ovest. Quindi abbiamo seguito i carri armati e i veicoli corazzati congiungendosi infine con la 18° Armata; l'intero paesaggio fino all'orizzonte era disseminato di uomini e mezzi militari in spostamento. L'aria puzzava di terra bruciata, polvere da sparo e sangue; ero infastidito dall'uniforme bagnata e dal caldo soffocante dell'ora di punta. E' seguito un momento di sosta per il 1° reggimento e ne abbiamo approfittato per bere un po' d'acqua; ho detto a quelli della mia compagnia di riposarsi qualche minuto. Alcuni soldati del 2° reggimento si aggiravano fra i cadaveri e, con la scusa di prendere la piastrina dei loro compagni, li depredavano dei viveri e di qualche spicciolo; alcuni tedeschi erano stati smembrati dai proiettili e nugoli di mosche svolazzavano sulle carni esposte al sole. Brunner camminava fra tutti facendo finta di non vedere ciò che facevano quegli uomini, fumando nervosamente una sigaretta; intanto ho approfittato di quel momento di calma per avvicinarmi a un autoblindo dove un gruppo di ufficiali parlottava di fronte alle cartine stese sul cofano del veicolo. Da vicino l'uomo con i pantaloni divisi da una striscia rossa doveva essere il generale della Wehrmacht, l'espressione distinta e altera lo distingueva dagli altri, ma il tono esagitato palesava il suo disappunto dinanzi al Gruppenführer.

«Perché non dovrei allarmarmi? Lei ha visto che le armate di Blanchard stanno ripiegando sul fiume ma non possiamo rincorrerli fino ai Pirenei, e ancora il Gruppo di Armate A di von Rundstedt sta risalendo la Somme... Se ci fossero loro avremmo abbreviato il *sichelschnitt*, ma il Führer temeva una controffensiva e ha ordinato, due giorni fa, di fermare le unità mobili... Che sciocchezza!» sbraitava von Küchler, guardando rabbiosamente Eicke. «Li abbiamo respinti, siamo in vantaggio su di loro e questo ci dà il tempo di difenderci in caso di attacco» ribatteva l'altro, cercando consenso negli sguardi afflitti degli ufficiali presenti. «L'unico vantaggio, Herr Gruppenführer, è che i generali Blanchard e Billotte se la stanno facendo sotto, e dobbiamo sfruttare questa paura per annientare le loro forze ora che sono confusi» concludeva energicamente il generale, calcandosi il berretto sulla fronte. Io sono d'accordo con von Küchler, anche se ho sentito nel suo sfogo solo l'orgoglio e la presunzione militare della

Wehrmacht rispetto alle altre unità combattenti come le Waffen-SS; non è un caso se non ha elogiato Eicke per averli fiancheggiati, ciò conferma che le SS non godono di una buona stima agli occhi dell'esercito.

Poco più tardi, mentre marciavamo verso Arras, è giunta la telefonata direttamente da von Bock che ci ha comandato di proseguire fino a quando non avremo incontrato le armate di von Rundstedt o la 7° Panzer-Division guidata da Rommel; in serata il radiofonista della nostra divisione ci ha messo in contatto ancora una volta con il Generalfeldmarschall che ha fatto il punto della situazione. I Panzerkorps avevano raggiunto Amiens e preso un ponte sulla Somme presso Abbeville, riuscendo ad isolare le forze britanniche a nord; il cerchio si stringe. Esaltati dalle vittorie che i tedeschi hanno ottenuto, abbiamo cantato di nuovo prima che facesse notte, e siamo incappati in una compagnia francese in avanscoperta vicino ai boschi dello Scarpe; dopo un duro scontro a fuoco i più si sono arresi, e ne abbiamo fatto prigionieri una cinquantina. Superata una lunga scarpata che si apre nella pianura poco distante da Douai - sulla mappa è indicata come crinale di Vimy - ho ricevuto ordine di fermarmi; poco più tardi siamo stati raggiunti da una colonna di autocarri e cisterne per la benzina, mentre ci accampavamo per dormire alcune ore.

22 maggio 1940

Il rischio più grosso lo abbiamo corso ieri pomeriggio a sud di Arras; poche ore prima non avevamo notizie di rilievo che rendessero urgenti degli spostamenti, le forze alleate erano in ripiegamento. Siamo entrati in città con l'obiettivo di scovare eventuali disertori nemici; gli ordini li aveva impartiti Eicke dopo aver parlato, via radio, con un uomo dell'*Abwehr* che lo aveva edotto sul fatto che alcuni soldati francesi, in vista di una situazione che diventava catastrofica, erano stati nascosti dai civili in attesa che le acque si calmassero. Così la mia compagnia, Steinmetz, Feuerbach e il resto del primo battaglione hanno fatto irruzione per le strade della cittadina, per le piazze, entrando negli edifici e perquisendo le stanze davanti agli occhi attoniti delle famiglie; non avevamo tempo per rastrellare tutta la città, e cercavamo di sbrigarci. Le uniche che abbiamo scovato sono state alcune famiglie ebree ben nascoste in piccole palazzine periferiche; appena sono stati riconosciuti hanno alzato le mani, ma ci sono stati alcuni che ci hanno urlato in faccia tentando poi di scappare con il risultato di essere picchiati col calcio del mitra, e pestati sul pavimento. Nel giro di poco, dentro quelle abitazioni si sono scatenati urla, pianti e colpi; via via li abbiamo presi a gruppi di quattro e fatti uscire dalle palazzine, ordinando di raccoglierli nella piazza più vicina. Il Rottenführer Mauser e l'Unterscharführer Staffenberg si sono occupati di portar via solo le donne e i bambini ebrei, agli uomini ho pensato io assieme ad altri soldati. Quando sono uscito con l'ultimo gruppo di ebrei mi sono trovato circondato da centinaia di questi soggetti, scortati dagli uomini delle varie compagnie che continuavano a spingerli e a distribuire loro botte. Dall'alto sentivamo gridare gli insulti di qualche ebrea; mentre li scortavamo a tratti mi sono voltato e ho visto queste donne urlare rabbiose con il pugno chiuso. Alcuni sottufficiali della compagnia di Feuerbach rispondevano con raffiche di mitra, ridendo in maniera sguaiata. A un centinaio di metri si apriva una piazza rettangolare attorniata da eleganti palazzi rinascimentali. Era il punto di raccolta deciso da Brunner, che ho trovato là ad aspettarmi. «Li portiamo nel bosco più vicino?» gli ho fatto, mentre i soldati li radunavano in un unico gruppo. Lo Sturmbannführer continuava a scrutare con sdegno gli ebrei che venivano ammassati come tante pecore. «Fuciliamoli in aperta campagna, i boschi sono troppo lontani» mi ha risposto senza guardarmi. E ha aggiunto: «La sua compagnia si occuperà di scavare un fossato per seppellirli. Facciamo un lavoro come si deve, Obersturmführer». Quel voluto distacco non lo capivo proprio in un compagno come Kurt, ma erano gli ordini del comandante di battaglione e c'era poco da fare.

Pronto il fossato, Brunner ha fatto disporre gli ebrei in file da cinquanta persone; sudavamo tutti dentro le uniformi, e ho visto che la cosa rendeva nervosi sia i sottufficiali che sbraitavano gli ordini per formare il cordone sia i soldati incaricati dell'esecuzione. Le prime file erano formate dagli uomini. Tremavano come foglie; alcuni soldati di Feuerbach puntavano il dito sugli ebrei che si stavano orinando addosso, sghignazzando come adolescenti. Poi una raffica di colpi li ha fatti ruzzolare nel fossato; le donne piagnucolavano e i bambini gridavano a squarciagola. Sono andati avanti con la seconda fila, fino a quando non sono arrivati alle donne; mi sono spostato dall'altro lato del fossato in modo da vederle in faccia nel momento in cui avrebbero ricevuto il proiettile. Una di queste ha fatto storie perché uno dei nostri gli ha tolto il bambino dalle braccia; la spintonava lontana, dandole calci. Steinmetz doveva sentire su di sé lo sguardo di Brunner poco lontano da lui, così l'ho visto incitare il soldato a far presto. «*Schnell*! *Schnell*!» ringhiava con uno sguardo più interdetto che aggressivo. All'improvviso un colpo di pistola ha fermato tutto; la donna era a terra con un buco alla testa da cui zampillava sangue. Dopo averle sparato Brunner ha rivolto l'arma al bambino, sparandogli in fronte. «Buttateli giù e fate presto!» ha sbraitato. Il plotone ha sospinto quei due corpi nel fossato in cima agli altri poi, rimessosi in posizione, ha proseguito fucilando sistematicamente tutti. Per un po' ho udito solo gli spari e una nuvola di fumo ha ricoperto il fossato; le grida venivano soffocate sempre di più fino a sparire. Terminata l'*aktion* ho osservato la fossa dove giacevano pressapoco cinquecento cadaveri nudi; abbiamo ricoperto tutto con la terra, poi le compagnie si sono riunite per dirigersi a sud della città. Dopo nemmeno mezzo chilometro ci sono venute incontro due Opel, hanno rallentato e due ufficiali di collegamento sono scesi dicendoci che la nostra divisione era stata attaccata dagli inglesi e che il Gruppenführer necessitava del supporto della fanteria. Ci siamo precipitati correndo in maniera disperata, e arrivando nei pressi dello scontro dove centinaia di panzer tuonavano i loro colpi addosso ai carri inglesi spostandosi sulla destra; intanto i nostri cannoni anticarro cercavano di coprire le spalle alla divisione, ma la colonna motorizzata stava crollando, molti mezzi erano già stati abbandonati, alcuni erano in fiamme e a terra i morti non si contavano. Non vedevamo l'auto di Eicke. Brunner era sbalordito ma non voleva darlo a vedere, lanciandosi in testa al battaglione e urlando - mentre si acquattava dietro un gruppo di alberi - di dare man forte ai cannoni anticarro per rafforzare le difese. Il problema di combattere assieme ai panzer è che il loro movimento ti impedisce di avere una visuale ampia delle truppe nemiche, dunque sei sempre nel caos perché potresti essere attaccato senza poter vedere in tempo l'aggressore; con la mia compagnia ci spostavamo in un campo di grano, e a gruppi di sei sparavamo alla fanteria in arrivo da dietro le postazioni anticarro. Sarebbe durata poco perché alcuni focolai avevano cominciato a bruciare il campo, e si allargavano in fretta; alle mie spalle ho sentito, non molto lontana, la voce di Brunner gridare di tenere a tutti i costi la posizione anche se i pezzi d'artiglieria che sparavano ancora erano rimasti pochi. Sulla sinistra del campo i carri armati inglesi arrampicavano schiacciando ogni cosa, sembravano davvero più resistenti dei panzer; osservandoli ho pensato che, entro poco, la nostra linea di difesa avrebbe ceduto. Col passare dei minuti il fuoco nemico si faceva sporadico, allora ci siamo spostati verso sud ma la fanteria si stava ritirando per una ragione molto semplice; in quel momento era stata rotta la loro linea di difesa e i nostri carri stavano contrattaccando quelli inglesi. La situazione era capovolta, con un vantaggio; l'artiglieria inglese scarseggiava di numero, dovevano essere solo divisioni corazzate pesanti e battaglioni di fanteria che ormai si difendevano debolmente. Io e la compagnia di Steinmetz ci siamo mossi sempre verso sud-ovest, seguendo un ipotetico arco nel tentativo di aggirare lo scontro dei mezzi e coglierli alle spalle; nei pressi di una strada di campagna abbiamo trovato la fanteria inglese, e c'è stata una sparatoria fulminea senza la possibilità di ripararsi eccetto alcuni cespugli sul ciglio della strada. Siamo stati bloccati in quella situazione per un po', uscendone solo quando sono esplosi alcuni colpi di cannone che li hanno decimati in gran parte; ciò ci ha permesso di uscire sparando agli altri, e facendo prigionieri coloro che si sono arresi. Fra il fumo degli spari e la polvere che galleggiava nell'aria a un tratto vedevamo ritirarsi i carri inglesi; un'ora più tardi ci siamo sistemati all'ombra di un casolare abbandonato. Mentre contemplavo i soldati caduti e i mezzi in fiamme, bevendo un po' acqua, dietro di me alcuni camerati si riposavano distesi a terra mentre altri fumavano cercando un po' di pace; vicino a un autoblindo Brunner stava facendo rapporto ad Eicke, attorno un gruppetto di ufficiali lo aggiornava sulle perdite mentre poco distante da lui c'era un generale della Wehrmacht che, in piedi fuori dal suo semicingolato, scrutava il campo di battaglia con l'espressione lungimirante di chi ha previsto ogni mossa del nemico.

Mostrava più sicurezza e decisione di von Küchler, l'unico con cui posso paragonarlo dato che non ho avuto modo di conoscere altri generali; sentendo un suo subalterno chiamarlo ho saputo che era il Generalfeldmarschall Rommel, come ho avuto chiaro, subito dopo per bocca di Feuerbach che ha assistito al dialogo fra questi e Eicke, che è stata la sua strategia a far uscire la nostra divisione da quell'attacco improvviso cambiando linea di difesa.

Nel pomeriggio abbiamo incrociato, sulla strada per Cambrai, due plotoni di *kriegsberichter* che cercavano di raggiungere il settore di Arras per documentare l'evento con fotografie e, possibilmente, con qualche intervista ai pezzi grossi; questo è quanto ha riferito il comandante di uno dei plotoni a Brunner che, sarcastico, ha risposto: «Se foste arrivati questa mattina avreste fatto delle bellissime foto!». Quel corrispondente di guerra è rimasto interdetto, non sapendo a cosa si riferiva la battuta dello Sturmbannführer. Secondo me la fortuna l'ha preso per mano perché proprio in serata una divisione motorizzata francese ci ha attaccato fuori della città, ma lo scontro è stato breve e Eicke ha saputo muoversi per tempo; la nostra artiglieria ne ha risentito un po', ma le perdite in fatto di uomini sono state limitate. I corrispondenti hanno avuto del materiale fresco su cui lavorare, e hanno rassicurato che avrebbero scritto degli ottimi commenti per la propaganda in Germania e per i quotidiani tedeschi. Verso le nove il Gruppenführer ha ricevuto ragguagli da von Bock e questi gli ha detto che il generale Guderian, del Gruppo d'Armate A, ha sconfitto una divisione francese che occupava la città di Boulogne. Le cose non potrebbero andare meglio.

25 maggio 1940

Sono riuscito a finire la relazione grazie alle ultime settimane di studio e sperimentazione sui detenuti; i dati che ho ottenuto giorno dopo giorno mi hanno permesso di classificare in maniera meticolosa i sintomi e gli effetti collaterali a distanza di molte ore dalla somministrazione. Il punto più debole della scopolamina - s'intende usata su un determinato tipo di soggetto - è il tempo che impiega l'organismo a smaltire completamente la sostanza in circolo; spesso i prigionieri non erano abbastanza robusti da sopravvivere, ma ho calcolato che su una persona sana non ci sono grossi rischi a dosi molto alte. Questa mattina mi sono recato nell'ufficio di Piorkowski portando con me la relazione, sicuro che stavolta sarebbe stato colpito dalla mia scoperta; mi ha ricevuto un po' seccato, standosene seduto alla scrivania con gli occhi appesantiti da chissà quale pensiero. Appena varcata la soglia ho pensato di aver sbagliato momento, ma era troppo tardi perché mi aveva già fatto un cenno della mano per dirmi di accomodarmi; sul tavolo c'era un bicchiere vuoto e una bottiglia di acquavite. «Ha qualcosa di importante da comunicarmi, Herr Schultz?» mi ha detto rivolgendomi uno sguardo annoiato. «La relazione sugli effetti che certe sostanze hanno sul cervello umano, Herr Kommandant. Eccola qui» e gli ho fatto scivolare il fascicolo sotto gli occhi. Senza aggiungere altro lo ha alzato davanti a sé iniziando a leggerlo, ma dopo qualche pagina l'ha lasciato andare sul tavolo; la sua espressione era cambiata. «Naturalmente è sicuro di quello che ha scritto, non è così?» ha chiesto mostrandosi improvvisamente attento. «Ovviamente. Questa sostanza ha dei poteri straordinari e, per dimostrarglielo, ho descritto tutti gli esperimenti fatti». Ha preso la bottiglia e s'è versato un goccio di acquavite, mandandolo giù subito. «In pratica...» ho ripreso ma mi ha interrotto all'istante: «Non mi dica altro, sono ansioso di leggerlo quanto prima. Non ho mai avuto dubbi sul suo talento, come non ne ha mai avuti l'Oberscharführer Heim che continua a lodarla ogni volta che entriamo nell'argomento». Quella frase mi è suonata proprio strana e non ho commentato; dentro di me ho pensato fosse meglio fingere di saperlo. «S'interessa sempre agli sviluppi delle mie ricerche» ho aggiunto con un'alzata di spalle. Il comandante ha bevuto altri due bicchierini e quella sua buona disposizione verso i subalterni, come al solito, veniva fuori ad ogni parola; poi mi ha chiesto espressamente di proseguire le sperimentazioni andando sempre più a fondo nello studio di questa sostanza perché avrebbe avuto, secondo lui, dei risvolti importanti non solo in ambito medico. Al che ho colto l'occasione per ricordargli che non potevo farlo giacché non c'erano prigionieri adatti a tale scopo. «Non dovremmo aspettare molto il prossimo treno, si tratta di qualche giorno ancora e avremo qui pressapoco un centinaio di prigionieri di guerra olandesi. Avviserò Bachmann così da fare in modo che abbia un gruppo di persone su cui lavorare» mi ha rassicurato, bevendo ancora. A quel punto non mi serviva altro; la relazione ha avuto l'effetto sperato - come non poteva? - forse anche più di quanto potessi immaginare e ciò mi ha fatto guadagnare la possibilità di studiare ancora la scopolamina sugli internati. Tornando verso il laboratorio ho riflettuto sulle parole del comandante riguardo ad Heim, e mi sono posto alcuni interrogativi. Visto che mi loda al cospetto di Piorkowski questo significa che non ha nulla contro di me? Dal suo atteggiamento direi il contrario. Allora come si spiega? Forse sospetta che io sappia delle violenze che pratica sulle prigioniere e cerca di tornare nelle mie grazie per tenermi buono? E' in ottimi rapporti col comandante e non dovrebbe temere il fatto che possa riferire tutto; inoltre dubito che abbia pensato che i detenuti parlino con un medico del campo perché in tal caso correrebbero un rischio non indifferente... Non può sapere che genere di esperimenti faccio, di conseguenza non sa se gli ebrei mi hanno detto qualcosa e, ancor più importante, non sa che quel che hanno detto è stato sotto gli effetti di uno stupefacente. La sua mente contorta avrà pensato invece che, in qualche modo, abbia cercato delle risposte al suo comportamento parlando con i detenuti della baracca da lui sorvegliata, costringendoli a dire tutto. Se la mia ipotesi è giusta, e non ne trovo altre a riguardo, allora non rimane che la sua omosessualità; per quanto viscido e ambiguo non riuscirebbe a riprendersi ciò che ha preso se il comandante sapesse che è omosessuale. Chissà quante volte, osservando i detenuti a lavoro, immagina se stesso vestito con quegli stracci grigi e il triangolo rosa cucito sul braccio sinistro; forse la sua testa si lascia andare a certe fantasticherie che cancellano anche il ribrezzo per gli ebrei, spingendolo a paragonarsi proprio ai giudei omosessuali che sono rinchiusi nel campo. Ha la stessa natura degenerata di quei detenuti che spesso sono stati torturati davanti ai suoi occhi, mi piacerebbe sapere quali sensazioni ha provato quando ha assistito alla sodomizzazione di un minorenne sul quale le SS hanno infierito con bastoni spezzati facendolo morire di emorragia intestinale. Oppure è accaduto che uno di questi lo facessero sbranare vivo dai cani. Sono certo che Heim ha visto almeno una volta queste scene; forse s'è sentito al sicuro dietro l'uniforme come avvolto da una calda coperta, consapevole che la sua indole perversa non verrà mai punita. Personalmente trovo che sia una delle pratiche più depravate avere rapporti sessuali con una persona dello stesso sesso, e provo un disgusto per loro che va oltre l'odio per gli ebrei; tutto quel seme tedesco sprecato non costituisce che un ostacolo alla procreazione della razza ariana.

Heim fa bene a pensare che possa rivelare questo segreto a Herr Kommandant, in questo modo non dovrò neanche ricattarlo in quanto lui stesso, di sua spontanea iniziativa, mi sta favorendo come faceva nel periodo in cui non lavoravo ancora nel block 5; alla fine tutto sembra risolversi senza il mio intervento, e non ho altro di cui preoccuparmi eccetto tentare di perfezionare questo siero della verità.

26 maggio 1940

Siccome devo attendere il prossimo treno mi sono preso la giornata per fare un riepilogo delle mie ricerche, a cominciare dagli appunti scritti la sera sulle iniezioni di stupefacenti per finire con un lavoro molto metodico e noioso, che è quello di fare l'inventario dei farmaci presenti nel laboratorio. Non è che ami in particolar modo compilare elenchi e annotare quantità di medicinali, ma con l'aiuto dell'instancabile Hinga mi sono fatto forza e ho trascritto tutto. Quel che mi preme sono i flaconi di scopolamina di cui sono a corto, per i quali ho annotato di fare un cospicuo ordine a Berlino dicendo all'infermiera di occuparsene personalmente; per il resto s'è trattato di rifornimenti consueti per il lavoro di un medico, perciò all'ora di pranzo abbiamo terminato. Dopo aver mangiato alla mensa - e aver scorto il mio amico Heim che mi ha salutato con un cenno della mano, fiero delle mostrine da oberscharführer che metteva pietosamente in mostra - sono tornato al laboratorio e all'ingresso della baracca ho trovato ad aspettarmi due tipi in borghese accompagnati da due poliziotti.
Stavano parlando fra loro e, vedendomi arrivare, hanno concentrato i loro sguardi su di me. Quello che s'è

presentato era alto e aveva due occhi stretti, simili a quelli di un felino; non appena mi hanno spiegato che lavorano nella Gestapo ho sentito un peso sul cuore. «L'Hauptsturmführer Piorkowski ha telefonato alla nostra sezione dell'RSHA avvisandoci che avremmo dovuto sapere qualcosa di più sulle ricerche che lei, doktor Schultz, ha fatto su alcuni detenuti» ha detto in tono gentile. «Allora entrate pure» gli ho risposto, lasciando che entrassero nel laboratorio. Non essendoci sedie hanno girovagato per un minuto osservando tutto con molta attenzione, poi quello alto mi ha rivolto nuovamente la parola: «Che genere di esperimenti compie?». «Sono un tossicologo e studio l'effetto che certe sostanze hanno sulla mente umana». «Il comandante del campo ha detto che lei è riuscito a trovare il siero della verità. E' vero?». Era ovvio che questi agenti in borghese sapessero tutto, ma volevano che io glielo raccontassi di persona. «E' un po' complicato da spiegare. Diciamo che ho notato degli effetti particolari con l'iniezione di una sostanza chiamata scopolamina». Mi sono messo a spiegar loro pazientemente qualche mio esperimento, illustrando a grandi linee ciò che avevo scoperto ma non ho rivelato quali sono le dosi efficaci per ottenere ciò che dicevo; al che l'agente alto mi ha rivolto un sorriso mostrando una doppia fila di denti, un sorriso incredulo di chi non s'accontenta e sa di poter avere di più. Ho taciuto su certe informazioni perché non mi andava di divulgarle, adducendo come ragione il fatto che nemmeno io ero sicuro sulle dosi e dovevo andarci cauto visto che stavo ancora sperimentando. «Ma lei, doktor Schultz, ha scritto una relazione al comandante affermando di aver scoperto questo siero della verità. Adesso mi dice che non ha tutte le prove necessarie per confermare tale scoperta?». «E' così. Purtroppo quando si tratta di una sostanza e degli effetti che ha sull'organismo occorrono talvolta mesi di sperimentazioni per conoscerne a fondo tutti gli aspetti». «Dunque non potremmo usarla negli interrogatori con la certezza di avere risultati?». «Non ancora, Herr Hauptsturmführer». Parevano delusi; dopo essersi scambiati un'occhiata, hanno concluso che per il momento le informazioni potevano bastare. Dal tono ho capito subito che sarebbero tornati presto; l'intenzione era appropriarsi del siero perché lo ritenevano utile nelle indagini di polizia. Sebbene fosse una ragione più che valida, il mio orgoglio di ricercatore s'è opposto e ho custodito gelosamente il segreto della mia scoperta. «La ringraziamo per questo colloquio, doktor Schultz. Ci terremo in contatto con Herr Kommandant sugli eventuali sviluppi. In ogni caso io mi chiamo Gunther Köll» ha aggiunto nell'atto di congedarsi, lanciandomi un'ultima occhiata ambigua. Se uno come Cesare Lombroso avesse conosciuto questo agente della Gestapo - osservando la doppia fila di denti che si accavallano, la fronte spaziosa e gli occhi dal taglio stretto - avrebbe dedotto una sua particolare predisposizione all'essere viscido e spietato concludendo, sulla base di un ragionamento scientifico che sappiamo senza fondamento, che questo suo aspetto determina la propensione a delinquere.

Appena sono usciti mi sono affacciato fuori dal laboratorio e li ho osservati mentre camminavano fra le file di baracche; ho ragione a pensare che Piorkowski gli abbia raccontato veramente tutto e che loro non abbiano voluto mostrarmi di sapere tutto, magari confidando nel fatto che avrei spifferato qualche particolare interessante sui miei studi. Lo dimostra il fatto che, con movimenti piuttosto disinvolti, a un certo punto hanno svoltato in direzione della baracca 15 e dopo un minuto li ho visti andarsene via scortati da quelli della Schutzpolizei. Sanno quale baracca ospita i detenuti su cui faccio esperimenti, a quanto vedo, ma perché ci sono andati? La sola risposta è per parlare con il blockführer allo scopo di indagare su ciò che realmente faccio, e scoprire se sto nascondendo qualcosa.

15 febbraio 1939

Il profumo urbano della notte amburghese fa stridere i miei sensi come un cardine non oliato. Gli agglomerati della città e il mio stesso quartiere mi appaiono estranei e familiari nello stesso tempo, come se vi avessi sentito qualcosa di profondamente cambiato che all'apparenza non vedo. Ho la sensazione di un bambino a cui qualcuno ha cambiato l'ordine nella sua cameretta; magari non vede cosa è stato spostato, ma lo percepisce chiaramente. Sono tornato da solo un'ora in Heiligendammer Straße, percorrendo strade costeggiate da alberi che non sembrano più gli stessi, anzi pare abbiano acquisito una nuova naturalezza prima sconosciuta. Solo dopo aver viaggiato così lontano da casa mia, in una terra incontaminata, sono consapevole e apprezzo molto il valore della natura e dell'uomo; le mie certezze e i miei dubbi sono spariti come portati via dal vento quando mi sono addentrato all'interno di quella grotta. Dopo essere sceso per non so quanti metri è apparsa una luce vivissima, quasi accecante, ed è apparso sotto i miei piedi un mondo che non potevo immaginare prima di vederlo; in quell'istante le consapevolezze che mi rendevano un uomo sono state prima frantumate in una miriade di pezzi, poi si sono ricomposte ampliandosi in un grandissimo mosaico interiore dotato di valori che credevo di possedere già e invece non li avevo assimilati che superficialmente. Siamo esseri superiori non per scelta, non per imposizione, non per forza ma per privilegio primordiale e atavico! Non abbiamo più bisogno dell'espansione a est, del *lebensraum*, non dobbiamo riprenderci nulla perché il mondo intero ci appartiene per sacrosanto diritto, come se la nostra razza superiore avesse ricevuto un'investitura divina e inattaccabile, retta da principi che il Führer ha riscoperto e portato alla luce sapendo che esistevano dall'inizio dell'umanità! Abbiamo fede in questo grande uomo e i suoi sforzi sono stati premiati non solo con la prosperità che il Terzo Reich ha donato ai tedeschi ma soprattutto con questa scoperta documentata dal rapporto che ho presentato al dipartimento stasera, e con il quale sapranno che in Antartide esiste il nostro vero mondo. Ecco che la mia vita è cambiata e sono certo che avrò un importante riconoscimento dal Führer in persona, nessuno potrà negare che io non abbia trovato quanto di più lontano e importante il nazismo ha cercato per avere la prova di un'incontrovertibile verità sulle proprie origini. Inutile dormire stanotte... Mi piace assaporare le ore notturne perché sono il preludio di una nuova vita.

Alle sette di mattina nei giardini delle case risuonavano cristallini i canti degli uccelli e l'abbaiare di qualche randagio, mentre una Mercedes nera imboccava Heiligendammer Straße spezzando quella specie di idillio urbano. Al numero 11 accostò e scesero quattro uomini con cappotti grigi lunghi; alzarono lo sguardo verso la palazzina alta quattro piani, dopodiché si diressero decisi verso il portone, entrarono salendo le scale fino al terzo piano. Il rumore dei loro stivali risvegliò gli inquilini, alcuni borbottavano da dietro le porte, altri si affacciavano dallo stipite ma poi richiudevano per paura di essere visti; solo un pensionato incrociò quegli uomini mentre scendeva, li fece passare e infine biascicò un saluto andandosene. Giunti sul pianerottolo del terzo piano colui che comandava gli altri, senza dire una parola, bussò energicamente tre colpi sulla porta a sinistra.

«Chi è?» fece una voce rauca e stanca.

«Polizia. Aprite» rispose l'uomo, fissando la maniglia in attesa che si muovesse.

Dopo qualche momento la porta scivolò indietro e comparve sulla soglia un tizio alto e robusto, dall'aria stravolta e gli occhi spenti che li guardò stupefatto.

«Klaus Steiner, non è vero?».

«Sì. C'è qualche problema?».

Rigido e inflessibile l'uomo rispose:

«Lei e Hilda Snölarberg siete in arresto».

Klaus si riebbe, aggrottando le sopracciglia.

«Cosa? Con quale accusa arrestate una SS?».

L'uomo tirò fuori dal taschino interno il tesserino, mostrandolo a Klaus e ribadendo in tono inequivocabile:

«Gunther Köll, della Gestapo. Devo arrestarla per ordine diretto del Reichsführer, e la prego di non opporre resistenza. I miei uomini devono perquisire l'appartamento».

In quell'istante Hilda saltò alle spalle di Klaus per vedere chi potesse essere così presto; quando vide quei tipi dall'aria torva capì che le cose, anche se non si spiegava il motivo, si stavano mettendo male.

«Che succede? Perché è in arresto?» protestò cercando di passare avanti al compagno, ma Klaus le sbarrava il passaggio con il braccio.

«Non faccia domande, *Fräulein*. Dovete seguirci alla centrale» ribadì Gunther, scrutandoli con quello sguardo tagliente.

«Mi sembra assurdo che Himmler mi voglia arrestare, non sapete che lavoro per lui? Che cosa ho fatto? Dovete dirmelo!» inveì Klaus, cominciando a perdere la pazienza.

Gunther si volse verso gli altri facendo cenno di entrare, ma l'inquilino si piantò sulla soglia senza muoversi.

«La trasciniamo via, se non si sposta» minacciò l'uomo, spostando due occhi gelidi da lui a Hilda.

Klaus rifletté; non sapeva nulla di questa storia ma, se reagiva, metteva in pericolo anche Hilda. Così si scansò permettendo che entrassero per fare la perquisizione.

Mentre costoro rovistavano nelle stanze, Gunther prese le manette e ammanettò prima l'accusato poi la sua compagna; infine li fece scendere lentamente le scale, uscirono dal palazzo e li fece sedere sul sedile posteriore dell'auto. Montò anche lui e partì conducendoli in Prinz Albrecht Straße; i due seduti dietro non volevano credere che stavano per essere incarcerati nelle peggiori prigioni della Germania, senza un capo d'accusa e un regolare processo. Klaus stringeva a sé Hilda la quale appariva sempre di più confusa; il risentimento per la partenza di lui sembrava cancellato da quelle circostanze in cui sentivano di essere più uniti.

Arrivarono in un campo sterrato dove Gunther fermò l'auto; tenendoli per il braccio li trascinò verso un fabbricato su cui spiccava una porta metallica, entrarono e furono spinti giù lungo alcuni scalini che scendevano nel buio. Camminarono in un lungo corridoio ai lati del quale c'erano le celle, fermandosi in fondo dove un altro ufficiale sedeva a un tavolo scarabocchiando su un registro con fare impegnato.

«Lei è tua, mentre io mi occuperò di lui» gli disse Gunther, con una sfumatura sinistra nella voce. Klaus gli lanciò un'occhiata sprezzante; l'ufficiale s'alzò dalla sedia facendo il giro del tavolo, prese per il braccio Hilda e insieme si recarono verso una cella vuota, rinchiudendosi entrambi. Oltre la scrivania il corridoio svoltava a destra e continuava di un altro breve tratto prima di finire in un salone sotterraneo, adibito a ufficio con tavoli e scaffali appesi alle pareti di pietra e illuminati dalle fioche lampadine del soffitto. L'odore di muffa e d'aria viziata era pesante. Prima di questo ambiente Gunther fece entrare Klaus in una cella piuttosto grande e senza finestre; si sedettero su due sedie l'uno di fronte all'altro. Nonostante il freddo e l'umido il prigioniero, in canottiera e bretelle, non appariva a disagio e già questa cosa fece inaspettatamente alterare il fiero ufficiale.

«Voglio sapere l'accusa» ringhiò Klaus.

«Ordini di Müller, il quale li ha ricevuti da Heydrich. Non ci sono accuse precise, se non quella di chiamarti Klaus Steiner» spiegò impassibile l'altro. E aggiunse:

«Forse te sai perché, con tanta urgenza, hanno voluto che ti arrestassi».

Klaus abbassò gli occhi frementi, riflettendo un secondo.

«Visto che la Gestapo arresta spesso individui sulla base anche solo di un pettegolezzo, non dovrei sorprendermi» ironizzò, notando la faccia di Gunther irrigidirsi.

«Non farei lo spiritoso se pensi che anche la tua compagna è là dentro... Chissà che servizietto le sta riservando il mio collega».

«Riprendersela con lei non ha senso, tutto questo non ha senso!» sbottò il prigioniero, alzando la voce.

«Se non mi dici tu cosa hai fatto, entrambi non lo sapremo, ma potremo sempre aspettare che i miei uomini trovino qualcosa nel tuo appartamento» sostenne Gunther, sollevando un po' il mento.

Klaus rifletté passando in rassegna casa propria; quali oggetti potevano essere compromettenti agli occhi loro? Avrebbero trovato il diario privato, ma non vi aveva scritto nulla di grave che giustificasse l'arresto, anche se la Gestapo non aveva bisogno di vere prove. Proprio non capiva il motivo di arrestare uno come lui appena tornato da una spedizione... Ecco! La spedizione! Forse il capitano Ritscher aveva sospettato di lui per la scomparsa del cartografo Binding; non era poi così assurdo perché lo aveva ucciso dal momento in cui aveva fatto quella grandiosa scoperta... Poteva aver avvisato di nascosto le autorità, facendo scattare l'*Haftbefehl* per lui.

«Troverete solo un diario, ma non vi servirà a niente. Binding è rimasto ucciso da una frana in quella maledetta caverna» premise Klaus.

Gunther aggrottò la fronte e lo scrutò attentamente.

«Non so chi sia questo Binding. Qualcuno sospetta che tu l'abbia ucciso?» lo incalzò, approfittando di quella notizia per attaccarlo. Non sapeva cosa avevano in mente Müller e Heydrich, ma d'improvviso il soggetto indagato gli serviva un capo d'accusa senza averlo cercato e la cosa poteva farsi interessante.

Klaus capì che i motivi del suo arresto erano sconosciuti anche a quest'ufficiale il quale, però, provava piacere a stuzzicarlo. Era meglio quindi allontanarsi dall'argomento dell'omicidio, già che nessuno lo sapeva.

«Binding era un cartografo che lavorava con me in Antartide, purtroppo è accaduto un incidente durante una scalata su una montagna e ha perso la vita. Il fatto che eravamo soli può mettere in dubbio la mia versione dei fatti, ma le cose sono andate così».

Gunther s'alzò in piedi, spostando con sinistra lentezza la seggiola; poi cominciò a girargli intorno a passi cadenzati, ascoltando il rumore dei propri stivali. Quei freddi rintocchi non sembravano innervosire la vittima.

«Interessante la tua versione, sarà uno dei motivi per cui verrai trattenuto. Ma a me non riguarda. Lo so che eri al Polo Sud come so che sei partito il 17 dicembre» affermò presuntuosamente.

Klaus guardava quella specie di iena che lo circondava in attesa di sbranarlo, e tutto diveniva chiaro; quel tizio che lo guardava alla riunione di Himmler prima della partenza era una spia. Lavorava per conto della Gestapo. Ecco perché conoscevano ogni dettaglio della missione.

«Non pensare che conosca certi dettagli perché siamo ben informati. Nel tuo caso non è così. Io c'ero al porto di Amburgo quella mattina, e dovresti ricordarti di me; ti ho salutato appena ti sei imbarcato» ammise Gunther, con un sorriso furbo sulle labbra.

Klaus era ancora più confuso; si domandò per quale strana ragione quest'uomo fosse interessato a lui.

«Proprio non ti ricordi di me?» fece a un tratto, piantandosi di fronte a lui.

A parte il saluto di quella mattina non ricordava di conoscere un tipo simile che lavorava alla Gestapo; conosceva professori, SS, dottori, poliziotti...

«Ti dice niente il nome di Magda Richter?». Quel nome uscì dalla bocca di Gunther in maniera strozzata; tutto era chiaro per Klaus. Ogni parola come ogni domanda dell'ufficiale erano dettati non dal dovere di interrogarlo, ma da un rancore personale.

Riandò con la mente alle donne che aveva conosciuto, ed effettivamente si rammentò di una certa Magda con cui aveva avuto una relazione ai tempi di Bonn; solo che non ricordava che ella fosse sposata con uno di nome Gunther.

L'ufficiale, con le mani dietro la schiena, s'accorse che Klaus ricordava, gli lesse quella reminiscenza negli occhi, così riprese:

«A Bonn lavoravo nella Kripo e Magda era fidanzata con me. Ma lei mi tradiva con te».

Klaus cominciava ad essere stufo dell'interrogatorio, le manette gli segavano i polsi e quella luce bianca gli dava alla testa; cosa avrebbe dovuto dirgli, a parte il fatto che non lo sapeva? Guardando bene quel volto si ricordava anche di Gunther, spesso lo aveva visto nei locali e aveva sempre immaginato che si trovasse tanto in un posto che in un altro per tenere d'occhio qualcuno. Infatto era della Kripo. Solo che la cosa più importante aveva finito per trascurarla e, come succede sempre, lei aveva trovato conforto in un altro uomo.

«Non lo sapevo che stesse con te».

«Menti» ringhiò Gunther.

«Non so cos'altro dire, non mi disse mai che aveva un uomo» ribadì Klaus, sperando che lo lasciasse in pace.

«Falso e bugiardo! Sapevate entrambi e avete goduto a tradirmi» s'infiammò l'altro con gli occhi sgranati.

«A che scopo farti questo se neanche sapevo chi fossi?».

«L'avete fatto e basta!» urlò, dandogli un pugno in faccia.

Klaus crollò con tutta la sedia; si volse su un fianco guardando di sbieco il suo aguzzino, mentre un rivolo di sangue gli colava dal naso macchiando i peli folti della barba.

«Non hai niente di meglio da fare che prendertela con me per una donna?».

Gunther, tremante di rabbia, fu raggelato da quelle parole; strinse i pugni, e la bocca si tramutò in una smorfia indescrivibile. Sospirò e rispose:

«Hai ragione tu. Io non ho altro da fare».

Un rumore di passi affrettati li interruppe; poi davanti alla cella sopraggiunse un giovane sottufficiale che, dopo aver salutato il superiore, gli porse alcuni fascicoli. Gunther si riebbe e cercò di mostrarsi calmo, allontanando il giovanotto per il braccio per sentire cosa aveva da dirgli.

«Quello che c'è nel fascicolo è da ritenersi *assolutamente* segreto, almeno per il momento, Herr Hauptsturmführer. Steiner ha fatto una scoperta senza precedenti, solo che non si fidano di lui, dicono che è troppo avido di conoscenza e di potere per prendersi i meriti di tutto ciò. Quindi il Reichsführer Himmler ha ordinato di uccidere sia lui che la donna. Nessuno saprà della scoperta eccetto noi e i membri della spedizione; quest'ultimi non parleranno quando verranno a sapere che Steiner è scomparso, perché c'è dietro Himmler e rischierebbero la condanna a morte. Il Gruppenführer Müller è fuori per delle incombenze, ma prima mi ha trasmesso l'ordine; è tutto».

Gunther rimase sovrappensiero. Poi congedò il sottufficiale, prese con sé i fogli e si diresse veloce alla cella dove c'era il suo collega che, non appena lo vide entrare, smise di schiaffeggiare la donna legata alla sedia.

«La uccida, senza perdere altro tempo» fece Gunther, lanciando un'occhiata al viso tumefatto della prigioniera.

A capo chino, appoggiato allo schienale della sedia, Hilda sputacchiò del sangue respirando con fatica; sembrava non aver udito la sua sentenza.

L'uomo era senza giacca e la camicia arrotolata fino ai gomiti; osservò il collega, poi la donna con un certo disappunto, puntando le mani sporche di sangue ai fianchi.

«D'accordo» disse a Gunther, estraendo la pistola dalla fondina e mirando alla fronte della prigioniera.

«No, non così. Colpo alla nuca» precisò l'altro, e poi s'allontanò lasciandolo fare.

Dopo qualche secondo che percorreva il corridoio lo sparo rimbombò dappertutto; con tranquillità tornò alla cella di Klaus, e lo trovò seduto con le braccia sullo schienale e l'aria di chi ha ricevuto una pugnalata al cuore.

Guardò Gunther entrare e fermarsi sotto la luce abbacinante della stanza; si scrutarono per alcuni brevi istanti. Poi Gunther girò intorno al prigioniero e si fermò precisamente alle sue spalle; fece un passo indietro estraendo la pistola. Poi la appoggiò alla nuca sudata di Klaus. Questi sentì un brivido gelido che gli fece drizzare la schiena.

«Non è giusto che mi condanniate a morte senza un motivo» sbottò Klaus, senza voltarsi.

«Non è affar tuo. Hanno ordinato di ammazzarti. Finalmente ho quello che mi spetta» sentenziò Gunther. Esplose il colpo, facendo schizzare la materia cerebrale sulle sbarre della cella. La testa frantumata di Klaus cadde in avanti. Dopo alcuni secondi l'eco dello sparo svanì e Gunther abbassò l'arma, continuando ad osservare il cadavere con una smorfia di rabbia e soddisfazione.

Infine ringuainò la pistola, e uscì dalla stanza.

Non c'è un popolo peggiore dei polacchi, stando alle parole dell'Oberscharführer Heim, sono sporchi e puzzano (non solo i detenuti del campo), tentano sempre di fregarti, bugiardi, ipocriti e incestuosi persino; nemmeno gli ebrei, agli occhi suoi, sono un popolo così basso e abietto. Mi ha raccontato addirittura che certe malattie veneree - di cui guarda caso non ricorda il nome - sono state portate dai polacchi già prima della guerra. Questa sua tiritera è stato l'argomento con cui ha provato a riallacciare un rapporto fiducioso con me, ma senza successo; non ho espresso favore per la sua tesi sui polacchi, a me sono totalmente indifferenti, odio solo gli ebrei perché sono i responsabili della rovina della Germania. In due occasioni abbiamo parlato da soli, la prima è stata qualche giorno fa davanti alla baracca che sorveglia, un po' prima dell'ora di cena. L'altra a mensa, seduti a un tavolo in disparte. In entrambe le situazioni non nego di aver provato piacere quando è comparsa la delusione sulla sua faccia scimmiesca, quel profondo disappunto che è costretto a mascherare per non darmi a vedere che sta fallendo; forse è un tentativo per convincere se stesso che può farcela. La situazione ora è ben chiara;

266

per timore che sveli la sua omosessualità al comandante cerca di ingraziarsi me, ma lo fa anche per un altro motivo. Da alcune sue domande alle quali ho risposto evasivamente - talvolta mentendo proprio - relative alle ricerche mediche ho avuto prova del suo gioco con la Gestapo; altrimenti non lo farebbe, non è tipo da interessarsi a qualcosa - che non sia la musica - senza avere un reale guadagno. Sono abbastanza sicuro che quelli della Gestapo lo pagano per avere informazioni sugli esperimenti; per il momento lo tengo a bada senza che trapeli nulla di ciò che faccio nel laboratorio, almeno fino a che non torneranno quegli agenti a pungolarmi.

Il convoglio di olandesi è giunto due giorni fa ma, come volevasi dimostrare, ne hanno fatto un kommando per la costruzione di una fabbrica di munizioni in un sottocampo qui vicino; l'Hauptscharführer Bachmann, nel dirmelo, non ha potuto fare a meno di sogghignare sotto quel naso appuntito, ma ormai quel suo sterile disprezzo non mi tocca più. Allora ho dato una settantina di Reichsmark al blockführer della baracca 4 per avere Jozef il quale, indifferente e zelante allo stesso tempo, mi ha raggiunto nel block 5 dove avevo fatto portare solo un'ebrea polacca su cui avrei sperimentato il mio siero. Ed è qui che ho avuto una spiacevole sorpresa, a causa della quale - e solo a causa di questa - mi accorgo di provare un momentaneo odio verso i polacchi.

Ho detto ad Hinga di distendere l'ebrea sul lettino mentre io preparavo la fiala di scopolamina per l'ennesima prova; come al solito è stata svestita e ho constatato che la sua magrezza non avrebbe tollerato la dose tossica della sostanza che avevo intenzione di

267

iniettarle. Il fatto che non mostrasse la minima agitazione è saltato subito ai miei occhi, ma non le ho dato peso; quando invece mi sono avvicinato al lettino la detenuta ha girato la testa verso di me, mi ha guardato intensamente dopodiché mi ha rivolto queste parole in un buon tedesco: «La riconosco». «Come hai detto? Non credo tu mi conosca» le ho fatto perplesso, tastandole il braccio in cerca della vena. «Dieci anni fa avevo i capelli scuri e lunghi» ha continuato, con una voce flebile. Cominciava ad alterarmi. «Come fai a conoscermi? Io non me la sono mai fatta con una sporca ebrea». Per un istante sembrava che quella risposta insolente fosse servita a farla tacere; poi i suoi occhi neri si sono allargati e riempiti di lacrime. «Ero a Bonn con il mio fidanzato e lei ci ha picchiato. Non ho paura di dirglielo perché voglio soltanto morire». Appena ho compreso di cosa si trattasse mi sono voltato verso Jozef ed Hinga, ordinando loro di aspettare fuori dal laboratorio. Lasciatomi solo con la prigioniera mi è sembrato di tornare indietro nel tempo, ed è riafforato un ricordo che speravo nessuno mi avrebbe costretto a riportare alla luce.

«Come ti chiami?». «Sofia Żeromskiòwna. Sono un'immigrata polacca come lo era il mio fidanzato Walerian che, purtroppo, non c'è più per colpa sua» ha spiegato. Tutto ciò era più che sufficiente per ricordarmi di quella coppia che, assieme ai miei compagni delle SA, massacrammo di botte. Come erano lontani quei tempi! Non so perché l'ho lasciata parlare per un po' ascoltando la sua storia, rivedendo quella notte attraverso i suoi occhi doloranti. Mi ha detto anche che lui è morto per le percosse, togliendomi il dubbio se lo avessimo ucciso o meno. Poi ha raccontato che quel dolore l'ha distrutta, le ha tolto un pezzo di vita, è caduta in depressione - le è andato via perfino il ciclo mestruale, cosa che dovrei appurare - e da quando è a Dachau desidera solamente la morte. Sentirla parlare mi ha fatto un effetto strano che non so descrivere. Nondimeno ho concluso che non potevo che evitare di compiere l'iniezione di scopolamina su questo soggetto, avrebbe portato delle complicazioni serie a mio riguardo e non potevo certamente permetterlo. Allora non le ho detto nulla e sono andato nell'armadietto dei farmaci, cercando un flacone di fenolo; ho preparato 20 cc del farmaco e sono tornato da lei, aiutandola a mettersi seduta. Mi ha guardato con rassegnazione, poi le ho conficcato l'ago dritto al cuore iniettando la sostanza; lei ha avuto uno spasmo torcendosi all'indietro, spalancando la bocca a dismisura. Il suo corpo è rimasto piegato su un'anca, con la testa reclina e gli occhi aperti.

Mi sono seduto un attimo, scosso da una strana sensazione; fissando quel cadavere senza una ragione precisa, dopo un po' ho avuto l'impressione di stare meglio, di aver cancellato quel che rimaneva di un atto del mio passato. E' proprio così. Come è vero che lo rifarei perché lei e il suo fidanzato erano dei porci ebrei.

269

KRIEGSTAGEBUCH

3 giugno 1940

Le vittorie a cui abbiamo assistito dalle retrovie della 18° Armata mi hanno aperto gli occhi su quelle che sono le sconfitte, e Dunkerque è stato qualcosa di significativo in tal senso; a soli due chilometri dalle spiagge scelte dagli Alleati per l'evacuazione vedevamo i lampi di fuoco della nostra artiglieria squarciare le spesse nubi del cielo, le imbarcazioni francesi stracolme di soldati che prendevano il largo e affondavano mentre gli Stukas sorvolavano la zona colpendo e affondando le navi inglesi che erano accorse già la notte del 28 maggio. E' stato un inferno così bello e pieno di fiamme che mi attraeva, invece di atterrirmi. Ho visto le facce dei soldati inglesi e francesi catturati dalle nostre divisioni, visi stravolti dal terrore e desiderosi di tornare a casa; dappertutto sentivo l'odore della paura di chi fuggiva per salvarsi. In questo siamo diversi; ci sparano e moriamo - quanti sono caduti accanto a me prima di arrivare alle spiagge - ma è raro scorgere il desiderio di arrendersi e scappare negli occhi di un soldato tedesco, benché questo non esclude il fatto che sia accaduto. Qua nei pressi delle sponde della Somme aspettiamo che von Küchler ci raggiunga con le sue dieci divisioni di fanteria; per fortuna che le piogge sono finite altrimenti ci troveremmo a dover marciare nella fanghiglia. Ma questa tregua momentanea non è di giovamento alle truppe poiché favorisce il diffondersi di un nervosismo generale; due giorni fa due uomini della compagnia di Feuerbach hanno contratto il tifo e non c'è stato altro da fare che abbandonarli mentre ci dirigevamo a sud, evitando che contagiasse l'intero reggimento. Suppongo che, al momento, non ci sia pericolo ma il dubbio rimane; Eicke è stato preda di un attacco isterico quando ha saputo del tifo, e l'ho visto di persona prendere a calci lo sportello del suo kubelwagen; non accetta la possibilità di perdere altri uomini per stupide malattie, come le ha definite. Altri due soldati del secondo reggimento di Baumann sono stati riformati a causa di attacchi epilettici, e rispediti al confine col Belgio; da stamani non vedo altro che ufficiali superiori passeggiare frenetici e fumare, gettando occhiate nervose ai soldati, parlottare fra loro e bombardare di domande i radiofonisti per conoscere nuovi ordini; l'ultima volta che c'è stata una telefonata era per il Gruppenführer, proprio il 24 maggio, ricordo il giorno preciso perché è stato il giorno in cui le Panzer-Division hanno ricevuto, da parte di Hitler, l'ordine di fermarsi. Eicke dovette subire lo sfogo di von Bock; secondo lui era inaudito dare un tale vantaggio agli Inglesi in un momento così delicato.

Vicino all'apparecchio c'erano Blümein, Riefel, Dietrich con l'orecchio teso, ma anche lo Sturmbannführer Brunner che ascoltava facendo finta di guardarsi gli stivali sporchi di fango. Erano troppo presi per far caso a me che mi sono avvicinato al gruppo, come il resto degli ufficiali curiosi di udire quella sfuriata. «Come possiamo vincere le divisioni alleate se diamo loro il tempo di guadagnare terreno, von Rundstedt e von Kluge hanno convinto il Führer che facendo in questo modo i panzer potranno approvvigionarsi e logorarsi meno in vista di una massiccia offensiva... *Es sind alle Dummheiten*! E' una *große Schweinerei* questa! Al Quartier Generale di Charleville sono sicuri che la guerra è praticamente vinta, se ne rende conto?!». «Concordo con lei, Generalfeldmarschall» è stato il commento di Eicke. Effettivamente la trovavamo un'assurdità fermare i panzer per ben due giorni, ma nessuno poteva sapere che era in atto il piano di evacuazione delle truppe attraverso Dunkerque; molti ritengono che il Führer fosse talmente sicuro di una schiacciante e rapida vittoria su terra da non prendere nemmeno in considerazione una ritirata del nemico via mare. Comunque nei giorni successivi le armate di von Küchler si sono dimostrate degne di approvazione da parte del Führer stesso, il quale aveva ordinato un altro tempestivo cambiamento del piano di attacco; la sera del 29 un radiofonista del terzo reggimento ha chiamato Eicke, e c'è stato del movimento di attendenti e ufficiali proprio vicino a lui, tale che non poteva dare nell'occhio. Eravamo a non molti chilometri da Lille, ed è giunto l'ordine di coprire la retrovia dell'armata di von Küchler in avanzata. Immagino che i generali abbiano avuto lo stesso nostro stupore quando hanno saputo che la battaglia decisiva attorno a Dunkerque l'avrebbe combattuta proprio la diciottesima.

L'unico che trovo impressionato da tutto questo è un corrispondente di guerra che, da ormai dieci giorni, è al nostro seguito; il suo plotone di kriegsberichter si è sparpagliato durante gli scontri per documentare quanto avveniva, e lui è l'unico che ha seguito i nostri spostamenti. Non teme nulla, ha un po' dell'ingenuità di un bambino che si avvicina al fuoco mentre si acquatta dietro un muro diroccato a scattare fotografie; si chiama Arthur Weitzmann, è un giovane alsaziano di appena vent'anni. Spesso lo trovo a scrivere su un quaderno proprio come faccio io, chiedendo dettagli che non può conoscere a qualche soldato indulgente, oppure si rivolge agli ufficiali come me. Essendo originario dell'Alsazia parla bene il francese, e con i prigionieri talvolta s'accuccia a terra intavolando lunghi colloqui; per il fatto di essere bilingue lo Sturmbannführer Trucker lo ha proposto a Eicke come interprete del primo reggimento e questi, notando le qualità del ragazzo, gli ha assegnato la qualifica di interprete ufficiale della divisione. E con lui che stasera sono tornato alla tenda dove giacciono i feriti e gli invalidi, trovando le condizioni di Steinmetz alquanto peggiorate; non avendo ancora fatto il naso all'odore della cancrena e del sangue Weitzmann ha accusato un giramento alla testa, e mi ha detto che avrebbe atteso fuori.

Il sangue macchia il terreno e ogni oggetto nelle vicinanze, è un lamento ininterrotto che la morfina non può placare; le due infermiere presenti non riuscivano a fare granché, a parte pulire le ferite, e quando mi hanno visto andare al giaciglio del camerata morente di cui si stavano occupando mi hanno lasciato fare. Una granata gli ha colpito la gamba sinistra durante uno scontro pochi giorni fa; la parte superiore è squarciata da una miriade di schegge metalliche che è stato impossibile rimuovere, e che hanno infettato la ferita. La febbre è aumentata e il suo aspetto è cadaverico; c'era un forte odore di rancido e di putrefatto che stordiva. Io che sono medico sapevo perfettamente che non poteva farcela; quando mi guardava, sebbene avesse gli occhi lucidi e spiritati, sembrava accettasse la propria morte e di conseguenza non lottava per sopravvivere. Volevo dirgli alcune cose, ma dubitavo che capisse in quelle condizioni disperate; poco dopo è morto.

Me ne sono andato coprendo la sua faccia col lenzuolo; fuori Weitzmann era in piedi che fumava una sigaretta, con uno sguardo un po' atterrito. «Tutto bene, Sturmmann?» gli ho chiesto, mentre mi sedevo tirando fuori il mio diario. Lui s'è avvicinato a me come un animale curioso. «Scrive un diario, Herr Obersturmführer? Anche io tengo un diario, non proprio personale però; è più un resoconto di tutto ciò che riguarda la guerra. Dovrò portarlo a Berlino al mio giornale» mi ha detto, gioioso di trovare qualcuno che si dedicasse alla stessa cosa. Mentre parlavo con lui pensavo sempre a Steinmetz, come a Weser e a Staffenberg che sono morti; tutto questo sangue è la dimostrazione dell'essere tedeschi, che in quanto nazisti lottiamo contro tutto e tutti, la morte è l'unico modo per capire cosa significa combattere per gli ideali nazionalsocialisti; finché anch'io sono vivo e combatto capirò questo sentimento a metà. I camerati caduti lo hanno già compreso.

Alle sei il Gruppenführer si aggirava fra i reggimenti strillando di alzarsi; da come barcollava doveva essersi appena ripreso da una sbornia. Un sole pacato s'affacciava da un crinale alla mia sinistra, illuminando i campi di frumento; la radio gracchiava qualcosa che non capivo, mentre sistemavo le scorte di cibo nello zaino, vale a dire un po' di margarina ormai malandata, due mele e del *kommißbrot*. Kurt Brunner stava diramando l'ordine appena giunto a tutto il primo reggimento; pochi minuti prima avevano avuto una chiamata da von Bock il quale aveva detto di avanzare verso la città di Amiens e rastrellare ogni villaggio. Questo poteva significare due cose; la prima che non avremmo proseguito la campagna assieme alla Wehrmacht perché dovevamo occuparci degli ebrei, oppure voleva dire che il Führer era ancora incerto sul da farsi e intanto il compito di "pulizia" toccava a noi (a chi sennò?). Si sapeva che quell'ordine non veniva né da von Bock né dall'OKH; dal sorrisetto maligno con cui l'Obersturmbannführer Dietrich ce l'ha detto sapevamo che i generali della Wehrmacht erano assillati costantemente dal Reichsführer affinché venissero attuate determinate direttive sul trattamento degli ebrei stranieri. Ci siamo messi in marcia quanto prima, e faceva già caldo lungo le strade delle campagne francesi; ogni tanto mi voltavo perché mi arrivavano alle orecchie i discorsi in inglese dei prigionieri, i quali erano sorvegliati dagli uomini di Feuerbach. Due ore dopo siamo entrati ad Abbeville; fuori dai quartieri della periferia giacevano abbandonati alcuni carri francesi, mentre a riparo dietro un muro diroccato c'erano alcuni cannoni anticarro distrutti. Dando un'occhiata alle palazzine non pareva avessero subito molti danni, erano quasi tutte intere; noi del primo reggimento siamo penetrati nella zona sud della città, trovando i ponti sulla Somme sabotati. Ad un tratto da una viuzza è sbucato un attendente che, correndo a perdifiato e sventolando alcuni fogli, ha raggiunto Brunner facendo il punto della situazione; era una lista di ebrei che abitavano in città ma, probabilmente, alcuni erano già fuggiti e la gran parte nascosti. Egli - l'attendente - aveva pagato degli informatori per quelle notizie, in più aveva costretto l'anagrafe a farsi dare i nominativi. Il secondo e terzo reggimento erano già all'opera nel settore nord, noi invece dovevamo rastrellare tutta la parte sud del paese; Eicke era già partito a bordo di un'auto per scegliere il luogo dove fucilarli e seppellirli, in ogni caso probabilmente sarebbe stato nei boschi appena fuori città. Aveva lasciato detto agli ufficiali superiori di non attirare troppo l'attenzione della Wehrmacht, sperava di non aver da discutere con i loro generali.

La mia compagnia s'è mossa partendo da un gruppo di edifici di tre piani; ci avevano segnalato la presenza di ebrei in uno dei tre, così i miei uomini sono saliti e hanno iniziato a sfondare le porte degli appartamenti in questione. Dopo venti minuti regnava un pandemonio di strilli, pianti e colpi di mitraglia che rimbombavano nella tromba delle scale; io e il Rottenführer Mauser eravamo di guardia al pianterreno, e seguivamo la fila di ebrei che, dopo poco, venivano costretti a scendere per uscire dall'edificio. Sono proprio un'infima razza di individui tutti uguali, tutti con le labbra carnose e sporgenti, gli zigomi pronunciati, gli occhi infossati e la pelle olivastra, oltre l'andatura incerta e gobba. Alcuni alzavano di sottecchi lo sguardo verso di me; nei loro occhi vedevo ancora una scintilla di scaltrezza che nemmeno massacrandoli perdono. Mi sono raccomandato di ripulirli del denaro e degli oggetti di valore, e così siamo usciti per procedere oltre; quando siamo passati in strada alcune donne s'erano accorte di ciò che stavamo facendo e scappavano, Weitzmann faceva delle fotografie alla colonna degli ebrei che sfilava davanti ai suoi occhi. Sulla destra, in uno spiazzo erboso, due soldati prendevano a schiaffi un gruppo di ebree, mentre un terzo da dietro strappava loro i vestiti menando calci sulle natiche. Abbiamo impiegato tutta la mattina per setacciare una ventina di edifici, e più di sessanta appartamenti, raggruppando qualche centinaio di ebrei; ho ordinato di farli marciare seguendo la direzione per Parigi perché la strada ci avrebbe condotto ai boschi; intanto aveva cominciato a piovere, e il terreno in poco tempo era diventato melmoso. Giunti al punto di raccolta l'Obersturmbannführer Riefel abbaiava ordini a due compagnie del terzo reggimento affinché formassero un cordone, causando un gran movimento di soldati ed ebrei; Brunner invece mi ha dato il compito di formare due plotoni con i miei soldati, e così ho fatto. Oltre l'ultima fila di faggi c'erano gli uomini del cordone, mentre davanti a me c'erano gli ebrei e più avanti ancora una duna di terra che nascondeva un profondo fossato appena scavato. Dopo averli denudati li abbiamo disposti per file, e i plotoni composti dagli uomini dello Sturmbannführer Trucker hanno iniziato la vera e propria *judenaktion*. Le prime decine di corpi sono scivolati giù nella fossa; via via che fucilavano gli ebrei ho notato la faccia di Brunner diventare dubbiosa, e quella di Riefel in preda ad una tensione che gli provocava un tremore della palpebra sinistra. In piedi dietro i plotoni mormoravano che quasi duemila persone erano troppe in una giornata, e la pioggia stava riempendo d'acqua il fossato, perciò sarebbe stato faticoso sotterrarli bene tutti senza lasciare traccia. Avevo l'uniforme zuppa e il ticchettio delle gocce d'acqua sull'elmetto iniziava a urtarmi; dopo un po' gli ebrei salivano sulla duna piagnucolanti, taluni imploravano pietà inginocchiandosi, altri invece affrontavano tutto in un mistico silenzio. Trascorsa un'ora ho ricevuto ordine di dare il cambio ai plotoni; l'Untersturmführer Bach comandava il primo plotone e ha fatto come gli ho ordinato, seppure un po' insicuro. Hanno fatto salire sulla duna una fila di ebree nude, tutte con lo sguardo verso la fossa, poi hanno puntato alle loro nuche i fucili facendo fuoco; io mi sono avvicinato sull'orlo del fossato e ciò che temevo era accaduto. Due di loro, sopra la catasta di corpi, muovevano ancora la testa intrisa di sangue; senza esitare mi sono inginocchiato prendendo la mira e le ho finite con un ultimo colpo.

«Che combina?! D'un tratto non sa sparare?» ho urlato verso Bach e lo Sturmmann Lauch che imbracciava il fucile. «Ho sbagliato, Herr Obersturmführer. Non si ripeterà» s'è scusato Bach, rimettendosi a lavoro sotto il mio sguardo scrutatore. Malgrado mi sia alterato e abbia fatto sentire il fiato sul collo, le fucilazioni sono proseguite non senza intoppi di questo tipo; ho avuto l'impressione che qualcosa li bloccasse. Un soldato ha sbagliato completamente tiro colpendo un'ebrea alla schiena; un altro ha mirato troppo in alto facendole esplodere il cranio, con la conseguenza che il corpo è rotolato all'indietro verso il plotone. Nel frattempo Brunner bofonchiava che di questo passo non ce l'avremmo mai fatta, insinuando che sarei stato responsabile anch'io dell'incompiuta operazione; ho incitato gli uomini a far presto e a mirare bene, ma sembravano stanchi e la pioggia li rendeva nervosi. Non mi andava di passare da incapace di fronte ai superiori, allora mi sono aggiunto al plotone e ho iniziato a sparare; appoggiavo la canna sulla nuca e sentivo per un istante la morbidezza della carne. Poi sparavo e il corpo cadeva giù. E così di continuo, mentre alle spalle un gruppo di ebrei piangeva ininterrottamente; stesso movimento, stesso colpo, ricaricavo e fucilavo. Nulla di più semplice; in un attimo il tremore dell'ebreo, l'odore della pelle bagnata dalla pioggia, la puzza di urina, tutto finiva con lo sparo. Nemmeno dopo l'ora di punta la pioggia accennava a smettere, e il terreno boscoso stava diventando un acquitrigno odorante di foglie umide; nei pressi della fossa saliva il fetore dei cadaveri e del sangue. I plotoni di Trucker e i miei si sono alternati per tutto il pomeriggio, sotto gli occhi di Brunner e di Riefel che sedevano su un tronco d'albero bevendo grappa. Anche i soldati dei plotoni, non appena ricevevano il cambio, mollavano il fucile e facevano un giro di vodka tornando a lavoro esaltati dall'alcol in corpo, sparando alle teste degli ebrei e urlando con sadico piacere. All'inizio facevamo passare avanti i vecchi e i bambini poi, gradualmente, quest'ordine s'è disgregato e formavano le file prendendo a caso le persone; alcuni sottufficiali bevevano con la bottiglia in mano dall'altra parte del fossato, e ogni tanto sparavano con la pistola sui corpi ammassati. Altri scattavano fotografie alle ebree nude, mentre l'unico in disparte era Weitzmann; il suo volto era pallido e la sua espressione sconvolta, si copriva il naso e la bocca con un fazzoletto a causa di quel fetore insopportabile. E' stato necessario scavare un altro fossato, altrimenti non avremmo potuto finire con le fucilazioni; al sopraggiungere del tramonto noi stavamo ancora finendo. Eravamo tutti sudati e stanchi; mi sono appoggiato a un albero contemplando la fossa colma di corpi nudi, e mi sono acceso una sigaretta senza pensare a nulla. Alla mia destra ho udito un ufficiale di collegamento corrermi incontro, superarmi per andare verso Feuerbach che teneva a bada i prigionieri proprio vicino agli uomini del cordone. Mi sono voltato a osservarlo; i due si sono scambiati alcune parole, poi l'uomo è corso via uscendo dal cordone. Feuerbach mi è venuto incontro con un'aria stanca dicendomi: «Il Gruppenführer ha ordinato alla terza e alla seconda compagnia del primo reggimento di impiccare trenta prigionieri francesi come monito alla popolazione civile». «Non c'è tregua» ho esclamato allargando le braccia. In quell'istante è sopraggiunto alle mie spalle Brunner. «Vediamo di sbrigarci, signori. Scegliete dei rami robusti e cominciate» ci ha detto in tono imperioso, per poi tornarsene dov'era a bere.

«Ce l'ha un po' d'acquavite?» mi ha chiesto Feuerbach, asciugandosi il viso dalla pioggia. «No, mi spiace, Hauptsturmführer». «Come fa a non bere?» ha replicato al che io, non sapendo cosa rispondere, ho alzato le spalle. Un gruppo di genieri ci ha portato le corde, mancavano i panchetti da mettere sotto i piedi dei prigionieri ma abbiamo provveduto accatastando della legna; io e l'Hauptsturmführer siamo andati dai prigionieri e ne abbiamo scelti trenta, a caso. I loro visi scavati mi facevano pensare che sarebbero morti all'istante.

Ho chiamato Mauser e Lauch e ho detto loro di procedere con questi uomini; dopo poco, in un'area piuttosto ristretta, erano tutti appesi a un ramo d'albero, con i piedi e le mani legati. Abbiamo collocato un uomo per ogni prigioniero in modo da svolgere la faccenda nel minor tempo possibile; Feuerbach ed io abbiamo dato il via a procedere, ed è esploso nel bosco il rumore dei calci sulla legna. Uno ad uno, quasi contemporaneamente, i prigionieri cadevano impiccandosi; passavo lo sguardo sulle vittime che stramazzavano convulsamente, notando il colore bluastro che i loro volti assumevano. Dopo un quarto d'ora si udiva solo il rumore della pioggia attraverso il fogliame unito al cigolio dei rami; ho osservato per un po' i corpi penzolare, poi ho riunito la mia compagnia e ho fatto rapporto a Brunner. «Gli ordini sono quelli di continuare le operazioni di rastrellamento in attesa che l'armata di von Küchler ci richiami come riserva; questione di poco, forse un giorno, prima che riprenda la campagna. In mattinata raggiungeremo Saint-Léger-

Làs-Domart, un paese a quindici chilometri da qui, poi sarà il turno di Vignacourt e infine Amiens. E' tutto, Obersturmführer». Era troppo occupato dal vuotare i bicchierini di vodka e chiacchierare con Dietrich e Riefel per dirmi due parole sul lavoro svolto; d'improvviso due spari mi hanno spinto a voltarmi verso gli alberi degli impiccati, e ho scorto un cadavere dondolare lentamente nell'ombra. A una trentina di metri due soldati col fucile in mano si divertivano a spargli.

Me ne sono andato senza dir loro nulla, e ho raggiunto la tenda allestita per me dallo Sturmmann Lauch; l'ho ringraziato dicendogli che poteva riposarsi. Così ho steso il sacco per dormire e mi sono messo a scrivere; visto che glielo devo scriverò una lettera per Heinrich.

Abbeville, 4 giugno 1940

Caro Heinrich,

finalmente ho il tempo di fermarmi e scriverti alcune righe per informarti su come vanno le cose da queste parti; non so se hai tempo di leggere i quotidiani, se ti fai recapitare una copia del *Völkischer Beobachter* o ti affidi alle chiacchiere che circolano ovunque ma la Campagna di Francia è un grande successo per il Reich, le nostre truppe dimostrano di essere le più forti e caparbie in ogni circostanza e posso assicurarti - per mia esperienza diretta - che sono state messe a dura prova fin dall'invasione dell'Olanda. Credo che il Führer sia entusiasta di noi e penso lo sia pure tu. E' dura, amico mio, ma non riesco a descriverti cosa esattamente si prova a combattere al fronte; è come spiegare cosa si prova a fare l'amore con una donna. E' bello, è coinvolgente, eccitante, certo non si rischia di morire (per fortuna!) ma una cosa fondamentale in comune ce l'hanno; la sensazione di dominio che provi è la stessa. Abbattere il nemico è un brivido che solo un soldato conosce, ma un soldato tedesco conosce anche la temerarietà; questa è un'altra qualità che ho visto sul campo. In venti giorni che sono in questa divisione non c'è stato un solo uomo che, di fronte al pericolo, sia fuggito; nessuno per ora ha disertato, né permetterei mai a qualcuno della mia compagnia (perché mi hanno promosso comandante di una compagnia) di compiere quello che considero il peggiore atto di viltà che si possa fare. Nei mesi prima che mi arruolassi, quando facevo il medico, conoscevo parzialmente il senso del dovere di un nazionalsocialista, quella *weltanschauung* che ti fa sentire parte di qualcosa di unico e grande, ma non è che una sola parte dal momento che c'è una guerra. *Krieg ist krieg*. Usare il *sonderbehandlung* per togliere di mezzo inutili esseri umani unito a ciò che facciamo agli ebrei che rastrelliamo durante le nostre conquiste, credo dia la completezza e un senso più profondo al lavoro e alla vita di un nazista, soprattutto a quella di un medico. Lo so che non sei del mio parere e che non hai preso bene la mia scelta, né voglio convincerti che dovresti pensarla come me; ti dico questo perché è ciò che sento dentro di me.

Spero che te la passi bene al campo, per quanto riguarda il lavoro non mi esprimo perché, conoscendoti, so che ti stai costruendo una brillante carriera con i tuoi studi. Appena verrò a trovarti me ne parlerai. Stammi bene.

Tuo,
Werner

Stanotte sono stato tormentato da un incubo che mi ha tolto il sonno. L'inizio non lo ricordo con esattezza, ma ciò che vedevo era molto reale perché ero ai margini di un'enorme fossa scavata nel bosco, proprio quella in cui abbiamo fucilato gli ebrei ieri; sparavano tutti e i corpi cadevano uno dietro l'altro come sacchi di patate. Io non riuscivo a sentire gli spari del mio fucile, ma stavo sparando alle donne ebree che mi davano le spalle, il sangue e i pezzetti di cervello volavano in aria, e intanto altri ebrei salivano la duna prima della fossa per farsi uccidere. Mi sentivo davvero esaltato e mettevo un'insolita foga nel premere il grilletto, ne facevo fuori decine e decine, sempre di più, attorno a me c'erano centinaia di uomini che sparavano con il fucile, era una confusione di spari senza un attimo di tregua ma l'unica cosa che mi dava fastidio era il puzzo dei cadaveri decomposti, un odore così forte che, quando ho aperto gli occhi, mi è parso di sentirlo sempre. Resomi conto che avevo appena sognato, ho annusato l'aria sentendo un debole odore di morte. Nelle vicinanze non potevo vedere nel buio gli altri uomini che dormivano, ma udivo il loro sonno agitato e le parole incomprensibili che bofonchiavano; dal sacco ho estratto la lampadina tascabile e puntato la luce sui commilitoni dormienti. Le loro facce erano veramente disturbate da qualcosa, tremavano perfino. Da quello che ho visto nel corso della mattina avevo ragione a pensare che fossero spaventati dalle stesse immagini che sono apparse nel sonno a me; per finire la bella nottata, dopo essermi tranquillizzato, uno sparo molto vicino ci ha fatto trasalire tutti. Pensando fosse un attacco a sorpresa siamo balzati in piedi prendendo le armi; si sono accese un sacco di lampadine e ci siamo scandagliati a vicenda per qualche momento. Feuerbach è stato il primo a sopraggiungere dove avevano sentito lo sparo, era ancora in bretelle e con l'aria disturbata di chi stava dormendo. «Chi è stato?» ha detto in un sibilo rauco, muovendo la luce sui presenti. Avendo tutti un'arma in mano era difficile incolparne uno; poi un soldato ha esclamato, puntando la torcia su uno dei pochi ancora sdraiati nel suo sacco: «Guardi, Hauptsturmführer!». In un secondo le lampadine sono piombate sullo Sturmmann Lauch; io non volevo crederci. Se ne stava disteso agitando la testa in modo continuo, con gli occhi chiusi e il viso stravolto da un'angoscia che nessuno poteva sapere. La mano sinistra appoggiata sul ventre impugnava la pistola.

Era chiaro che aveva sparato in preda ad un incubo, e quando Feuerbach ha ordinato di svegliarlo perché voleva che facesse rapporto lui si è mostrato confuso e spaesato, più che altro terrorizzato da qualcosa che non ha voluto rivelare; nessuno ha detto nulla mentre lo hanno fatto visitare dall'infermiera al sorgere del sole, ma tutti immaginiamo che Lauch abbia avuto dei disturbi collegati alle fucilazioni. Ne sono abbastanza sicuro, tant'è vero che non si è trattato di un caso;

diversi uomini delle altre compagnie sono apparsi disturbati dalla notte trascorsa, e sono di malumore verso tutti. Né Brunner né il Gruppenführer hanno preso provvedimenti per riformare, secondo me, questi soldati che non hanno più la testa per combattere; per quanto triste sia la situazione ho constatato che si tratta di questo. Eicke è saltato fuori dicendo che di nottate schifose ce ne sarebbero state e che si sarebbero abituati sia agli incubi che alle esecuzioni dei prigionieri; la questione è assuefarsi agli ordini, anche a quelli più difficili da eseguire.

Dopo l'alba ci siamo messi in marcia con questo torpore addosso, come fossimo afflitti da un forte lutto; ognuno proseguiva a testa bassa, e in pochi parlavano fra loro come accadeva di solito. Le uniche voci che ho sentito in tutta la mattina sono state quelle dello Sturmbannführer Trucker e quella di Eicke dopo aver ricevuto notizie da von Bock; a quanto pareva era appena cominciata la seconda fase della Campagna, quella che la Wehrmacht chiamava in codice *Fall Rot*. Ma noi dovevamo raggiungere quel paesello insignificante dal nome lungo che nemmeno riscrivo, e rastrellare tutti gli ebrei; dopo che quella notizia aveva fatto il giro di tutti i reggimenti, raccogliendo un briciolo di entusiasmo, il pensiero degli ebrei è tornato ad occupare le menti degli uomini. Ad un certo punto mi si è affiancato Weitzmann con l'intento di attaccare discorso; non ero dell'umore giusto e il grigiore sulle facce di tutti mi indisponeva, per cui l'ho palesemente ignorato fintanto che, compiendo uno sforzo, non s'è spinto a parlare: «Fucilerete altri ebrei oggi, Herr Obersturmführer?». Il tono era cauto e sottomesso, ma vi ho percepito una sfumatura d'angoscia. Mi sono girato gettandogli un'occhiata e ho visto che non aveva più quella spontaneità dei giorni passati; lo trovavo rabbuiato, e dalla sua domanda ho avuto conferma del perché. «Credo proprio di sì, abbiamo l'ordine di rastrellare ogni ebreo nascosto in queste campagne». «Le confesso che per poco non sono svenuto a vedere tutti quei cadaveri, non mi era mai capitato di vederne così tanti... e uccisi in quel modo» ha aggiunto. Non avevo voglia di intavolare una discussione sugli effetti psicologici dovuti alle esecuzioni, né di commentare quanto avevamo fatto ieri. «Lei, Weitzmann, ha visto ancora poco della guerra. Si abituerà» ho tagliato corto. In un'altra circostanza gli avrei pure confessato di aver avuto un incubo come gli altri soldati, sentivo di potermi fidare di quel giovane; ma l'umore me l'ha impedito, e ho mantenuto le distanze. Quando abbiamo avvistato le prime case un attendente sulla moto mi ha sorpassato sollevando un polverone, e voltandosi ha urlato che avremmo attuato l'*aktion* nel casale posto sul pendio alla sinistra del paesino; poi dalle ultime file Brunner ha intimato l'alt e ci siamo fermati. Col volto sudaticcio e il passo deciso s'è fatto avanti prorompente: «Grunwald, la sua compagnia e quella di Jager agiranno il più rapidamente possibile per stanare gli ebrei. Si nascondono ovunque, dovrete essere meticolosi; nessuna eccezione per vecchi donne e bambini. Una volta raccolti procedete come da manuale». «Jawohl» ho detto, mentre lo sturmbannführer se ne tornava impettito al suo posto. L'Hauptsturmführer Jager era il giovane sostituto del defunto Steinmetz; un alsaziano dinoccolato con cui non avevo ancora lavorato, ma non sembrava avesse la smania di comandare. Così ci siamo mossi tagliando per i campi, e dopo un quarto d'ora salivamo il pendio; una contadina con un fazzoletto legato alla testa, non appena ha alzato gli occhi nella nostra direzione, ha girato le spalle allontanandosi furtivamente fra gli edifici del casolare. Seguito dai miei uomini e da Jager abbiamo corso per raggiungere il luogo poi, ciascuno con in mano la lista di nomi, ci siamo suddivisi i quattro edifici presenti. Ho mandato dieci uomini a controllare la stalla e il fienile, gli altri hanno bussato alle porte cominciando a setacciare ogni stanza; a quanto vedevo i proprietari erano riluttanti di fronte alle nostre richieste, quindi ho ordinato di perquisire ogni cantuccio dove poteva nascondersi un ebreo. In breve è scoppiato il putiferio, i soldati sbraitavano e le donne all'interno delle case urlavano spaventate, mentre qualche cane abbaiava nervoso. Dopo dieci minuti i primi ebrei catturati sono stati condotti nella piazza formata dagli edifici disposti a quadrilatero; nel tempo che li sorvegliavo ho sentito anche degli spari. All'improvviso dalla porta di un edificio alle mie spalle è scappato un ragazzino di pochi anni, fermato quasi subito da una pallottola alla testa; quando mi sono girato ho visto il corpo steso a terra nella polvere. Stavo per protestare per la mancanza di disciplina ma al posto mio l'ha fatto Jager, urlando al soldato di rispettare gli ordini e catturare gli ebrei vivi; non bisognava sparare a caso contro chiunque. Alla fine Lauch e Bach mi hanno fatto rapporto e il rastrellamento era terminato; c'erano sessanta ebrei da liquidare e insieme a Jager abbiamo formato due plotoni di esecuzione, lasciando il compito di scavare la fossa ai restanti soldati. Lauch mi è parso tentennante nel momento in cui l'ho chiamato a far parte del primo plotone; il suo sguardo avrebbe voluto chiedermi di escluderlo, ma una tale richiesta sarebbe stata assurda dato che i miei superiori lo ritengono in grado di obbedire agli ordini, anche se appare sull'orlo di un esaurimento nervoso. In ogni caso non l'avrei accettata.

Avevamo ordinato di scavare la fossa ad almeno trecento metri dal pendio, e così avevano fatto; una volta condotti tutti gli ebrei sul posto abbiamo sequestrato gli oggetti personali, il denaro e una volta spogliati nudi li abbiamo disposti con il viso verso il fossato in modo da ricevere il classico *genickschuss*. Su suggerimento di Jager abbiamo scelto l'esecuzione più efficace e pratica, ovvero tre soldati per ogni prigioniero; è ovvio che è più facile uccidere con tre colpi rispetto a uno. Dopo che la prima fila di ebrei era già caduta, alla seconda ci sono stati dei problemi; alcuni uomini del mio plotone sbagliavano il tiro e questo faceva morire l'ebreo con molta sofferenza, oltre a creare scompiglio perché le donne si spaventavano troppo. Ho urlato loro di mirare bene e fare attenzione, ma i loro fucili tremavano dinanzi alle vittime; per arrivare in fondo spesso ho dovuto affacciarmi sulla fossa e finire con un colpo di pistola chi era ancora in vita. Jager era alterato e lanciava delle occhiate furiose agli uomini, mentre li incitava a sbrigarsi; quando hanno finito io stavo bevendo un po' d'acqua, e gli uomini di Jager si davano da fare coi badili per ricoprire la fossa. Ci siamo ricongiunti con il resto della divisione, ma ho notato del movimento di uomini negli ultimi battaglioni e sentivo delle voci concitate parlare; dovevamo fare rapporto sull'*aktion*, motivo per cui io e Jager ci siamo diretti proprio in quel punto in cerca degli ufficiali superiori. Ad un tratto è apparso dalla folla l'Obersturmbannführer Dietrich che ci ha fatto un cenno con gli occhi come per dire di fare attenzione a chi c'era. «Dobbiamo fare rapporto sull'operazione per liquidare gli ebrei, Herr Obersturmbannführer» ho detto. «Preferirei lo faceste al Gruppenführer, però in questo momento è occupato» mi ha risposto con un sogghigno, provocando le risatine di alcuni sottufficiali nelle vicinanze. Ho guardato oltre la sua spalla intravedendo Eicke intento a discutere animatamente con von Küchler in persona; la 18° Armata ci aveva raggiunto, ma non capivo la ragione del diverbio. «Ne avrà ancora per molto, credetemi» ha aggiunto divertito Dietrich. A questo punto ero curioso di sapere di più, e ho atteso lasciando che Jager andasse a cercare qualcuno disposto a ricevere rapporto da noi; quando ho sentito Eicke continuare a spiegare la situazione ai nostri ufficiali cercando consensi, ho potuto capire che per l'ennesima volta ci eravamo scontrati con la Wehrmacht. Le divisioni del generale avevano seguito lo stesso tragitto verso sud imbattendosi nella fossa comune dove avevamo fucilato gli ebrei, e nel bosco avevano trovato ancora i corpi dei prigionieri impiccati; disapprovavano tutto ciò perché secondo loro serviva a fomentare la popolazione contro le truppe d'occupazione, infatti vicino ad Abbeville hanno dovuto sedare una specie di rivolta organizzata dalla gente del posto. Il Gruppenführer è stufo delle lamentele dell'esercito, e gli ha ribadito che lui non avrebbe messo in discussione il volere di Himmler e dunque quello del Führer, che le nostre operazioni sono necessarie per liberare le zone d'occupazione dagli ebrei e che non sono semplici massacri senza senso. Mentre ha detto tutto ciò sorseggiava da una bottiglia di schnaps; agli ufficiali ha confessato che i veri massacri li compie proprio la Wehrmacht sui civili, solo che loro giustificano tutto dicendo che è inevitabile che i civili muoiano durante gli scontri.

Abbiamo aspettato i rifornimenti di benzina, poi in serata siamo giunti nei pressi di Vignacourt dove ci fermiamo per la notte; nonostante il caldo sono abbastanza sicuro che niente avrebbe interrotto il sonno dell'intera divisione, se uno sparo non fosse esploso all'improvviso. Dal foro d'uscita sulla nuca, lo Sturmmann Lauch deve essersi infilato la pistola in bocca.

Dal diario di Arthur Weitzmann

21 giugno 1940

E' solo questione di giorni e le truppe tedesche entreranno a Parigi. Oltre i miei obblighi militari ho un altro dovere altrettanto importante, dal punto di vista personale; non posso non parlare di Werner Grunwald, che è morto ieri a causa di una grave ferita riportata dopo uno scontro con l'esercito francese. Non scriverò né un necrologio né un articolo di cronaca, bensì una riflessione per riuscire a capire chi fosse veramente quell'ufficiale al quale mi sono inevitabilmente legato. Sì, è così. Dal suo atteggiamento spesso scostante mi dicevo che era uno come tutti gli altri, però certe volte si comportava in modo tale che dovevo ricredermi; assecondava la mia curiosità rispondendo a molte domande, ma senza mai rivelare troppo di se stesso. Alla fine ciò che ha fatto in punto di morte mi ha stupito. Sul lettino dell'infermeria, con l'addome perforato da quattro pallottole, ha chiesto di me al medico da campo e sono corso subito; con un filo di voce in mezzo ai lamenti degli altri feriti mi ha confessato che voleva lasciarmi alcune cose personali. Ho spalancato gli occhi non appena l'ho sentito. Alzando debolmente la mano ha puntato l'indice sul suo saccone, dicendomi che lasciava il suo diario perché sapeva che mi piacevano i diari, così avrei letto il suo. Poi c'era un disco in vinile della canzone *Lili Marleen*; quello era un regalo di un suo amico, e lui lo regalava a me; purtroppo, ha concluso, non aveva altro da darmi. Io non sapevo cosa dire e la domanda più scontata era perché. Perché ha lasciato questi effetti personali all'ultima persona conosciuta, cioè a me? Perché non alla famiglia, a un amico? Mi ha guardato per un secondo, poi ha rivolto gli occhi al soffitto della tenda ed è morto. La verità è che non lo saprò mai; un atto così umano e gentile mi fa pensare per contrasto alle fucilazioni degli ebrei, e penso alla sua faccia stravolta da un freddo odio mentre puntava la pistola alla nuca di quei condannati. I suoi occhi diventavano piccoli e più scuri, risaltando drammaticamente sui capelli biondi; talvolta, in circostanze particolari, salta fuori il vero essere racchiuso in una persona, la sua anima. Io non so cosa credere; non so chi era in realtà e, per capirlo, non so se potrà aiutarmi la lettura del suo diario. Custodirò questi oggetti avvolti dal ricordo amaro che ho di lui.

Per raffinare ulteriormente lo studio della scopolamina bisogna che faccia altre prove, benché non manchino dati per supportare quanto ho scoperto e che ho relazionato il mese scorso al comandante. Devo essere certo sul grado di tossicità della sostanza e sui limiti oltre i quali un essere umano muore, quindi è necessario lavorarci su e fare in modo che quel viscido di Heim non scopra cosa sto facendo; riguardo proprio a questo, il suo ultimo tentativo risale alla settimana passata quando mi ha intrattenuto per mezz'ora su una rappresentazione del *Parsifal* avvenuta qualche tempo fa, allo scopo di attirare la mia attenzione e introdurre l'argomento che gli sta a cuore. Niente da fare perché l'ho ascoltato fingendo uno scarso interesse, mentre in verità lo guardavo e mi tornavano in mente le perversioni che pratica con i detenuti ebrei; non potevo e non posso essere indifferente in quanto ho bisogno del suo aiuto, e sono tranquillo per il fatto che farebbe qualsiasi cosa in cambio del mio silenzio. Una parvenza di rapporto amichevole devo pur avercela in qualche modo. Ecco che mi sono trovato per l'ennesima volta in una situazione seccante, motivo per cui ho chiamato in causa lo zelante oberscharführer; ai piani alti c'è stato dello scompiglio da questa mattina, quando hanno saputo dell'arrivo di centinaia di prigionieri belgi dal fronte. Lungo la Lagerstraße era un andirivieni di attendenti e sottufficiali dall'edificio del Comando; seguivo quell'agitazione dal piazzale dell'appello nella speranza di vederci chiaro, fino a che non ho scorto arrivare quel falco di Bachmann a bordo di una decapottabile, e l'ho interpellato nonostante apparisse trafelato e indisponente. Così ho saputo quanto c'era da sapere per mettermi in allarme; i nuovi arrivati avrebbero fatto parte di diversi kommandos per le fucine in costruzione e per la fabbrica di armi, però dovevano liquidare alcune baracche di detenuti totalmente inabili. Sia Bachmann che io sappiamo che le baracche dove sono ospitati i polacchi sono le peggiori; questo significava che avrebbero cominciato da loro. Non potevo contare sull'aiuto di uno come l'hauptscharführer che, se gli avessi rivelato il problema, mi avrebbe deriso con il suo sarcasmo cameratesco; meglio lasciar perdere. Intanto che pensavo a come muovermi gli ordini del comandante erano stati impartiti ai gruppi di guardie, e non ero più in tempo; da alcune baracche ho iniziato a sentire gli urli dei militari e le botte che distribuivano ai detenuti, poi da alcuni block sono usciti i primi muselmänner che brancolavano spaventati dalla stessa luce del sole. Alcune guardie esagitate sparavano in aria urlando di fare presto, mentre altre spintonavano gli internati col calcio del fucile; dal movimento vicino alle ultime file ho dedotto che stavano rastrellando anche la baracca 15, e l'improvvisa comparsa dell'Oberscharführer Heim me ne ha dato conferma. Aiutava gli altri raggruppando i prigionieri senza troppa durezza, quasi non volesse attirare attenzioni su di sé; solo nel momento in cui la colonna di esseri umani si allontanava verso la barriera di filo spinato, mi sono avvicinato alle baracche dove ciascun blockführer ristabiliva l'ordine fra gli occupanti rimasti. Ho trovato Heim intento a fumarsi una sigaretta, e a vagare con lo sguardo spento di chi ha svolto un duro lavoro; era giunto il momento di fare qualcosa.

«Dove li hanno portati?» gli ho chiesto senza tanti preamboli. «Al poligono per fucilarli» mi ha risposto, guardando nella direzione da cui erano usciti. Poi mi sono avvicinato a lui, e l'ho visto irrigidirsi. «Sono già stati assegnati altri prigionieri alla tua baracca?». «Certo, sono fuori però. Perché?». Ciò voleva dire che avevano già formato i kommandos; ho finto di non essere sconcertato da quella notizia. «Quando torneranno stasera porterai cinque di loro al block 5, intesi?». Anche lui fingeva di non immaginare nemmeno cosa gli avrei chiesto, ma lo sapeva perfettamente; e la sua faccia esprimeva un solo dubbio. «Il problema, Heinrich, è l'appello. Se mancano dal registro nel momento in cui fanno l'appello vogliono spiegazioni, e io passerò dei guai. Potrebbero degradarmi e allontanarmi». Ciò che non sapeva è che quasi sicuramente i detenuti non sarebbero tornati vivi alla baracca, ecco perché non era solo un problema dell'appello. «Tu pensa a portarli e in qualche modo risolverai questo inconveniente. Dopotutto sei amico del comandante, no?» ho fatto io, facendogli capire che non m'importava se qualcuno - in questo caso lui - ne avrebbe pagato le conseguenze. «Inventerai qualche scusa, d'altronde è inevitabile che lo scoprano» ho aggiunto, mentre la paura gli faceva pensare mille stratagemmi per uscire da questa storia; solo che non poteva, in quanto facilmente ricattabile. Riguardo a me non mi sono preoccupato troppo perché ho un certo ascendente su Piorkowski; spiegato il motivo di tanta segretezza sono sicuro che passerebbe sopra al metodo messo in atto, contando il fatto che conosce il lavoro che faccio e l'importanza della scoperta.

Ho lasciato Heim solo con i suoi pensieri, ribadendogli che contavo su di lui e che avrei aspettato tutta la notte; mi piaceva molto vedere quel suo sguardo docile come un cane intimorito, rispetto all'arroganza che ostentava un mese fa. A mezzanotte qualcuno ha bussato alla porta del laboratorio; erano i cinque detenuti belgi che l'oberscharführer ha spinto dentro con fare ansioso e un'espressione tesa. «Se puoi riportali alla baracca prima delle sei. Non ti chiedo che questo» mi ha supplicato. Perché non fargli credere che l'avrei fatto? «D'accordo» ho risposto, al che l'ho visto respirare con più calma e uscire rapidamente.

I prigionieri avevano assistito alla scena senza borbottare una sola parola; non dovevano capire il tedesco. Dalle loro facce e dal modo in cui barcollavano pur stando fermi era chiaro che erano stati picchiati e insultati dalle SS; ora già si mostravano sottomessi a qualunque volere. Erano tre uomini e due donne, tutti di media costituzione, che era quanto desideravo per l'ultima prova; ho scelto uno dei tre ebrei e gli ho fatto cenno di sedersi sul lettino a sinistra, mentre ho fatto sedere una donna su quello a destra. Ho preparato una dose molto alta di scopolamina per ciascuno e l'ho iniettata subito; ho dato loro tutto il tempo perché giungessero gli effetti, ma non ho osservato alcun cambiamento. Nelle ore seguenti, dando solo un intervallo di tempo minimo per l'assimilazione della sostanza, ho continuato a somministrare dosi sempre maggiori fino a quando gli ebrei non hanno iniziato ad avere allucinazioni e convulsioni molto forti, muorendo nell'arco di un'ora; ho ripetuto l'esperimento con i tre ebrei rimasti, senza ottenere un risultato diverso. Respiravo male a causa del caldo e dell'aria carica di sudore, per cui mi sono seduto a contemplare i cadaveri sui lettini e quelli caduti sul pavimento; l'orologio segna le cinque. L'Oberscharführer Heim avrà sicuramente dei problemi fra qualche ora, e il mio è quello di togliere di mezzo i corpi; Hinga non arriva che alle otto, e non posso mobilitare nessuno prima di quell'ora. Non mi rimane che dormire qui e vedere cosa accadrà fra un po'.

E' andata peggio del previsto. Poco prima delle sei è piombato Heim nel laboratorio, tutto trafelato; ha visto i corpi dei detenuti e la sua faccia ha cambiato colore, poi ha balbettato che sono una carogna perché non erano questi gli accordi. Era urtato dalla mia calma, e non riusciva a stare fermo mentre tentava di parlare. «Non potevo sapere che sarebbero morti» ho mentito, giustificandomi. «Dobbiamo farli sparire dopo l'appello mattutino, così penseranno che l'ho trovati morti nella baracca» ha replicato lui, escogitando un alibi. «Non li inganniamo comunque, perché un altro medico farà un'autopsia e scoprirà che sono morti a causa di un'iniezione. Quindi verranno a cercarci lo stesso. Però non hai tutti i torti; con l'inizio dei lavori quotidiani fra qualche ora non diranno nulla se ci vedranno trasportare cinque cadaveri in una fossa comune, anche se resta il problema che quei cadaveri appartengono a un kommando di lavoro». Heim mi ha guardato sconvolto, annuendo; i suoi occhi mi dicevano di salvarlo in qualche maniera, ma non ne avevo intenzione e preferivo vederlo soffrire come un animale in trappola.

Dopo l'appello sembrava non ci fossero problemi, per cui quando è tornato da me con una carretta l'ho aiutato a caricare due cadaveri per volta che avrebbe scaricato in una fossa; non appena ce ne siamo liberati ho scorto lontano un rapportführer avvicinarsi ad Heim e parlargli. Dopo un minuto l'ufficiale s'è diretto verso di me, e ho capito che era giunto il momento cruciale; la luce del sole faceva brillare gli occhi celesti di quell'uomo. «Doktor Schultz, lavora durante la notte solitamente?» mi ha domandato subito. «No». «Perché si trova nel laboratorio a quest'ora? Non mi risulta dalle selezioni che siano stati destinati dei prigionieri al suo laboratorio, o sbaglio?». Inutile opporsi a quell'interrogatorio incalzante; il rapportführer non pareva il tipo che si lasciava raggirare. «Non ho detenuti qui con me». «Vede, doktor Schultz, dal registro mancano cinque uomini di un kommando che lavora in una fabbrica di armi. L'Oberscharführer Heim ne ha appena sepolto i corpi e mi ha spiegato che sono morti questa notte; il giorno prima stavano bene, come lo spiega? Forse se li faccio esaminare a un altro medico verrò a sapere la verità, ma preferirei conoscere i fatti da lei». Dato che non potevo negare, a questo punto ero pronto a presentarmi nell'ufficio del comandante; infatti ho chiesto di essere ricevuto dall'Hauptsturmführer Piorkowski perché volevo fare rapporto direttamente a lui di quanto era avvenuto. Un po' sorpreso dalla mia proposta, mi ha detto di aspettarlo che mi avrebbe dato una risposta; intanto ho pensato al discorso che avrei tenuto e a come avrei presentato i fatti in modo da non scatenare la sua ira.
Mezz'ora dopo ero seduto nell'ufficio di Herr Kommandant che, a quanto mi sembrava, era di

301

buonumore e la bottiglia di grappa sul tavolo lasciava intendere il motivo; ero fortunato. Prima di chiedermi qualunque cosa ha riferito tutto ciò che aveva saputo dal rapportführer, e io me ne sono stato in silenzio ascoltandolo. «Le sue ricerche mediche vanno molto bene, che bisogno c'era di sottrarre manodopera fresca?». «Mi servivano detenuti su cui fare l'ultima verifica del mio siero della verità, prima di poter dire che la droga può funzionare in tal senso. Non avevo più prigionieri nella baracca 15 e Heim s'è offerto di procurarmeli in cambio di 150 Reichsmark; so che non è il modo più pulito di collaborare, Herr Kommandant, ma capirà l'esigenza di portare a termine un lavoro fondamentale che potrà essere d'aiuto alla polizia. Ecco come sono andate le cose». La faccia di Piorkowski, nel sentire la mia confessione e la colpevolezza che avevo attribuito ad Heim, era velata di disgusto; non capivo se era disgustato per l'operato del sottufficiale o per il mio. Poi ha preso la bottiglia e s'è versato un po' di grappa, bevendola in un sorso. «Bruno Heim è un uomo di scarso valore, pensavo l'avesse capito da tempo, e il fatto che sia corrotto non mi stupisce. Gli ho sempre dato corda perché non voglio averlo troppo fra i piedi con il suo muso lungo e le sue lagne; venderebbe sua madre se ne avesse l'opportunità, come tanti uomini che conosco. Ma lei, Herr Schultz, mi ha davvero stupito. La credevo fuori da certe categorie in quanto medico interessato esclusivamente alla scienza, invece corrompe anche lei per i suoi scopi senza pensare alle conseguenze, manovra persone a suo piacimento, ha tentato di farlo anche con me - ricorda i convogli di ebrei che voleva fossero destinati a lei? - e, nonostante la nobile causa, questa volta ha passato i limiti! Lei,

Herr Schultz, vuole sempre di più e non rispetta le gerarchie, ma dovrebbe sapere che in questo campo c'è un regolamento che i dipendenti devono rispettare, e lei è un nostro dipendente se non sbaglio! Non m'importa di uno come Heim perché non è niente, ma non posso indulgere con lei! Non posso e non voglio essere indulgente con lei quando, questa notte, ha fatto fuori cinque ebrei lavoratori! Mi dispiace, ma non ho più alcuna fiducia nei suoi confronti... Sarà trasferito a breve in un altro posto di lavoro, probabilmente a Berlino. Adesso se ne vada dal mio ufficio». Cosa potevo replicare? Dirgli che l'infido Heim è un pederasta e un omosessuale che approfitta dei prigionieri indiscriminatamente? A questo punto non mi avrebbe dato soddisfazione ma, innanzitutto, non mi avrebbe fatto recuperare terreno di fronte al comandante infuriato.

Sono uscito subito con le vampe in tutto il corpo; era rabbioso con me stesso, avevo pianificato tutto sicuro, forse troppo sicuro, che Piorkowski avrebbe accettato le mie malefatte ed ora mi ritrovo a perdere il lavoro! Speriamo che si ricreda delle parole che mi ha sputato in faccia e che non metta in pratica la minaccia di trasferirmi; in tutto questo Heim la fa franca, quando proprio lui doveva pagare anche per me! Potrei mobilitare Werner che conosce i pezzi grossi, ma è al fronte e non posso scrivergli; in pratica sono solo. Se ripenso alla lettera ricevuta i primi del mese la mia rabbia sale fino al cielo, tutti quegli elogi sulla guerra e sui soldati non s'addicono a un medico, per quanto si dimostri un valente ufficiale... Lasciamo perdere.

27 giugno 1940

Non permetterò che qualcuno s'appropri delle mie fatiche, ecco perché stasera ho chiesto aiuto ad Hinga per fare un veloce inventario dei farmaci presenti in laboratorio che ho intenzione di portare con me; quest'oggi il trasferimento è diventato ufficiale. Un attendente del comandante si è presentato da me informandomi che dovrò lasciare il campo di Dachau domani mattina, per recarmi a Berlino; mi hanno procurato un posto di ricercatore al Kaiser Wilhelm Institut nel dipartimento di Ricerche sul Cervello. Indubbiamente un posto ambito per molti scienziati, ma non da me; io sto bene qui a sperimentare sugli ebrei, e nulla può sostituire la piacevolezza della ricerca medica sugli esseri umani. In parte mi lusinga andare a lavorare per un tale istituto e cancella l'angoscia che mi ha preso da quando il comandante mi ha parlato in quel modo; dall'altra parte invece sono adirato con me stesso, sono stato uno stupido e ho agito da ingenuo fidandomi di un essere schifoso come Heim che, giuro su Dio, avrei voglia di sottoporlo alle peggiori torture.

Al di là di tutto, però, c'è la scoperta che ho provveduto a sistemare in una valigetta nera, dandole finalmente un nome. Sofia. Non so la ragione, ma stanotte ho rivisto nel sonno il viso emaciato di quell'ebrea polacca di Bonn che mi sussurrava la sua storia; così ho voluto usare il nome di questo mio segreto per battezzare la sostanza.

Da tempo non mi trovavo a riflettere da solo nella mia stanza; intendo a riflettere su qualcosa che non sia un problema quotidiano. Mi fa un effetto strano, come se la realtà con cui ho interagito in questi anni si stesse disgregando; è un po' la paura di non avere il terreno sotto i piedi, più o meno. In queste circostanze una persona ascolta con rinnovata attenzione tutti i rumori che sente ogni giorno; così io ascolto le urla delle SS e qualche sporadico sparo, i grilli che nel frattempo cantano un sottofondo soporifero aiutandomi a dormire e soffro terribilmente la calura estiva, forse più che nelle estati passate. Passo lo sguardo dal foglio su cui scrivo alle pareti dell'alloggio, senza soffermarmi su nulla; in questa maniera tento di raccogliere un'ultima immagine del luogo dove ho vissuto ultimamente e che non rivedrò più. Come non rivedrò più le persone che vivono e che lavorano nel campo; non lo dico con dispiacere né con eccitazione, ma con fredda consapevolezza. Se posso dirmi dispiaciuto - e so che domani lo sarò - è per dover lasciare gli ebrei, la materia prima che non potrò più avere a disposizione.

29 giugno 1940

Le ho telefonato ieri da Berlino, appena ho avuto un momento libero; volevo avvertirla che sarei venuto da lei a Bonn e che finalmente avremmo passato del tempo insieme, visto che mi accusava di trascurarla. Già preconizzavo la soddisfazione che avrei ricevuto nel vederla ancora una volta felice, sarebbe stata una bella sorpresa e invece sono stato io a ricevere qualcosa di inaspettato quando ho messo piede in casa mia. Nel salotto l'ho trovata stesa a terra sulla moquette, con un buco alla tempia e la rivoltella ancora nella sua mano; vorrei non pensarci ma è più forte di me. Davanti agli occhi rivedo ogni secondo la macchia di sangue vicino al suo viso pallido, le pupille spente e la bocca socchiusa. Che scena orribile! Perché giungere a questo, perché togliersi la vita nel peggiore dei modi? Perché non ho sentito qualcosa di diverso nella sua voce al telefono tale da farmi preoccupare? Forse non la credevo capace di un gesto così brutale; forse non ho mai pensato che fosse depressa al punto da farlo, la sua ansia era caratteriale e dunque perfettamente naturale. Ora scopro che non era affatto così; mi sento tradito, ha agito all'oscuro meditando il suicidio chissà da quanto tempo contando sulla mia costante assenza. Possibile che nessuna amica, nessun conoscente che frequentava la casa abbia mai intravisto l'ombra di questa intenzione? Inoltre sono il primo a scoprire la sua morte, avvenuta certamente ieri; dall'odore che permeava il salotto e dal rigor mortis ho intuito che Greta è morta da un giorno. Le ho sollevato un braccio notando le marezzature violacee causate dal sangue fermo. Prima di farla portare via dalle autorità le ho accarezzato la guancia destra, chiedendomi ancora quale parte ho svolto per arrivare a questo tragico finale; ho perlustrato tutta casa in cerca di una lettera, un biglietto, uno scritto che magari mi aveva lasciato per giustificare il suo gesto. Non ho trovato niente. Con nostalgia mi sono seduto sulla poltrona pensando alle nostre gite in moto quando eravamo fidanzati, alle giornate felici che hanno preceduto l'inizio del mio lavoro a Dachau, ai suoi sorrisi velati d'una luce indescrivibile e tutte queste belle parole adesso si perdono dietro la sua morte, un po' come la scia che svanisce dopo il passaggio di una nave. Il funerale ci sarà domani, ma io non sarò presente; può sembrare un atto ignobile e irrispettoso nei suoi confronti, ma non intendo ascoltare le condoglianze di nessuno, né sentirmi ripetere le stupide domande che già mi sono posto io e che diventano insopportabili proprio perché provengono dalla bocca altrui; ho avvisato mio padre e mia madre del fatto, loro verranno sicuramente e tanto basta. La città che è sempre stata un luogo caro nei miei ricordi s'è trasformata in un angolo squallido dove non voglio più mettere piede; anche quella casa mi dà l'angoscia, sono sicuro che rivedrei il corpo di Greta e sentirei l'odore della morte, se vi rientrassi. Per quanto assurdo - date le circostanze - m'è tornata in mente una frase che dà ragione del mio tormento; tanti anni fa lessi una raccolta di lettere di Voltaire e mi rimase impressa questa frase. *Ai vivi si devono dei riguardi, ai morti si deve soltanto la verità.* E' proprio questo che mi angoscia; Greta è morta senza sapere la verità, senza conoscere il mio lavoro, confortata dal fatto che ero un buon marito e un buon medico perché è ciò che contava, anche se non la rendeva felice la mia lontananza. Le dovevo - e le devo - la verità sulla mia vita e ora so che non potrò mai sdebitarmi.

Faccio ritorno a Berlino in treno, mentre finisce quello che chiamo il giorno più triste della mia vita; qua nella carrozza risuonano le risate di alcuni soldati in licenza, che fanno da contrasto al mio umore. Mi conforto solo se penso che sono riuscito a sistemarmi nella capitale e che il colloquio con il professor Spatz - il direttore del Kaiser Wilhelm Institut - è andato benone; non posso farmi un'idea dell'ambiente in cui lavorerò, ma sono contento di avere nuovamente un posto che mi compete nella società, perché mi sentivo stranamente perso. Anche per quanto riguarda l'alloggio posso dirmi soddisfatto; è un piccolo appartamento al pianterreno di un villino situato al numero 2 della Koserstraße. Al piano di sopra ci vivono la moglie di un ufficiale della Wehrmacht - colei che me lo ha affittato - con i due figli; quando mi sono presentato è apparsa diffidente e stando sulle sue mi ha spiegato che voleva due mesi anticipati oltre la caparra, convinta che avrei rinunciato andandomene (può darsi che non gli sia piaciuto al primo impatto?). Ma si è ammansita subito nel ricevere dalle mie mani 180 Reichsmark, aggiungendo che avrei avuto un telefono a mia disposizione e la biancheria pulita tutte le mattine; erano le sue scuse per essere stata troppo dura con un medico che non aveva problemi a pagare. Dopo aver sistemato le mie cose sono crollato sul letto, risvegliandomi all'ora di pranzo col pensiero di chiamare Greta per raccontarle che avevo appena trovato un altro impiego; brutta illusione quella di crederla sempre in vita quando è solo la mia coscienza che ha bisogno di crederlo! Potrei dire che, non avendola veduta mai, la sua morte non dovrebbe privarmi di qualcosa e non dovrebbe addolorarmi più di tanto; non nego di averlo pensato ma, purtroppo, la verità è un'altra. Sapere che c'è malgrado non la veda è una cosa; essere consapevoli che non esiste e non posso vederla è tutt'altra in quanto ti priva del potere di scegliere, affliggendoti. Dovrò fare a meno di lei e mettermi in testa che sono vedovo.

Oggi sono entrato nel gruppo di lavoro capeggiato dal doktor Spatz, il quale mi ha affidato il compito di assistere il neuropatologo Julius Hallervorden, nei suoi studi sul cervello dei bambini disabili; il dipartimento è piccolo e siamo pochi a lavorare, ma l'Istituto è un grande edificio che da fuori sembra una scuola, circondato da marciapiedi alberati. Alle nove sono entrato e mi sono recato nell'ufficio del doktor Spatz e costui mi ha accompagnato a fare un giro mostrandomi le sezioni e i laboratori a disposizione degli studiosi. L'aspetto di questi dottori è la cosa che più mi ha colpito, forse per i tratti piuttosto caratteristici; Hugo Spatz, il direttore, è un tipo serio e flemmatico, ma gli occhi piccoli, la fronte spaziosa e i baffi uguali a quelli del Führer suscitano uno strano rispetto. Hallervorden invece mi ha fatto tornare in mente la locandina del film *Nosferatu*; somiglia molto al vampiro, stesse labbra tumide e pronunciate, occhi grandi e oscuri e un paio di occhiali tondi come porta Himmler. Inutile dire che il loro studio è fuori dalla mia portata, sono un tossicologo e mi occupo d'altro - e poi sono stato "mandato" da Dachau come tutti sanno - ma il direttore è apparso fiducioso a riguardo, dicendomi più d'una

310

volta che è indispensabile la consulenza tecnica di uno specialista delle sostanze nocive e non mi devo preoccupare che di questo. «Se studiate il cervello delle persone menomate, a cosa serve sapere l'effetto che certe sostanze tossiche hanno? Scusi la domanda ma non vedo il nesso» gli ho esternato, mentre entrambi passeggiavamo in uno dei lunghi corridoi dell'Istituto. Senza alzare lo sguardo da terra il direttore mi ha risposto: «Doktor Schultz, mi meraviglia un po' la sua domanda. So dei suoi esperimenti al campo di Dachau, lei è uno che ha studiato a fondo gli effetti di molte sostanze sulla mente umana e capirà che nella ricerca delle cause delle tare mentali e dell'idiozia sarebbe interesssante sapere quali sostanze favoriscono la comparsa degli stessi sintomi». Riflettendoci l'ho trovato un nesso abbastanza debole, ma ho accettato il suo chiarimento cercando di spingerlo al punto da essere più esplicito. «Quindi per lavorare avete bisogno di un grosso quantitativo di cervelli, e solo di certe categorie di soggetti. Immagino che non li prendiate dai cadaveri». «No, affatto. Vede, ci vengono procurati con altri metodi che, effettivamente, non ci interessano; a noi interessa la materia prima» ha precisato Spatz, con una voce cupa. Ecco che mi torna in mente Werner e il lavoro che svolgeva nella clinica in Austria; è chiaro che i cervelli provengono da lì, e non vedo quale utilizzo migliore potrebbero costituire quei malati di mente per molti dottori, se non negli esperimenti scientifici. Le mie supposizioni sono state confermate poco dopo quel colloquio, quando il direttore mi ha mostrato la collezione di cervelli conservati nella formalina; scaffali e scaffali su cui giacevano decine di recipienti di vetro etichettati, dentro cui galleggiavano i cervelli di bambini mongoloidi probabilmente liquidati in qualche clinica del paese. Ha specificato - agitando l'indice come per ammonirmi - che quella che vedevo era la raccolta di cervelli del doktor Hallervorden e per avervi accesso dovevo essere autorizzato da uno di loro due; in questa precisazione vi ho trovato una patina troppo intima per essere un laboratorio medico, e la cosa mi ha un po' stupito. Forse ha voluto sottolineare non solo la professionalità che regna in questo posto, ma anche l'amicizia che lega lui con il doktor Hallervorden. Visto il carattere illustrativo di questa prima giornata sono rincasato presto, prendendo la U-bahn da Thielplatz a Dahlem-dorf; non vedevo l'ora di farmi un bagno, ma quando mi sono avvicinato alla villa ho visto un uomo raggiungere l'ingresso dalla parte opposta, e fermarsi poco prima del cancello. «Si ricorda di me, non è vero?». La tesa del cappello mi impediva di vederne gli occhi, ma la sua bocca mi aveva appena mostrato una fila di denti sovrapposti. «Cosa vuole la Gestapo da me? Non lavoro più a Dachau» gli ho detto senza perdere tempo. «Questo lo sappiamo bene, come sappiamo a cosa lavorava fino alla settimana scorsa. Ma non sono qui per occuparmi di ciò che faceva». Il suo tono sibillino serviva a mettermi paura, ma non ci riusciva; sapevo che Bruno Heim lo aveva informato dei miei esperimenti e che ora mi aveva seguito per saperne di più o, peggio, per appropriarsi di un campione di Sofia. «Sono venuto qui per avvertirla che la tengo d'occhio» ha continuato inasprendo le parole «Devo far luce su un fatto avvenuto molti anni fa, esattamente nella primavera del 1928. Voglio la sua collaborazione, altrimenti la faccio arrestare e interrogare». Sono rimasto di sasso di fronte

312

a quella minaccia; non sapendo cosa rispondere, dovevo prendere tempo. «Non so proprio di cosa stia parlando. Io non ho conti in sospeso con la giustizia». «Non menta, o la arresto subito. Si tratta di omicidio» e mi ha puntato l'indice verso il naso. Per merito della detenuta che ho poi ucciso so che si è trattato di omicidio, altrimenti sarebbe stata una brutta sorpresa! Dovevo rimandare la faccenda e recuperare la calma prima di fare un passo sbagliato. «Anche se non capisco come possa accusarmi di aver ammazzato qualcuno, mi rendo disponibile a collaborare in qualsiasi momento. Ora, però, devo andare» mi sono affrettato a rispondere, evitando il suo sguardo. «Raccolga pure le idee e pensi a farmi un resoconto dettagliato della vicenda, se non vuole finire nei guai. Mi farò vivo presto» mi ha intimato prima di andarsene, calcando il cappello sulla testa. Ho passato il viottolo e sono entrato in casa, togliendomi la camicia bagnata di sudore; mi sono fatto un bagno dopodiché, stendendomi sul letto, ho iniziato a esaminare rapidamente la situazione; non è interessato a Sofia, o almeno non lo è più e ciò mi rassicura. Non so bene per quale ragione abbia scavato nel mio passato, ma ora che quella storia è tornata alla luce non posso sfuggire; devo fare in modo di non ingigantire i suoi sospetti con comportamenti reticenti, mostrandogli che conduco una vita normale e che non ho niente da nascondere.
Poco fa la padrona di casa, Frau Biedermeier, è rientrata assieme ai figli; me ne sono accorto dallo schiamazzo dei bambini che correvano in giardino, allora li ho osservati scostando la tendina della finestra; la signora mi ha salutato con un sorriso gentile e, inaspettatamente, l'ho vista fermarsi alla mia porta e

bussare. Con un leggero imbarazzo che le faceva tenere gli occhi bassi mi ha chiesto se avevo voglia di cenare con loro; siccome avevo bisogno di un po' di compagnia - ma soprattutto distrarmi dopo quel brutto incontro con Köll - mi sono unito alla famiglia ed ho passato un paio d'ore piacevoli conversando con la signora e rispondendo alle curiosità dei suoi figli, Franz e Gerda. Trovo questa donna interessante e di buona cultura, ma sento una profonda tristezza nelle sue parole; dietro ogni discorso si nasconde l'angoscia per il marito che combatte in Francia, e non avrà pace finché non sarà perlomeno in licenza perché potrà vederlo. Una situazione che l'avvicina alla mia defunta Greta; solo che mia moglie era sola, senza figli e molto più depressa. Purtroppo non mi è riuscito di evitare di metterla al corrente di tutto ciò, dato che è stata una delle prime domande che mi ha fatto; ho provato un forte disagio e mi sono allontanato dall'argomento quanto prima. E' una ferita più profonda di quanto potessi pensare.

Troppe cose su cui riflettere in un solo giorno; bisogna che mi rilassi in qualche modo. Penso che mi fumerò una sigaretta e poi andrò a letto.

Dopo una settimana trovo interessante assistere il lavoro di un neuropatologo perché è stata - ed è tuttora - l'occasione per approfondire le mie conoscenze in questa branca della medicina; già dal secondo giorno di lavoro Hallervorden mi ha fatto penetrare nel vivo della materia e, assieme all'altro assistente - tale Heinrich Bunke - ci siamo messi all'opera sui cervelli di adolescenti affetti da quella che è chiamata malattia di Wilson. Ricordo la prima mattinata che ero al tavolo dove dovevamo dissezionare; la preparazione degli strumenti era finita, tutti indossavamo i guanti mentre Hallervorden, con gli occhi chini sulla materia da analizzare, stava annunciando a voce alta: «Questo è il cervello di un adolescente tedesco affetto dalla malattia di Wilson; come forse saprete è causata da un eccesso di rame nell'organismo che finisce per danneggiare seriamente il fegato e il cervello, il che spiega sintomi come le convulsioni, le emicranie, atassia, distonia e tremori degli arti superiori che possono essere paragonati alla malattia idiopatica di Parkinson. E' chiaro che troveremo delle anomalie in queste regioni qui» e puntò il bisturi lungo una linea immaginaria sopra il lobo frontale. Poi affondò lo strumento lungo la scissura aprendo i due emisferi, li divaricò leggermente e infine incise la corteccia fino ad arrivare alla materia bianca scoprendo, ancora più a fondo, i nuclei di base che risaltavano grazie al loro colore grigio. Si fermò sospirando in modo significativo, guardò prima me poi Bunke e continuò in tono cattedratico: «Ecco, *meine Herren*, ciò che vi dicevo. I nuclei presentano alcune parti più scure che costituiscono l'ossidazione prodotta dal rame; questo provoca i disturbi neuropsichiatrici e motori riscontrati nel soggetto, dato che si tratta delle aree motorie primaria e associativa responsabili della coordinazione dei movimenti». Bunke prendeva nota di ogni parola in un taccuino, io mi limitavo ad assentire spostando lo sguardo dal tavolo al volto del dottore; era la sua espressione corrugata a trasmettermi una leggera ansia, anche se il tono con cui parlava era molto deciso e calmo. Proprio con la pacatezza posseduta da un anziano professore, ad un certo punto, si rivolse a Bunke comandando che gli portasse altri cervelli, in particolare gli ultimi prelevati dall'asilo di Brandeburgo; mi sono tornate in mente le parole di Spatz e la sua reticenza sulla fornitura di cervelli, quando invece è evidente - come avevo immaginato - che scelgono i bambini affetti da determinate malattie e li fanno uccidere (non so ancora in quale modo). Non capisco la loro voglia di dare un'immagine sobria dell'Istituto, un luogo di ricerca scientifica dove sono esaminati i corpi di chi muore, e non dove vengono portati gli organi dei bambini malati che sono stati opportunamente ammazzati. Vista la nobile causa, perché non ammettete cosa fate? Bisogna vergognarsi di essere medici nazionalsocialisti, studiosi dell'uomo ariano? Forse che liquidare le creature che non hanno possibilità di vivere nella nostra società è un crimine? Io non lo credo.

Alla fine della mattina avevamo dissezionato circa trenta cervelli, comparando anche soggetti affetti dal Parkinson; a questo punto, per la prima volta, Hallervorden mi interpellò direttamente: «Secondo lei quali potrebbero essere le sostanze in grado di produrre sintomi analoghi a quelli della malattia di Wilson? Conosciamo il mercurio che è molto tossico». «Il mercurio è uno dei più tossici e crea degli scompensi metabolici nell'organismo, oltre a causare l'insonnia, l'atassia, la disartria e la perdita della memoria, ma non è responsabile di danni epatici e l'assorbimento intestinale è irrilevante. Invece una sostanza che danneggia gravemente il cervello è il piombo; in molti soggetti i sintomi di saturnismo sono un'insufficienza renale acuta dovuta all'inalazione della sostanza le cui particelle più grandi hanno raggiunto il tratto gastrointestinale, poi l'ittero, ma soprattutto danni al sistema nervoso in quanto causa paralisi del nervo radiale con conseguente edema cerebrale. Qui presenta affinità con la malattia di Wilson; la paralisi del nervo radiale causa forti problemi nei movimenti delle braccia, anche se di natura diversa dall'atassia e dalla distonia. Simile al piombo ma meno tossico è l'alluminio, anch'esso in grado di danneggiare i reni e il cervello nei casi in cui l'organismo non riesca ad espellerlo, con sintomi analoghi a quelli delle altre intossicazioni da metalli». Hallervorden rimase impassibile nel sentire snocciolare quelle che per me sono le basi del mestiere, poi mi guardò replicando: «Dovremmo studiare, a quanto ho sentito, l'intossicazione da piombo in modo da vedere in che stato si presenta il cervello di una persona affetta dal saturnismo. Bunke, provveda a contattare tutte le cliniche e inoltri la richiesta» ordinò piegando un po' la testa verso l'assistente «Lei, doktor Schultz, ci sarà molto utile nei nostri studi, vedrà» aggiunse con una nota di compiacimento nella voce. Nel pomeriggio dello stesso giorno presi parte ad un consulto che riunì i collaboratori del gruppo di Hallervorden; il dottore, assieme all'enigmatico Hugo Spatz, informò tutti noi su quelle che erano le priorità nell'avanzamento degli studi e decidemmo, anche con il mio parere, di concentrare i nostri sforzi sul danneggiamento del cervello ad opera delle sostanze tossiche. Il fatto che avessero tenuto conto della mia opinione ed esperienza come tossicologo, nonostante fossi lì da un giorno, mi lusingò. Spatz si dichiarò d'accordo, osservando che quella decisione non avrebbe lasciato indietro lo studio delle malattie degenerative di cui si sarebbe occupato il doktor Georg Friedrich, che lavorava a Lipsia per conto del Kaiser Wilhelm Institut. Più tardi, parlando con Bunke, ebbi un'altra conferma del fatto che mi trovassi a lavorare con i più grandi specialisti in questo campo; il fido assistente mi rivelò che il direttore e Hallervorden avevano scoperto anni prima una malattia degenerativa nei bambini che adesso porta il loro nome. Senza dubbio la scoperta più importante negli ultimi vent'anni di studi neurologici.

In questi giorni ho preso familiarità con le dissezioni, e ho avuto modo di osservare l'intossicazione da piombo; il numero di cervelli a disposizione è piuttosto scarso ma il professor Spatz, sollecitato dal suo amato collega, ha assicurato che presto giungeranno le materie prime per proseguire le ricerche sugli effetti degli altri metalli. Malgrado mi sia affacciato da poco in questo studio, ho ottenuto subito la loro fiducia e da ieri ho potuto analizzare personalmente il cervello di un bambino intossicato dall'alluminio; è chiaro che sto facendo passi avanti, ma non so proprio che impressione ricavare dall'ultima settimana. Si tratta di mettere in pratica ciò che ho sempre studiato, allora perché non ne ricevo quella gioia che colma il cuore di uno scienziato? Dopo aver passato oltre due anni nel campo di Dachau a sperimentare su detenuti in fin di vita, questo cambiamento dovrebbe appagarmi pienamente eppure so di non trovarmi al mio posto; un po' come se fossi scivolato in un limbo, una via di transizione tra uno stato ideale e la sua versione peggiore, un purgatorio in cui non so bene quanto dovrò rimanere. Non sembra che mi debba ancora adattare al posto di lavoro, forse la causa del mio disturbo è altrove; Berlino è soffocante in questa stagione e credo che il caldo aggravi molto questo disagio. Certe sere prendo la metropolitana e vado a passeggiare nei viali del Tiergarten trovando un po' di ombra fresca sotto gli alberi, ma nulla di più; dopo il tramonto ogni piazza o strada inizia a ribollire della calura del giorno, anche Potsdamer Platz si spopola dopo una cert'ora. Spesso, poggiando la testa sul guanciale quando vado a letto, ascolto il silenzio della casa pensando a quanto è strano; abituato com'ero alle urla che mi svegliavano in piena notte e agli spari delle SS. Ma è solo nostalgia.

Ieri mi è sembrato di vedere Köll; anzi, sono sicuro che era lui l'uomo che camminava distante sull'altro lato della strada, e che ha finto di non guardarmi abbassando la testa quando mi sono girato. Portava abiti civili, ma il corpo snello e l'espressione del predatore non potevano confondermi; mantiene fede alle proprie parole e me lo sta dimostrando. Ho notato la sua presenza anche alla fermata della U-Bahn; cercava di confondersi fra i passanti, era molto disinvolto, naturale, attento, il suo sguardo oscillava come una mannaia pronta a cadere nel punto giusto. Non intende rivelare apertamente la sua presenza, però nemmeno diventare del tutto invisibile ai miei occhi; vuole che io senta il suo fiato sul collo, e attende il momento opportuno per cogliermi in flagrante. Sul viale della casa della Biedermeier talvolta è comparso molto lontano, appoggiato a un albero con il giornale aperto; alcune volte credo che ci sia qualcun altro a spiarmi, sicuramente ha dei collaboratori che seguono i miei spostamenti e che ho avuto l'occasione di vedere proprio nei pressi dell'Istituto. Non sono paranoico né penso d'essere sul punto di diventarlo; se ho capito che tipo d'uomo è Köll allora credo che la sua tenacia non verrà mai meno finché non avrà scoperto qualcosa. Ciò nonostante è troppo zelante, troppo puntiglioso verso un personaggio irrilevante come me; non sono un comunista, uno sporco ebreo, un oppositore politico, non ho l'importanza che lui sta dandomi ecco perché comincio a pensare che abbia un valido motivo per fare tutto questo, e che non voglia rivelarlo. Non può trattarsi di seguire un caso vecchio di quasi quindici anni! Se ha raccolto informazioni su di me - cosa che dò per scontata - allora suppongo che abbia già cercato Werner e Klaus, e magari li ha interrogati per ricostruire le nostre vite fin dai tempi dell'università; ma questo, purtroppo, non posso saperlo. E' sgradevole e opprimente sentirsi spiati, viene solo voglia di scappare anche se non è una buona idea; non devo lasciarmi spaventare, ma riflettere sulla soluzione migliore per uscire da questa situazione. Devo agire prima che agisca lui, prima che mi rinchiuda in una cella senza luce; dunque, devo anticipare la sua mossa già domani mattina.

Non esagero se dico che loro ascoltano pure le telefonate; meglio dire che lo farebbero se io telefonassi ma non sono tanto ingenuo, preferendo scrivere lettere che spero non vengano anch'esse aperte e lette. Ho scritto a mia madre e aspetto la sua risposta, non dubito che ci sarà l'ennesimo rimprovero per non essermi fatto vivo; Werner non mi ha più scritto, credo, per mancanza di tempo ma soprattutto di calma. Non voglio pensare che gli sia successo qualcosa. Per quanto riguarda Klaus ho un suo vecchio indirizzo qui a Berlino, ma quando vi sono stato l'appartamento è stato affittato a una vedova di guerra e nessuno ha mai sentito parlare di un certo Steiner; anche se strano mi tocca accettare questa assurda notizia, ma il punto è che non saprei dove cercarlo ammesso che lavori sempre nella capitale. Chissà cosa fanno in questo momento. Forse ascoltano la radio come me, senza lasciarsi disturbare dai passi dei bambini che corrono al piano di sopra, dalla voce stridente della madre che li rimprovera dicendo loro: «Piano! Non vorrete svegliare il doktor Schultz?!» quando non sa che gran parte della notte la passo ad occhi aperti rimuginando su tante cose. Una di queste su cui mi soffermo - senza dubbio l'unica piacevole - è la cena in casa di Frau Biedermeier per celebrare il ritorno di suo marito, che ho avuto l'occasione di conoscere stasera. Hanno insistito troppo perché io fossi presente così ho dovuto accontentarli. Mi sono seduto a tavola e accanto a me sedevano i piccoli Franz e Gerda, vestiti a festa con un papillon colorato attaccato alla camicia, e alle estremità del tavolo stavano Frau Biedermeier e Ernst Biedermeier, anzi l'Oberleutnant Biedermeier come ha avuto premura di presentarsi lui stesso. D'impatto non vi era nulla in quest'uomo che apparisse fuori dalla norma, un semplice ufficiale della Wehrmacht ormai lontano dal fronte; solo il suo sguardo sembrava perdersi anche fra noi, ma essendo stato via per due mesi tutto ciò è comprensibile. Mentre mangiavamo la biersuppe che la moglie aveva portato in tavola, Herr Biedermeier appariva sempre più spento e le risposte che dava alla moglie sempre più brevi e fievoli; non potevo non intervenire domandandogli se stava bene, allora con un filo di voce ha cominciato a raccontarmi cosa gli era capitato. Dalle frasi attente e misurate e dagli sguardi timorosi dei figli è evidente il ruolo autoritario dell'ufficiale, come un vecchio patriarca seduto su uno scranno al cui cospetto s'inginocchiano i fedeli; di conseguenza la premura dimostrata dalla moglie non è che una specie di paura. Con la voce arrochita l'Oberleutnant mi ha spiegato che è stato riformato a causa del suo stato, ma ormai la guerra in Francia s'è conclusa magnificamente con la caduta di Parigi; lui era in un battaglione della 6° Armata comandata dal generale Von Reichenau, una delle armate che hanno sferrato l'attacco all'Olanda e al Belgio. Alternava le parole a qualche cucchiaiata della zuppa di birra, poi osservava tutti noi come se dubitasse delle nostre intenzioni; non è stato difficile capire che era caduto preda di un esaurimento nervoso, la sua mancanza di forze lo palesava piuttosto bene, poi è stato lui a confermare la mia supposizione aggiungendo che il medico al fronte lo aveva fatto ricoverare in un ospedale francese per due settimane, durante le quali aveva avuto continui incubi nella notte e deliri nelle ore di luce. Non appena è stato in grado di mangiare e dormire hanno provveduto a trasferirlo in Germania, con serie probabilità di non tornare più al fronte. La sua espressione era cupa nel pronunciare queste parole, dunque ho pensato che il suo desiderio più grande sia quello di servire nuovamente il Reich malgrado ciò gli abbia provocato seri disturbi mentali; non ne ha fatto parola con nessuno - e non ne farà per un po' credo - dell'origine di tali disturbi psichici, ma riguardano sicuramente le uccisioni di soldati e i massacri degli ebrei. Dev'essere sensibile alla brutalità, anche quando si tratta di esseri infidi come i giudei! «Sono fortunato ad essermi ristabilito, mi creda... Quanti tedeschi sono stati massacrati sotto la bandiera del Führer, sotto il mio comando, tutto per poter mostrare le Croci di Ferro e le mostrine di una promozione! No, non critico i generali, i soldati, la guerra, solo che mi sento diviso fra due nette impressioni; una parte di me vorrebbe tornare sul campo di battaglia e far valere la nostra superiorità, un'altra è ripugnata da tutti questi morti che i miei occhi hanno visto, purtroppo. Lei dirà che un militare dovrebbe essere avvezzo al sangue e alla violenza. Be' lo credevo anch'io ma poi è come se, ad un certo punto, il mio organismo si sia ribellato di fronte a troppe immagini truculente ed è così che sono crollato. Con questo non ho perso il sangue freddo, nossignore, però ho bisogno di tempo per risalire la china appena discesa e se sono qui a cenare con la mia famiglia è merito dei dottori che mi hanno curato... Lei è un medico, giusto?» mi ha domandato, e nel suo sguardo acquoso era visibile una nota di profondo rispetto per la mia professione. «Esatto, sono un medico, come può confermarle sua moglie Ingrid» ho ripetuto. Ha mangiato ancora un po' di zuppa, poi s'è fermato pulendosi la bocca con le mani tremanti; io ho bevuto due sorsi di birra fresca, aspettando che sua moglie portasse il secondo piatto. «E' stato al fronte come medico di campo?». «Veramente no, ho lavorato nel campo di concentramento di Dachau». «Quindi si occupava di ebrei, zingari e quant'altro? Qualche sottufficiale che è stato da quelle parti mi ha raccontato delle cose orribili su quel posto» ha replicato, con un tono diverso da prima, ma non accusatorio. Non mi piaceva parlare del mio lavoro a una cena di sconosciuti, per cui mi sono tenuto sulle generali. «In un campo ci lavorano molte persone, dalle guardie ai medici. Io facevo ricerche scientifiche in un laboratorio». Ingrid è sopraggiunta interrompendo la conversazione, e ha posato un vassoio che conteneva lo stinco di vitello fritto contornato dalle frittelle di patate; l'odore era molto buono e ha distratto tutti dalle chiacchiere, persino i bambini che cinguettavano fra loro si sono zittiti e hanno iniziato a mangiare. Sembrava riprendersi e la sua voce acquistava un timbro più fermo e sonoro; inoltre la sua diffidenza era svanita, lasciando il posto a un modo di fare molto cordiale e piacevole. Secondo me non ero io in quanto Heinrich - sapeva troppo poco sul mio conto - ma era la mia figura di dottore che lo metteva a suo agio. La cena è durata poco e i discorsi sono finiti sulla lettura, cosa su cui non ho avuto molto da dire perché non mi è mai piaciuta troppo oppure - come ho confessato anche a lui - non ho mai trovato un libro che mi interessasse sul serio. «Escluso il *Mein Kampf*!» ha esclamato esplodendo in una risata. Aveva persino recuperato l'umorismo, forse non stava poi così male come voleva far credere! Per il momento era meglio scacciare quest'impressione, però. Ad un certo punto i bambini li ha lasciati giocare sul tappeto del soggiorno, mentre noi bevevamo un caffé; allo scopo di evitare altre domande sul mio lavoro gli ho domandato da quanto tempo fosse arruolato nella Wehrmacht, allora ha sciorinato la storia della sua famiglia e, sebbene un po' assonnato, ho dovuto mostrarmi interessato. Lui s'è arruolato a diciott'anni nella fanteria del *Reichsheer* (com'era chiamato al tempo l'esercito) per volere di suo padre, a sua volta militare di carriera decorato con la Croce di Ferro, e da allora s'è addestrato nella sua divisione, ha frequentato successivamente la scuola ufficiali uscendone col grado di leutnant, dopo tre anni promosso a oberleutnant. Ha anche un cugino che, arruolatosi nelle SS, è entrato nella SD (i servizi segreti); ci teneva a mostrare la propria famiglia come l'orgoglio tedesco in persona, ma io non facevo che assecondarlo docilmente a causa del sonno incombente tant'è che, giunto a fare una pausa, ne ho approfittato per accomiatarmi e scendere nel mio appartamento di sotto. Finalmente sono libero di abbandonarmi a me stesso, e così ho riempito queste pagine senza pensare nemmeno a quello che volevo fare l'indomani. E ora che l'ho fatto qualcosa mi ha smosso l'animo, e il sonno è andato via.

In certi casi una notte insonne può far riflettere molto, ma nel caso di Heinrich non era stato così e adesso, con i muscoli contratti per lo stress e l'insonnia, sedeva sul treno della S-Bahn che attraversava il traffico di Berlino. Durante la notte aveva misurato a passi continui tutti gli angoli dell'appartamento, bevendo una tazza di latte, ogni tanto adagiandosi sulla poltrona di pelle nel tentativo di chiudere gli occhi, ma nulla. Quando aveva pensato che stesse sopraggiungendo il sonno si era trascinato verso il letto, ma un fitto e squillante cicaleccio scoppiato all'improvviso aveva infranto le sue speranze di dormire; erano i figli della Biedermeier che, senza un preciso motivo, s'erano svegliati reclamando la presenza dei genitori. A quel punto s'era arreso, deciso a far colazione prima di recarsi in Prinz Albrecht Straße al numero 8; non avrebbe aspettato che Gunther, un bel giorno, lo costringesse a saltare su un'auto per subire un pressante interrogatorio, non era il tipo da farsi fare una cosa del genere. Lo avrebbe anticipato, togliendosi questo peso, con la consapevolezza che aveva fatto il suo dovere, checché se ne dicesse; l'unico suo interrogativo era la reazione di quella iena che lo spiava senza requie, per di più non sapeva quali documenti possedeva e cosa poteva dimostrare contro di lui. Se tutto si fosse risolto per il meglio - e di questo non dubitava - lo avrebbe lasciato in pace? Qual era la vera ragione di tutto questo zelo? Più rimuginava e più si sentiva infastidito dall'intera faccenda. Intanto gli scossoni del treno facevano oscillare lo scompartimento e i passeggeri al suo interno, che si aggrappavano alle aste di ferro che correvano su per il soffitto; dopo un po' sentì il treno rallentare e fermarsi. Un capannello di persone si formò subito davanti alla porta d'uscita, e cominciò rapidamente a scorrere fuori come una perdita d'acqua da una bottiglia; Heinrich s'alzò e scrutò attraverso il finestrino, poi scattò anche lui verso l'uscita prima che si chiudesse. Era la stazione di Potsdamer Platz. Sul marciapiede si sentì meglio, nonostante battesse un sole cocente e l'aria fosse afosa; dentro al treno la folla creava una temperatura davvero insopportabile per lui. La confusione scemò a mano a mano che s'allontanava dai binari; colto dal pensiero di essere seguito controllava gli individui sospetti che gli passavano vicino, ma s'accorse solo degli uomini della Bahnschutzpolizei che sorvegliavano il traffico della stazione stringendo gli occhi sotto la visiera del cappello.

Seguendo un lato dell'enorme esagono che formava la famigerata piazza, mescolandosi con un gruppo di impiegati in abito scuro, Heinrich camminò dritto per un centinaio di metri poi prese a destra la Wilhelmstraße, e dopo poco incontrò una zona d'ombra che pareva interrompere la strada come una grande pozzanghera. Volse lo sguardo verso l'edificio da cui proveniva l'ombra, e si rese conto di essere arrivato; quello era l'RSHA, l'Ufficio Centrale per la Sicurezza del Reich. In pratica l'edificio più temuto di tutta la Germania. S'arrotolò le maniche della camicia sui gomiti, e si diresse al cancello d'ingresso dove fu

fermato da due poliziotti di guardia che gli chiesero i documenti e il motivo per cui voleva entrare. Heinrich non si fece intimorire dalle loro domande e specificò che si trovava lì per incontrare un agente della Gestapo, Gunther Köll; lui era semplicemente un suo informatore e doveva fare rapporto. La scusa non era convincente, ma tanto valse a farlo passare; non avevano di che temere da un civile in abiti borghesi, senza armi con sé e iscritto al NSDAP. L'atrio era attraversato di tanto in tanto da attendenti in uniforme, da segretarie trafelate, da agenti, da militari, da molte persone che non si curavano di lui; provò una punta di entusiasmo costatando di essere in uno degli edifici più importanti dello Stato, ma il pensiero di incontrare quell'uomo sgonfiò l'attimo di euforia. Dentro una cabina di vetro vide una signorina, e immaginando fosse un'addetta al ricevimento, corse a chiederle dove fosse l'ufficio di Gunther. Lei, compunta e stringendo le labbra come per soffiare, gli rispose che l'ufficio era al secondo piano ma che l'Hauptsturmführer non c'era. Era vero? Forse non rivelavano al primo venuto questo tipo di informazioni; si sentì un idiota per aver posto una simile domanda, quindi ringraziò ed uscì attraversando frettolosamente l'atrio. Varcò il cancello facendo la strada a ritroso, le mani in tasca e la testa in confusione perché, d'un tratto, non sapeva cosa fosse giusto fare. Per giunta aveva perso un giorno di lavoro.
«Per sbaglio cercava me?».
La frase esplose nell'aria come una bomba, e lo fece voltare di scatto; ritto come un palo dentro il suo gilè nero, lo sguardo tagliente, Köll lo fissava con una piega ambigua sulle labbra come se soffocasse un sorriso.

«Sì, proprio lei» proruppe Heinrich, colto di sorpresa. L'uomo era a pochi metri da lui, immobile, e continuava a scrutarlo con aria sardonica e lievemente inquietante.

«S'è deciso a parlarmi di quella faccenda, non è vero? Di solito sono io che porto i sospetti in centrale, non il contrario; in ogni caso che ne dice di un colloquio informale a casa sua?». Köll bramava di trovarsi faccia a faccia solo con quell'uomo, e si sentiva galvanizzare quando una "vittima" capiva il suo gioco; Heinrich assentì, specificando che lui avrebbe preso la metropolitana invece di farsi condurre in auto. Così fecero e venti minuti dopo, quando Heinrich giunse al cancelletto, scorse una Opel e Köll seduto alla guida che tamburellava le mani sul volante. Lo accolse in casa offrendogli un liquore, ma Gunther rifiutò educatamente, sedendosi di fronte al suo interlocutore.

Heinrich bevve un bicchiere di vodka - quella bottiglia l'aveva sequestrata a un ebreo polacco che poi era morto - e s'adagiò sulla poltrona.

«Come certamente sa ai tempi della vicenda ero arruolato nelle SA di Osnabrück, combattevamo i comunisti e gli spartachisti, oltre gli ebrei naturalmente. Una sera come tante, durante una ronda, io e altri due militanti scoprimmo una coppia rintanata in un buio anfratto all'incrocio di due strade. All'inizio chiedemmo i documenti che dimostrassero chi erano e cosa facevano a quell'ora, insomma era la prassi - perfino uno stupido avrebbe visto che tubavano come piccioni! - ma il ragazzo saltò fuori con i peggiori insulti e quando gli intimammo di lasciar perdere, addirittura si spinse a dire che non gli facevamo paura. Bè, di fronte a tanta spavalderia, da parte di un emigrato polacco per giunta, non potevamo tacere... Mi capisce, Herr Köll? Non esistevano ancora le leggi di Norimberga, ma sappiamo tutti che gli ebrei erano e sono la rovina di questo paese e del mondo intero... Così abbiamo picchiato lui, e ritengo di avergli dato la punizione che meritava per averci affrontato in quel modo, è stato giusto così! Non esprimerò invece alcun commento sullo stupro della ragazza perché non vi presi parte; e la faccenda finisce qui, Herr Köll. Però lasci che dica un'ultima cosa. Se erano davvero ebrei come penso - dentro di me so che lo erano altrimenti perché infiammarsi troppo a quella domanda - allora hanno avuto una punizione lieve da parte nostra e qualche Dio misericordioso ha salvato loro la vita! Mi rammarico soltanto di non averlo picchiato più forte quell'insolente».

«C'è un particolare che le sfugge...» proruppe Gunther, che finora lo aveva ascoltato attentamente «Qualcuno ha sentito il diverbio e le grida della collutazione, e quando vi siete allontanati una folla di curiosi è scesa in strada trovando una ragazza in lacrime sul corpo senza vita di un giovane. Allora hanno sporto denuncia, qualcuno è riuscito a vederla e il nome di Heinrich Schultz è finito sul documento che ho nella mia tasca. Glielo avevo accennato che si trattava di omicidio, non ricorda più?».

Heinrich rimase impassibile sullo schienale della poltrona, mentre un leggero pallore si diffuse sulle sue guance; la menzogna non stava funzionando, non riusciva ad apparire innocente agli occhi del suo accusatore. Tutta quella storiella che alludeva al fatto di non sapere che le percosse avessero ucciso il giovane sembrò scivolare sulla faccia di Köll come acqua piovana.

«Posso solo dirle che non ne ero a conoscenza» aggiunse, tergiversando.

«Inoltre è convinto che fossero ebrei. Mi dispiace deluderla, ma non lo erano. Si chiamavano Sofia Żeromskiòwna e Walerian Żborowski, immigrati polacchi; nei fascicoli della Gestapo di Osnabrück questi due nomi sono stati associati a quelli di simpatizzanti socialdemocratici, ma senza prove concrete in effetti; erano tenuti d'occhio, tutto qui. Sappiamo che dopo il 26 aprile del 1928, data in cui è avvenuto il fatto, la ragazza ha lasciato la Germania tornando in Polonia dopodiché non so che fine abbia fatto, specie ora che è scoppiata la guerra. A dire la verità non mi interessa».

Heinrich sentì un brivido nelle vene; pensò che all'ufficiale sarebbe piaciuto sapere che aveva fatto sparire la ragazza con un'iniezione di fenolo al cuore, un altro capo d'accusa da aggiungere sulla sua testa.

«Le faccio una domanda: perché nessuno prima di lei s'è occupato della vicenda?» domandò Heinrich, sistemandosi meglio sulla poltrona.

Gunther accennò un'espressione soddisfatta, per un attimo i suoi occhi parvero miti.

«A chi poteva interessare la morte di un giovane polacco pestato a sangue da una squadra di SA? Perché spendere soldi e tempo per indagare e trovare un responsabile, un uomo che forse aveva una particolare ragione per farlo o - come lei ha detto chiaramente - che voleva punirlo in maniera implacabile per il fatto di essere ebreo, rammaricandosi poi di non aver fatto abbastanza in merito?».

Heinrich annuì, carezzandosi la guancia ruvida per la barba; si chiese a questo punto dove andasse a parare. Non capiva se era più importante per lui il fatto che la vittima non fosse un ebreo o il fatto che aveva compiuto comunque un omicidio per il quale era rimasto impunito per anni.

«Si contraddice dicendo che sarebbe stata un'indagine inutile, dal momento che lei ha speso del tempo per farlo e mi ha trovato. Io potevo avere una motivazione per volere morto un ragazzo ebreo, sono d'accordo, ma lei che ragione ha per fare ciò che sta facendo?».

L'accusato si stava trasformando in accusatore; Gunther si abbandonò sulla sedia e s'accese una sigaretta, meditabondo.

«E' il mio lavoro, caro Schultz» proferì, tirando una lenta boccata.

«Mi sembra un eccesso di zelo andare a scovare un omicidio di uno straniero a dodici anni di distanza» osservò seccamente Heinrich, ormai stufo di quella commedia.

Gunther non rispose, guardandolo con aria di sufficienza.

«Non sono un nemico del Partito, né un comunista e né - rendo grazie a Dio - un ebreo. Non ho mai defraudato lo Stato, non mi sono mai dato ad attività illegali, non ho mai fatto niente che potesse farmi finire nel mirino della polizia, eccetto la morte di un polacco causata da me durante un'attività di sorveglianza della città, il che posso dire che mi autorizzava a farlo. Il clima nel nostro paese era già cambiato e il vento del nazionalsocialismo soffiava dappertutto, non può accusarmi come se lo avessi fatto ora nel 1940; ho fatto quello che altri hanno fatto prima di me e dopo di me, ciò che altri avrebbero fatto al posto mio. Non si trattava di un tedesco, dico bene? Era un maledetto straniero insolente e un nazista non abbassa la testa di fronte a un sudicio polacco! Mi arresti pure se crede che abbia agito contro il volere del nostro Führer, se crede che un nazista non debba fare cose simili...Altrimenti mi spieghi cosa vuole da me e vedrò di accontentarla».

Heinrich terminò il suo panegirico e riprese fiato, fissando uno sguardo rabbioso e gelido su quello interdetto del suo interlocutore; era un bell'affronto a un uomo della Gestapo, e un attimo dopo rifletté se non fosse stata un'azione che gli avrebbe fatto pagare. S'asciugò il sudore della fronte con un fazzoletto, mentre Gunther spense la sigaretta su un monile di legno a forma di esagono che giaceva alla sua destra. Vi fu un istante in cui i loro sguardi si fronteggiarono come in un duello, ciascuno meditando l'attacco più efficace.

«Le ripeto: cosa vuole da me?» ribadì Heinrich con voce stanca.

L'altro, impassibile, s'alzò in piedi e fece per andarsene.

«Arrivederci, Herr Schultz».

Heinrich lo guardò deluso, più che stupito, seguendo i suoi passi fino alla porta che si chiuse con un tonfo secco. La casa piombò nel silenzio, e subito udì i passi affrettati dei bambini al piano di sopra; si lasciò andare sulla poltrona, sospirando. Ora era al punto di partenza; voleva risolvere tutto raccontando i fatti, invece quell'uscita di scena faceva presagire un seguito non ben definito, e quest'incertezza iniziò ad allarmarlo più di prima. Quale pretesto aveva per perseguitarlo? Cosa voleva? Cosa avrebbe fatto d'ora in avanti? Avrebbe seguitato a spiarlo o avrebbe abbandonato definitivamente, convinto dell'insensatezza e della morbosità della sua indagine?

La cosa che gli dava più fastidio era quella di non riuscire ad entrare nella mente di Köll; era un tipo oscuro e impenetrabile, non lasciava mai trapelare le sue vere intenzioni. Difficile metterlo con le spalle al muro, e l'aver abbandonato casa sua in quel modo non significava che lui ci fosse riuscito.

S'accese una sigaretta, e andò alla finestra guardando la strada fiancheggiata dai tigli; più pensava più si convinceva che sarebbe tornato. Doveva fare qualcosa.

Qualcosa ha iniziato a gravare sulla mia mente da quando ho parlato con Köll; è una settimana che non mi libero da certi pensieri fissi, non riesco a trovare un'attività quotidiana che alleggerisca questo peso che, col passare del tempo, diventa pesante e opprimente. Mi ritrovo a vivere le giornate senza la luce, non la luce abbagliante dell'estate, ma quella che illumina la mia strada e che sembra momentaneamente scomparsa; tutto s'è incupito come in una fotografia, e i colori della natura si sono spenti. La sera passeggio nei parchi sentendomi sempre osservato, è una specie di paranoia che suscita in me un'insostenibile tensione. Non mi sento solo nemmeno fra le mura di questo appartamento; sono consapevole di essere preda d'un forte pessimismo e non esagero nel dirlo come fa un bambino nel descrivere la sua paura del buio. Ripenso alle parole del poliziotto, chiedendomi se non abbia commesso un'imprudenza cercandolo per fornirgli la mia spiegazione; potrei pagarne le conseguenze se così fosse, ma penso anche che potrebbe essere peggio se non lo avessi fatto. Magari, uno di questi giorni, mi seguirebbe in auto aspettando il momento propizio per afferrarmi, farmi salire e portarmi al comando della

Gestapo per interrogarmi. Non lo permetterei, ecco perché ho anticipato la mossa; mi torturerebbe per farmi ripetere la lezione, per estorcermi la verità che già conosce per puro sadismo. Sono convinto che la faccenda dell'omicidio sia un pretesto che nasconde ben altre ragioni, che la mia mente si sforza di cercare invano. La soluzione a tutto ciò esiste, come esiste una soluzione per ogni problema; nondimeno la situazione in cui mi trovo mi angoscia, sapendo che c'è un prezzo da pagare e un sacrificio che devo sopportare. So che se non agisco dovrò convivere con la presenza di Köll, sentire il suo fiato sul collo, trovarmi in un luogo pubblico e percepire il suo sguardo scrutatore alle spalle... Non ce la farei. Sto prendendo in considerazione l'idea di andarmene dalla Germania; è proprio questo tarlo che scava nel mio animo senza darmi riposo né calma, voglio trovare il coraggio e decidermi a mettere in pratica questa soluzione, anche perché è l'unica che vedo. Credevo di avere in pugno l'uomo della Gestapo e che, raccontandogli tutto, non avrebbe avuto pretesti per trattenermi; invece mi ha fatto capire di avermi messo con le spalle al muro ed eccomi qua. Posso solo fare un passo avanti, o rimanere dove sono affidandomi alla sorte; solo i deboli sono incapaci di sopravvivere e forgiare il proprio avvenire, dunque devo agire e smuovere questa situazione. Nemmeno quando lavoro posso avere pace, nemmeno quando affondo il bisturi nella materia cerebrale di un bambino anormale, nemmeno in quegli istanti di concentrazione riesco a liberarmi dal pensiero di dover fuggire. E dove poi? Non parlo altre lingue oltre il tedesco, non conosco gli usi e i costumi delle altre nazioni europee e l'idea di dovermi adattare alle loro usanze urta la mia sensibilità e lo ritengo pure offensivo verso un tedesco. Un'altra difficoltà sarebbe quella di passare i confini, bisogna avere i contatti giusti per non dare nell'occhio alle autorità, infine non so proprio come farei a trovarmi un altro impiego come medico. Non sono poche le difficoltà che incontrerei, eppure non ho altra scelta né permetterò, a questo punto, che gli eventi scivolino sopra di me come un'inarrestabile valanga.

Riflettendoci con attenzione mi torna in mente Herr Biedermeier e le sue chiacchiere ascoltate durante la cena; a proposito del mio intento di fuggire all'estero, credo che lui sia il tipo che può aiutarmi. Nel profondersi negli elogi della sua nobile famiglia ricordo che ha accennato di avere un cugino che lavora nella SD, per cui se parlasse in mio favore forse potrei avere informazioni utili al mio scopo. Però devo spiegargli come stanno le cose e fidarmi di lui; quando parlo di fiducia mi appare, come un lampo, la figura di Bruno Heim e mille interrogativi mi sorgono all'istante. Anche qui mi accorgo di non avere scelta; o mi fido di lui e confesso l'intera faccenda sperando nel suo aiuto, oppure taccio sperando che l'Onnipotente provveda ad allontare dalla mia strada Gunther Köll. Se Dio ha ritenuto giusto lasciar soccombere mia sorella, riterrà altrettanto giusto lasciar soccombere me, se con le mie forze non dimostro di essere superiore; non credo abbia un buon motivo per salvarmi. Ho deciso che parlerò con l'Oberleutnant non appena rientrerà dalla gita in montagna; sarò cauto, sfruttando la buona impressione che sembro avergli fatto l'ultima volta che ci siamo visti, ho il pretesto di sapere come va la convalescenza - secondo me s'è ripreso piuttosto in fretta - e sarà l'occasione di introdurre il mio problema in maniera non troppo invadente. Dopotutto si tratta di continuare a vivere dignitosamente, da tedesco, e se il prezzo da pagare è la fuga dal mio paese, così sia allora.

20 luglio 1940

Subito dopo la colazione ho sentito il rumore ovattato della porta chiudersi al piano di sopra, e un ruzzolare di passi giù per le scale; dalle voci frizzanti dovevano essere Franz e Gerda che uscivano in giardino a giocare. Ho approfittato della loro assenza e sono salito, bussando alla porta; un attimo dopo Ingrid è venuta ad aprire e mi ha accolto in casa con un sorriso gentile. Siamo entrati nel soggiorno e il marito era seduto su una poltrona; portava una vestaglia scura e un paio di pantofole, chino su un basso tavolo dove giacevano i pezzi di un modellino di aeroplano. Il suo sguardo concentrato s'è alzato su di noi, e mi ha rivolto un saluto cortese con il braccio invitandomi a sedere accanto a lui. Poi ha mandato sua moglie a prendere qualcosa da bere, e mentre aspettavamo mi ha illustrato il suo nuovo passatempo da soldato convalescente; il tono con cui parlava tradiva la noia e l'impazienza di starsene in casa e trovare qualcosa da fare, cosa che ha ribadito lui stesso lamentandosi di non poter tornare al fronte nella sua divisione. Visto che era appena entrato nell'argomento della guerra mi sono accomodato ascoltando, e lui ha issato la schiena protestando che non ce la faceva più a vivere questa vita, non era per un militare di carriera, e che aveva già pensato di richiedere il reinserimento appellandosi direttamente al Generaloberst von Reichenau; gli avrebbe scritto in questi giorni mi ha giurato, rimettendosi a lavorare sul modellino. La signora ci ha portato due bicchieri di acquavite che, per la sete, mi sono bevuto quasi subito mentre lui lo ha sorseggiato distrattamente posandolo infine sul tavolo; quella pausa silenziosa mi è servita per avanzare la mia richiesta, così gli ho spiegato tutta la storia senza tralasciare niente al che lui annuiva tenendo la testa china. Alla fine mi ha guardato e ho visto che il suo volto s'era rabbuiato. «Capisco la sua preoccupazione, non c'è da scherzare con la Gestapo» ha commentato col tono tranquillo di chi è fuori dagli impicci «Non è nuova che un cittadino finisca nelle celle di Prinz Albrecht Straße per un banale sospetto, o una voce sparsa in giro; quel poliziotto potrebbe tornare con una scusa qualunque e rinchiuderla, mi creda. Mio cugino Hans dovrebbe essere la persona giusta per questo genere di cose. Aspetti qui». S'è alzato andando verso il corridoio, e ha chiuso la porta a vetri smerigliati; intravedevo la sua figura comporre il numero all'apparecchio, e dopo qualche istante l'ho udito parlare a bassa voce con qualcuno. Devo dire che la sua prontezza nell'offrirmi aiuto mi aveva stupito, e mi domandavo se non avessi sbagliato a dubitare di una persona così onesta; almeno per adesso. La conversazione è durata un paio di minuti, poi l'ho visto tornare e sedersi di nuovo. «Hans sarà qui a Berlino fra poche ore, per sua fortuna. Mi ha detto che è disposto ad incontrarla alle nove di stasera in Giesebrechtstrasse n° 11; si farà riconoscere lui. E' pratico di Berlino?». «Veramente no». «Allora le consiglio di prendere la S-

Bahn per arrivare a destinazione; non è un quartiere troppo tranquillo appena si fa buio e camminare soli per strada si può correre dei rischi». «Seguirò il suo consiglio» ho detto, prima di alzarmi. E' seguito un attimo di silenzio, poi interrotto dal suo tono ombroso: «Avrei fatto volentieri l'abitudine alle nostre chiacchiere, Herr Schultz». «La ringrazio molto per il suo aiuto» ho risposto, avvicinandomi alla porta. «Per qualunque altra cosa faccia affidamento su Hans, mi raccomando» ha aggiunto in tono paterno. La sua faccia mostrava una tristezza quasi infantile che non ho saputo interpretare bene; non era un uomo solo, eppure sentiva il bisogno di parlare con uno come me. Sarebbe stato normale il contrario.

Verso le otto mi sono concesso una cena leggera, mi sono preparato e con l'animo inquieto sono uscito dirigendomi verso la stazione della S-Bahn, percorrendo un tratto di strada chiazzato dai riflessi color arancio del tramonto; non c'era quasi nessuno nello scompartimento, eccetto qualche anziano e una giovane coppia. Li udivo parlottare in fondo al vagone, mentre lasciavo vagare il mio sguardo fuori dal finestrino; d'un tratto ho ripensato a Greta, a quando ci siamo conosciuti, alle serate che mi ha regalato, al matrimonio, alla sua malattia e infine al suicidio. Tante immagini e tante parole fuse insieme che mi hanno accompagnato fino alla stazione d'arrivo.

Una volta sceso mi sono incamminato rapidamente, inoltrandomi nelle vie del quartiere; sui marciapiedi non ho incontrato che qualche raro passante. Lungo la Giesebrechtstrasse ho trovato quasi subito il numero 11; l'edificio aveva una facciata anonima e tetra, e su una targa argentata c'era scritto: Pensione Schmidt.

All'improvviso è esplosa una voce morbida alle mie spalle. «Lei sarebbe il doktor Schultz?». «Sono io». Lo sconosciuto di fronte a me aveva un volto comune, senza segni particolari eccetto le calvizie; non era vestito formale, portava solo pantaloni scuri e camicia corta blu, a quanto intravedevo sotto la luce scialba dei lampioni.

«Mi chiamo Hans» ha continuato «meglio entrare dentro, ci saranno meno orecchie in ascolto». Ha suonato il campanello e s'è fatto aprire; io l'ho seguito senza dire una parola, un po' titubante però, ma quando la porta s'è chiusa alle nostre spalle le mie perplessità sono diventate stupore. L'atrio non era grandissimo, un grammofono riempiva l'aria con canzonette popolari e su alcuni divani addossati alle pareti sedevano e ridacchiavano molte belle ragazze seminude. La pensione copriva in realtà un bordello di lusso. Mi chiedevo quale fosse il perché di una scelta, secondo me, totalmente sbagliata; senza pronunciarsi né guardarmi Hans ha fatto un cenno di saluto alla tenutaria, Frau Schmidt, che sporgeva il busto oltre il bancone vicino all'ingresso, osservandoci con un sorriso di circostanza. Come ho saputo poi dal parente di Biedermeier questo posto è conosciuto come Salon Kitty. Ho seguito il mio contatto su un divanetto occupato da una prostituta sola; se ne stava a fumare con le gambe aperte sul divano, mostrando le cosce bianche come il latte. Il mio nuovo amico, dopo averle detto di no con l'indice, mi ha fatto sedere accanto a lui.

«Mio cugino mi ha detto che lei vorrebbe lasciare il paese, giusto?» mi ha chiesto, parlando vicino al mio orecchio in modo che sentissi bene. Io ho annuito.

«Bisogna essere prudenti sulla scelta della destinazione; in ogni caso abbiamo collaborazionisti sparsi ovunque. Potrebbe riparare in Francia, in Spagna, in Italia, altrimenti in un paese del Sud America in modo da stare lontano dalla guerra. Grazie a una rete di contatti potrebbe partire da qui e arrivare in Argentina senza noie; là troverebbe un nostro uomo che la aiuterebbe a sparire. Quante lingue conosce?». «Solo il tedesco» ho ammesso senza riluttanza, al che l'ho visto sospirare. «Allora lasciamo perdere l'Argentina per il momento. Vede, una volta laggiù dovrebbe prendere delle precauzioni per non destare l'attenzione dei servizi segreti americani; la più scontata è evitare di parlare tedesco in pubblico, poi leggere giornali filonazisti, anzi l'unico sicuro è un quotidiano ebraico in lingua tedesca di cui, onestamente, non ricordo il nome, frequentare appositi locali... Ma andiamo per ordine. In Francia sarebbe la cosa più facile anche se andasse in una città del governo di Vichy, dato che l'intero paese è controllato da noi. Anche il regime di Franco nasconde molti rifugiati e, come lei sa, è rimasto neutrale; quel giudeo si fa pagare in oro per offrire riparo agli esuli ebrei che tentano la fuga, ma chiude un occhio anche su molti immigrati. Dell'Italia non c'è da parlarne in quanto nostra alleata in guerra, sarebbe un altro porto sicuro. Con le carte in regola può andare dove vuole, Herr Schultz, ma le costerà una cifra». «Quanto?» ho domandato. «Dipende dalla destinazione. E' dunque deciso a partire?» ha ripetuto. Ho riflettuto alcuni momenti sul quadro della situazione che mi aveva appena fatto, ritornando alla medesima conclusione; non avevo altra scelta se volevo che la Gestapo mi lasciasse in pace. «Se volessi riparare in Francia quanto mi costerebbe?». «Voglio 1.500 Reichsmark in contanti, con i quali io e un altro collaboratore le procureremo una nuova identità necessaria per vivere in un paese diverso dal nostro. Si tratta di iniziare una vita diversa, almeno finché durerà la guerra; dopo deciderà se tornare o no in Germania». «Sono d'accordo» ho confermato, e lui mi ha subito interrotto per proseguire: «Benone. Dopo stasera non avremo più contatti. Fra ventiquattrore lascerà il denaro a mio cugino, ed io le darò tutte le istruzioni per mettersi in contatto con l'attaché militare francese che la aspetterà in Francia. Sarà lui a darle la carta d'identità con il nuovo nome». A questo punto mi è sorta una domanda spontanea. «Mi sembra di capire che avrò un nome falso solo una volta giunto in Francia, e non prima; non sarebbe più logico cambiarlo prima di passare il confine in modo da non farmi notare?». Hans ha scosso la testa lentamente. «Non funziona così, caro Schultz. Un tedesco che passa la frontiera ed è diretto in Francia non è una cosa tanto strana, potrebbe andarvi per ragioni di lavoro, proprio come farà lei. Una volta lì, con un altro nome, scomparirà agli occhi di tutti. Se cambiasse il nome prima di superare il confine desterebbe l'attenzione di qualche funzionario scrupoloso o corrotto; le sembra logico un francese che ritorna nella Francia occupata dai tedeschi dopo essere fuggito? Non diciamo assurdità, si metterebbe il cappio al collo da solo». Il tono con cui mi parlava non era né distante né colloquiale, ma c'era una specie di calore nella sua voce che non mi dispiaceva. Aveva tirato in ballo il fatto che avrei avuto un nuovo lavoro, ma quale? Finora non me n'ero preoccupato affatto. In quel momento ho sospirato togliendomi un peso dal cuore; Hans mi ha domandato un'ultima volta se le condizioni mi andavano bene, e avuta conferma mi ha detto che potevamo uscire senza rivederci più. Sull'atto di andarcene mi sono ricordato di quando siamo entrati e dell'impressione avuta, così ho voluto sapere perché mi avesse condotto in un bordello. «La sua è una domanda lecita, mi ero solo dimenticato di spiegarglielo. Questo non è un vero e proprio bordello, ma un centro di raccolta informazioni della SD; le ragazze sono nostre agenti e dentro le camere abbiamo piazzato dei microfoni che registrano le conversazioni su nastro. In questo modo ne abbiamo ricattati molti di clienti sospetti, perfino personaggi importanti. Capisce ora perché le ho detto che eravamo al sicuro qui dentro? Non possono esserci spie o delatori perché in tal caso lo sapremmo subito; anche se le apparenze ingannano, le ragazze hanno il compito di farli parlare, quindi per passare inosservata una spia dovrebbe starsene muta tutto il tempo, il che è semplicemente inutile oltre che impossibile. A proposito, se vuole intrattenersi con una di loro rimanga pure». Per la seconda volta ero stupito; potevo pensare qualunque cosa, ma non che quel postribolo occultasse un covo di spie del Servizio di Sicurezza delle SS. Era davvero ingegnoso. Con il cuore colmo di un grande sollievo per aver risolto la situazione, ho risposto che ne avrei approfittato per andare con una donna dopo molto tempo; mi sono scelto una ragazza dai capelli scuri e ondulati la quale, con un sorriso messo in risalto dal rossetto nero e gli occhi lascivi, mi ha accompagnato in una camera dove ho trascorso un'ora piacevole. Quando sono uscito mi sono riavuto dall'ebbrezza, e tutto sudato ho lasciato il baccano del Salon Kitty uscendo fuori. Pensavo che avrei trovato il misterioso uomo ad aspettarmi. In realtà Hans era già sparito.

Avendo messo piede in città di sera ho visto ben poco, a parte le sponde del Rodano che regalano agli abitanti nugoli di zanzare; il giorno del mio arrivo ho avuto solo il tempo per farmi accompagnare al mio appartamento, situato in Rue Belfort (penso si scriva così) al numero 3, in una palazzina recente abitata in precedenza da una famiglia ebrea che è stata deportata. Chi di dovere mi ha assicurato che le stanze sono state ripulite, eccetto alcune riproduzioni che non hanno valore e che per questo hanno lasciato alle pareti. Si tratta di *Napoleone al passo del Gran San Bernardo* di David, un paesaggio di Monet e altri quadri più piccoli sempre della corrente impressionista, credo; nonostante siano fuori dai canoni del nazionalsocialismo, non mi dispiacciono questi esempi di quella che è definita in Germania *Entartete Kunst.* Quando ho sfatto le valigie e sistemato il guardaroba, mi sono seduto sul letto pensando a dove mi trovavo; improvvisamente ho sentito una pesante nostalgia. Il viaggio è stato faticoso dal punto di vista mentale, avevo una tensione che neanche ora riesco a scaricare; il primo fra tutti i pensieri era quello di arrivare a destinazione senza incappare in qualche problema, e solo adesso posso affermare con certezza che ho fatto bene a fidarmi di Biedermeier e di suo cugino Hans. Le cose sono andate come da accordi; il giorno seguente al nostro incontro al Salon Kitty ho lasciato i soldi a Ernst spiegando che avrei dovuto ricevere informazioni su come muovermi. Nel pomeriggio Hans ha avvisato suo cugino, il quale è sceso da me facendo la stessa cosa; l'indomani, alle otto, partiva un volo della Lufthansa per Parigi. All'aerodromo avrei trovato l'attaché militare che mi avrebbe condotto in treno a Lione; finalmente sapevo dove ero diretto. Ho passato la sera riordinando tutto e la mattina, prima di uscire, sono salito a salutare la famiglia Biedermeier; Ingrid era preda di uno strano imbarazzo, mi aveva accolto così in fretta ed era palese il suo dispiacere nel vedermi allontanare altrettanto rapidamente. Non sapeva dove volgere lo sguardo quando mi ha stretto la mano. Ernst mi ha dato la mano dicendomi arrivederci; i suoi occhi però esprimevano qualcosa di più. Sapevamo benissimo entrambi che quello era un addio, e che non avrei rimesso piede in Germania per molto tempo.

Il volo è stato piacevole e sono atterrato all'aerodromo di Parigi-Orly quattro ore più tardi; mi sono diretto sotto l'immenso capannone che conduceva all'uscita, facendomi largo nel viavai di persone come in ogni aerodromo. Ho pensato che l'attaché non fosse ancora lì e che, ovviamente, si sarebbe fatto notare lui dato che non l'avevo mai visto; infatti qualche minuto più tardi, fermo in un punto qualunque, ho scorto un uomo alto in divisa venirmi incontro e chiedermi educatamente se fossi il doktor Schultz. La sua espressione era estremamente seria, sembrava non volesse tradire il minimo accenno di emozione; poi ha tirato fuori dalla tasca dei pantaloni una tessera ripiegata e l'ha infilata nel taschino della mia giacca. «Mi chiami P. Quella è la sua carta d'identità; ora l'accompagnerò alla Gare de Lyon a prendere il primo treno che parte; nel frattempo le darò tutte le informazioni che desidera». Parlava un buon tedesco per essere francese, e lo capivo molto bene; siamo andati alla stazione suddetta e dopo mezz'ora siamo saliti su un treno che ci avrebbe portati a Lione. Non è un tipo troppo loquace a quanto ho avuto modo di vedere; stavamo seduti nello scompartimento l'uno di fronte all'altro, entrambi dal lato del finestrino. Le uniche parole che mi ha rivolto sono state per suggerirmi alcuni accorgimenti utili per non dare nell'occhio. «Le ho trovato un appartamento in rue Belfort, completo di tutto; a pochi metri dal portone ci sono una panetteria e un bistrot, così non dovrà girovagare troppo per procurarsi il necessario. Per quanto riguarda il posto di lavoro, abbiamo avuto fortuna che un medico è stato arrestato perché sospettato di fare propaganda contro i tedeschi. Appena l'ho saputo ho fatto in modo di mettere lei al suo posto; si tratta dell'Hôpital de la Croix-Rousse, dove si presenterà domani mattina. Le consiglio di non esaltare troppo la propria nazionalità, cosa che fanno fin troppo i militari; e farà meglio a lasciarsi crescere la barba per cambiare un po' l'aspetto fisico». A parte ciò abbiamo attraversato la Francia ascoltando solo lo sferragliare del treno sui binari.

Appena giunti a Lione e usciti dalla stazione - non avendomi parlato di soldi - ho voluto sapere la cifra e lui mi ha risposto molto tecnicamente, ma non scostante, che dovevo versare 3.000 franchi svizzeri su un conto - che lui stesso mi avrebbe specificato - presso la Union de Banques Suisses a Zurigo. Il fatto che lo avesse dato quasi per scontato mi ha urtato, ma ho taciuto seguendolo per le vie di quel quartiere sempre più buio; la sera aveva cominciato a scendere e le ombre dei palazzi, in certi punti, si fondevano creando zone nere come il catrame. Passavamo di tanto in tanto attraverso passaggi stretti all'interno di corti private, una particolarità che non ho mai visto in nessuna città della Germania; quando l'ho chiesto a Herr P. mi ha detto che questi passaggi si chiamano *traboule* e che sono elementi caratteristici ed esclusivi dell'architettura di Lione. Consentivano di prendere delle vere e proprie scorciatoie, collegando facilmente due strade parallele. Raggiunto l'edificio dov'era il mio appartamento, siamo saliti fino al primo piano; percepivo un silenzio sacrale al suo interno, rotto soltanto dall'eco dei nostri passi. In cima alla rampa di scale, proprio di fronte a noi, c'era la porta che Herr P. ha provveduto ad aprire lasciandomi entrare; l'impressione che ne ho avuto è stata buona, possiede anche troppe stanze per una persona sola e una terrazza che s'affaccia sulla strada opposta. Dopo aver dato un'occhiata in giro ho posato le valigie a terra, mentre l'attaché s'è lanciato nelle ultime raccomandazioni: «Allora la posso lasciare, a questo punto. La chiave è questa» e l'ha posata sul tavolo dell'ingresso «Io tornerò di tanto in tanto per controllare la situazione, non si preoccupi; per riconoscermi busserò alla porta prima una volta, poi tre volte e infine due volte, ma non dirò una sola parola. Le lascio anche del denaro per le incombenze dei primi giorni e un prontuario di grammatica francese che le tornerà utile. A presto, Herr Schultz». Dopo aver abbandonato il libretto di grammatica e alcune banconote accanto alla chiave, mi ha dato le spalle ed è uscito silenziosamente richiudendo la porta.

Sono solo, stavolta in una città sconosciuta dove non parlano tedesco; una serie di pensieri hanno cominciato ad affollarmi la testa, senza riuscire a focalizzarne uno. Di sicuro avrei fatto un bagno togliendomi i vestiti sporchi, poi avrei pensato al resto; prima però ho sfatto le valigie e sistemato tutto negli armadi della mia camera. Ecco che dalla tasca di un pantalone spuntava un foglietto di carta, l'ho preso e ho visto che era il biglietto del concerto di musica a cui ho assistito poche sere fa a Berlino. L'ho accartocciato e buttato via; in una frazione di secondo mi erano tornati in mente Werner e Klaus, le uniche persone con cui parlavo di musica. Senza pensarci oltre sono andato a fare il bagno poi, vinto dalla stanchezza, mi sono steso sul letto scrivendo questa mia prima giornata a Lione. Mi sento bene, tutto sommato; sarà l'effetto che mi dà l'anonimato, il fatto di essere sfuggito a Köll e la consapevolezza che non possa tormentarmi; mi sento come avvolto da una coperta calda.

Mi dispiace aver lasciato l'amata Germania; ma mentre lo scrivo, riflettendo su tutto, mi sfugge un debole sorriso all'idea che inizio una nuova vita come Jacques Clermont, medico francese di origini alsaziane.

Esplose nella casa il fischio della radio poggiata sul tavolo del soggiorno; era entrato da qualche minuto, dirigendosi nel cucinotto per sistemare il pane e il burro che aveva trovato fuori dal quartiere. La cappa afosa di fine agosto lo faceva respirare a stento, e stava pensando di darsi una lavata quando il rumore della radio, che nel frattempo era divenuto un fruscio, attirò la sua attenzione. Passò nel soggiorno e si sedette al tavolo; dopo poco una voce maschile annunciò che il generale Charles de Gaulle, a capo delle truppe della *France Libre*, aveva dichiarato la fine delle ostilità e avrebbe parlato alla nazione dal balcone dell'Hôtel de Ville a Parigi. Quella notizia gli fece sollevare le sopracciglia in segno di meraviglia. Ascoltò il discorso del generale che, in tono superbo e toccante, espresse la gioia di tutti per la vittoria sui tedeschi e richiamò al sacrosanto dovere di battere definitivamente l'aggressore sul suo territorio. Finì con il consueto *Vive la France!* seguito dal giubilo e dalle urla dei presenti estasiati dalla commovente notizia. In quel momento sentì le grida di felicità dei vicini della palazzina accanto, di un gruppo di giovani in strada, di un'anziana signora che portava la spesa con le braccia dolenti... La Francia era libera. Il suo sguardo rabbuiato vagò verso la finestra che dava sul terrazzo, per poi tornare all'apparecchio che aveva mandato quelle parole scioccanti, per lui. Era dunque la fine. *Paris! Paris outragé! Paris brisé! Paris martyrisé! mais Paris libéré!*

Risuonarono per un po' queste parole nella sua testa, come una pesante eco; poi uno sdegno infinito gli sorse nell'animo, facendogli storcere la bocca. Con che coraggio costui affermava che il popolo francese aveva liberato la capitale dai tedeschi, che razza di generale era uno che si prendeva il merito delle vittorie quando non aveva agito! Jacques scosse la testa, non capiva come potessero acclamarlo liberatore; se gli Americani non fossero sbarcati sulle coste della Normandia forse, a quest'ora, Parigi non sarebbe stata poi tanto *libéré*... *Popolo di vigliacchi* pensò fra sé.

Lasciò sfogare la rabbia adagiandosi sulla sedia, dopodiché cadde in preda alla delusione e all'amarezza dei fatti; non aveva mai creduto possibile che qualcuno potesse sconfiggere la Germania, la sua fede incrollabile non aveva mai vacillato di fronte alle notizie contrastanti che le emittenti radio diffondevano di volta in volta. Si sentì come un ragazzino nel momento in cui scopre le debolezze del padre, ritenuto un uomo forte e invincibile; nel '41 aveva saputo dell'attacco all'Unione Sovietica confidando in una valorosa vittoria delle forze tedesche, poi le notizie apprese dalla BBC che riusciva a captare di nascosto si facevano discordanti sugli sviluppi della guerra, fino al febbraio del '43 quando annunciarono che l'Armata Rossa aveva sconfitto l'esercito tedesco a Stalingrado. Nemmeno quella notizia riuscì a smuovere la sua fiducia nella vittoria finale e adesso, tutto a un tratto, era costretto a rendersi conto che Stalingrado rappresentava l'inizio di una discesa sempre più rapida, discesa che aveva portato alla liberazione di Parigi. A questo punto non era difficile immaginare cosa sarebbe accaduto. S'alzò dalla sedia e cominciò a camminare lungo le stanze a testa bassa, pressato da questi pensieri.

Gli Alleati avevano liberato la Francia e presto, con ogni probabilità, si sarebbero diretti verso la Germania; contemporaneamente i Russi, di questo passo, avrebbero fatto altrettanto da est e il suo paese sarebbe stato accerchiato senza una via d'uscita. Questo scenario apocalittico lo sgomentò fuor di misura; gli venne in mente addirittura il paragone con il wagneriano *Götterdämmerung*, ma forse le sue previsioni erano andate oltre. Sentiva di dover fare qualcosa perché, improvvisamente, non era più al sicuro; Jeanne gli confidava tutto, e negli ultimi giorni gli aveva raccontato che i membri del suo gruppo avevano scovato alcuni tedeschi in fuga verso il sud, li avevano interrogati e infine fucilati. La Resistenza lavorava duramente e si organizzava sempre meglio, grazie anche all'aiuto dei civili in rivolta; il gruppo di Jeanne aveva un sacco di informatori sparsi nella regione e difficilmente poteva sfuggire loro qualcosa.

Jeanne. Da tre anni condivideva la sua vita sobria e ritirata con questa infermiera dalla tempra forte, conosciuta proprio nell'ospedale dove lavorava; sei mesi più tardi, senza più una famiglia, era venuta a stare nel suo appartamento. Era un membro attivo e appassionato, con un odio profondo verso i nazisti; spesso aveva tentato di trascinarlo a prendere parte nella Resistenza facendo leva sul sentimento nazionale che condividevano entrambi, su quell'odio per coloro che avevano instaurato un regime di terrore a cui francesi ed ebrei dovevano sottostare. Jacques era riuscito a starne fuori, s'era sempre schermito dicendo che la medicina lo interessava di più della politica. "Chi sta in un lettino è il vero connazionale che soffre" le ripeteva ogni volta che tornavano sull'argomento. Chissà a quanti tedeschi s'adattava bene questa frase, anzi la meritavano di più che non i francesi!

Sempre più agitato gli venne voglia di fare una cosa per placare il suo animo. Andò in camera, s'inginocchiò accanto al letto e abbassò la testa guardando sotto; strisciò un po' avanti, allungò la mano destra sul bordo scavato di una mattonella e la sollevò con le unghie. A questo punto s'avvicinò strisciando sui gomiti, e sporse il volto affaticato sul buco profondo una trentina di centimetri; dentro giaceva uno scatolone rettangolare. Con entrambe le mani lo prese tirandolo fuori, uscì da sotto il letto e adagiò l'oggetto sul materasso. Guardò la scatola di cartone e la sua espressione si rischiarò all'istante; era il suo *Kindheitsecke*, il suo cantuccio. Lentamente l'aprì ed estrasse dal suo interno tutti gli oggetti che significavano il suo passato, e che per questo aveva raccolto e custodito segretamente in quel posto; tirò fuori una copia del *Mein Kampf*, la daga che portava ai tempi in cui militava nelle SA, una Walter P38 e una pallina di gomma rossa. Accarezzò la copertina del libro, la lama d'acciaio della daga, la pistola, la pallina... Sospirò profondamente. Rigirò la daga osservando con orgoglio la scritta *Alles für Deutschland* incisa sulla lama, che bellezza l'impugnatura nera con lo stemma dell'aquila! Invece la P38 gli oscurò il volto nel ricordo di Greta e gli sembrò di udire lo sparo con cui si era tolta la vita. Quella pallina era il gioco preferito di lui e Berta da piccoli; anche lei non c'era più da molti anni, ormai.

Tornando al presente rifletté sulla situazione; più passavano i giorni più crescevano le probabilità che arrivassero a lui e che Jeanne venisse a sapere la verità. Se era davvero innamorata di lui come mostrava di essere non avrebbe creduto di aver convissuto per tre anni con un tedesco; ma se la ragione avesse prevalso sul sentimento, cosa sarebbe accaduto? Sarebbe stato consegnato alle autorità? Lo avrebbero fucilato? Il dubbio rimaneva, ma non poteva rischiare. Non intendeva rischiare solo perché si fidava dell'amore di Jeanne; non era rimasto a casa nemmeno di fronte alla moglie malata, e Jeanne non contava di certo quanto lei. Come sempre avrebbe pensato a sé.

Realizzò che sarebbe rincasata per l'ora di cena, e mancava poco alle otto; sistemò il *Kindheitsecke* al suo posto, e si diede una lavata. Intanto non smetteva di pensare al da farsi, così alla fine andò al telefono e compose un numero che ricordava molto bene. La voce che gli rispose lo rassicurò: «*Allô?*».

«Sono Clermont, Herr P. Ho bisogno del suo aiuto».

«Sia breve, non è sicuro parlare al telefono» avvertì l'altro.

«Devo andare via da Lione, non sono più al sicuro qui. Può fare qualcosa per me?».

Ci fu una pausa.

«Certo che posso fare qualcosa. Ma conosce le condizioni. Se le stanno bene incontriamoci al solito posto non appena fa buio; immagino abbia fretta, *n'est pas?*».

«Sì, abbastanza» confermò Jacques.

«Allora faccia come le dico. Alle dieci» e riagganciò.

Jacques riappese e tirò un sospiro di sollievo; ancora una volta aveva trovato la via d'uscita.

Le vie tortuose di quella zona si aprivano continui varchi fra gli edifici stretti e alti, e Jacques li seguiva ormai con una certa sicurezza; ad un certo punto infilò in un *traboule* per accorciare la strada, sbucando nella parallela, e dopo una cinquantina di metri raggiunse un parco che, a quell'ora, era nero come la pece. Una fila di cespugli lo separava dal verde dell'erba mentre dalla parte opposta, oltre un gruppo di tigli, intravedeva le acque del Rodano scorrere silenziose. Passò i cespugli guardandosi attorno, poi s'accorse di una persona ferma sulla sinistra, proprio sotto agli alberi, motivo per cui non l'aveva vista subito; s'avvicinò circospetto, e Herr P. fece altrettanto.

«Qualunque cosa decida di fare dovrà sbrigarsi» esordì l'uomo con calma e risolutezza «Le consiglio di lasciare l'Europa, stavolta. Le nostri fonti hanno saputo che la ritirata verso Berlino è disastrosa e l'Armata Rossa costringerà l'esercito tedesco a un duro assedio. Intanto gli Alleati premono da ovest; qui sono aiutati dai partigiani che diventano sempre più numerosi, rendendo la vita ai tedeschi molto dura; lei sa che fra questi c'è Jeanne e - se vuole un consiglio - non conti sulla sua clemenza nel caso scoprano chi è veramente».

«Esattamente quello che ho pensato io» replicò Jacques.

«Dato che la situazione si complica non rimane che lasciare la Francia; alcuni lo stanno già facendo, fra cui il comandante della Gestapo Barbie».

«Il boia di Lione sta fuggendo?» lo interruppe Jacques, sorpreso.

«Stando a quanto afferma un nostro infiltrato, Klaus Barbie si sarebbe messo in contatto con dei nostri agenti che gli avrebbero garantito una fuga in sordina; conoscendolo, prima di partire è probabile che faccia tabula rasa dei suoi "lavoretti" e delle persone che hanno lavorato con lui» spiegò Herr P e continuò: «Tornando a noi, lei dovrà recarsi a Genova, in Italia; là si metterà in contatto con padre Edoardo Dömöter della parrocchia francescana di Sant'Antonio. Egli provvederà, tramite altri agenti, a farle avere i documenti necessari per giungere a Buenos Aires; pagherà direttamente loro, le diranno come fare».

«Come faccio ad essere là per le quattro?» domandò Jacques, rabbuiandosi.

«Semplice. La porterò io con la mia auto».

Jacques annuì, poi tirò fuori di tasca una manciata di banconote per ripagarlo del suo prezioso aiuto; l'uomo le afferrò con aria indifferente, poi gli chiese:

«I bagagli li ha già preparati, *n'est pas*?».

«Sì».

«Corra a casa a prendere tutto. Passerò a prenderla fra un po'» aggiunse, dileguandosi come faceva di solito.

Jacques tornò indietro uscendo dal parco; mentre camminava a testa bassa pensava a Jeanne e alla sorpresa che avrebbe trovato quando la mattina, tornando dall'ospedale, non lo avesse visto in casa. Non era il caso di pensarci. Quindi affrettò il passo per fare il prima possibile.

Viaggiarono tutta la notte passando le Alpi, entrando in Piemonte e dirigendosi infine verso Genova; ormai cullato dalla speranza di partire definitivamente, Jacques aveva dormito un paio d'ore, e solo quando era di nuovo sveglio i suoi pensieri ripresero a pungerlo. Non lo voleva, ma la sua mente riandava a Jeanne e al lavoro che aveva appena abbandonato.

Mentre si isolava con se stesso Herr P. entrò nella città portuale, e percorse una serie di strade che si arrampicavano su e giù per i piccoli colli su cui era abbarbicata Genova; alla fine trovò via Lomellini e disse che là ci sarebbe stato chi faceva al caso loro. Nel traffico incontrarono diverse auto militari, ma la situazione appariva discretamente tranquilla; si ricordava che il numero 6 era l'edificio che normalmente i prelati del Vaticano sfruttavano per alloggiare i rifugiati in attesa dei documenti. L'aria della città era umida e afosa e i due erano sudati fradici dopo tutte quelle ore trascorse in macchina; ad un certo punto Herr P. accostò la Mercedes su una strada che incrociava perpendicolarmente la via di loro interesse, e disse all'altro il punto che avrebbe dovuto raggiungere a piedi. Doveva chiedere di padre Dömöter, si raccomandò; lo stavano aspettando.

Jacques prese la valigia dal portabagagli, dopodiché salutò con un cenno della mano Herr P. che aveva ripreso la sua strada mischiandosi nel traffico; si domandò perché quell'uomo diligente e freddo avesse tanta fretta nel fare le cose, dopodiché s'incamminò imboccando via Lomellini, che scoprì essere una stradina stretta e soffocata dagli edifici come nei piccoli borghi delle città di provincia. Prima di trovare il numero 6, a venti metri da lui, due uomini uscirono con passo incerto favoriti dalla penombra; egli rallentò il passo, e le due figure si fermarono a fissarlo. Senza sgomentarsi le raggiunse, scorgendo sulla parete dell'edificio la targhetta recante il numero 6; l'uomo più vicino a lui era abbastanza alto e dalla corporatura massiccia, e portava l'abito ecclesiastico. Dietro scorse un tipo qualunque che, a quanto pareva, non sembrava voler essere riconosciuto; malgrado la breve distanza non poteva vedere bene le loro espressioni interdette.

«Cercavo padre Edoardo Dömöter» disse Jacques, facendosi avanti.

«Sono io» rispose in tedesco l'ecclesiastico «Lei chi sarebbe, se è lecito?».

«Mi chiamo Jacques Clermont. Sono stato mandato da Voi, Eccellenza, perché so che aiutate i rifugiati politici» spiegò lui.

Il parroco annuì gravemente, mentre l'uomo alle sue spalle taceva.

«Capisco. Ora che mi ci fate pensare ero stato avvisato del vostro arrivo, Clermont; siete un tedesco in realtà, non è così?».

«Sì, Eccellenza».

«Vi aiuterò a scappare da chi vi sta cercando, non temete. Ah...» si rivolse all'uomo taciturno «Potete andare, devo discutere in privato con questo signore». L'uomo rientrò nel portone della palazzina e sparì. Il vescovo riprese:

«Se la meta è l'Argentina - e sono sicuro che non avete altra meta - allora dobbiamo procurarci un permesso di sbarco con un nome fasullo. Andrò all'Ufficio immigrazione e farò richiesta del documento, poi attenderò l'accettazione della domanda e passerò a ritirarlo non appena pronto; aggiungerò una lettera di presentazione di Monsignor il vescovo Alois Hudal e vedrete che i tempi si ridurranno drasticamente». Mentre il prelato gli diceva tutto questo avevano cominciato a passeggiare, percorrendo a passi misurati l'angusta e deserta via; Jacques fu incuriosito da quel nome.

«Chi è il vescovo Hudal?».

«E' il vostro finanziatore e protettore; lavoriamo tutti per lui» ammise in tono placido, continuando: «Col permesso di sbarco mi rivolgerò alla Croce Rossa Internazionale per il rilascio del passaporto; quest'ultimo vi servirà per viaggiare ovunque, ma soprattutto potrete andare personalmente al consolato argentino per farvi stampare sopra il visto d'ingresso per l'Argentina. Vi daranno anche un certificato d'identificazione con cui, una volta sbarcato, potrete avere la carta d'identità dalla polizia locale».

S'erano fermati all'incrocio dove Herr P. lo aveva lasciato; l'ecclesiastico gettò uno sguardo vigile e corrucciato sulle strade e i passanti.

«Quanto dovrò aspettare? C'è un posto dove passare le notti indisturbato?» domandò Jacques, preoccupato. Il vescovo lo guardò facendogli un cenno rassicurativo col capo.

«Lei potrà alloggiare nell'edificio dove mi ha visto poc'anzi, e le daremo del denaro per le spese necessarie. Disponiamo di fondi che il Vaticano ha messo a nostra disposizione per questo genere di operazioni».

Jacques era confuso e pativa un gran caldo; com'era fattibile tutto questo? Stentava a credere che ci fosse un'organizzazione così salda e efficiente che si adoperasse in favore dei tedeschi che tutto il mondo odiava! Si domandò cosa ci guadagnassero e dove si nascondesse l'inganno.

«Scusatemi Eccellenza, ma mi è sfuggito un dettaglio; quanto pagherò per tutto questo?».

Dömöter abbozzò un goffo sorriso.

«Nulla, Clermont. Ogni tedesco che aiutiamo è un passo avanti nella lotta al comunismo e la nostra ricompensa sta nella vostra fuga che va a buon fine. Tutto qui» gli rispose, col tono di spiegare una cosa elementare.

Non aveva certo tempo di riflettere se scegliere o meno, se fidarsi del parroco oppure no; sentiva che doveva cogliere quell'opportunità fino in fondo, così lo ringraziò per il caloroso aiuto dopodiché Dömöter, con le mani dietro la schiena, lo accompagnò nel suo appartamento di via Lomellini dove avrebbe conosciuto altri uomini; come lui anche loro avevano bisogno dell'aiuto di Dio.

Non ero mai stato in Italia e per quel poco che ho visto non ho intenzione di soggiornarvi in futuro; Genova è grigia e fumosa, agglomerati di edifici che si arrampicano fin sugli strapiombi del mare. Eccetto una bella vista non penso che un villeggiante possa godere d'altro. Non ho fatto conoscenza con nessuno degli abitanti, quindi non giudicherò gli italiani; padre Dömöter viene dall'Ungheria e mi ha ripetuto spesso di amare questo paese, di amare Roma come altre città italiane, ammettendo di avere un debole per la loro cucina. Nonostante gli sforzi per procacciarci degli ottimi pasti, preferisco di gran lunga i piatti tedeschi. Da quando sono qui ho avuto la compagnia di altri due rifugiati, due tedeschi come me, e grazie a loro ho avuto di nuovo la sensazione di essere vicino a casa. Quello che dimostra di essere più informato su quanto sta accadendo è Ulrich Landauer, un uomo di bell'aspetto con grandi occhi celesti, un po' altero e sempre guardingo, dai modi risoluti tipici dell'austriaco. La situazione che ci accumuna lo ha spinto a rompere per primo la diffidenza reciproca, raccontandomi di essere scappato dalla Germania in seguito a una condanna a morte per aver favorito la fuga di venticinque ebrei dal campo di Bergen-Belsen. Quando gli ho chiesto perché li avesse aiutati, si è riscosso replicando che per farlo aveva ricevuto una grossa somma dai familiari dei deportati; il suo sguardo duro contrastava con il chiarore dei suoi occhi, ma vi si poteva leggere l'indifferenza del giudizio altrui. Non gli importava se lui, un untersturmführer delle SS, era corrotto; avrei potuto dirgli che, in circostanze simili, io ero stato più cinico, ma ho taciuto. L'altro connazionale è l'Hauptsturmführer Erich Berger, un tipo magrolino e sempre cupo in volto, taciturno eccetto quando si tratta di parlare della guerra, occasione in cui inizia a vomitare frasi su frasi, maledicendo certi suoi commilitoni e scagliandosi contro l'Unione Sovietica. Dice di essere riuscito a fuggire da un campo di prigionia in Kazakistan, precisamente a Spassk, una piccola località dove i Russi tengono rinchiusi, a quanto afferma, molti nostri connazionali. Le sue parole mi hanno impressionato, forse perché è stata la prima volta che ho visto negli occhi di un tedesco quel miscuglio inenarrabile di disperazione, rabbia e umiliazione. "Ero nell'Einsatzgruppe D e il mio sonderkommando aveva l'ordine di ripulire dagli ebrei ogni villaggio nell'Azerbaigian, fino alle coste del Mar Caspio. Fucilavamo centinaia di persone al giorno, perlopiù contadini, ebrei, zingari dopodiché davamo fuoco ai villaggi. Tutto è andato bene fino a che non ci siamo imbattuti nelle truppe sovietiche; la mia unità non poteva avere la meglio e gli scontri sono stati duri, poi però sono riusciti a mettersi al riparo. Io sono stato preso e fatto prigioniero; mi hanno riempito di calci allo stomaco, si sono divertiti a togliermi i vestiti e fammi marciare quasi completamente nudo per decine di chilometri. Contate che era il novembre del '43, in quei paesi la temperatura scendeva anche a -30; mi abbaiavano di continuo in russo e non capivo assolutamente niente, sentivo soltanto le botte che mi davano. Il resto del viaggio sono stato caricato su un carro assieme ad altri prigionieri; venti giorni più tardi eravamo in Kazakistan, e mi hanno rinchiuso in quel maledetto campo. Vi giuro che non ho mangiato un pezzo di pane per giorni, ero debole, ma il comandante decise di assegnarmi ai lavori forzati; è stato atroce. I giorni in cui nevicava il freddo era intollerabile e molti detenuti morivano come mosche; spesso attraversavo il campo fra i loro corpi congelati come stecchi d'albero. Quelli di noi che si ammalavano di polmonite venivano trasferiti in un'apposita sezione dove li curavano, dispensandoli dal lavoro; fu proprio quello che accadde a me. Ebbi la polmonite e fui curato dai medici; un bel giorno, assieme ad altri quattro, eludemmo la sorveglianza e rubammo qualche fucile scatenando un putiferio. Loro furono trucidati dalle pallottole proprio mentre scappavamo da un buco nel filo spinato, io riuscii a passare, ma avrei fatto la stessa fine se non mi fossi nascosto dove potevo. Sono stato per ore acquattato fra un barilotto di legno e un edificio, scavando nella neve una fossa dentro la quale mi sotterrai quasi completamente. Avevo fame, sete, freddo ma dovevo essere vigile; se una guardia o anche solo un cane avesse sentito la mia presenza, sarei morto. Per fortuna che giunse la notte, e scappai senza farmi beccare. Le cose orrende che ho visto, persone costrette addirittura al cannibalismo, li ho visti davvero mangiare la carne di un cadavere!". Quest'esperienza deve averlo fortificato giacché nel raccontare tutto ciò non gli ho visto versare una lacrima; eppure aveva sofferto e soffre, sopraffatto da un peso che nessuno può immaginare se non lo ha provato. Essere tedeschi vuol dire questo e dentro di me ammiro quest'uomo. Queste giornate calde le abbiamo trascorse fra discorsi inutili e confessioni di vita del genere, appunto, dell'Hauptsturmführer Berger; l'SS invece, quando non ascoltava annoiato le nostre chiacchiere, mi metteva al corrente su questa perfetta organizzazione di fuga per noi tedeschi; lo spunto per parlarne sono stato io a darglielo domandandogli chi fosse il sedicente vescovo Hudal e quali ragioni muovesse il clero ad aiutarci. Per un po' è stato sulle generali, quasi mi rivelasse informazioni segrete (ma che non sono segrete certamente per noi) poi ha parlato di Hudal come di un prelato bene in vista dallo stesso Führer, cosa che potrebbe sorprendere. La ragione sta nel fatto che il vescovo, alla metà degli anni Trenta, scrisse *I fondamenti del nazionalsocialismo* in cui dichiarava che fosse possibile una conciliazione tra il cristianesimo e il nazismo, e ciò sarebbe stata la via giusta per avere un'Europa cristiana. Inoltre la Pontificia commissione di assistenza che aiuta i bisognosi, e la cui sezione austriaca è posta sotto il suo controllo, è appoggiata finanziariamente dagli Alleati; non ci credo tuttora, eppure Landauer è sicuro di quel che afferma. Un ente cattolico americano, di cui non ricorda il nome, appoggia - a detta dello stesso Dömöter - varie organizzazioni cattoliche sparse ovunque, fra cui proprio quella amministrata da Hudal. I fondi a cui accennò l'ecclesiastico il giorno del mio arrivo non sono altro che soldi degli Stati Uniti; è incredibile. Mi suona buffo, quasi comico il fatto che la nazione che più ci odia al mondo ci offra il denaro per fuggire dall'Europa; sembra una farsa, ma non lo è per nostra fortuna. Mi rattrista sapere che, se mai perderemo questa guerra, i vincitori saranno degli uomini incoerenti con i loro stessi principi; io sfuggo il caos nel quale non mi riconosco, non sono stato un soldato bensì un medico, ma non tradisco i miei principi di nazionalsocialista, non lo farò mai! Al loro posto darei la caccia al nemico finché avessi vita. Non avrei mai accettato lo sporco denaro ebreo per salvare loro la vita; a Dachau ho accettato di rado compromessi e quando l'ho fatto il mio fine era qualcosa di superiore, di grande, serviva al benessere del popolo tedesco e non a salvaguardare interessi egoistici come la vita stessa! Se hai tradito la tua nazione e sei stato riconosciuto colpevole - come nel caso dell'untersturmführer - allora accetta la condanna qualunque essa sia. Non posso transigere sulla vigliaccheria, perciò disprezzo profondamente le azioni passate di Landauer.

A parte questo credo che ne avrò ancora per poco in questa città; un'ora fa stavo dormendo sdraiato nel mio materasso, mentre Landauer trafficava con la radio cercando di prendere le emittenti alleate per sapere le ultime dall'estero. Berger era in preda a una malinconia depressiva; se ne stava rannicchiato sul suo letto, seduto, abbracciando le ginocchia e guardando fuori dalla finestra con aria assente. Quello stato sonnacchioso è stato interrotto dall'arrivo di Dömöter, il quale ci ha comunicato in tono pacifico di aver ritirato i permessi di sbarco per me e Landauer, e di aver inoltrato domanda alla Croce Rossa per il passaporto. E' questione di giorni e poi andremo al consolato argentino per il visto.

Ho aperto il documento leggendo i dati inseriti; il permesso è intestato a un commerciante di nome Carlos Alvarez.

E' adesso che, soltanto adesso che posso affermare di essermi fatto nuovamente una posizione e di avere ancora una volta una vita; per questa ragione voglio sottolineare il 4 ottobre del 1954 come data indicante l'inizio di un altro periodo della mia vita in cui non so bene cosa farò. Ma una cosa è certa; prima di tutto concludo questo diario perché è arrivato il giorno, vale a dire oggi, a partire dal quale non ci saranno cose importanti da annotarvi. Ho sempre appuntato quello che volevo, ciò che credevo più importante per capire me stesso, e non solo il mondo; non è necessario scrivervi tutto, e non ho mai pensato di stendere delle memorie. Io non lascerò testamento di alcuna sorta. Dunque per mettere nero su bianco la chiusura di queste pagine sarà opportuno ripartire dal mio arrivo qui in Argentina; ho molto tempo a mia disposizione e posso cominciare subito dove mi trovo, seduto a un tavolo del Ristorante Amerio a Buenos Aires mentre aspetto il mio amico Miguel Ruìz per pranzare insieme.

Premetto che è stato il viaggio più noioso della mia vita quello per arrivare in Sud America; tre settimane di traversata dell'oceano a bordo di una nave chiamata *Antonio Vivaldi*, con la sola compagnia di Landauer. Mi ricordo che a bordo c'erano diversi italiani che andavano a trovare le famiglie stabilitesi laggiù molti anni prima; la nostra riservatezza non sfuggiva all'occhio degli altri passeggeri, ciò nonostante non abbiamo avuto noie da parte di nessuno. Gente perbene gli italiani, ma non così amici con i tedeschi come molti pensano e a questo riguardo c'è un episodio che merita di essere raccontato per capire quali sentimenti corressero fra noi e loro. E' accaduto che, alla partenza della nave, io e Landauer ci abbandonassimo a una certa nostalgia, entrambi appoggiati al parapetto del ponte, nell'atto di guardare le persone sul molo che andavano e venivano. Solo dopo la loro reazione, si capisce, ho scoperto che c'erano sulla banchina dei militari italiani. All'improvviso udii Landauer mormorare i versi di una canzone e riconobbi subito l'Horst-Wessel Lied; senza un motivo preciso gli andai dietro mormorando anch'io le parole, poi all'unisono iniziammo ad alzare la voce per sovrastare il suono assordante della nave che lasciava il porto. Preso da uno strano entusiasmo e dalla voglia di cantare in tedesco, cantavamo tutti e due urlando e reggendoci al parapetto con le mani fino a che non fummo interrotti proprio da un gruppetto di militari italiani che ci fissava, e che iniziò a urlare gesticolando nella nostra direzione. Ci zittimmo e chiesi a Landauer, che conosceva un po' di italiano, cosa dicessero; accigliato mi rispose che ci stavano offendendo. Più volte udimmo le parole *stronzi* e *merde*; con disinvoltura il mio compagno di viaggio mi suggerì di riprendere a cantare, e per fargli un dispetto a voce ancora più alta. Quelli non erano più nostri alleati, pensai; soprattutto non credo che lo saranno più.

Sbarcammo a Buenos Aires e passammo i controlli della polizia; poi ci dissero di andare in un ufficio per ritirare la *Cédula de Identidad* dopodiché avevamo finalmente compiuto un espatrio in piena regola, per le autorità argentine. Devo dire che grazie a Landauer che conosceva anche lo spagnolo non dubitarono di noi; la buona sorte mi aveva affiancato il giusto compagno per un'impresa di questo tipo. Durante la traversata ebbe la pazienza di insegnarmi qualche rudimento di spagnolo, e fu proprio in questa occasione che saldammo un certo rapporto. Il punto della situazione era che dovevamo trovarci un lavoro, e nessuno dei due aveva contatti in questa nuova città; girammo in lungo e in largo tutti i sobborghi, constatando che l'attività più redditizia a Buenos Aires era il commercio di carne. Non esisteva strada senza che vi fosse una macelleria. L'idea mi ripugnava ancora prima di parlarne; dopo aver passato due settimane a sopravvivere da un albergo all'altro trovammo un appartamento nel quartiere di Belgrano R, dove abito tuttora. Siccome era rischioso scartammo l'idea di rivolgerci a un qualunque ufficio per l'impiego, e preferimmo passare in rassegna le attività commerciali del paese; alla fine siamo stati fortunati perché una coppia anziana di coniugi, titolari di un negozio di tessuti, era intenzionata a ritirarsi e quando gli dicemmo che avremmo preso noi l'attività l'affare fu concluso nell'arco di poco tempo. Mi richiese qualche mese per fare pratica in questo lavoro dato che non conoscevo la contabilità, né i prezzi dei tessuti in pesete, né la qualità della merce, sicché io e Landauer ci siamo buttati a capofitto in questa impresa che, dopo il primo anno, ha fruttato degli utili. Era la ditta di Alvarez e Ruìz. Sembrerebbe che queste vicende che mi portarono a stabilirmi in città fossero una cosa bella, un'incoraggiante ascesa in questo paese straniero che nessuno avrebbe mai previsto; mentre per il mio amico il pensiero della guerra e della Germania sfumava in un ricordo sempre più lontano, io invece non me ne liberavo e non volevo liberarmene. Acquistavo regolarmente i giornali locali che mi consentivano di seguire l'evolversi della situazione in Europa, e proprio nel periodo in cui ero impegnato in quella che è diventata la mia attività seppi che Hitler era morto. Fu letteralmente un colpo duro; ebbi la sensazione che il tempo si fosse fermato. Non ero un ingenuo e non credevo che la Germania avrebbe battuto le truppe dell'Armata Rossa, bastava essere un minimo realisti per sapere che sarebbe finita male, cosa di cui mi ero convinto già poco prima di lasciare l'Europa. Ma finché non ebbi sotto il naso quella notizia non avrei saputo dire che fine avrebbe fatto il Führer; la sua morte era un fatto che non avevo mai contemplato in vita mia. Nessuno sapeva dire con certezza come fosse morto; in seguito le voci apparirono discordanti, la stampa straniera non intendeva fare luce su simili dettagli. Alcuni giornali scrissero che Hitler era stato ucciso da uno dei suoi fedelissimi nell'ultimo giorno di assedio di Berlino; altri dichiararono che si fosse suicidato nel bunker, non si sapeva bene come, probabilmente ingerendo cianuro. Quello che capii era che, per il mondo, importava solo che non ci fosse più. Per Landauer la morte di Hitler significa semplicemente l'inevitabile, ciò a cui la Germania stava andando incontro dall'inizio della guerra; anche quando ne abbiamo parlato di recente lui rimane della stessa opinione, e aggiunge che sono cose che riguardano la guerra e basta. Non so proprio come faccia a riempirsi la testa di menzogne come questa! Tutti noi abbiamo creduto nel Führer da quando è salito al potere e abbiamo visto nell'invasione della Polonia la nostra occasione di riscatto dopo l'umiliazione della guerra precedente. Nessuno poteva sapere come sarebbe finita, men che meno lui; mente a se stesso sapendo benissimo che non esisteva un solo tedesco nel 1939 che non fosse favorevole alla politica di Hitler, escluse le categorie dei comunisti e dei nobili che temevano il nazionalsocialismo come il sopraggiungere di una tempesta che avrebbe spazzato via i loro privilegi. Quanta ipocrisia! Ora che non c'è più, alcune persone - e fra queste metterei anche il mio socio - voltano le spalle a colui che fece da guida a tutti noi, come se si vergognassero improvvisamente di ciò che è accaduto e di quello che siamo diventati grazie a lui. Costoro non hanno mai avuto una *weltanschauung*; o forse pensano erroneamente di averla lasciata sotto le macerie degli edifici bombardati dagli aerei alleati. No. La verità è che non hanno mai creduto nella forza della Germania e nel Führer, si sono sentiti aggiogati come un branco di buoi che camminano a testa bassa, e non appena il contadino li ha sciolti andandosene si sono sentiti liberi di rinnegarlo! Sono passati nove anni dalla fine della guerra e da quel 30 aprile in cui appresi che l'uomo di cui andavo fiero era morto; spesso ho ripensato con molta nostalgia alle marce, alle parate, al suono irruento e penetrante della sua voce alla radio, alla passione che sapeva infondere a chi ascoltava, ai grandi progetti che non ha potuto realizzare. E' così triste sapere che è morto.

In virtù del mio nazionalismo e della fede che alberga ancora in me, circa tre anni fa sono andato all'ambasciata tedesca della città e ho fatto richiesta di un passaporto con il mio vero nome; siccome non ero un individuo ricercato da nessuno, a quanto pare, non ho avuto problemi a ottenerlo. Ho quindi lasciato l'identità di Carlos Alvarez come una pelle morta che mi disgustava, malgrado mi sia tornata utile, tornando ad essere sulla carta ciò che sono sempre stato. Non mi vergogno di nulla e possiedo ancora un orgoglio smisurato per il lavoro che ho svolto durante il Reich; spero vivamente che il sentimento che infiamma il mio cuore sia stato lo stesso ad ardere negli animi di coloro che furono catturati e processati dagli Alleati a Norimberga nel 1946. Fra i nomi che lessi devo dire che non ne conoscevo uno, ma la cosa che mi stupì fu il dilagare di un'espressione con cui marchiarono gli imputati del processo; criminali di guerra. Non nego che molti soggetti entrati nelle SS e in numerose istituzioni naziste siano stati degenerati, persone con poco cervello, oppure subdoli opportunisti in cerca di occasioni per fare soldi o, peggio, per esercitare un potere sugli altri; fra costoro vi sono alcuni che hanno scontato anni di prigione, altri che sono stati allontanati dai propri incarichi per insubordinazione, quelli che hanno infranto la legge sono stati puniti nel momento in cui hanno compiuto il crimine. Questi li chiamo criminali, ma non tutti lo sono stati; eccetto quelli che sono sfuggiti alla giustizia, ovviamente. Chi ha preso l'incarico di ricercare questi "criminali" allo scopo di processarli per le loro azioni in tempo di guerra non ha fatto alcuna distinzione fra i nazionalsocialisti e i veri criminali; ne consegue che è giusto arrestare e processare un uomo con la tessera del NSDAP che ha lavorato in un campo di concentramento, un poliziotto o una guardia che ha svolto incarichi di sorveglianza e custodia dei prigionieri, un medico, un architetto, un ingegnere civile, uno scienziato, nessuno ha un proprio grado di responsabilità verso le azioni, ciascuno di noi tedeschi è colpevole per essere stato semplicemente nazionalsocialista e non esistono quindi attenuanti. Questa è la giustizia della loro democrazia? Per come vedo le cose non è altro che voler umiliare e schiacciare la nazione che ha perso la guerra, dimostrando al mondo che siamo gli unici ad aver sbagliato, gli unici ad aver compiuto crimini efferati! Quella chiamata *Endlösung der Judenfrage*, i lager, le marce forzate, tutto ciò che è stato fatto agli ebrei lo ritengono più grave dei prigionieri massacrati nei gulag in Russia o nei campi di prigionia in Gran Bretagna; Russi, Americani e Inglesi hanno vinto la guerra contro di noi arrogandosi il diritto di stabilire quali sono i crimini di guerra e quali no. Ho saputo da alcuni militari, anch'essi rifugiati in Sud America, che gli Americani non permettevano ai negri di arruolarsi volontari; ecco perché affermo che hanno dichiarato arbitrariamente quali atti sono da ritenersi crimini contro l'umanità, crimini contro il popolo ebraico, antisemitismo, razzismo, mentre proprio loro hanno obbligato i negri a fare gli sguatteri e a pulire le latrine delle navi! Ma questo atteggiamento non è razzismo secondo il loro criterio di giustizia. La morte del Führer, i processi per crimini di guerra e questa spietata caccia ai tedeschi che si scatenò proprio in quegli anni - e che riguardò anche il sottoscritto - resero il mio soggiorno in Argentina aspro e pieno di malinconia; i mesi trascorrevano piatti nella monotona vita del mio negozio di tessuti, non facevo la vita frizzante e gioiosa a cui si dedicava Landauer il quale mi parve fosse rinato e girovagava tutta la notte per i locali del quartiere La Boca, dedicando le sue energie alle prostitute e ai balli di tango. Non sembra affatto che abbia un passato nelle SS, a dire il vero sembra voglia lasciarsi indietro il Reich e tutto ciò che lo riguarda per una vita più tranquilla e dedita ai piaceri della vita; non condivido questo suo modo di fare, ma finché sarà un buon socio di lavoro io e lui seguiremo la stessa strada. In un periodo simile - all'inizio del 1948 - la nostalgia di casa mi prese a tal punto che pensai di andarmene via, di abbandonare tutto e rifarmi una vita in Germania ma, dopo averci riflettuto attentamente, non feci nulla; il desiderio di tornare era così intenso che cancellava ogni possibile rischio se avessi fatto veramente quel passo. Con il senno di poi fu un bene che non partii da Buenos Aires per raggiungere l'Europa. Però tornai a chiedermi in quale parte di mondo fossero Werner e Klaus e cosa facessero ora; l'unico modo per saperlo era fare delle ricerche, senza ovviamente potersi spostare all'estero. Iniziai a fare delle congetture su Werner, che sapevo arruolato nelle Waffen-SS a partire dal '40; le ultime sue notizie mi giunsero quando ero sempre a Dachau. Mi scrisse da Abbeville, in Francia, raccontandomi della sua esperienza di soldato. Poi più niente. Durante il periodo trascorso in quel paese non ho pensato che raramente ai miei vecchi amici, consapevole dell'egoismo che dimostravo; non mi giustifico affatto col dire che conobbi Jeanne e passai tre anni con lei dimenticandomi di tutti e tutto, solo che il fatto che convivessi con un'altra donna dopo Greta e la paura che, presto o tardi, qualcuno della Gestapo scoprisse il mio gioco mi tennero la mente occupata e i momenti in cui il pensiero tornava a loro furono davvero brevi e fugaci. Un'informazione che mi risultò utile era conoscere la divisione in cui serviva; si trattava della

Totenkopf i cui soldati - ora che ci penso - venivano addestrati proprio nel campo di Dachau (non fu quindi una coincidenza se l'ultima volta ci incontrammo là!). Troppo poco per rintracciare un solo soldato, soprattutto con i mezzi che avevo; l'RSHA non esisteva più, così pure i Ministeri del Reich e i generali che avevano comandato le armate erano stati arrestati o erano morti. Nessuno poteva aiutarmi, eccetto una persona che avrebbe potuto procurarmi il materiale necessario per le mie ricerche; fu così che mandai due telegrammi al vescovo Hudal, uno al suo ufficio a Genova l'altro a Roma, chiedendo che mi inviasse in Argentina le copie di *Das Schwarze Korps* relative al periodo 1940-1945 (specificai giugno del '45 per sentirmi più sicuro). Una volta vidi una copia di questo settimanale, fu Bruno Heim a farmelo sfogliare mostrandomi le foto delle battaglie e degli ufficiali SS che si atteggiavano a sorrisi fieri e pose eroiche in una radura deserta o seduti in gruppo su un Panzer. La gloria della gioventù tedesca ormai perduta. Passarono alcune settimane, poi ricevetti un pacco al mio negozio; non era specificato il mittente, ma il caro e astuto prelato aveva avuto la premura di indirizzarlo a Carlos Alvarez il che mi fece capire che si trattava di lui. Infatti quando scartai lo scatolone trovai i numeri della rivista disposti in due file; la mia ricerca ebbe inizio con metodicità, prendendomi tutto il tempo di cui avevo bisogno per scovare un articolo, una mezza colonna, anche un riferimento che potesse servirmi a sapere dov'era finito il mio amico. Ci vollero giorni per arrivare a un punto, e questo punto mi colpì più duramente di qualsiasi altro nella mia vita; scorsi il nome di Werner in una rubrica dedicata agli impavidi caduti. C'era un testo che occupava una colonna e firmato da un certo Arthur Weitzmann, probabilmente un reporter di guerra e, come ho saputo leggendo le righe, anche direttamente coinvolto in ciò che scriveva riguardo al caro Werner. Lessi tutto con molta frenesia, con l'ansia di chi vuol conoscere ogni particolare di un evento che lo interessa da vicino ma, alla fine, fui pervaso da un senso di tristezza e sgomento. Non potevo sbagliarmi sul fatto che Werner fosse dunque morto; il giornalista diceva che era stato colpito da una raffica di proiettili in uno scontro con le forze francesi, e che era spirato in seguito alle ferite il 20 giugno del 1940. La vicenda non avrebbe avuto niente di particolare, se non per il ruolo che aveva assunto l'autore dell'articolo nella morte del soldato; questi riportava che l'Obersturmführer Grunwald, in punto di morte, aveva chiesto di lui e con le ultime forze rimastegli gli aveva donato il suo zaino con alcuni oggetti personali di un indubbio valore affettivo. Tutto ciò rendeva la sua morte singolare e commovente, stando alle parole del giornalista; lui stesso si domandava la ragione del gesto, ma la cosa è destinata a rimanere irrisolta per sempre. Perplesso pensai che non doveva essere un amico stretto di Werner, altrimenti non si spiegava la presenza dell'articolo, e poi conoscendo il mio amico sapevo benissimo che i migliori amici li aveva lasciati in Germania; uno di questi ero io. Non so chi sia Arthur Weitzmann e che ruolo abbia avuto al fianco di Werner in Francia, la sua posizione in merito non è chiara né lui ha speso una parola in merito; a parte quanto è avvenuto attorno alla sua morte, non c'è nulla che conti di più del fatto che è morto e non posso più rivederlo né parlargli. Non so se era meglio rimanere col dubbio se fosse vivo o no, oppure convivere con la consapevolezza che non c'è più; forse la speranza di rivedere una persona cara è un male dolce che si preferisce sopportare, ma oramai si tratta di un privilegio perduto. Parlando di Klaus, invece, ho paura che non potrò fare niente perché dovrei recarmi a Berlino, sapevo che l'ultimo impiego lo aveva ottenuto proprio in un centro di ricerca nella capitale. Mentre scrivo mi assale la nostalgia; mi piacerebbe sentire ancora quella voce rauca inveire contro gli ebrei e i comunisti.

Come se quanto è accaduto non bastasse a gettarmi nella malinconia più profonda, circa un anno dopo fui protagonista di un altro fatto che mi diede non poche preoccupazioni. Un giorno come un altro entrarono nel mio negozio due uomini dall'aspetto serio, in giacca e cravatta e l'espressione del viso nascosta in parte dagli occhiali da sole; attesero in silenzio che servissi gli ultimi clienti dato che si avvicinava l'ora di chiusura, poi uno dei due si fece avanti e mi domandò qualcosa in inglese che ovviamente non capii. Gli risposi con un cenno negativo della testa, guardando attonito entrambi; allora l'altro uomo avanzò e mi parlò in spagnolo chiedendomi se fossi io il doktor Heinrich Schultz. Risposi loro di sì, cercando di non tradire la minima angoscia che la loro presenza mi dava. Sempre lo stesso che mi aveva posto la domanda continuò, in tono formale, spiegandomi che il governo degli Stati Uniti era a conoscenza di alcuni esperimenti da me condotti nel campo di concentramento di Dachau in Germania. Senza esitare affermai che ero stato un ricercatore e che avevo lavorato diversi anni in quel lager; i due sembrarono soddisfatti e cercarono di

approfondire l'argomento, ma a quel punto fui io a fermarli dicendo loro che non me la sentivo di parlare del periodo della guerra e che non sapevo nemmeno con chi avessi a che fare. Il tono da me usato per dirlo li colse di sorpresa, forse perché s'aspettavano di intimorirmi con quella messinscena; si fecero cupi e abbassarono stranamente la voce nel dirmi che appartenevano ai servizi segreti americani. Cosa volevano da me? Aggiunsero che intendevano sapere se possedevo una specie di siero, una sostanza a cui avevo lavorato a Dachau e che risultava fosse in mano mia; mi domandai ingenuamente da dove fossero scaturite queste informazioni e furono sempre loro a togliermi il dubbio. «Quando la 7° Armata Americana è entrata a Dachau liberando i detenuti superstiti, alcuni dei quali ci hanno fornito un'importante testimonianza, i soldati hanno perquisito ogni edificio e nell'ufficio del comandante del campo sono stati trovati alcuni documenti firmati proprio da lei. Si tratta di una lunga e dettagliata relazione sugli esperimenti condotti con sostanze come la mescalina o la scopolamina; in particolare su quest'ultima sembra aver insistito fino a mettere a punto, diciamo, un siero in grado di cancellare la volontà nella vittima rendendola succube del suo carnefice e, al contempo, capace di svelare qualunque informazione senza alcuna inibizione. Giusto, signor Schultz?».
Mormorai qualche imprecazione in tedesco, chiedendo se avessero catturato anche il comandante Piorkowski e cosa aveva confessato a riguardo; mi risposero che Alex Piorkowski era stato sostituito per malattia subito dopo la mia partenza, che era stato catturato e tenuto in un campo di prigionia dove era morto lo scorso ottobre.

Non avevo diritto a sapere altro, precisarono in tono irremovibile. Ecco che andarono al nocciolo della faccenda; volevano non soltanto che mostrassi le prove di quanto avevo scritto in quella relazione, ma che lavorassi per loro come ricercatore. In cambio mi promettevano che il mio nome sarebbe scomparso dagli Archivi di Stato come tutto ciò che riguardava il mio passato a Dachau; ne conseguiva che nessun tribunale avrebbe intentato una causa contro di me per crimini di guerra. Riflettei qualche istante sulla loro proposta e infine parlai: «Mi dispiace deludervi, signori, ma non ho mai posseduto le fiale della sostanza che ho utilizzato solamente all'interno del campo. Dovete sapere che vado fiero di ciò che ho fatto e che non nascondo di aver provocato la morte di numerosi ebrei, morti per favorire il progresso della civiltà umana e della Germania. Di queste morti mi reputo responsabile, ma non sono un criminale di guerra; non ho ucciso per sadismo o per piacere o per opportunismo o su ordine di un mio superiore, cosa assurda giacché non ero un militare. Ho contribuito alla scienza nel solo modo possibile in un luogo di lavoro come il lager di Dachau, su soggetti peraltro destinati comunque alla morte per fame o per freddo. Certo, con questo non intendo aggirare la mia responsabilità di medico; ma in quella precisa circostanza e in quel dato momento esistevano delle condizioni tali che non potete giudicarmi un criminale di guerra, non meno dei vostri compagni sovietici che hanno torturato e ucciso molti miei connazionali nei gulag. Anzi ancor meno di loro perché non mi sono scagliato sul nemico solo perché appunto era un nemico; non ho fatto questo, signori miei. In quanto medico ho agito allo scopo di preservare e migliorare la vita dei tedeschi anche se, onestamente, non sono in grado di dire quanto vi sia riuscito; so solo che mi sarebbe servito più tempo. La guerra e quello che noi tedeschi chiamiamo *judenhass* hanno favorito le condizioni necessarie perché si sviluppassero i lager, i campi di detenzione per i prigionieri, per gli oppositori, per chiunque ostacolasse la crescita del Reich. Esattamente come hanno fatto i Russi e come avete fatto voi americani; ogni nazione trova il metodo più idoneo per eliminare le minacce interne al paese. Siamo dunque criminali per questo? Io sarei un criminale di guerra? Non trovo ragione di sentirmi addosso questo spregevole appellativo e non collaborerò con la nazione che, sostanzialmente, ci odia e vorrebbe sfruttarci per i propri interessi».

«Andrà incontro a delle conseguenze, non pensi di passarla liscia. Consegneremo un dossier su di lei al governo tedesco; dopo averlo sfogliato non tarderanno molto a chiedere l'estradizione, mi creda. Abbiamo visto le fotografie scattate dai primi americani entrati a Dachau e devo dirle che c'erano degli orrori a stento immaginabili. Alcuni soldati reduci da questa esperienza stanno lentamente impazzendo e anche io impazzirei se fossi stato dinanzi a una montagna di cadaveri mutilati o avessi sentito l'odore di corpi bruciati nel forno crematorio. E' ancora in tempo per fare un passo indietro; ma non lo farà, dico bene?».
Guardai il mio interlocutore e tacqui; ero pronto ad affrontare qualunque tipo di minaccia. Alla fine se ne andarono senza dire altro.
Se credevano di scatenare in me un tardivo senso di colpa o di spaventarmi inducendomi a collaborare per evitare un processo, allora lo scopo di quel colloquio

era fallito; un mese dopo mi diedero prova che facevano sul serio. Per la prima volta sulla prima pagina del quotidiano *Argentinisches Tageblatt* fu annunciato la presenza di un "carnefice nazista" a Buenos Aires; lessi l'articolo corredato da una foto in cui comparivo sul ponte della nave, con le mani in tasca e l'aria tranquilla di chi è in pace col mondo. Il testo riportava la mia breve biografia dai tempi di Dachau allo sbarco in Argentina, profondendosi in dettagli degli "orrori" da me compiuti e che, diceva l'autore dell'articolo, "il tranquillo medico ha puntualmente negato, senza considerare che ci sono testimoni attendibili pronti a dichiarare il contrario". Passai mentalmente in rassegna le persone con cui avevo lavorato, i medici delle SS, il comandante Piorkowski - probabile che quella mente malata avesse scaricato le colpe su di me - Moser, quella carogna di Bruno Heim che già una volta mi aveva tradito, alla fine finii col pensare che pure il doktor Spatz e Hallervorden avrebbero potuto fornire questo tipo di informazioni sul mio conto; ne avevano ben donde visto che ero scomparso senza avvisarli. In verità il racconto delle atrocità, se vogliamo usare i loro termini, è stato fatto dai sopravvissuti e quindi ho ristretto il cerchio concludendo che poteva essere una sola persona, una sola che non avevo mai toccato: il dolmetscher Jozef. Per un momento mi sono domandato perché gli altri medici del campo non fossero stati scoperti e non parlassero anche di loro, dato che non ero l'unico; ma il pensiero principale ritornò presto su di me. Tutto ciò era stato fatto per mettermi allo scoperto, per vedere come avrei reagito e cosa ne avrebbe pensato l'opinione pubblica; forse avevano sottovalutato il fatto che non fossi il solo nazista a vivere in questo paese e che alla gente del posto non importasse poi molto cosa avevo fatto durante la guerra. Cosa importava a me e agli altri se sul giornale leggevano i misfatti di colui che un gruppo di sopravvissuti avevano soprannominato il "Doktor Schweigen"? Tale epiteto, più curioso che offensivo, è evidente che derivava dal fatto che non mi dilungavo in chiacchiere mentre compivo gli esperimenti; quel mio modo di fare silenzioso congelava i loro nervi trasformandoli in animali inerti. Dunque me lo merito, solo che quanto è stato scritto presenta termini ben più forti come *schrecken*, *greuel*, *greulich*, *abscheu*, per incupire e spaventare il lettore mettendolo in guardia sulla persona chiamata in causa; ripeto che il tentativo di farmi apparire orribile non poteva funzionare e non funzionò. Infatti quando giunse la richiesta di estradizione da parte degli Stati Uniti - secondo loro colpevole di crimini di guerra - il governo argentino la negò; il presidente Peròn non fece dichiarazioni a riguardo né le ha mai fatte finora per altri personaggi ai quali ha offerto la sua protezione.

Dopo tutte queste traversie non riesco a pensare a cos'altro dovrebbe preoccuparmi; se talvolta sono ricaduto sul pensiero della guerra è perché sono stati i giornali a parlarne. Pur facendo uno sforzo per capire le espressioni con le quali descrivevano l'operato di molti nazisti, mi è stato impossibile accogliere la presunta verità che intendevano diffondere usando parole come "obbrobrio". Pubblicare fotografie in cui comparivano i volti scheletrici dei detenuti, accompagnate da un'opportuna didascalia che illustrava quanto era stato fatto in uno dei luoghi etichettati come "santuario della crudeltà" o "ricettacolo delle efferatezze" o non so neanche io quale termine abbiano trovato per caricare negativamente la cosa, non sono altro che sterili eufemismi con i quali hanno cancellato ogni parvenza di etica medica sul dovere di distruggere ciò che era indispensabile annientare. Non solo era inevitabile eliminare certe categorie per il bene comune, ma era strettamente necessario e un medico non poteva esimersi, non *doveva* esimersi di fronte a un tale dovere. O si è medici o non lo si è. Quei malati mentali, quegli ebrei, quegli zingari, quegli individui che non avevano nulla a che vedere con il nazionalsocialismo richiedevano una misura drastica da mettere in atto e quel che fa più schifo - e mi dà rabbia - è che molti tedeschi vogliano togliere dalla loro coscienza queste azioni imputandole alla guerra, allo stesso Hitler e al penetrante lavaggio della mente che secondo molti avrebbe praticato sulla Germania intera. Un metodo puerile per scansare ogni responsabilità in quanto plagiati da un bravo mistificatore. Non ha senso sforzarsi di dimenticare quanto è stato fatto perché fa parte di noi, i termini con cui hanno additato i fautori degli esperimenti medici, gli esecutori materiali degli eccidi, persone come me, non sono altro che parole con cui tengono a freno il timore che questi spettri tornino troppo spesso a visitare le loro coscienze, vestono questa paura nella speranza che diventi estranea col passare degli anni. E' come coprirla con un abito scuro in modo da non vederla; rinnegano loro stessi provocando la morte del nazionalsocialismo. Io non la contemplo questa morte, esattamente come non contemplo la morte di molte persone proprio perché di fronte al nazionalsocialismo non significano niente. Eppure ho avuto esperienza diretta della morte di un

familiare come mia moglie Greta o mia sorella Berta, ho avuto notizia della morte di Werner, tuttavia non mi scosto dall'unica possibile conclusione sulla morte, conclusione che ebbi l'occasione di scrivere in questo diario quando morì Berta. Scrissi che Dio ci guarda e sorride delle nostre disgrazie. Devo ricredermi, però. In un futuro prossimo - non so dire quanto lontano - certamente mostrerà il suo ghigno anche a me. Per ora l'Onnipotente mi ha ammiccato. Dio è con noi.
Sieg Heil!

Appendice

SS	Wehrmacht	Esercito italiano
Schütze	Gemeiner	Soldato semplice
Oberschütze	Schütze	-
Sturmmann	Oberschütze	Caporale
Rottenführer	Stabsgefreiter	Caporalmaggiore
Unterscharführer	Unteroffizier	Sergente
Scharführer	Unterfeldwebel	Sergente maggiore
Oberscharführer	Feldwebel	Maresciallo ordinario
Hauptscharführer	Oberfeldwebel	Maresciallo capo
Stabsscharführer	Stabsfeldwebel	Maresciallo maggiore
Sturmscharführer	Hauptfeldwebel	Maresciallo aiutante
Untersturmführer	Leutnant	Sottotenente
Obersturmführer	Oberleutnant	Tenente
Hauptsturmführer	Hauptmann	Capitano
Sturmbannführer	Major	Maggiore
Obersturmbannführer	Oberstleutnant	Tenente Colonnello
Standartenführer	Oberst	Colonnello
Oberführer	-	-
Brigadeführer	Generalmajor	Generale di brigata
Gruppenführer	Generalleutnant	-
Obergruppenführer	General	Generale di divisione
Oberstgruppenführer	Generaloberst	Generale di corpo d'armata
-	Generalfeldmarschall	-
Reichsführer	-	-